KB264569

마음의 自由天地

마음의 自由天地

지은이 • 이동순 발행인 • 김윤태 발행처 • 도서출판 선 북디자인 • 디자인이즈 초판 1쇄 발행 • 2010년 8월 25일
등록번호 • 제15-201호 등록일자 • 1995년 3월 27일 주소 • 서울시 종로구 낙원동 58-1 종로오피스텔 1409호 전화 • 02-762-3335
전송 • 02-762-3371 값 20,000원 ISBN 978-89-6312-023-2 03810

※ 이 책은 방운아 기념사업회의 도움을 받아 저술 · 출판되었습니다.

마음의 自由天地

가수 방운아와 한국가요사 · 이동순

한 인물이 자신의 시대를 살아가면서 남긴 뚜렷한 발자취가 다른 사람의 삶에 영향을 미치고 작용력을 끼친다면 그가 살았던 삶의 발자취는 일단 역사적 의미를 지닌다고 할 수 있다. 언제 어디서 무엇을 하고 살았던 간에 그의 삶은 정성스럽게 수집 정리되고 재조명되어야 마땅하다. 이는 문화사적 정리로서의 가치만이 아니라 후세사람들에게 자자손손 이어 내려갈 정신사적 유산이기 때문이다. 그리하여 한 생애를 훌륭하게 살았던 인물의 일대기를 정리하는 전기적傳記的 사업이야말로 대단히 소중한 가치를 지니게 되는 것이다.

오늘 우리가 한 권의 아담한 책으로 정리하여 소개하려는 가수 방운아(方雲兒:1931~2005)의 생애와 노래가 지닌 의미는 이처럼 1950년대라는 혼란시대를 배경으로 제대로 정리되지 못한 대중문화사의 한 부분을 최초로 정리한다는 일만으로도 그 가치가 높다. 다시 말하자면 '가수 방운아' 라는 하나의 창문을 통해 흘러간 1950년대와 그 실상을 구체적으로 들여다보며, 오늘의 우리 자신을 다시금 되돌아볼 수 있다는 의미로도 이 작업은 소중하다.

말 그대로 전쟁의 참화 속에서 살아가는 일 자체가 절박한 기로에 놓였던 당시 한국인들은 가족 가운데 한 사람쯤 반드시 전쟁터에 나가서 죽거나 행방불명이 되었고, 신체적 정신적 불구가 되었다. 전체 한국인들이 받은 마음의 상처는 아무리 세월이 지나도 결코 아물 길이 없다. 외국의 한 기자가 평하기를 한국전쟁의 비참한 정황이 있었기에 오늘날 한국의 경제적 풍요로움과 발전의 기적이 한결 돋보인다고 하였다. 이 말은 사실을 정확하게 지적한 것으로 평가된다. 오로지 고통과 번민, 낙망과 좌절의 하루하루를 살아가던

1950년대 한국인들의 피폐한 삶에 가수 방운아는 자신의 예인적藝人的 기질을 온몸으로 발휘하여 크나큰 위로와 격려를 주었다.

대중예술가의 삶이 이만하면 훌륭한 위상으로 진작 평가되었어야 함에도 불구하고, 방운아는 민족사적으로 가장 험한 시대에 태어나 너무도 불행한 시기에 가수로 활동을 하였으므로 그의 업적과 공로에 대한 인정과 평가를 제대로 받을 수 있는 겨를조차 없었다. 그러한 가운데서 세상의 흐름과 삶의 패러다임은 급격히 뒤바뀌어 마치 태풍 끝의 산사태에 인가가 매몰되듯 가수의 존재는 사람들의 뇌리에서 일시에 사라져버렸다. 현재 가수 방운아의 노래를 기억하는 가요팬들은 대개 60대 이상의 노년세대들이다. 필자의 경우는 소년시절, 진공관 라디오를 통해 듣던 방운아의 맑고 애조 띤 노래들을 어렴풋이 기억하고 있다. 하지만 젊은 세대들은 가수 방운아의 노래와 그것이 지닌 문화사적 의미를 전혀 모르고 있다. 또한 알고 싶은 의욕조차 갖고 있지 않다.

그만큼 유행과 세태변화의 급속함은 비정하고 냉혹한 것인가?

이제 우리가 가수 방운아의 평전과 취입곡 전집을 발간하려는 뜻을 갖게 된 것은 오로지 방운아의 고향 경북 경산시의 남매지 제방 언덕에 노래비 건립이 최종적으로 결정되고 난 다음의 일이다. 수년 전부터 전국의 곳곳마다 그 지역이 배출한 가수, 혹은 해당 지역과 관련된 테마의 노랫말을 멋진 돌에 새겨 지역성과 노래의 의미를 되새기는 사업이 무척 활발해졌다. 어림추산으로도 전국에 세워진 크고 작은 노래비는 그 수가 무려 3백여 개도 넘는 듯하다. 이렇듯 노래비 건립이 상투화되고 흔한 정황에서 1950년대 한국인의 비통

했던 삶을 노래로 증언했던 가수 방운아의 노래비가 이제야 건립되게 된 것은 만시지탄晚時之歎 중 그나마 다행이라 아니할 수 없다. 노래비 건립을 위해서 경산시민들로 구성된 〈가수 방운아 기념사업회〉가 발족되고, 전국의 노래비를 답사하는 경험도 가졌다. 뿐만 아니라 가수 방운아의 출생일 하루 전인 2월19일에 때를 맞추어 〈가수 방운아 학술 심포지엄〉을 개최하고, 방운아의 삶과 노래에 대한 역사적 의미를 재조명하게 된 것도 값진 활동의 성과라 하겠다.

이와 더불어 저자는 '가수 방운아 평전'을 집필하기 위해 백방으로 자료를 모으고 인터넷을 뒤졌다. 경산에서 방운아에 대한 옛 추억을 아직도 가슴에 지니고 있는 어른들을 만나서 많은 일화와 구술을 들었다. 그러한 활동 중에서 가장 쾌거라 할 수 있는 것은 방운아 선생의 아들 문성文成씨와 대면하게 된 것이다. 2009년 12월 세밑, 몹시 춥던 어느 날 오후 저자는 서울에서 그와 만나 가수 방운아에 대한 많은 일화와 자료를 수집 채록할 수 있었다.

그날 문성 씨는 누렇게 변색된 흑백사진이 가득 들어있는 오래된 앨범과 방운아 선생이 직접 수제작手製作한 필사본 『취입곡집吹入曲集』 원본을 보자기에 싸 들고 왔다. 이 소박한 악보자료에는 방운아 선생이 생전에 취입했던 모든 가요작품들의 악보와 가사를 바탕으로 작곡가와 작사가 표시까지 완벽하게 정리 기록되어 있었다. 여기서 우리는 방운아 선생의 꼼꼼하고 치밀한 성품을 그대로 느낄 수 있다. 대다수의 대중문화인들의 경우 자신이 참여한 각종 공연이나 음반 자료들을 전혀 보유하지 않고 있었던 것을 생각하면 이것은 놀라운 일이다.

이 자료를 대하는 순간, 평전의 집필 작업은 마치 날개를 단 것과 같았다.

이번에 발간하는 평전 집필작업은 저자가 보유하고 있는 가수 방운아 관련 각종자료들과 유족 측의 귀중한 자료제공으로 가능하였다. 실낱같은 기억과 영성한 자료들을 바탕으로 거기에 하나씩 둘씩 수집한 내용을 보태어가는 작업은 조각가가 반죽한 흙을 한 줌 한 줌 떠 붙여서 구체적 실물에 근접한 작품을 만들어가는 것처럼 어렵고 힘들었다. 또 비유를 하자면 아동들이 퍼즐 맞추기를 하듯이 산만하게 흩어진 자료를 찾아서 본래의 제 자리에 갖다 붙이는 작업과도 같았다. 이제 평전 집필을 끝내고, 여기에다 『취입곡집』 가사를 모두 정리하여 어느 정도 모양새가 갖추어진 자료집 가본假本을 만들었다. 이 가본을 수십 차례 검토하며, 다시 읽고 고치는 작업을 거쳐서 이만하면 세상에 내보내어도 되겠다는 확신이 들어 마침내 한권의 완성된 책으로 엮어 내보내는 바이다.

이 책이 출간되기까지 물심양면으로 지원을 해주신 경산시 관계자 여러분, 그리고 〈가수 방운아 기념사업회〉 실무위원 여러분께 이 기회를 빌려서 진심으로 감사의 인사를 전하고자 한다.

가수 방운아 선생의 넋이여! 이제는 그동안의 고단한 세월과 불안감을 모두 떨쳐버리고, 옛 고향 경산 남매지 언덕에 아름다운 조형물로 세워진 〈방운아 노래비〉에 항상 머물러 계시며, 이 고장을 지키는 굳센 지킴이로 되살아나시길 바란다.

2010년 8월

이 동 순

가수 방운아
평전

두부공장에서 들리던 노랫소리

　세월이 아무리 흘러간다 한들 결코 바뀌지 않는 진리가 하나 있으니 그것은 가수란 직업의 역할이 아닐까 합니다. 무릇 가수는 대중들의 심금을 울리고, 위로와 격려를 주며 그들의 삶을 즐겁게 해야만 합니다. 이것이 가수에게 주어진 사명이자 본래의 역할이겠지요.

　우리는 가수란 존재를 곡비哭婢에 비교할 수 있을 것입니다. 워낙 처연하고 구성진 울음에 능해서 이 마을 저 마을 상청喪廳으로 불려 다니며 상주喪主의 곡을 대신해주던 전통시대의 여인들이 예전에는 있었나봅니다. 이 곡비가 청승스레 통곡을 펼쳐가노라면 초상집 주변은 온통 사무치는 슬픔으로 가득 찼다고 합니다. 울음이 메마른 장소에서 진한 슬픔을 이끌어내고 현실에 동참시키는 곡비의 역할은 참으로 소중했습니다. 식민지의 고달픔과 한국전쟁의 극심한 파괴를 겪었던 혼돈의 시기에서 가수의 역할이야말로 동시대 사람들의 슬픔을 씻어주는 곡비의 활동과도 같을 것입니다.

　이와 더불어 가수는 사물놀이패의 상쇠에도 비견할 수 있을 것입니다. 몸

속에서 펄펄 끓어오르는 신명을 주체하지 못하고 손에 든 꽹과리를 깨어져라 두들기며 구경하는 사람들로 하여금 덩실덩실 어깨춤이 저절로 솟아나게 하는 상쇠! 그는 삶의 고단함에 지쳐있는 사람들에게 새로운 힘과 용기를 주는 소중한 존재이지요. 이와 마찬가지도 가수의 역할도 삶의 시련에 이리저리 휘몰리며 실의에 빠진 사람들에게 아름답고 신나는 음악을 들려줌으로써 살아가는 일이 즐겁고 생기가 넘치는 시간으로 이끌어가는 것이 아닐까 합니다.

무릇 예술가의 존재이유란 이러한 위로와 격려와 깊은 관계가 있을 것입니다. 남들이 슬픔에 잠겨 있을 때 함께 슬퍼하고, 남들이 기쁨과 행복을 구가할 때 함께 감격을 노래하는 동참同參의 운명을 타고난 것입니다. 대중들과 희로애락을 함께 나누는 대중예술은 더욱 그러한 삶을 살아가야만 합니다.

가수 방운아의 본명은 방창만(方昌萬)!

그는 1931년 2월20일 경북 경산에서 아버지 군위 방씨 방한혁方漢㷑과 어머니 경주 최씨 최임이崔任伊의 4남1녀 중 셋째 아들로 태어났습니다. 부친은 1895년생으로 당신보다 한 살 위인 성주 출신 최임이 여사와 1911년에 혼례식을 올렸습니다.

부친께서는 위로 2남 1녀를 낳은 뒤 셋째 아들 창만이 태어나자 또 아들을 낳았다고 해서 아명을 차만且萬, 혹은 '또만' 이라고 불렀습니다. 그런데 이 이름이 부친의 마음에 들지 않아 나중에 창만으로 고쳤다고 합니다. 맏형 임출任出은 1911년생으로 스무 살 차이, 둘째 형 규영圭泳과는 한 살 차이 연년생으로 출생했지요. 아우 선호善浩는 창만보다 두 살 아래입니다. 누나 윤순潤順은 여섯 살 많았습니다.

방운아가 태어난 1931년은 식민지 파시즘을 기반으로 하는 일제의 통치체제가 점차 전쟁준비의 먹구름을 휘몰아오기 시작하던 시절의 초입이라 할 수

▲ 경산시 서상동에서 가수 방운아의 생가 터를 증언하는 조카 방태화 | 생가는 없어지고 새 건물이 들어섰다.

있습니다. 제국주의 통치자들은 조선의 민족운동이 혹시라도 틈을 노려 체제 전복, 혹은 독립시위에 나서지는 않을까 전전긍긍하면서 정보통치의 족쇄를 점점 옥죄어들었습니다. 무단통치로 그토록 악명 높던 사이또齋藤 총독이 물러나고, 우가키宇垣 총독이 그 뒤를 다시 이어받은 시절이기도 합니다.

1931년 5월15일에는 서울 중앙기독청년회관에서 신간회新幹會 전국대회가 열렸습니다.

같은 해 1월에는 함경남도 함흥의 편창제사공장片倉製絲工場에서 노동쟁의가 발생하여 여성노동자 600여명이 임금인상을 요구하며 파업을 하다가 모조리 해고되는 사건이 발생하기도 했습니다. 식민통치자들은 장차 일으킬 세계대전을 준비하기 위한 일환으로 조선의 쌀 생산과 수출입에 대한 규제를 강화하려는 이른바 '미곡법米穀法'이란 것을 1931년 6월30일에 시행 공포했습니다.

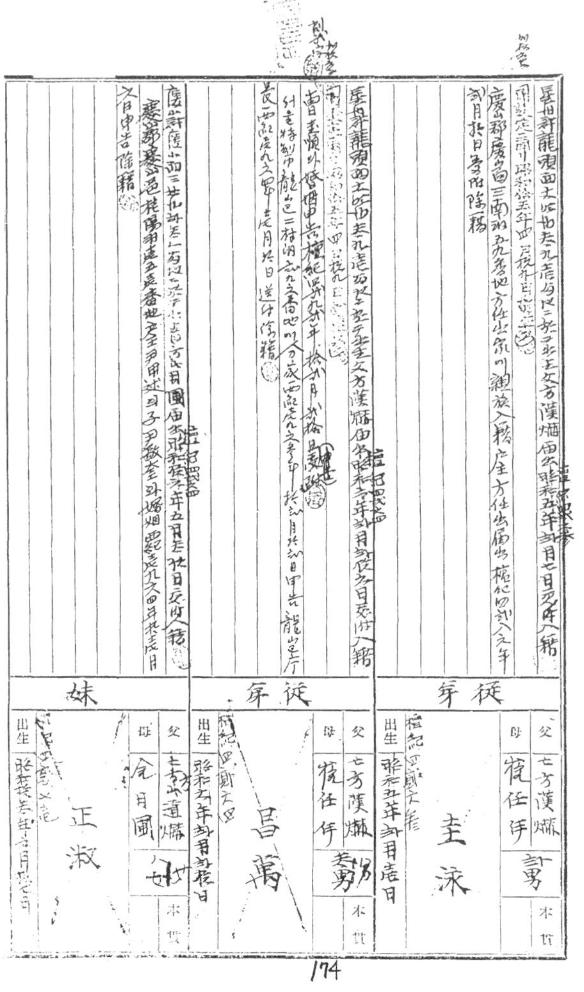

▲ 본명이 '창만(昌萬)'으로 표시된 가수 방운아의 호적부

방운아는 여러 가지로 뒤숭숭하고 불안정하던 식민지 시절의 한 중심에서 태어난 것이지요. 어린 시절 방운아는 형 규영과 가장 친하게 지냈습니다. 왜냐하면 나이가 연년생으로 같은 동년배였기 때문입니다. 규영은 아우 방운아와 가장 의기가 통했고, 가수로서의 아우의 인기가 점점 드높아지게 되자 주변사람들과 일가친척들에게 항상 아우의 존재를 널리 자랑하고 다녔습니다.

방운아의 조부 방의정方義禎은 원래 경북 성주군 용암면 문명동에서 농사를 짓고 살았는데, 그곳 사정이 여의치 않아 가족들을 데리고 경북 경산으로 이주해 와서 살게 되었다고 합니다. 슬하에 두 아들 도혁道爀과 한혁漢爀, 그리고 막내딸 필혁畢爀을 두었습니다. 그러니까 방운아에게는 두 삼촌과 고모님 한 분이 있었던 것이지요.

할아버지의 둘째 아들로 태어난 방운아의 부친 한혁씨는 건강이 날로 쇠약해져서 방운아의 나이가 아직 어릴 때 일찍 세상을 뜨고 말았습니다. 그리하여 맏형이 홀어머니를 모시고, 아우들을 보살피며 집안 살림을 꾸려갔지만, 그 형마저 일찍 세상을 뜨게 되었습니다.

방운아 일가의 딱한 처지를 보다 못한 사촌형 팔만八萬이 아우에게 자신이 운영하는 두부공장으로 와서 일하도록 도와주었습니다. 그리하여 방운아의 가족들은 원래 경산시 서상동에서 살았으나 방운아가 형 팔만의 두부공장에서 일하게 되면서 삼남동의 두부공장 앞으로 이사 와서 살게 되었다고 합니다. 사촌형 팔만은 1910년생으로 방운아보다 무려 스물한 살이나 많았습니다. 뿐만 아니라 자신의 자녀만 무려 8남매나 되었음에도 불구하고 아우의 가족을 위하여 이것저것 보살펴주는 자상한 성격이었습니다.

일찍 낭군을 이별하고, 맏아들까지 저 세상으로 먼저 떠나보내고 남은 네 자녀들과 더불어 힘겹게 살아가던 모친은 아들 방운아의 나이 22세 되던 1953년에 세상을 떠났습니다.

방운아의 집안내력을 호적부를 통해 살펴보면 경산시 삼북동 238번지에 살고 있던 부친이 별세한 뒤 분가한 사촌형 팔만의 호적으로 남은 가족들이 의탁해서 옮겼다가 결혼 뒤인 1963년에 처가댁이 있던 서울 용산구 이촌동으로 호적을 다시 이동해간 것으로 보입니다.

방운아는 1959년 12월20일, 서울 출신의 조규순曺圭順과 지인의 중매로 혼인을 했습니다. 부인 조 여사는 줄곧 서울에서 살았지만 친정부모가 원래 북

한 땅 철원지역에 살다가 국토가 분단이 되면서 남쪽으로 내려와 살게 되었다고 합니다. 현재는 민통선 철책 내부에 편입된 곳이지요. 하얀 한복을 곱게 차려입고 머리를 다소곳하게 빗어올린 조규순 여사의 신혼시절 사진은 참 어여쁘기만 합니다.

부산 시절의 다정했던 친구인 가수 정향을 비롯하여 작곡가 백영호 선생, 가요계의 여러 벗들이 방운아의 결혼식에 참석하여 자리를 빛내주었습니다. 또 다른 사진을 보면 대형 태극기를 배경으로 방운아 부부가 서 있고, 좌우에는 신랑 신부측 들러리가 있으며, 일행들 앞으로는 두 명의 화동花童이 귀여운 포즈로 서 있습니다. 이날 결혼식에서 신랑 방운아 쪽의 들러리는 친구 정향이 맡아주었습니다. 좌우에는 꽃다발이 놓여 있고, 그 화환을 보낸 사람은 '미도파회사 백영호'와 '일류악기점' 입니다.

이때 찍은 흑백사진이 아직도 당시의 축복된 시간을 아련하게 말해주고 있습니다. 방운아는 청초한 아내와 나란히 서 있고, 그 주변으로 여러 지인들이 둘러서 있습니다. 부부는 워낙 다정하고 사랑으로 결속이 되어 있었습니다. 방운아가 아내와 단둘이 찍은 사진을 보면 그 시절의 단란했던 행복을 짐작하게 됩니다.

1935년생으로 남편과는 네 살 차이였던 부인과의 사이에서 1남 1녀를 두었는데, 장남 문성文成과 장녀 미심美心이 바로 그들입니다. 가수 방운아의 대표적인 취입곡 중에 「두 남매」란 가요작품이 있는데, 실제로 풀잎처럼 외로운 두

▲ 가수 방운아의 결혼식 | 가수 정향이 들러리로 참석하였다.

▲ 신혼시절의 방운아 부부와 빅토리레코드사 구성원들 | 뒷줄에 백영호 선생의 모습이 보인다.

▲ 봄맞이 나온 방운아 부부와 아들 문성

▲ 단란했던 시절의 방운아 부부

▶ 1950년대 후반의 신혼시절 부산 시내를
산책중인 방운아 부부

▲ 미도파음반공사에서 발매된 방운아의 대
표곡 〈두 남매〉

▲ 미도파음반공사에서 발매된 방운아의 대
표곡 〈두 남매〉

남매를 두었던 것이 너무도 노래 제목과 서로 맞아떨어지는 듯합니다.

영화 〈두 남매〉의 포스터에는 '영원한 운명 속에 태어난 남매가 더듬는 파
란만장의 생애를 그린 눈물의 감동편!' 이란 문구가 대각선으로 배열되어 있습
니다. 새별영화사 제공으로 일명一明 프로덕슌 작품으로 만들어진 이 영화는
김만길金萬吉 제작, 홍일명洪一明 감독으로 황해, 이예춘, 박노식, 이경희 등이
주연을 맡았습니다. 조연으로는 임선자, 이원철, 석정미, 하지만, 허장강, 추석
양, 남춘역, 양일민, 이리일, 채랑 등의 이름이 보입니다. 이 영화의 음악을 박
시춘 선생이 담당했군요.

아들 문성은 1959년 부산 시절에 태어나 첫돌 무렵에 부모를 따라 서울로
이주했고, 딸 미심은 1965년 서울 용산구 이촌동 집에서 출생하였습니다. 하
지만 방운아의 부인 조규순 여사는 야속하게도 1986년에 남편보다 먼저 세상

映畫 **두 男 妹** 主題歌

作詞　李　史　羅
作編曲　朴　是　春
노래　方　雲　兒

一　거츠른 인정사정 비바람에도
　　오누이 정다웁게 자라났건만
　　지금은 유랑천리 암흑의 거리에서
　　내녀를 그리워운다 내녀를 그리워운다
　　금희야 이못생긴 오빠를 용서하여타

二　세친구 굳은맹세 깨여진곳에
　　미치는 사나히의 마음만남어
　　죄악의 그늘에서 복수의 갈을들고
　　내녀를 그리워운다 내녀를 그리워운다
　　금희야 이못생긴 오빠를 용서하여타

三　꽃피는 희망속에 울든두남매
　　별돌는 창가에서 울든두남매
　　해어저 동서남북 애달픈 추억속에
　　내녀를 그리워운다 내녀를 그리워운다
　　금희야 이못생긴 오빠를 용서하려타

美都波音盤公社

▲ 미도파음반공사에서 발매된 방운아의 노래 「두 남매」 가사지

을 떠나고 맙니다.

방운아는 타고난 미성과 뛰어난 가창력으로 일찍부터 주위에 평판이 높았습니다. 그의 남다른 음악적 재질을 발견한 동네 선배 이봉준이 기타를 가르쳐주며 가수의 길을 권유했다고 합니다. 방운아의 소년시절은 고단하고 불우했습니다. 사촌형의 두부공장에서 두부콩을 맷돌에 가는 힘든 일을 하면서도 방운아는 항상 노래를 부르며 노동의 고단함을 이겨내었습니다. 초등학교 시절부터 친구였던 서정수徐正洙는 당시의 정황을 이렇게 회고합니다.

"삼북동 골목은 그 무렵 경산의 가장 붐비는 시장통이었습니다. 그 시장 골목에 친구네 사촌형의 두부공장이 있었는데요. 우리 집이 그 부근이라 저는 그 앞을 자주 지나다녔지요. 내 친구 방운아는 어두컴컴한 두부공장에서 언제나 커다란 맷돌을 돌리고 있었습니다.

일반가정의 맷돌은 작은 손잡이가 달린 것을 앉아서 돌리는 방식이었지만 많은 콩을 빠른 시간에 갈아내어야만 하는 두부공장의 맷돌은 가정용에 비해 그 규모가 훨씬 컸습니다. 그래서 두부공장 맷돌의 상판에는 사람의 키 높이만한 나무자루를 삼각형으로 박아서 그것을 앞뒤로 밀고 당기며 돌렸던 것이지요. 방운아는 선 채로 맷돌자루를 돌리며 구성진 목소리로 남인수나 백년설이 불렀던 흘러간 옛 노래를 계속해서 부르곤 했습니다."

이렇게 해서 두부공장 앞을 지나던 행인들은 항상 맑고 구성진 음성으로 부르는 방운아의 노랫소리를 들을 수 있었지요.

그런 과정을 오래도록 겪은 탓인지 방운아의 초기 노래를 유성기 음반으로 들어보면 서민적 슬픔이 은근히 묻어납니다. 유성기 음반으로 들어보는 방운아 노래는 맑고 구수한 성음의 특징이 느껴지고, 고음에서 약간 갈라지는 듯한 수리성이 적절히 어울려서 묘한 흡인력을 느끼게 합니다. 말하자면 힘차고 윤기 있는 천구성에 다소 쉰 듯한 소리가 혼합된 느낌이 주는 매력이라 할 수 있겠지요. 바로 이러한 맛이 방운아 노래에서 토속적 정취와 여운을 감돌게

▲ 1950년대 중반 빅토리레코드사 스튜
디오에서 취입중인 방운아

하는 효과로 살아납니다. 방운아의 성음과 창법을 유심히 들어보노라면 선배가수 남인수의 단호하고도 사랑스러운 정감과 백년설의 아늑하고도 부드러운 품격을 동시에 지니고 있는 듯한 확신을 갖게 합니다. 이것이 방운아 노래가 지닌 매력의 핵심이 아닐까 합니다.

빅토리레코드사 녹음실에서 짧은 머리 스타일로 두툼한 가죽점퍼를 받쳐 입은 방운아가 마이크 앞에서 노래를 열창하는 광경은 1950년대 중반을 증언하는 하나의 처연하고 쓸쓸한 풍경이라 하겠습니다.

▲ 소년 방운아가 일하면서 노래 부르던 두부공장 자리 |
경산시 삼북동 238번지에 위치한 그곳에는 낯선 건물이 들어서 있다.

▲ 소년 방운아가 일하던 두부공장 자리를 가리키는 조카 방태화 | 뒤편의 낡고 오래된 건물에는
〈떡, 철공소, 방앗간〉이란 낡은 간판이 보인다. 앞으로 보이는 도로는 1950년대 중반 경산에
서 가장 붐비는 시장 골목이었다.

▲ 미도파음반공사에서 발매된 방운아의 노래 「명랑한 천사」 가사지

대구 〈오리엔트레코드〉와의 짧았던 인연

　한국전쟁韓國戰爭은 1950년 6월 25일 새벽 4시에 북한군의 남침으로부터 발발한 전쟁입니다. 1953년 7월 27일, 휴전협정으로 말미암아 휴전선을 사이에 두고 현재까지 문서상으로 휴전 중입니다. 하지만 휴전 이후 쌍방 간에 크고 작은 국지적 분쟁이 끊이지 않는 상태입니다.

　무려 3년 동안 계속된 이 전쟁으로 수많은 사람들이 죽거나 다치고, 대부분의 산업 시설들이 파괴되는 등 양국 모두가 큰 피해를 입었습니다. 뿐만 아니라 남한과 북한 간 서로에 대한 적대적 감정이 팽배하게 되어 한반도 분단은 더욱 고착화었습니다. 그리하여 한국은 지금까지도 세계에서 유일한 분단국가로 남아있습니다.

　1950년 6월 25일 새벽 4시에 인민군은 242대의 전차를 앞세우고 공격해 왔습니다. 단 한 대의 전차도 없는 무방비상태에서 공격을 당한 한국군은 막강한 인민군에게 밀려 후퇴할 수밖에 없었지요. 이전부터 38선 부근에서의 소규모 충돌이 많았기 때문에 남한 국민들은 많이 놀라지 않았으나, 잠시 뒤 군

용차가 거리를 질주하고 "3군 장병들은 빨리 원대로 복귀하라"는 마이크 소리가 요란해지면서 조금씩 동요하기 시작했지만 무슨 일인지 알 길은 없었습니다. 오전 7시가 넘어서야 방송은 북한군이 침공해 왔다는 소식만 간단히 전하고 "장병들은 누구를 막론하고 빨리 원대 복귀하라"는 공지방송만 반복하고 있었습니다.

1950년 6월26일 밤 10시 반경 이승만은 일본 도쿄에 있던 미국 극동군사령관 맥아더에게 전화를 걸어 도움을 요청했습니다. 그 직후 이승만은 라디오 연설로 서울시민은 정부를 믿고 동요하지 말라는 방송을 통해, 서울 시민들이 서울 안에 그대로 머무르도록 독려한 반면 그 자신은 방송 진행 중에 각료들과 함께 특별열차로 대전으로 피신하고 말았습니다. 이승만은 대전에서 사흘을 머무른 뒤, 7월1일 새벽에 열차편으로 대전을 떠나 이리에 도착했고, 다음날에는 다시 목포에 도착했습니다. 목포에서는 배편으로 부산을 거쳐 대구로 옮겨갔습니다. 한강 다리를 폭파하라는 지시를 내려서 수많은 시민들이 공산주의 통치를 피할 수 없었던 것입니다.

서울 시민들이 전혀 모르고 있던 상황에서 북한군이 미아리 고개까지 쳐들어오자 그 때서야 서울 시민들은 대피하기 시작했습니다. 6월27일 저녁에 서울 근교까지 밀어닥친 인민군들과 육박전을 감행했으나, 워낙 전세가 불리해서 당시 한국정부는 대전으로 수도를 옮겼습니다. 서울시민 144만6천여 명 가운데 서울이 인민군에게 점령당하기 전에 서울을 빠져나간 사람은 40만 명 가량이었습니다. 그 가운데 80%가 북에서 내려온 동포였고 나머지 20%인 8만 명이 정부고관, 우익정객, 군인과 경찰의 가족, 자유주의자들로 추정됩니다.

통계에 따르면 60만 명이 전쟁 중에 사망하였고, 전체 참전국의 사망자를 모두 합하면 200만 명에 달한다고 합니다. 한국의 사망자는 백만 명이 넘으며, 그중 85%는 민간인입니다. 또한 전시 민간인 학살피해자, 전쟁범죄피해자들도 부지기수로 발생했습니다. 남북한 두 지역을 합하여 약 250만 명이 사망하였습니다. 80%의 산업시설과 공공시설과 교통시설이 파괴되었고, 정부 건물의 4분의 3이 파괴되거나 손상되었으며 전체 가옥의 절반이 부서졌지요.

한국전쟁은 그 무엇으로도 납득할 수 없는 집단살상과 폭력으로 얼룩진 대참사였습니다. 식민지의 후유증에서 아직 헤어나기도 전에 발생한 동족상쟁은 우리 민족의 가슴에 너무도 모질고 깊은 상처를 남겼지요.

서울이 파괴되고, 수도는 부산으로 옮겼습니다. 정치, 경제, 문화의 중심이 어쩔 수 없이 부산과 대구로 나뉘어졌던 1950년대 초반풍경은 이제 우리 기억 속에서 마치 빛바랜 한 장의 흑백사진처럼 쓸쓸하게 남아있습니다.

부산시 중구 중앙동에 있는 사십계단四十階段은 한국전쟁의 애환 때문에 더욱 유명하게 기억되는 장소입니다. 전쟁에 쫓겨 부산으로 찾아들어 피난살이 하고 있던 피난민들. 그 무렵 사십계단 일대는 피난민들이 판자촌을 이루어 밀집해서 살고 있었으며, 시중에 흘러나온 구호물자를 파는 장터가 펼쳐졌습니다. 그리하여 사십계단 일대 구호물자 장터는 국제시장이 들어서기 이전과 마찬가지로 이름난 ‘돗대기시장’이 되기도 했었습니다. 그곳은 원래 일제강점기 시절 오뎅 꼬치집들이 많았던 곳으로도 이름나서 술꾼들이 즐겨 찾아들던 곳입니다. 이 사십계단은 한국전쟁 이후로 암달러상들이 줄을 지어 판치고 있던 곳으로 이름이 나 있던 곳이기도 합니다.

가수 박재홍이 불렀던 「경상도 아가씨」의 노래 가사를 기억하시는지요?

이 노래는 피난살이의 애환을 다룬 내용으로 사십계단을 전국적인 명소로 만들었습니다. 1950년대 당시만 하더라도 사십계단에서 영도다리를 곧장 바라볼 수 있었지요. 그래서 피난민들은 항상 사십계단에 처량하게 몸을 기대고 앉아서 낮에는 영도다리를 바라보며 피난살이의 고달픔을 달랬습니다. 밤에는 부산항구의 북항北港에 정박해있는 숱한 배들이 휘황찬란하게 밝히고 있는 불빛을 내려다보면서 향수를 달랬다고 합니다.

그러한 1953년, 몹시도 황량했던 피난시절의 어느 가을밤, 당시 대구극장
에서는 제1회 오리엔트레코드사 주최 전속가수 선발 콩쿨대회가 열렸습니
다. 하얀 한복차림으로 검정색 조끼를 받쳐 입은 경산 청년 방창만方昌萬이 이
대회에 출전하여 입상의 영예를 안았습니다.

경산초등학교를 마친 뒤 창선彰善중학교를 1953년 3월에 22살 늦깎이로 졸
업했는데요. 콩쿨대회 출전 당시에 방운아는 경산고등학교 1학년 학생으로
재학 중이었지요. 고등학교 재학시절에 찍은 사진을 보면 높을 고高짜 모표가
달린 모자를 쓰고 교복 앞 칼라의 단추는 일부러 한 개쯤 열었습니다. 그리고
목에는 체크무늬의 머플러를 단정하게 감아서 안으로 넣고 있네요. 그것이
당시 학생들의 소박한 멋이었던 듯합니다. 한 사진에서는 모자를 벗은 방운
아가 양쪽의 두 친구들과 더불어 무슨 책을 집중해서 골똘히 보고 있는 장면
입니다. 또 다른 한 사진은 다정한 세 친구가 교복과 학생 모자를 쓰고 함께
어깨동무한 모습으로 찍은 사진입니다. 사진 속의 방운아는 상의 윗주머니에
두어 개의 만년필을 꽂고 있습니다. 하지만 삶이 고달팠던지 윗입술에 상처
가 나있습니다.

무릇 작가의 평전을 구성하는 작업에서 가장 중요한 것은 대상인물의 각
시기별로 남긴 발자취와 구체적 흔적을 찾아서 그것을 실감나게 재구성하는
활동입니다. 그리하여 우선 방운아가 졸업한 창선중학교의 기록을 더듬어 찾
기 위해 저자는 경산교육청을 방문했습니다. 옛 문서열람을 위한 행정적 절
차와 과정을 거쳐서 확인해 본 결과 창선중학교 제1회 졸업생 대장만 유일하
게 남아있었지요. 이 자료집에서 '방창만' 이란 이름을 반갑게 확인해볼 따름
이었습니다. 하지만 학업성적과 출석성적, 행동발달상황, 담임교사의 소견
따위가 자세하게 밝혀져 있는 생활기록부는 어디론가 사라지고 결국 찾지 못
했습니다. 한국전쟁 직후의 혼란기였고, 또 진작 폐교된 학교라 기록된 서류
철이 제대로 보존될 여건이나 환경을 갖지 못한 것으로 보입니다. 원하는 자

▲ 1953년 경산 창선중학교 제1회 졸업사진

▲ 1953년 경산고등학교 재학시절의 방운아(우측)

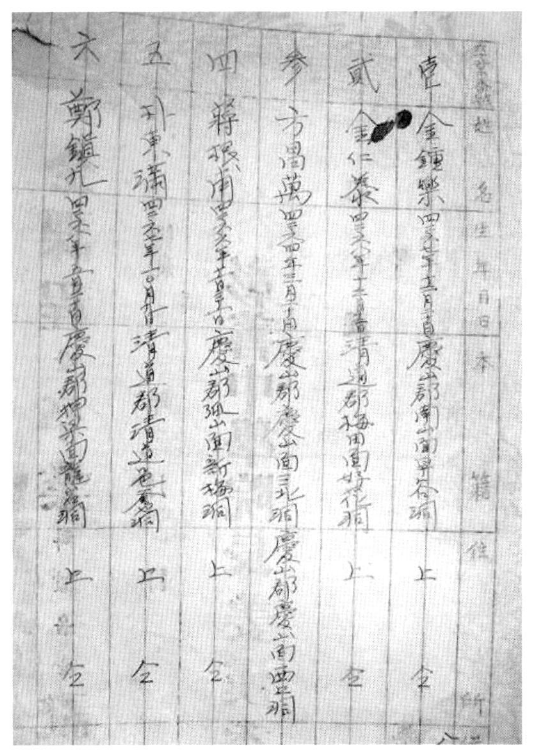

▶ 지금은 폐교된 경산 창선중학교의 1953년 제1회 졸업생 명부 | 세 번째 명단에서 '방창만'이 보인다.

료를 찾지 못한 담당직원도 넋 나간 듯 망연자실한 표정이었습니다.

이어서 저자는 고등학교 재학시절의 생활기록부를 확인하기 위해 경상북도교육청을 방문하였습니다. 개인의 신상에 관한 기록은 직계가족 이외에는 결코 공개가 불가능하다기에 정식으로 공문을 보내어서 평전집필을 위한 자료수집이란 사실을 밝히고 열람을 요청했습니다. 마침내 열람 수락이 결정되어 담당직원의 입회하에 방운아의 고교 재학시절의 생활기록부를 확인할 수 있었습니다. 고등학교 입학은 1953년 4월6일이었지만 방운아는 당시 자신이 다니던 학교에서 1955년에 제적되어 졸업장을 받지 못했습니다. 제적의 사유는 '공납금 불납'과 '무단 장기결석'입니다. 하지만 보다 구체적인 배경은 아

마도 1953년의 가요계 데뷔와 그로 인한 각종 공연 참여 때문이 아닌가 합니다. 고등학교 1학년 재학시절에 방운아의 나이는 벌써 스물 두 살이었으니 여러 해 늦게 학교를 다녔던 늦깎이였던 것입니다. 그런 판에 가요콩쿨대회에 출전하여 가수가 되고 각종 공연에 뛰어다녀야 했으니 학교 수업에 마음 편하게 제대로 등교할 겨를이나 여유가 어디 있었겠습니까? 학교에서는 1954년 한 해 동안 혹시나 졸업을 위해 돌아올까 기다린 듯합니다. 그러나 방운아는 다시 학교로 돌아가지 않았고, 곧바로 부산으로 내려가게 되었지요.

이 때문에 생활기록부의 내용은 도합 1학년 기록밖에 없었습니다. 경산고등학교에서 방운아의 소속은 1학년 동반東班 57번 학생이었고, 보호자는 경산시 경산면 삼남동에 거주하는 형 '방태원方泰元'으로 표시되어 있습니다. 하지만 호적부에서 방태원이란 이름을 발견하지 못했습니다. 이 이름은 방운아의 첫 예명 방태원方太園과 어떤 관련을 갖고 있는 것으로 보이지만 지금으로서는 확인할 길이 없습니다.

1학년 재학기간 동안 결석은 28회로 다소 많은 편입니다. 지각과 조퇴가 각각 4회씩입니다. 성격은 온순한 편이며, 책임감이 강했다고 기록되어 있습니다. 학업성적은 대체로 중상中上 정도의 수준을 유지하고 있습니다. 새로운 사물에 대한 호기심과 흥미가 '강'으로 표시되어 있습니다. 언어능력에서 '분명分明'으로 표시된 기록을 보면 방운아 가요창법에서의 뚜렷한 발음이 일찍부터 형성이 된 능력으로 보입니다. 협동심과 통솔력은 다소 약한 것으로 기록되어 있습니다. 사상은 온건하고, 동작은 민첩하였으며, 각종 품행과 인물개평, 종합개평에는 '양良'으로 표시되어 있습니다. 이는 인품의 됨됨이에서 대체로 무난하고 문제가 없다는 표현일 것입니다. 특별하게 잘 하는 취미활동에는 단연 '음악'으로 표시되어 있습니다. 훗날 명망 높은 가수가 될 소질을 이미 고교재학 시절부터 나타내 보인 것입니다.

아무튼 콩쿨대회에 출전했던 방운아는 대구 계성고등 재학생이었던 도미

▲ 1953년 대구오리엔트레코드사 주최 가요콩쿨대회 입상자들(좌측 두 번째 신행일, 방운아, 도미)
| 이 사진은 1950년대 한국대중음악사의 생생한 사실을 밝혀주는 역사적 자료이다.

都美, 본명 오종수, 신영일 등과 함께 우수한 성적으로 입상하였습니다. 당시 심사는 오리엔트레코드사 문예부장 박시춘朴是春 선생과 사장 이병주 선생이 보았습니다. 그때 방운아는 「대동강 달밤」(문일화[1] 노래)을 불러 호평을 받았는데, 새로 전속가수가 된 방운아에게 이병주李炳主 선생은 '운아雲兒'이란 예명을 지어주었습니다.

지금은 누렇게 빛바랜 흑백사진 속에서 방운아는 역시 한복을 입은 신영일, 도미 등과 함께 마이크 앞에서 노래를 열창하고 있는 모습이 보입니다. 기타 연주사 한 사람과 아코디언 연주자 둘이 신진가수들의 양쪽에 서 있는 광경이 이채롭습니다. 이처럼 귀한 역사적 자료가 조금도 손상 없이 보관되었다가 오늘날 우리 앞에 다시 그 모습을 드러낸 과정은 참 감동적입니다.

이병주는 1919년 경북 성주 출생의 작곡가로 남국성南國星이란 예명을 쓰기도 했던 분입니다. 신진 대중음악인을 발굴하여 예명을 지을 때 모두 자신의 예명에서 따온 남씨 성을 붙였습니다. 남성봉南星峰[2], 남일해南一海, 남봉룡南鳳龍 등이 그 사례이지요. 1947년 오리엔트레코드사를 대구에서 설립하였고, 한국전쟁 직후 서울에서 피난 내려온 많은 작사가, 작곡가와 힘을 합하여 대중음악사에 길이 남는 명곡들을 남겼습니다. 대표곡으로는 「탄식의 부르스」, 「로맨스 항로」, 「38선 야화」, 「꽃피는 진주 땅」, 「신라제 길손」, 「비의 탱고」, 「촉석루의 밤」, 「눈물의 아사녀」, 「남강의 달밤」, 「망향의 소야곡」, 「고향」, 「가을밤」, 「항구의 정서」, 「전선의 하룻밤」, 「꽃수레」, 「옛 마을」, 「이별의 탱고」, 「고향편지」, 「쌍가락지 논개」, 「달보고 별보고」, 「망향의 소야곡」, 「푸른 달밤」, 「십자성」, 「불란서 인형」, 「아마다미아」, 「나는 가련다」 등이 있습니다.

대구 송죽극장松竹劇場 맞은편에 있었던 이 오리엔트레코드사에서 방운아는 「낙방과객」, 「님 없는 목포항」, 「로맨스 서울」, 「망향의 곡」, 「무정항구」, 「부산항구」 등 6곡을 석 장의 SP음반으로 발매했습니다. 이병주 선생의 회고에 의하면 당시 방운아를 포함한 오리엔트 소속 가수들이 레코드 취입을 할 때 회사 가까운 곳의 여관에 방을 정하고 장기투숙을 하면서 힘겨운 취입과정에 임했다고 합니다.

하지만 전쟁 직후의 황폐한 사회적 여건 속에서 찍어낸 음반은 대중들의 관심을 즉시 끌지 못했고, 이에 따라 빅히트곡이 없는 가수 생활은 삭막하고 힘겹기만 했습니다. 전속가수의 삶이란 우선 자신의 음반이 대중들에게 다가가서 심금을 울리고 감동을 주어야만 폭발적 판매로 이어지고 안정된 삶이

---

1 문일화 : 1919년 평양 출생으로 본명은 문종화. 대표곡으로는 「대동강 달밤」, 「대동강 추억」 등이 있다.

2 남성봉 : 대구 출생의 가수로 본명은 김영천이다. 1946년 〈조선악극단〉에서 데뷔하였고, 1951년 오리엔트레코드사 전속가수로 활동하였다. 오리엔트레코드사에서 「쌍가락지 논개」(손로현 작사, 이병주 작곡)를 취입하였다. 대표곡으로는 「쌍가락지 논개」, 「눈물의 아사녀」, 「서울행 삼등실」 등이 있다.

보장될 수 있었던 것이지요.

이 때문에 방운아는 원로가수 고복수, 황금심黃琴心[3] 부부가 주도하는 악극단 소속 멤버로 여러 지역을 순회 공연하면서 고달픈 생계를 이어갔습니다.

가수 고복수高福壽는 민족의 가요 「타향살이」로 너무나 유명한 분입니다.

경남 울산 출신으로 어릴 때 그의 집은 국수공장을 했습니다. 유년시절에도 축음기에 매달려 노래만을 부르면서 꿈 많은 어린 시절을 보냈다고 합니다.

20대 초반의 나이에 콜럼비아레코드사가 주최한 부산콩쿨대회에 입상하고, 그 후 서울에서 열린 본선에 진출해 3위를 차지한 것이 가수로 데뷔하는 계기가 되었지요. 그러나 1934년에 「타향他鄕」과 「이원애곡梨園哀曲」을 발표하여 음반은 오케레코드사에서 발매했습니다. 후에 「타향살이」라는 제목으로 널리 알려지게 된 「타향」은 일제강점기 최고의 대중가요 중 하나로 꼽힐 만큼 크게 유행했습니다.

이후 1936년 말에 발표한 '아 으악새 슬피우는 가을인가요' 라는 가사의 「짝사랑」이 또다시 히트하고 이은파李銀波와의 듀엣곡인 신민요 「풍년송豊年頌」 등으로 지속적인 인기를 누렸습니다. 오케레코드사와 전속공연단인 〈조선악극단朝鮮樂劇團[4]〉에서 활동하다가 1940년부터 빅터레코드사의 〈반도악극좌半島樂劇座〉로 이동했습니다. 여기서 빅터사 전속가수로 「알뜰한 당신」을 불렀던 인기가수 황금심과 만나 1941년에 결혼했습니다.

고복수는 채규엽蔡奎燁[5], 강홍식姜弘植[6]과 더불어 일제 강점기 초기의 가수로 분류되며, 이들 가운데 가장 오랫동안 인기를 누렸습니다. 한숨을 쉬는 듯한 분위기의 가창은 「타향」, 「사막의 한」, 「짝사랑」 등 한탄조의 가사로 이루어진 그의 인기곡들에 잘 어울렸습니다. 그러나 1930년대 후반에 남인수와 백년설이 등장한 이래 인기가 급격히 수그러들면서 1940년대부터는 무대 공연 위주로 활동을 전환하게 되었습니다.

3 황금심(1922~2001) : 원래 부산 출생이지만 어려서 서울로 이주해 갔다. 본명은 황금동(黃金童)이다. 1936년 15세의 나이에 오케레코드 전속가수 선발모집에 1등으로 입상하면서 가수로 데뷔하게 되었다. 그해 오케레코드사에서 발표한 「왜 못 오시나요」와 「지는 석양 어이 하리오」가 데뷔곡이다. 이후 작사가 이부풍의 소개로 빅타레코드로 옮겨 1938년 「알뜰한 당신」과 「한양은 천리원정」을 발표했는데, 이 음반이 대히트를 기록하면서 일약 인기가수가 되었다.

「알뜰한 당신」은 이후로도 널리 불리면서 황금심의 대표곡으로 남아 있다. 이때 오케레코드사와 분쟁이 일어나 법정으로 가는 소동도 있었다. 황금심은 꾀꼬리처럼 고운 목소리로 '꾀꼬리의 여왕'이라는 별명으로 불렸으며, 민요조의 구성진 창법은 대중의 큰 사랑을 받았다. 일제강점기에 남긴 히트곡으로는 이면상 작곡의 신민요인 「울산 큰애기」와 블루스곡 「외로운 가로등」을 비롯하여 「마음의 항구」, 「알려주세요」, 「청치마 홍치마」, 「꿈꾸는 시절」, 「여창에 기대어」, 「만포선 천리 길」, 「날 다려가소」, 「한 많은 추풍령」, 「추억의 탱고」 등이 있다.

이후 김용환이 조직한 빅타레코드 소속의 반도악극좌에서 활동하다가 「타향살이」의 가수 고복수와 만나 결혼했다. 둘 사이에는 3남 2녀가 출생했으며, 한국전쟁으로 고복수가 납치되었다가 탈출하는 시련 속에 1952년 취입한 제주도를 소재로 한 노래 「삼다도 소식」이 히트하여 다시 인기를 이어갔다.

그러나 고복수의 사업이 계속 실패하면서 경제적인 어려움에 시달리게 되었으며, 이 때문에 황금심도 생계를 위해 영화와 드라마주제가를 부르면서 많은 분량의 노래를 취입하게 되었다. 선우일선의 노래를 재취입한 「대한팔경」 신민요 「뽕따러 가세」, 라디오드라마 주제곡 「장희빈」, 영화주제곡 「피리 불던 모녀고개」 등이 유명하다.

4 1930년대 오케레코드사를 모체로 해서 조직된 공연단체로 오케연주단, 오케그랜드쇼를 통합하였다. 조선악극단이란 이름은 1939년 일본공연에서 처음으로 사용되었으며 식민지시대 악극단 가운데 가장 성공적인 활동을 펼쳤다. 1944년 단장인 이철 사장의 돌연한 사망으로 운영체제가 바뀌고 활동이 위축되었으나, 1948년 무렵까지 존속하며 공연을 펼쳤다.

5 채규엽(1911~?) : 함남 원산 출생으로 원산의 신명학교를 졸업한 후에 1927년 일본으로 건너가 간다[神田]음악학원에서 성악기초를 닦았다. 1928년 귀국하여 YMCA에서 독창회를 개최하였다. 1930년 서울 안동의 근화여자학교에서 성악교사로 재직하던 중 콜럼비아레코드사에서 「봄노래 부르자」를 취입함으로써 식민지 조선의 최초 직업가수가 되었다. 1932년에는 일본 도쿄의 콜럼비아레코드 본사에서 전속가수 체결을 맺고 본격적으로 가수활동을 시작하였다. 그해 일본인 작곡가 고가마사오(古賀政男)가 작곡한 「술은 눈물이냐 한숨이냐」를 우리말로 취입하여 크게 히트하였다. 그 후 남인수, 백년설 등 신인가수의 등장으로 점차 인기를 잃었으며, 무명가수들을 모아 콜럼비아악단을 조직하여 순회공연을 하였으나 흥행에 실패하여 많은 빚을 지기도 하였다. 1948년에 월북하였다. 대표곡으로는 「명사십리」, 「시들은 청춘」, 「떠도는 신세」, 「봉자의 노래」 등이 있다

6 강홍식(1902~1971) : 평양 출생으로 평양의 광성고보 재학 중 무작정 일본으로 갔다. 일본의 대성중학교 4학년 때 동경오페라단에 입단하여 이시이 바쿠(石井莫)에게서 춤과 노래를 배웠다. 이후 니카츠(日活)에서 야마모토(山本嘉一)의 제자로 이시이(石井輝男)이라는 이름으로 배우활동을 시작했다. 1925년 귀국하여 〈장한몽〉의 백낙관 역으로 조선영화계에 데뷔했다. 같은 해 〈산채왕〉에 출연했으며, 1927년에는 심훈 연출의 〈먼 동이 틀 때〉에 출연했다.

이후 주로 무대에서 활동했다. 1927년 종합예술협회의 〈빰 맞은 그 자식〉에서 주인공으로 출연했으며, 1929년 김소랑이 이끌던 〈취성좌〉에서 활동했다. 1930년에는 지두환을 중심으로 하는 〈조선연극사〉를 세워 주인공으로 활동한다. 또한 음반취입도 많이 하여 콜롬비아레코드사에서 「먼동이 터온다」 「처녀총각」, 「풍년타령」, 「청춘타령」, 「배따라기」 등의 신민요와 「유쾌한 시골영감」, 「가을날의 아가씨」, 「항구의 애수」, 「만나자 또 이별」 등의 대중가요를 취입했다.

남북분단 시기에 북으로 가서 북한영화계의 터전을 닦았다.

인기 가수였지만 인생에 굴곡이 많았기에 불운의 가수로도 불립니다. 한국전쟁 때는 인민군에게 체포되었다가 탈출하는 일을 겪었고, 1957년 은퇴공연 이래 손대는 사업마다 계속 실패하여 어려운 생활을 했습니다. 아내 황금심이 영화주제곡을 부르며 생계를 연명하는 사이 고복수는 서적외판원으로 일해야 했습니다.

고복수가 서울에서 동화가요학원을 경영할 때 배출한 제자로는 이미자와 안정애가 있습니다. 이후 투병을 하다가 뇌신경고혈압과 식도염 등으로 1972년에 세상을 떠났습니다.

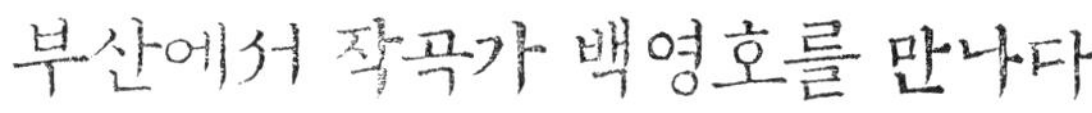

부산에서 작곡가 백영호를 만나다

오리엔트 전속가수 선발 이후 뚜렷한 성과 없이 허송세월하던 방운아는 좀 더 큰 도시에서 살길이라도 찾아보겠다는 기대 반 호기심 반으로 임시수도였던 부산을 향해 내려갔습니다. 누가 오라는 사람도 하나 없었고, 가서 찾아갈 곳도 마땅하지 않은 처지의 떠돌이에겐 당장 잠잘 곳조차 변변치 않았습니다.

당시 부산에는 작곡가 백영호(白映湖, 1920~2003)가 살고 있었습니다.

부산 출생의 백영호는 부산에서 초등학교와 중학교를 마치고 음악수업에 열중하다가 만주로 건너가 신경음악전문학원新京音樂專門學院을 졸업했습니다. 이후 중국의 내몽골 흥아興亞방송국 전속악단장까지 지냈습니다. 해방이 되면서 귀국하여 자신의 형이 운영하던 백병원 건물의 한쪽 구석진 공간에 옹색한 작업실을 차리고 작곡에 몰두하고 있었지요. 그곳에는 가수 수업을 받는 젊은이들이 자주 출입하였는데 그들 중에는 방운아와 남백송을 비롯하여 백설희, 정향, 신해성[1] 등도 있었습니다.

백영호는 항상 과묵하고 성실한 후배 방운아에게 특별한 정을 갖고 있었습

▲ 1954년 빅토리레코드 전속시절의 방운아와 작곡가 백영호 선생

◀ 빅토리레코드를 이끌던 중심
인물들 | 백영호 선생의 뒤로
남백송과 방운아가 서 있다.

니다. 이후 두 사람은 거의 의형제나 다름없을 정도로 친밀한 사이가 되었습니다. 1955년부터 백영호와 방운아 두 사람은 인간적으로 다정하게 밀착이 되어 모든 것을 서로 의논하고 결정하는 돈독한 형제가 되었습니다. 백영호의 고향집에 가서 아주 허름한 초가집을 배경으로 두 사람이 어깨동무를 하고 찍은 사진은 지금 보아도 눈시울이 뜨거워질 정도입니다.

현재 경남 진주에서 내과병원을 운영하고 있는 백영호 선생의 맏아들 백경권은 자신의 어린 시절, 가수 '방운아 아저씨'가 자주 집에 와서 식사도 같이 하고, 아버지로부터 노래 지도를 받던 모습이 생생하다고 옛 추억을 더듬었습니다.

백영호가 전문 작곡가로 데뷔한 것은 야인초(野人草, 본명 김봉철)가 운영하던 부산 코로나레코드 시절부터입니다.[2] 이후 백영호는 빅토리레코드, 미도파레코드 등에서 전속 작곡가로 활동하게 됩니다. 그것도 나이 서른이 훨씬 넘어서 말입니다.

빅토리레코드는 1954년 무렵, 부산에서 미도파음반공사美都波音盤公社의 자회사로 설립되어 50년대 후반까지 활동하다 문을 닫은 레코드회사였습니다. 정식명칭이 빅토리음반공사였던 회사의 로고는 오선지 위에 빅토리라는 필

---

1 신해성 : 1935년 전북 김제 출생의 가수로 본명은 신창희. 1958년 「여인우정」으로 데뷔했으며 대표곡으로는 「온천의 하룻밤」, 「고향달」, 「어머니」, 「명동 데이트」, 「흘러간 낙화유수」 등이 있다.

2 코로나레코드사라는 음반제작사를 부산에서 운영하고 있었다는 야인초의 존재와 그의 활동에 대해서는 당시 신문 광고를 비롯하여, 황문평, 반야월 등의 자료에도 이따금 등장하고 있다. 반야월은 코로나레코드사의 첫 작품이 「부산 부루스」였다고 하는데 음반은 확인하지 못했다고 말했다. 야인초는 당시 녹음기사 활동과 작사가로서의 활동을 겸했던 것으로 알려지기도 한다. 작사가로도 활동했었는데 작품으로는 「오동동 타령」, 「한 많은 대동강」, 「부산 부루스」 등이 있다.
　코로나레코드와 관련한 자료로는 영남일보(1949.4.8) 광고면에는 '미향악단내연, 현 코조(로)나 전속 강남주 전오-케 전속 안순영' 이란 기사가 확인되고, 민주중보(1949.8.11) 광고면에서도 '영화와 연극과 경음악 납량특별대공연, 코로나·레코드 전속가수 총출연 11일부터 조선극장' 이란 내용의 기사가 보인다.
　하지만 이병주의 증언은 코로나레코드사의 존재 사실을 전혀 인정하지 않는다. 1947년 중반, 직접 부산 영도의 주소로 야인초를 수소문해 찾아가서 현장 확인을 했던 오리엔트레코드사 사장 이병주의 진술에 의하면 당시 야인초의 현황은 함석에 납땜을 해서 겨우 생계를 이어가는 영세민의 모습이었다고 한다. 야인초에 의한 음반제작 사실에 대해서 이병주는 그가 여러 시설을 전전해 다니며 어렵게 몇 장의 음반을 개별적으로 제작할 수는 있었을 것이라고 추정했다.(대구MBC TV 다큐멘터리 〈금순아, 어데를 가고〉 작가 원고 중에서 이병주 증언록 부분, 2007.2.15.)

▲ 1956년 늦가을 목포 유달산을 배경으로(앉은 이가 백영호, 뒷줄 남백송, 방운아)

▲ 1958년 성탄절에 함께 모인 빅토리레코드사 임원 일동 | 백영호 선생의 좌우로 권혜경, 백설희, 박애경 등이 보인다. 뒷줄 좌측부터 신해성, 방운아. 한 사람 건너 정향, 월견초 등의 모습이 있다.

기체 영문이 오버랩 되어 있고, 그 아래쪽으로 음표가 붙어있습니다. 다소 두꺼운 황색지로 만들어진 음반 재킷의 정면 중앙 상단에는 '빅토리VICTORY'란 영문이 표시되어 있고, 재킷 전체를 차지하는 V자가 굵은 주황색으로 전면 바탕에 깔려 있습니다. 이 빅토리레코드사를 이끌어가던 실질적 중심인물은 작곡가 백영호였습니다.

백영호는 방운아의 뛰어난 가창력을 확인하고 빅토리레코드 소속 전속가수가 될 수 있도록 길을 열어주었습니다. 취입 첫 곡으로 「마음의 자유천지」를 발표하였는데, 빅토리레코드사 음반목록 제7번으로 제작 발매된 이 작품은 전쟁 직후의 혼란과 그 와중에서 삶에 좌절하고 절망상태에 빠져있던 한국인들에게 새로운 힘과 용기를 북돋워주는 효과로 다가갔습니다. 대중들은 이 가요작품을 부르며 고통스런 삶의 틈바구니에서 조금이나마 여유와 한숨

▲ 백영호, 방운아, 박애경 등 빅토리레코드사 식구들

▲ 1950년대 중반 부산에서 설립된 빅토리 레코드사의 음반 재킷

▲ 깔끔한 정장 차림의 빅토리 전속가수 방운아

을 돌릴 수가 있었을 것입니다. 이 곡은 이후로 가수 방운아를 대표하는 상징적인 노래로 자리매김하게 되었습니다. 이 노래는 백설희의 노래 「비의 부르-스」와 같은 음반에 수록되어 있습니다.

방운아는 백영호의 문하에서 특별한 사랑을 받으며 많은 작품을 취입했고, 여러 편의 히트곡을 잇달아 발표할 수 있었습니다.

하지만 어찌된 까닭인지 빅토리 레코드사에서 발매된 SP음반의 재킷 앞면에서 가수 방운아의 사진과 이름은 방태원方太園으로 표시되어 있습니다. 하지만 뒷면에 수록된 가요작품 목록에서는 방운아란 이름을 사용하고 있네요. 말하자면 두 가지의 서로 다른 예명을 한 재킷에서 혼용混用하는 야릇한 기현상이 빚어진 것입니다.[3]

처음 얼마동안은 방태원이란 이름을 그대로 사용하다가 점차 시간이 지나면서 혼동을 피하기 위해 아예 방운아로 모든 음반의 이름을 스스로 단일화시키고 있는 것으로 보입니다. 유족들이 보관해온 자료『취입곡집』을 전반적으로 살펴보면 자신의 모든 가요작품에서 오로지 방운아란 예명만 유일하게 사용하고 있음을 확인하게 됩니다. 방태원이란 예명은 전혀 찾아볼 수 없습니다. 그 시절의 친구 남백송은 이렇게 회고합니다.

"방운아란 이름은 말 그대로 스쳐 지나가는 구름이라 마음에 들지 않네. 방태원이란 이름으로 새출발해 보려고 하네."

이렇게 해서 방태원이란 예명을 쓰게 되었지만 오히려 전보다 더 낯설고 딱딱한 느낌이 들어서 다시 방운아란 예명을 쓰게 되었다고 하는군요.

당시 빅토리레코드사에서 활동했던 방운아의 다른 선후배 동료가수들로는 백설희, 도미, 신해성, 정향, 박애경朴愛敬[4], 금사향琴絲響, 박재홍, 유상문, 장락진, 한종명韓鐘鳴[5], 현인玄仁 등이 있었고, 식민지 시절부터 활동했던 가수로는 남인수와 고운봉高雲峰[6]을 비롯하여 황금심, 한정무 등도 올라 있습니다. 작사가로는 한산도韓山島, 강사랑, 야인초野人草, 손로원孫露源, 이우용, 월견초月見草, 천봉千峰, 박금호 등의 이름이 보입니다. 작곡가로는 한신韓新[7]이란 낮

---

3 이러한 혼용(混用)의 현상은 미도파음반공사에서 제작된 음반 재킷에도 동일한 모습으로 나타난다. 앞면 사진에는 '방태원'으로 표시되어있는데, 뒷면의 발매 음반목록에는 '방운아'로 나타나고 있기 때문이다.

4 박애경(1937~2005) : 부산 출생의 가수로 본명은 박세말이다. 1954년 빅토리레코드에서 「낭자일기」를 불러 가수로 데뷔하였다. 이후 「안개낀 서귀포」「능금꽃 필 때」「화심의 노래」「은희의 노래」「파랑새가 울거든」「가거라 슬픔이여」 등을 불러 인기를 얻었다. 특히 「파랑새가 울거든」은 방운아의 「부산행진곡」과 앞뒷면에 수록될 정도로 가까웠다. 방운아와는 빅토리와 미도파 두 회사에서 함께 활동하였는데, 여기에는 작곡가 백영호와 결속된 인간적 유대가 배경이 된 것으로 보인다. 1960년대 이후에는 여성듀엣 〈은방울자매〉를 결성하여 리더로 활동해왔다.

5 한종명은 작사가 한산도가 가수활동을 할 때 쓰던 또 다른 이름이다. 본명은 한철웅이다.

6 고운봉(1920~2001) : 본명은 고명득(高明得)이다. 충남 예산 출생으로, 어릴 때부터 가수를 꿈꾸던 중 1937년에 예산공립농업학교를 졸업하고 경성부로 무작정 올라왔다. 태평레코드사 문예부장 박영호를 찾아가 예명을 얻고 전속 가수로 채용되었다. 곧바로 악극단 소속으로 순회공연에 참가하면서 데뷔를 준비한 끝에, 1939년에 일본에서 「국경의 부두」를 발표하여 정식 데뷔하였다. 고운봉의 창법이 맑고 곡도 애잔한 내용이 많아 '순정가수'로 홍보되었다. 「국경의 부두」와 「아들의 하소」가 알려지면서 인기가수가 되었고, 이후 「남강의 추억」 등을 계속 히트시켰다. 1940년에는 오케레코드사로 전속을 옮겼고, 이듬해 발표한 「선창」(조명암 작사, 김해송 작곡)이 공전의 인기를 기록하게 되었다. 1942년에 콜럼비아레코드사로 다시 전속을 이동하였다.

7 작곡가 한신(韓新)의 경우 좀 더 조사할 필요가 있으나 한산도의 또 다른 예명으로 추정된다.

▲ 1950년대 중반 부산의 백영호 작곡사무실을 드나들던 문하생들 | 뒷줄에 방운아가 보인다.

선 이름이 하나 있을 뿐 모든 음반에서 오로지 백영호의 작품뿐입니다.

빅토리레코드사에서 발매한 SP음반은 도합 24장, 개별 가요작품으로는 도합 48곡입니다. 다른 장르는 없고, 오로지 가요곡 한 종류뿐입니다. 그 목록들은 다음과 같습니다. 이 가운데서 방운아의 취입곡은 「마음의 자유천지」, 「꼴망태 시절」, 「대지의 어머니」, 「비 나리는 항구」, 「사랑의 소야곡」, 「서울을 가야지」, 「장미는 슬프다」, 「마도로스 형제」, 「매라의 노래」 등 모두 아홉 곡입니다.

「하와이 코리앤송」 (손로원 작사, 백영호 작곡, 한종명 노래)
「남국의 처녀」 (박금호 작사, 백영호 작곡, 금사향 노래)
「망향십년」 (천봉 작사, 백영호 작곡, 장락진 노래)

「사나이 순정」 (천봉 작사, 백영호 작곡, 장락진 노래)

「청춘 에레-지」 (한산도 작사, 백영호 작곡, 한종명 노래)

「베니쓰의 밤」 (한산도 작사, 백영호 작곡, 백설희 노래)

「마음의 자유천지」 (손로원 작사, 백영호 작곡, 방운아 노래)

「꼴망태 시절」 (한산도 작사, 백영호 작곡, 방운아 노래)

「대지의 어머니」 (야인초 작사, 백영호 작곡, 방운아 노래)

「항구의 휫파람」 (박금호 작사, 백영호 작곡, 유상문 노래)

「눈물 젖은 내 고향」 (한산도 작사, 백영호 작곡, 현인 노래)

「잘 있거라 고모령」 (한산도 작사, 백영호 작곡, 현인 노래)

「꽃 파는 백설희」 (손로원 작사, 백영호 작곡, 백설희 노래)

「나루터 고향길」 (한산도 작사, 백영호 작곡, 박재홍 노래)

「왕서방 추억」 (야인초 작사, 백영호 작곡, 백설희 노래)

「나의 쥬리엣」 (한산도 작사, 백영호 작곡, 현인 노래)

「마음의 호수」 (한산도 작사, 백영호 작곡, 백설희 노래)

「비나리는 항구」 (한산도 작사, 백영호 작곡, 방운아 노래)

「차이나 달밤」 (한산도 작사, 백영호 작곡, 백설희 노래)

「사랑의 소야곡」 (손로원 작사, 백영호 작곡, 백설희·방운아 노래)

「토이기土耳其의 밤거리」 (손로원 작사, 백영호 작곡, 백설희 노래)

「그대는 바람과 같이」 (야인초 작사, 백영호 작곡, 한정무 노래)

「나도 몰라요」 (손로원 작사, 백영호 작곡, 백설희 노래)

「추억의 소야곡」 (한산도 작사, 백영호 작곡, 남인수 노래)

「리라꽃 피는 밤」 (강사랑 작사, 백영호 작곡, 남인수 노래)

「제주도 아주방」 (야인초 작사, 백영호 작곡, 백설희 노래)

「비오는 스텐드빠-」 (야인초 작사, 백영호 작곡, 한정무 노래)

「이별의 푸럿드홈」 (강사랑 작사, 백영호 작곡, 남인수 노래)

「꿈은 사라지다」 (강사랑 작사, 백영호 작곡, 남인수 노래)

「일장소식一狀消息」 (한산도 작사, 한신 작곡, 박재홍 노래)

「바다에 사랑실어」 (손로원 작사, 한신 작곡, 백설희 노래)

「사랑의 고백」 (손석우 작사, 백영호 작곡, 남인수 노래)

「이별 종열차終列車」(강사랑 작사, 백영호 작곡, 남인수 노래)

「가면의 첫사랑」(손로원 작사, 백영호 작곡, 유상문 노래)

「낭자일기」(이우용 작사, 백영호 작곡, 박애경 노래)

「서울을 가야지」(월견초 작사, 백영호 작곡, 방운아 노래)

「살짝꿍 오세요」(월견초 작사, 백영호 작곡, 백설희 노래)

「원통해 못 살겠네」(월견초 작사, 백영호 작곡, 정향 노래)

「달나라 별나라」(월견초 작사, 백영호 작곡, 황금심 노래)

「장미는 슬프다」(한산도 작사, 백영호 작곡, 방운아 노래)

「백장미의 노래」(한산도 작사, 백영호 작곡, 백설희 노래)

「마도로스 형제」(천봉 작사, 백영호 작곡, 방운아 노래)

「매라의 노래」(천봉 작사, 백영호 작곡, 방운아 노래)

「여인우정」(야인초 작사, 백영호 작곡, 신해성 노래)

「님이 좋아요」(월견초 작사, 백영호 작곡, 황금심 노래)

「추억」(월견초 작사, 백영호 작곡, 도미 노래)

「울리고 가네」(월견초 작사, 백영호 작곡, 백설희 노래)

가수 방운아가 1950년대 초반부터 몸담았던 회사들은 오리엔트레코드, 빅토리레코드, 도미도레코드, 태평양레코드, 아리랑레코드 등 도합 다섯 군데의 레코드회사입니다. 이 회사들을 두루 이동해 다니면서 방운아는 자신의 취입곡을 발표했습니다. 이 가운데 빅토리와 도미도레코드 두 회사가 가수 방운아의 전성기 시절, 중심적 활동무대였던 것입니다.

다음으로는 미도파레코드사에 대한 이야기입니다.

미도파레코드사는 임정수, 김능억 두 사람이 공동출자를 해서 설립된 회사입니다.

백영호의 초창기 히트곡으로는 단연코 1955년에 발표한 「추억의 소야곡」(한산도 작사, 백영호 작곡, 남인수 노래)일 것입니다. 결핵으로 고생하던 가수 남인수

▲ 1957년 어느 봄날 부산 우남공원에서 백영호(뒷줄 중앙)와 방운아(왼쪽)

▲ 빅토리레코드사에서 발매된 백영호의
최대 히트곡 「추억의 소야곡」(남인수 노래)
레이블

▲ 1950년대 중반 부산에서 설립된 미도파음반
공사의 음반 재킷 | 오른쪽 중앙에 방태원 이름
으로 표시된 방운아의 사진이 보인다.

가 진주에서 요양 중일 때 찾아가서 직접 녹음을 시도했다는 일화가 서려있
는 곡이지요. 이 작품 하나로 작곡가 백영호의 위상은 단연 우뚝하게 높아졌
습니다.

　그로부터 백영호는 미도파레코드에서 전속작곡가로 활발한 활동을 펼치
면서 많은 노래를 발표하였는데, 손인호가 불렀던 「해운대 에레지」(한산도 작
사, 백영호 작곡)도 이 시기의 작품입니다. 송민도[8]가 불렀던 「애수」, 정향이 취
입했던 「원통해서 못 살겠네」 등의 히트곡도 있었는데, 방운아의 대표곡 「마
음의 자유천지」, 「오백년 고려성」 등은 바로 이 무렵의 작품입니다. 미도파레
코드사 전속가수 시절의 방운아는 아주 멋스럽고 세련된 용모로 바뀝니다.
사진으로 만나는 당시의 방운아는 머리에 포마드기름을 발라서 올백으로 넘
기고 있습니다.

　1950년대 당시 미도파레코드에서 발매된 음반목록을 통해 우리는 미도파

음반공사의 음반을 담았던 낡은 재킷을 통해 확인해 볼 수 있습니다.

다음 목록을 통해서 미도파레코드를 주요 무대로 활동했던 가수와 작사가, 작곡가는 어떤 인물들이었던지, 더불어 당시에 제작된 영화는 어떤 것이었으며 그 주제가는 어떤 과정으로 만들어졌는지 명확히 파악해 볼 수 있습니다.

「들국화 소식」 (한산도 작사, 한종명 작곡, 황구석 노래)

「마음의 부르스」 (한산도 작사, 한종명 작곡, 백설희 노래)

「눈물의 쿰파루시타」 (야인초 작사, 박시춘 작곡, 문혜성 노래)[9]

「전후파 랩쇼뒤-」 (애인초 작사, 박시춘 작곡, 백설희 노래)

「신라의 북소리」 (야인초 작사, 박시춘 작곡, 도미 노래)

「오부자의 노래」 (반야월 작사, 박시춘 작곡, 도미 노래, 영화 〈오부자〉 주제가)

「가자 가자」 (문예부 작사, 박시춘 작곡, 백설희 노래, 영화 〈오부자〉 주제가)

「봄바람」 (문예부 작사, 박시춘 작곡, 도미 노래, 영화 〈오부자〉 주제가)

「잊었읍니다」 (한산도 작사, 박시춘 작곡, 백설희 노래)

「안개낀 서귀포」 (한산도 작사, 박시춘 작곡, 박애경 노래, 영화 〈안개낀 서귀포〉 주제가)

「차이나 박」 (김운아 작사, 박시춘 작곡, 방운아 노래)

「등대불 인생」 (반야월 작사, 박시춘 작곡, 도미 노래)

「능금꽃 필 때」 (한산도 작사, 박시춘 작곡, 박애경 노래)

---

8 송민도(宋旻道) : 1923년 경기도 수원 출생으로 송민숙, 백진주라는 예명을 함께 사용하였다. 감리교 목사의 딸로서 성장기에는 아버지의 부임지를 따라 자주 이사를 다녔다. 평안남도에서 삼화보통학교를 졸업하고 이화여자고등보통학교를 나왔다. 학교 졸업 후 만주의 용정에서 잠시 유치원 보모로 일하다가 결혼하여 연길로 이사했다. 연길에서 태평양전쟁 종전을 맞아 1945년에 가족과 함께 서울로 돌아왔다. 가수활동은 1947년에 한국방송공사의 전신인 중앙방송국 전속가수 모집에 응시하여 1기생으로 발탁된 것이 시작이다.
　데뷔곡으로 취입한 「고향초(故鄕草)」가 널리 알려지면서 송민도의 대표곡이 되었다. 이 노래는 음반사 측에서 일방적으로 예명을 바꾸어 송민숙으로 발표되었다. 고향을 그리워하는 내용의 「고향초」는 당시의 시대적 분위기와 맞아떨어졌고, 선배가수인 장세정이 다시 취입하여 널리 알려졌다.
　한국전쟁 중에는 국군 정훈공작대에 소속되어 위문공연 활동을 하였고, 종전 후 「나 하나의 사랑」과 「청실홍실」이 크게 히트하여 1950년대 후반을 대표하는 여가수로 떠올랐다. 가요곡 「청실홍실」은 한국의 드라마주제가 제1호이다. 1960년대에도 「카츄샤의 노래」, 「목숨을 걸어놓고」, 「여옥의 노래」, 「서울의 지붕 밑」, 「하늘의 황금마차」, 「청춘목장」, 「행복의 일요일」 등의 히트작을 계속 내놓았다. 가성을 사용하지 않는 창법은 고급스러운 느낌을 주며, 목소리는 잔잔한 서구식 저음이다. 미성의 가수들이 많던 시기라, 송민도의 허스키한 목소리는 독특한 분위기를 자아내며 젊은 층과 지식인들의 사랑을 받았다.

9 이 타이틀은 '라쿰파르시타'를 잘못 쓴 것으로 짐작된다.

「백제야곡」 (강사랑 작사, 박시춘 작곡, 백설희 노래)

「서울의 탱고」 (고명기 작사, 박시춘 작곡, 도미 노래)

「화심의 노래」 (반야월 작사, 박시춘 작곡, 박애경 노래, 영화 〈화심〉 주제가)

「은희의 노래」 (반야월 작사, 박시춘 작곡, 박애경 노래, 영화 〈화심〉 주제가)

「인생은 고해련가」 (반야월 작사, 박시춘 작곡, 방운아 노래, 영화 〈딸 칠형제〉 주제가)

「딸 칠형제」 (반야월 작사, 박시춘 작곡, 백설희 노래, 영화 〈딸 칠형제〉 주제가)

「남성 No.1」 (반야월 작사, 박시춘 작곡, 박경원 노래, 영화 〈딸 칠형제〉 주제가)

「보-이 후랜드」 (고명기 작사, 박시춘 작곡, 백설희 노래, 영화 〈딸 칠형제〉 주제가)

「칸나의 사랑」 (반야월 작사, 박시춘 작곡, 도미 노래, 영화 〈딸 칠형제〉 주제가)

「인생은 칠면조」 (야인초 작사, 박시춘 작곡, 백설희 노래, 영화 〈딸 칠형제〉 주제가)

「여수야화」 (반야월 작사, 박시춘 작곡, 방운아 노래)

「호수의 처녀」 (반야월 작사, 박시춘 작곡, 백설희 노래)

「여자의 마음」 (김부해 작사, 박시춘 작곡, 정향 노래)

「속지를 마세요」 (야인초 작사, 박시춘 작곡, 백설희 노래)

「부산행진곡」 (야인초 작사, 박시춘 작곡, 방운아 노래)

「파랑새가 울거든」 (한산도 작사, 박시춘 작곡, 박애경 노래)

「달뜨는 청동원」 (야인초 작사, 박시춘 작곡, 방운아 노래)

「일장춘몽」 (반야월 작사, 박시춘 작곡, 황정자 노래)

「눈물의 도롬벤」 (야인초 작사, 박시춘 작곡, 정향 노래)[10]

「허무한 꿈이였네」 (고명기 작사, 박시춘 작곡, 이경희 노래)

「인생은 나그네」 (반야월 작사, 박시춘 작곡, 방운아 노래)

「그 무슨 잘못이길래」 (반야월 작사, 박시춘 작곡, 백설희 노래)

「가거라 슬픔이여」 (반야월 작사, 박시춘 작곡, 방운아 박애경 듀엣, 영화 〈재수와 분이의 노래〉 주제가)

「두 남매」 (이사라 작사, 박시춘 작곡, 방운아 노래, 영화 〈두 남매〉 주제가)

「오빠가 그리워」 (이사라 작사, 박시춘 작곡, 백설희 노래, 영화 〈두 남매〉 주제가)

「하이킹의 노래」 (이사라 작사, 박시춘 작곡, 도미 백설희 듀엣, 영화 〈두 남매〉 주제가)

---

10 '도롬벤'은 금관악기 트럼펫의 일본식 발음이다.

▲ 미도파음반공사에서 발매된 방운이의 노래 「한많은 청춘」 가사지

▲ 1950년대 후반 미도파음반공사 전속시절의 방운아(우측 서 있는 이)와 동료들 | 20대 청년들인데도 모두 중절모를 쓰고 있는 모습이 이채롭다.

「한 많은 청춘」(김정보 작사, 김호길 작곡, 방운아 노래, 영화 〈한 많은 청춘〉 주제가)

「도라오라 나의 칼멘」(김문응 작사, 김호길 작곡, 백설희 노래, 영화 〈웃어야 할까 울어야 할까〉 주제가)

「명랑한 천사」(정성수 작사, 김호길 작곡, 방운아 노래, 영화 〈웃어야 할까 울어야 할까〉 주제가)

「가고 싶은 내 고향」(정성수 작사, 김호길 작곡, 도미 노래, 영화 〈웃어야 할까 울어야 할까〉 주제가)

「합죽이 관상쟁이」(김부해 작사, 김호길 작곡, 김희갑 노래, 영화 〈웃어야 할까 울어야 할까〉 주제가)[11]

「향수의 노래」(반야월 작사, 김호길 작곡, 도미 노래, 영화 〈웃어야 할까 울어야 할까〉 주제가)

---

11 '합죽이'는 코미디언 김희갑(金喜甲)의 별명이다.

▶ 미도파음반공사에서 발매된 방운아의 대표곡
「인생은 나그네」

　이 미도파 제작음반 목록에 의하면 방운아는 미도파에서 도합 10곡의 노래를 발표하고 있습니다. 「여수야화」, 「부산행진곡」, 「달뜨는 청동원」, 「인생은 나그네」, 「재수와 분이의 노래」, 「두 남매」, 「한 많은 청춘」, 「명랑한 천사」, 「차이나 박」, 「인생은 고해련가」 등이 그것입니다. 이 가운데 「재수와 분이의 노래」는 박애경과 혼성 듀엣으로 불러서 노래 가사의 애잔한 감정과 분위기를 더했습니다.

　영화 〈한많은 청춘〉은 김정보 기획, 권철휘 제작으로 만들어졌습니다.

　성격배우 황해와 김지미가 주연을 했던 이 영화의 포스터에는 '청춘은 한이련가, 희망이련가, 삼우프로덕션이 보내드리는 야심작!!' 이란 광고문구가 보입니다. 이 영화의 경우도 방운아가 주제가를 불러서 히트를 시켰지요.

　가요계의 판도에 커다란 변화가 찾아오기 시작하면서 작곡가 백영호는 지구레코드사 전속으로 자리를 옮겨가게 됩니다. 지구레코드사는 사실상 미도파레코드사의 후신이라 할 수 있는 회사였지요. 백영호의 작품으로 가요팬들의 사랑을 받은 작품이 다수이지만 최대의 히트곡은 아무래도 1960년대 후반에 발표했던 「동백아가씨」(한산도 작사, 백영호 작곡, 이미자 노래)가 아닌가 합니다. 하지만 이 곡은 발매 직후에 금지곡으로 묶여서 오래도록 이 노래의 제작자들로 하여금 마음의 상처가 되었던 것을 우리는 생생하게 기억하고 있습니다.

◀ 삼우프로덕슌에서 제작한 영화 〈한많은 청춘〉 포스터 | 성격배우 황해, 김지미가 주연을 맡았다.

임정수와 김능억은 환도 이후 서울로 옮겨온 뒤에도 계속 동업을 하다가, 「동백아가씨」가 엄청난 히트를 하게 되면서 갈등이 생겨 나뉘게 되었습니다. 임정수 사장이 지구레코드사를 세워 독립하고, 김능억 사장은 이인권과 그랜드레코드를 각각 설립하게 되었습니다. 「동백아가씨」의 수입은 서로 반반씩 공평하게 나누기로 약속했었는데, 이 곡이 1965년 말 방송금지곡으로 묶이면서 거의 잊어진 곡으로 방치되다시피 했습니다.

1950년대 중반 무렵 방운아는 부산 광복동에서 레코드소매상을 운영하고

▲ 1950년대 중반 미도파레코드 녹음실에서 작사가 천봉, 가수 백설희 등과 함께

있는 어떤 지인과 호형호제呼兄呼弟하는 사이가 되었습니다. 그는 객지에서 오갈 데 없는 쓸쓸한 처지의 방운아를 측은하게 생각하며 상점 뒤편에 딸린 작은 쪽방을 기꺼이 내어주었습니다. 모질고도 지긋지긋한 전쟁에 시달린 1950년대의 모든 한국인들에게 가난은 마치 천형天刑과도 같은 삶의 무게로 다가왔을 것입니다. 방운아의 경우도 예외가 아니어서 수중에는 한 푼의 돈이 없었고, 끼니를 해결하는 일조차 버겁고 힘겨웠던 시절이지요. 춥고 가난하며 힘겨운 삶의 표정이 느껴지는 사진 한 장이 우리의 가슴을 애잔하게 합니다. 사진 속 주인공들의 얼굴은 대부분 영양실조로 깡마른 상태입니다. 중심을 잃고 있는 눈빛은 허공을 멍하게 바라봅니다. 한복을 입은 채 팔짱을 끼고 있는 작곡가 백영호의 모습도 예외가 아닙니다.

이러한 시기에 뛰어난 감각의 작곡가 백영호를 만나게 된 것은 하나의 운명적 기회라 할 수 있을 뿐 아니라, 방운아로 하여금 1950년대 최고 인기가수의 길로 발돋움하는 계기가 되었습니다. 1950년대 중반, 백영호는 전국가요콩쿨대회를 기획하고 전국을 순회하는 공연행사를 펼쳤습니다. 이 행사에 방운아는 작곡가 백영호를 따라서 전국을 순회하며 무대에 올랐습니다. 한 자료집에 실린 흑백사진에는 1958년 성탄절 무렵에 빅토리레코드사 '임원 일동'이란 글씨가 보이는 합동사진이 실려 있습니다. 작곡가 백영호를 중심으로 백설희, 방운아, 정향, 신해성, 은방울자매의 박애경 등이 단정한 모습으로 기념촬영에 임하는 광경이 보입니다.

방운아는 매우 독실한 가톨릭 신자였습니다. 일찍이 천주교에 입교하였고, 세례명을 요셉이라 불렀습니다. 아내 조규순 여사도 함께 성당에 다녔고 세례명은 마리아였습니다. 물론 한참 뒤의 일이지만 자녀들까지 모두 가톨릭에 입교시켜 이른바 성가정聖家庭을 꾸렸는데, 아들 문성文成은 요한데데오, 딸 미심美心은 안젤라라는 세례명을 받도록 이끌었습니다.

남백송의 증언에 의하면 전국 순회공연을 다니는 그 바쁜 와중에도 일요일 새벽이면 일찍 일어나 '한 쪽 손에 전짓불을 들고 어두운 골목길을 비추며' 가까운 천주교회를 찾아가서 새벽미사를 극진히 바치고 돌아왔다고 합니다. 1950년대 후반에는 전력사정도 좋지 않았지만 가로등이 없는 거리가 워낙 많아서 새벽 골목길을 다니기가 몹시 불편했을 것입니다. 이 대목에서 독자여러분들은 혼자 전짓불을 켜들고 쌀쌀한 새벽길을 걸어서 미사에 참석하기 위해 걸어가던 가수 방운아의 뒷모습을 한번 떠올려 보시기 바랍니다.

부산 시절의 친구들

가수 남백송

경남 삼랑진 출신인 가수 남백송南白松은 본명이 김지환金志煥입니다. 김지환은 맨 처음 작곡가 백영호의 문하를 드나들며 노래수업을 받았는데, 여기서 방운아와 처음으로 만났다. 김지환은 방운아보다 나이가 두 살 정도 적었으므로 '방형'이라 호칭하며 서로 어울리다가 점차 친구 사이로 발전되었다고 합니다.

당시 김지환은 가수가 되려는 꿈을 품었지만 좋은 기회를 얻지 못하고 있었습니다. 이 무렵 부산 KBS 공개방송 무대에 나가서 우연히 노래를 부르게 되었는데, 이 방송을 도미도레코드사의 운영자로 있었던 한복남이 듣고 김지환과 만나려는 뜻을 표시했습니다. 그리하여 작사가 천봉千峰으로 하여금 김지환을 불러오도록 하였고, 마침내 도미도레코드를 통하여 음반을 취입 발표하면서 본격가수의 길로 접어들게 되었습니다.

작사가 천봉은 본명이 천상률(千相律, 1923~1989)입니다. 「앵두나무 처녀」「청

▲ 부산시절 각별한 우정을 나누었던 방운아와 가수 남백송

▲ 작사가 천봉 선생과 함께(우로부터 방운아, 천봉, 정향)

춘등대」「이별 슬픈 플랫홈」「엽전 열닷냥」「전화통신」 등 다수의 가요작품을 썼고, 그 중에서 여러 곡을 히트시켰지요. 대중음악가협회 부산지부장을 맡아서 오래도록 성실하게 업무를 맡아보았던 분으로 그 성품이 깔끔하고 신사적인 특징을 지녔으며 항상 주변 사람들에게 좋은 인상을 주었다고 합니다.

여기서 도미도레코드 이야기를 잠깐 짚고 넘어갈까 합니다.

원로가수 김정구金貞九[1]와 한복남韓福男 등은 부산으로 피난을 내려가서 우선 끼니부터 때우기 위한 절박한 목적으로 장사를 시작했습니다. 전쟁의 상황이 차츰 교착상태에 빠지면서 피난지 수도에서의 악극활동이 재개되었는데, 이때 김정구는 〈백조가극단白鳥歌劇團[2]〉에 가입하여 순회공연에 참가했지요.

본명이 한영순인 한복남韓福男은 평남 안주 출생으로 원래 양복재단사였습니다. 고향에서는 '노래 잘 부르는 양복장이'로 소문이 나 있었다고 합니다. 해방이 되자 서울로 내려와 김해송[3]이 이끌던 K.P.K 악단에 출연하여 「빈대떡 신사」를 불렀는데, 이 노래가 커다란 인기를 모았습니다.

한국전쟁 직후 부산으로 피난 내려와 아미동에 방 한 칸을 얻고 피난살이를 시작했습니다. 그런 한편으로 국제시장 한 모퉁이에서 축음기 부품을 취급하는 고물장사를 했는데, 때로는 대구와 부산 등지의 다방 가를 직접 돌아다니며 음반과 축음기 바늘을 팔았습니다. 때로는 자신이 제작한 음반을 자전거 뒤의 짐대에 실어서 부산 시내를 두루 돌아다니며 팔았다고 합니다.

당시 부산에는 첨단적 녹음장비라 할 수 있는 마그네틱테이프, 즉 자기녹음기가 미군부대를 통해 국제시장으로 흘러나왔습니다. 1950년대 초반의 음반 생산설비라고는 아스테이트 녹음방식, 즉 원판에 소리의 파장을 기록하는 과정이었으나 자기테이프 방식은 몇 번이고 다시 녹음할 수 있는 상당한 최첨단 기계설비였던 것입니다. 시대 변화와 대세의 파악에 남달리 뛰어난 감각을 지녔던 한복남은 여기에 착안하여 국제시장으로 흘러나오는 미제 중고

1 김정구(金貞九, 1916~1998) : 함남 원산 출생으로 작곡가 겸 가수인 맏형 김용환과 성악가인 누나 김안라가 모두 음악인으로 활동한 기독교 가정에서 태어나 자연스럽게 음악을 접했다. 1936년에 뉴코리아레코드에서 형 김용환의 작품인 「삼번통 아가씨」를 취입하여 가수로 데뷔했다. 이후 오케레코드로 옮겨 「항구의 선술집」(1938)을 불렀고, 이듬해 「눈물 젖은 두만강」이 크게 유행하면서 이름을 널리 알리게 되었다. 풍자성이 짙은 만요(漫謠) 가수로서의 재능이 두드러져 익살스러운 노래를 여러 곡 히트시켰다. 「왕서방 연서」, 「앵화폭풍」, 「모던 관상쟁이」, 「총각진정서」, 「수박행상」 등이 모두 만요이며, 장세정과 함께 부른 듀엣곡 「만약에 백만원이 생긴다면은」, 「가정전선」 등에도 만요곡으로서의 성격이 나타난다. 일제말에는 형 김용환과 함께 〈태평양가극단〉을 조직하여 활동하였다. 1960년대에 한국방송 라디오 반공드라마인 〈김삿갓 북한방랑기〉의 주제곡으로 「눈물 젖은 두만강」이 쓰이면서 다시 주목을 받았다. 이후 이 노래는 오랫동안 애창되어 가요팬들의 대표적인 애창곡이 되었다.

2 일제말기에 조직되었던 〈남해위문대〉가 해방후 이름이 바뀌어 재조직된 단체이다. 배우 전옥과 남편 최일이 주축이 되어 〈항구의 일야〉〈눈 내리는 밤〉 등의 신파비극을 공연하였다. 주로 전옥이 주연을 맡았으며, 1955년 〈자유가극단〉에 통합되었다.

3 김해송(金海松, 1911~1950) : 본명은 김송규(金松奎)로 평남 개천 출생이다. 평양의 숭실전문학교와 충청남도 공주의 공주고등보통학교에서 수학했다. 학생 시절부터 기타 연주 등 음악에 뛰어난 재능을 보였다. 1930년대 중반부터 대중음악계의 천재로 불렸고, 타고난 재능으로 작곡은 물론 가수 활동과 편곡, 연주, 지휘 등을 모두 능란하게 해냈다. 재즈 음악을 도입해 '재즈의 귀재'로 불리기도 했다. 가수로서의 데뷔곡은 오케레코드에서 1935년에 자작곡으로 부른 「항구의 서정」과 손목인 작곡의 「웃지를 마서요」이다. 가수로서는 김해송, 작곡가로서는 김송규라는 이름을 사용하다가 1940년대부터는 주로 예명 김해송으로 활동했다. 만요풍의 가사를 얹은 노래에 능했다. 작곡자로서는 「연락선은 떠난다」, 「오빠는 풍각쟁이」, 「역마차」, 「울어라 문풍지」, 「화류춘몽」, 「선창」, 「울어라 은방울」 등의 히트곡을 남겼다. 이 노래들은 장세정, 박향림, 이난영, 고운봉, 이화자 등 이른바 당대의 인기가수들이 부른 노래들이다. 서양 대중음악에 능통하여 재즈나 블루스, 스윙과 같은 그 시기에 흔치 않은 음악장르를 섭렵했다. 김해송은 뛰어난 연주자로서 무대 연출 분야에서도 두각을 나타냈는데, 무대 활동의 특성상 자취가 많이 남아있지 않다. 해방 후 K.P.K악극단을 결성해 오페라를 원용하여 음악의 여러 장르를 넘나드는 뮤지컬 형식을 시도함으로서 전위적이고 다채로운 무대 예술을 선보였다. 이 시기의 작품으로 〈투란도르〉(1948), 〈카르멘환상곡〉(1949), 〈로미오와 줄리엣〉(1950) 등이 있다. 한국전쟁 때 북한으로 납치되어 갔으며, 이후 얼마 지나지 않아 사망한 것으로 알려져 있다.

4 해방 직후 월남하여 서울 충무로 입구에서 양복점을 운영하던 한복남은 작사, 작곡에도 관심을 가져 틈틈이 활동을 하였다. 김해송의 작품 「저무는 충무로」와 황금심의 작품 「가랑잎 편지」의 녹음 원판을 보관 중이다가 한국전쟁 직후 대구로 피난 내려왔다. 오리엔트레코드사 사장이었던 이병주의 증언에 의하면 당시 대구 중심가를 전전하며 축음기 바늘과 레코드 음반을 팔아서 생계를 유지했다고 한다. 경제적으로 몹시 어려웠던 한복남은 오리엔트레코드사를 찾아와 운영자 이병주로부터 기타 무료교습, 공장 숙직실의 숙소제공, 음반 제작기술에 관한 모든 지식들을 제공받았다. 오리엔트레코드사 음반제작 공장 숙직실에서 가족과 함께 기거하였다. 이 무렵 오리엔트레코드사 음반 제작기술자 2명을 몰래 설득하여 부산으로 데리고 갔고, 국제시장을 근거지로 살아가면서 최소자본금으로 도미도레코드사를 설립 운영하였다. 이후 「홍콩아가씨」(금사향), 「페르샤 왕자」(허민) 등을 히트시켰다. 대표곡으로는 「오동동 타령」「한 많은 대동강」, 「엽전 열 닷 냥」, 「빈대떡 신사」 등이 있다.

5 박두환(朴斗煥) : 서울 출생으로 본명은 박계환(朴季煥)이다. 작사한 대표작으로는 「꿈에본 내 고향」「잘 있거라 황진이」「방앗간 처녀」「한많은 아랑낭자」「두견아 울지 마라」 등이 있다.

6 신카나리아(1912~2006) : 함남 원생 출생으로 본명은 신경녀(申景女)이다. 원산 루씨고등여학교를 중퇴하였다. 가정 형편이 어려워 학업을 계속하지 못했으나, 교회를 통해 성악가 이인범의 동생인 이옥현에게 노래를 배웠다. 임서방(林曙方)이 이끄는 〈조선예술좌〉가 원산 지역에 순회공연을 왔을 때 그를 찾아가 가수로 데뷔하게 되었다. 후에 신카나리아는 임서방과 결혼했다. 이동극단 막간 가수로 가수 활동을 시작한 뒤 1928년에는 「뻐꾹새」와 「연락선」을 취입하여 정식으로 데뷔했다. 가수 활동을 하면서 신카나리아라는 예명을 사용하여 한국 최초로 예명을 쓴 가수가 되었다. 곱고 간드러진 목소리로 '산골짝에서 졸졸졸 흐르는 냇물소래'와 같다는 평을 들었고, 막간무대에서 부른 「강남달」과 「강남제비」을 비롯하여 「나는 열일곱살이예요」, 「베니스 노래」, 「에헤라 좋구나」, 「애수의 부르스」, 「노들강변」, 「그 님은 떠나고」 등을 많이 불렀다. 이 가운데 원제가 「무궁화 강산」인 전수린 작곡의 「에헤라 좋구나」는 신카나리아 자신이 즐겨 부른 애창곡이었다. 1938년 이후로는 음반활동보다 악극단 공연에 좀 더 집중하였고, 태평양전쟁 종전 후에는 김해송의 K.P.K악극단에서 활동하였다. 이 무렵 첫 남편인 임서방과 이혼하고 시나리오 작가인 이익(李翼, 김화랑)과 재혼하여 함께 〈새별악극단〉을 창립하고 순회공연을 벌였다. 1970년대에는 서울 중구 충무로에서 카나리아다방을 운영했는데, 그곳은 동료가수들이 모이는 장소가 되기도 했다.

녹음기를 모조리 사 모았습니다. 장차 레코드 회사를 차리려는 속셈을 갖고 있었던 것이지요. 레코드 제작 기술을 배우기 위해 대구의 오리엔트레코드사 이병주李炳主 사장을 직접 찾아가 그곳에 유숙하면서 기술 전수를 받기도 했습니다.[4]

▲ 1950년대 초반 부산에서 설립된 도미도 레코드사의 음반 재킷

어느 정도 자본을 모으게 되자 한복남은 동사무실을 야간에 빌리기로 허락을 받아 레코드녹음을 시작했는데, 방음장치가 별도로 없어서 쌀가마니와 미군 담요를 창틀에 둘러친 뒤 영세하고 조악한 환경 속에서 녹음에 들어갔다고 합니다. 이러한 제작설비 속에서 레코드가 제작 생산되었는데, 이것이 도미도레코드사의 출발과정입니다.

도미도레코드사에서는 한국전쟁 과정에서 피난 월남해온 평양 출생의 가수 한정무韓正茂가 「꿈에 본 내 고향」(박두환[5] 작사, 김기태 작곡)을 불러서 실향민의 처절한 심정을 위로하고 달랬습니다. 이 노래는 원래 선배가수 송달협이 악극단 무대 위에서 먼저 불러 대중들에게 널리 알려진 노래라고 합니다.

도미도레코드를 중심으로 활동했던 대중음악인들로는 「홍콩아가씨」의 금사향, 「페르샤 왕자」의 허민 등을 위시하여 신카나리아[6], 이재호[7], 남인수, 송민도, 한정무, 심연옥[8], 김백희, 정향, 강남주, 김영춘, 박재홍, 남백송, 황정자[9], 한복남, 김정애, 황금심, 문일봉, 현인[10], 오정심[11], 이국진, 금사향, 문성남, 손인호, 고봉산[12], 고복수, 남신, 도성아[13], 김용만, 나애심, 허민, 김유경, 신설남[14], 황남수, 정마리아, 권혜경, 윤인자, 김백희, 박재란 등의 가수들과 김광수, 김호길, 손석우 등의 작곡가들이 있습니다.

7 이재호(李在鎬, 1919~1960) : 경남 진주 출생으로 본명은 이삼동(李三同)이다. 예명으로는 무적인(霧笛人)이란 이름을 사용하였다. 진주고보를 졸업하고 일본에 유학하여 바이올린을 공부했다. 1938년경부터 콜럼비아레코드에서 박향림(朴響林)이 부른 「항구에서 항구로」로 작곡활동을 시작했다. 일제강점기 말기인 1930년대 후반에 다섯 군데의 음반회사가 있었는데, 이 가운데 태평레코드가 가장 규모가 작았다. 그러나 이 무렵 최고의 인기를 누리던 남인수에 대적할 수 있는 유일한 가수로 백년설의 노래가 크게 사랑받으며 태평은 비약적인 발전을 했다.

이재호는 「나그네 설움」「번지 없는 주막」「대지의 항구」를 1940년과 1941년 무렵 가수 백년설을 통해 발표하여 대히트를 기록함으로써 말 그대로 태평레코드사의 기둥역할을 했다. 이 노래들은 모두 지금까지도 널리 불리고 있다. 백년설 외에도 백난아와 진방남이 이재호의 곡을 받아 불러서 인기를 모았다. 이재호는 작곡, 편곡, 연주 실력을 고루 갖추고 있어 천재적인 음악성의 소유자라는 격찬을 받았다. '가요계의 슈베르트'라는 별명이 있을 정도였다. 오케레코드가 박시춘과 남인수 콤비의 히트곡을 계속 배출하는 동안 태평은 이재호와 백년설 콤비로 이에 맞섰다. 후에 진방남은 작사가로 활동하며 이재호와 짝을 이루어 많은 노래를 발표했다.

해방 직후에도 「귀국선」 등 이른바 해방가요를 작곡해 계속 인기를 누렸으며, 고향 진주로 내려가 모교인 진주중학교에서 잠시 교사로 근무했다. 이때 가르친 제자가 작곡가 이봉조이다. 한국전쟁 후에는 태평 3인방이던 진방남, 백년설과 함께 대구에서 서라벌레코드를 창립하기도 했다.

오랫동안 앓아온 폐결핵 때문에 1960년에 40대 초반의 나이로 사망했다. 폐 한 쪽을 잘라내는 수술을 하는 등 투병생활의 어려움 속에서도 「고향에 찾아와도」, 「경상도 아가씨」, 「산유화」, 「물방아 도는 내력」, 「홍콩아가씨」, 「아네모네 탄식」, 「무정열차」, 「단장의 미아리고개」, 「울어라 기타줄아」, 「산장의 여인」과 같은 명곡을 남겼다.

8 심연옥(沈蓮玉) : 1929년 서울 출생. 해방 후 K.P.K악단에서 활동하였다. 1954년 서라벌악극단 단원으로 참가하다가 백년설과 만나 부부가 되었다. 오리엔트레코드사를 통해 발표한 「아내의 노래」는 대중들의 엄청난 반응을 얻었다. 대표곡으로는 「한강」, 「아내의 노래」, 「어찌하리까」, 「그대 이름은」, 「처녀일기」, 「감격의 뉴스」 등이 있다.

9 황정자(黃貞子) : 인천 출생의 가수로 본명은 황창순(黃昌順). 신민요풍의 노래를 많이 취입하여 '이화자(李花子)의 후계자'란 평을 얻었다. 뻐꾹새악극단 단장으로 활동하던 대구 출생의 구월남과 동거하였다. 오리엔트레코드사에서는 「아내의 기원」, 「항구의 얼굴」, 「나는 싫소」, 「등잔불 소식」, 「삼다도 소식」 등을 취입하였다. 대표곡으로는 「오동동 타령」, 「노랫가락 차차차」, 「순정가」 등이 있다.

10 현인(1919~2002) : 부산 영도 출생으로 본명은 현동주(玄東柱)이다. 일본 도쿄음악학교를 졸업했다. 1947년에 「신라의 달밤」을 불러 데뷔한 이후 「굳세어라 금순아」, 「비 내리는 고모령」 등을 부르며 폭발적인 인기를 누렸다. 번안곡 「베사메무초」, 「꿈속의 사랑」 등을 불러 번안곡 열풍을 이끌어내기도 하였다. 현인의 창법은 해방 전후에 퍼져있던 기존의 가요가 가지고 있던 분위기에서 벗어나, 성악을 기반으로 한 특유의 떨림을 가지고 있었다. 이는 시원한 느낌을 주면서도, 색다른 느낌을 주었다. 또한 번안곡 등은 세계적인 추세와 함께, 이국적인 분위기를 함께 선사한 것이 특별한 인기로 이어졌다.

11 오정심(吳貞心) : 1925년 서울 출생으로 본명은 오정숙이다. 일제 말부터 여러 악극단 공연에 참가하였다. '백연'이란 예명으로 음반을 발표하기도 했으며, 1958년 작곡가 손목인과 결혼하였다. 대표곡으로는 「눈나리는 밤」, 「마도로스 아가씨」 등이 있다.

12 고봉산(高峰山) : 서울 출생의 가수로 본명은 김민우. 대표곡으로는 「용두산 에레지」, 「아메리카 마도로스」, 「그리운 대동강」 등이 있다.

13 도성아(都星兒) : 서울 출생의 가수로 본명은 이종태이다. 1945년 '신희망'에서 데뷔하였으며, 오리엔트레코드사에서 「왕자호동」, 「금자동 은자동」 등을 발표하였다. 나중에 영화인으로 활약하였다. 오리엔트에서 「청춘스테숀」을 작사하기도 하였다.

14 신설남(申雪男) : 서울 출생의 가수로 본명은 홍영준이다. 대표곡으로는 「사랑 찾아 왔노라」 등이 있다.

15 전오성은 작곡가 전오승의 또 다른 예명이다.

16 원희옥(元熙玉) : 서울 출생의 가수로 대표곡은 「아리랑 고개 부르스」 등이 있다.

이들은 대부분 한국전쟁 때문에 피난 내려와서 부산에 살고 있던 가요인들입니다. 하지만 원래부터 부산에서 살고 있었던 대중음악인들로는 김운하, 박두환, 천봉, 백운봉, 백영호, 한산도, 야인초, 허영철, 월견초, 박애경 등이 있습니다. 가수 방운아도 이 그룹에 속한다고 볼 수 있습니다.

당시 도미도레코드사에서 음반을 제작하게 되면 상품을 광고하는 선전포스터를 제작해서 여러 곳에 붙였는데, 「당신의 등불」(손영감 작사, 전영식 작곡, 백난아 노래)과 「여인야곡」(손석우 작사, 손석우 작곡, 금사향 노래)을 비롯하여 「야영의 밤」과 「아들의 행로」를 손석우 작사, 전오성全午星 작곡으로 박재홍이 불렀던 두 악곡을 소개한 그림이 실려 있습니다.[15] 별이 총총히 뜬 밤하늘 밑에서 가로등 옆을 고개를 푹 숙이고 침통하게 서 있는 한 청년의 모습을 배경 화면으로 싣고 있습니다.

또 다른 포스터는 「흘러간 군상」(김운하 작사, 한복남 작곡, 문성남 노래)과 「어머니」(박두환 작사, 한복남 작곡, 원희옥 노래) 등 두 곡이 수록된 음반을 광고하고 있습니다. 포스터의 상단에는 '도미도사의 총아 문성남文聲男 군과 백조가극단의 천재소녀 원희옥元熙玉[16] 양이 보내드리는 걸작가요!' 란 문구가 실려 있고, 두 가수 및 작곡가 한복남의 사진과 더불어 도미도레코드사의 로고가 실려 있습니다. 작사가 손로원은 워낙 다재다능하여 노래가사를 작사하는 일뿐만 아니라 포스터 제작에도 일가견이 있어서 웬만한 그림들은 직접 그렸다고 합니다. 도미도레코드사에서 발매된 음반목록을 우리는 당시 음반을 담았던 재킷으로 확인해 볼 수 있습니다. 다음은 1950년대 초중반 부산 도미도레코드사에서 발매했던 음반들의 목록입니다. 곡과 곡 사이의 '-' 표시는 두 가요곡이 하나의 SP음반 앞뒷면에 함께 수록된 노래였음을 알려주는 기호입니다.

「오동동 타령」(황정자)-「엽전 열 닷냥」(한복남), 「앵두나무 처녀」(김정애)-「부모은공」(한복남), 「사람팔자 몰나요」(황금심)-「성황당 마부」(한복남), 「남원의 봄사

건」(황정자)-「미국간 딸 소식」(문일봉), 「전화통신」(남백송, 심연옥)-「도라오라 춘희」(정향), 「시골뻐스 여차장」(심연옥)-「죄 많은 인생」(남백송), 「구라파 항로」(현인)-「그대 이름은?」(심연옥), 「불국사의 밤」(현인)-「새파란 리봉」(심연옥), 「저무는 국제시장」(황정자)-「연옥아 울지 마라」(정향), 「고향 가는 완행열차」(정향)-「후렌치 캉캉」(오정심), 「손금 보는 내력」(박재홍)-「향기 잃은 장미」(황정자), 「방랑일기」(정향)-「동백꽃 피는 섬」(황금심), 「전복타령」(한복남)-「코주부 아가씨」(한복남), 「수양버들」(심연옥)-「귀여운 옥동자」(이국진), 「사나이 삼십 세」(정향)-「꼬꽁꽁 신세」(황정자), 「새벽종 울 때까지」-「밤마다 오지 마오」(오정심), 「꿈에본 내 고향」(한정무)-「홍콩아가씨」(금사향), 「역으로 가는 길」(박재홍)-「모란꽃 꾸냥」(심연옥), 「지는 해 뜨는 달」(박재홍)-「라이라이 야래향」(심연옥), 「낙화유정」(황금심)-「십리포구」(문성남), 「아랑은 말이 없네」(문일봉)-「첫사랑 맘보」(오정심), 「고요한 밤」(송민도)-「징글 벨」(송민도), 「한많은 대동강」(손인호)-「이별이 서러워서」(황금심), 「물새야 왜 우느냐」(손인호)-「방아간 처녀」(남백송), 「모나리자 눈동자」(현인)-「애수의 네온가」(현인), 「사랑의 부루스」(라미송)-「산장으로 가는 길」(곽순옥), 「찢어진 일기장」(남백송)-「금단의 사랑」(김정애), 「아리스리 콩타콩」(김정구)-「귀거리 타령」(황정자), 「백제야화」(손인호)-「나의 탱고」(송민도), 「북방하늘」(손인호)-「남녀회상곡」(남백송, 김정애), 「서울간 김서방」(남백송)-「아리랑 처녀」(김정애), 「영자야 가지마라」(손인호)-「한바탕 울어볼까」(황금심), 「고국땅」(남백송)-「날 울려놓고」(황금심), 「봄바람 임바람」(황정자)-「인생야화」(남백송, 김정애), 「고향의 꿈」(고봉산)-「닐리리 봄바람」(황금심), 「노래하는 부부」(고복수, 황금심)-「고복수 은퇴공연 노래」(고복수), 「정거장의 키타소리」(남백송)-「압록강아 울어다오」(황금심), 「가거라 그대」(남신)-「날라리 고개」(김정애), 「금자동 은자동」(도성아)-「제주연락선」(고봉산), 「서울행 여객기」(손인호)-「무정한 세상」(남백송), 「쌍갈래 복순이」(손인호)-「키타에레지」(남백송), 「남국의 종소리」(남백송)-「청춘스타일」(오정심), 「타국선」(현인)-「비오는 탱고」(오정심), 해당화 사랑」(송민도)-「그대 목소리」

(송민도), 「파리의 다리밑에서」(현인)-「하샤바이」(현인), 「그대는 사라지고」(손인호)-「송도의 밤」(송민도), 「콘도라의 밤」(현인)-「장미꽃 사랑」(송민도), 「여인의 밤」(현인)-「그대와 나」(김정애), 「이별의 부산항」(손인호)-「단간방 사랑」(남백송), 「피리부는 나그네」(김용만)-「실버들 타령」(황정자), 「이별의 사랑」(손인호)-「여인야화」(황금심), 「청춘등대」(손인호)-「행복을 빌며」(나애심), 「태자성 나그네」(김용만)-「물래방아」(황금심), 「등대불 여인」(손인호)-「주막등 길손」(박재홍), 「나그네 청춘」(고봉산)-「쪼각달 부루스」(김정애), 「청춘 드라이부」(박재홍)-「하와이 야곡」(나애심), 「병든 순정」(손인호)-「사백리 섬진강」(남백송), 「루이왕의 이발사」(허민)-낙엽지는 밤」(정마리아), 「해인사 나그네」(손인호)-「그대는 가고」(김유경), 「나그네 부루스」(김용만)-「홍콩에서 온 안나」(금사향), 「키타줄 사랑」(황남수)-「한송이 도라지」(황금심), 「아메리카 마도로스」(김정구)-「이별의 탱고」(정마리아), 「런던야곡」(현인)-들국화」(권혜경), 「사막의 여인」(고운봉)-「항구의 별」(윤인자), 「비오는 정거장」(남인수)-「잘 가세요 네」(김유경), 「별만이 아는 인생」(남인수)-「춤추는 서울뻐스」(남백송), 「향수의 부르스」(손인호)-「나의 고백」(송민도), 「서울 아가씨」(남백송)-「오동동 부루스」(김유경), 「남자의 마음」(손인호)-「청춘타령」(김유경), 「허무한 사랑」(손인호)-「마도로스 일기」(남백송), 「고향 뉴스」(신설남)-「강산유정」(김유경)

대중가요 SP음반이 도합 71매로 앞뒤 양면에 수록된 가요곡이 도합 142곡입니다. 영화주제가란 분류로 도합 8장 16곡의 목록이 수록되어 있습니다. 민요는 6장의 SP음반으로 도합 12곡의 노래가 실려 있습니다. 동요집으로 6장의 음반을 발표하고 있네요.

도미도레코드사의 음반재킷에는 '국내 최대 최고의 인기작가와 인기가수로 편성된 일대호화진과 정선된 초우량의 재료로 된 최신곡집' 이란 광고 문구와 함께 '도미도레코드 문예부가 보내드리는 최대의 호화반豪華盤' 이란 타이틀로 위의 가수들의 이름과 그들이 취입한 노래 제목이 열거되어 있었습니다.

이와 더불어 재킷의 오른편 가장자리에는 '한번 사신 레코―드는 물리거나 교환은 못합니다' 라는 문구를 표시하고 있는 바, 이는 음반구입자들에 대한 각별한 주의사항으로 보입니다. 즉 음반을 구입한 뒤 축음기에 걸어 한 차례 감상하고 나서 곡이 마음에 들지 않는다며 교환을 요청하는 사례에 대한 레코드회사 측의 거부의사를 밝힌 것으로 보입니다.

도미도레코드사에서는 주요 생산품목인 대중가요를 중심으로 민요, 영화주제가, 경음악, 동요집 음반까지 발매했습니다.[17] 도미도레코드사에서 발매한 영화주제가로는 다음과 같은 것들이 있습니다.

영화 〈원철의 노래〉 주제가로 나왔던 「진주는 천리길」(손인호)과 「은주의 노래」(황금심), 영화 〈인택의 노래〉 주제가로 발매된 「시집사리」(남백송)과 「인혜의 노래」(김정애), 영화 〈어머니의 노래〉 주제가였던 「모녀」(손인호), 「현숙의 노래」(김정애), 영화 〈영환의 노래〉의 주제가였던 「눈물」(손인호), 「영순의 노래」(심연옥), 영화 〈영호의 노래〉 주제가였던 「그대는 도라왔건만」(손인호), 「은주의 노래」(심연옥), 영화 〈날이 가고 달이 가고〉 주제가였던 「내 사랑 그대에게」(현인), 「내 사랑 그대에게」(송민도), 영화 〈눈물의 비바리〉 주제가였던 「끝없이 하염없이」(손인호), 「채욱의 노래」(김정애), 영화 〈바람과 함께 사라지다〉의 주제가였던 「진실한 나의 사랑」(현인), 「낙엽」(현인) 등의 목록이 바로 그것입니다.

세월이 오십여 년 이상 흘러간 시점에서 이러한 목록들과 그 음원은 1950년대 음반시장과 한국가요사의 현황을 확인해볼 수 있는 소중한 문화사적 자료라 할 수 있습니다.

---

17 도미도레코드사에서 발매된 동요음반으로는 모두 5장이다. 「어린이 왈쯔」―「춤추는 무지개」―「착하고 아름답게」―「달」, 「강아지」―「통통배」―「우리나라 꽃」―「달랑달랑 바두기」, 「봄나비 한쌍」―「봄이 오면」―「화음삼형제」―「동무들아」, 「도라지꽃」―「봄이 왔네」―「산바람 강바람」―「종소리」(징글벨), 「스케팅」―「어질고 참되게」―「포도밭길」―「산길」 등이 그 동요음반에 수록된 내용이다.

▲ 1950년대 중반 부산에서 현인, 박재홍 등 선배가수와 함께 | '쯔메에리(학생복)'를 입은 20대 청년 방운아의 모습이 이채롭다.

한 자료에 수록된 사진에는 도미도레코드의 설립자 한복남이 여덟 명의 직원들과 함께 부산 앞바다에 나가서 술잔을 나누며 흡족한 미소를 짓고 있는 광경을 볼 수 있습니다. 1950년대 한국가요사의 중심을 지탱하며 작사, 작곡, 가수, 레코드사 운영 등으로 활동했던 한복남은 1985년 세상을 떠났습니다.

가수 박재홍朴載弘은 1927년 경기도 시흥에서 태어나 청년시절 은행원으로 잠시 근무했다고 합니다. 해방 직후인 1947년 당시 오케레코드사가 주최한 신인 콩쿠르에서 입상하여 데뷔하였고, 1948년 「눈물의 오리정」을 여성가수 옥두옥(玉斗玉, 1927~)과 듀엣으로 취입하였습니다. 그리고 같은 해에는 「불사른 일기장」도 취입했습니다. 1949년 서울레코드가 창설되자 전속가수로 입사하여 「자명고 사랑」, 「제물포 아가씨」, 「마음의 사랑」 등을 취입하였지요. 해방 직후 작사가 반야월(半夜月, 1917~)이 〈남대문악극단南大門樂劇團〉을 창설하게 되자 그 단원으로 소속되어 전국을 순회공연 다녔습니다. 반야월이 작사한 「울고 넘는 박달재」를 고려레코드에서 취입하였는데 이 노래는 가수 박재홍의 완전한 대표곡으로 자리매김하게 되었습니다. 끈끈한 향수를 일으키는 음색과 구성진 창법으로 전쟁에 시달린 서민들에게 큰 인기를 끌었지요.

하지만 이 노래를 취입한지 불과 한 달 만에 한국전쟁이 터졌고, 박재홍은 자신의 다섯 식구와 함께 부산으로 피난을 갔습니다. 부산에서는 당장 절박한 생존을 위해 '유신전기'란 간판을 내걸고 전기와 관련된 여러 잡다한 물건들, 이를테면 전기 소켓이라든가 전깃줄 따위를 판매하는 장사를 시작했다고 합니다. 그런 한편으로 범일동의 군부대서 위문활동을 했습니다. 쇼 무대에 올라 노래를 불렀고, 부산 미도파레코드와 대구의 서라벌레코드 등에 전속으로 있으면서 「경상도 아가씨」, 「비 내리는 삼랑진」, 「번지 없는 항구」 등의 여러 곡을 취입했습니다. 1954년 말, 부산의 도미도레코드 전속으로 옮겨가서 「물방아 도는 내력」, 「향수」, 「슬픈 성벽」 등을 취입하였고, 1956년경부터 신신레코드 전속가수로 활동하였습니다.

1950년대 말에는 아세아레코드에서 활약하였고, 1960년대에 접어들어서도 꾸준히 가요곡을 취입했습니다. 1970년대부터는 주로 극장무대에서 활동했고, 1980년대 본격적인 TV쇼 시대가 열리면서 원로가수 격으로 활발한 방송출연을 했습니다. 1989년 향년 63세를 일기로 세상을 떠났지요.

가수 남백송의 도미도레코드 시절 이야기입니다.

음반을 제작할 때 한복남 사장은 김지환에게 새로운 예명을 짓도록 일렀고, 이에 따라 남백송南白松이란 예명이 생긴 것입니다. 그 뜻은 밀양의 남천강南川江에서 남자를 따왔고, 한국의 소나무 가운데서도 가장 기품 높은 백송

▶ 신신레코드사에서
발매했던 음반 재킷

▶ 신세기레코드사에서
발매했던 음반 재킷

에서 착안하여 붙였다고 합니다. 당시 취입한 대표곡은 여성가수 심연옥과 함께 듀엣으로 불렀던 「전화통신」과 「방아간 처녀」 등입니다. 이 음반이 대중들의 큰 반향을 불러일으키게 되자 남백송은 도미도레코드사의 전속가수 직책으로 매달 고정된 월급을 받으며 안정된 생활을 꾸려갈 수가 있었습니다.

이후에도 「죄 많은 인생」, 「휴전선 나그네」 등을 발표하였고, 무대 위에서는 주로 선배가수 백년설의 노래를 즐겨 불러서 인기를 모았습니다. 도미도레코드 음반재킷에 실려 있는 남백송의 노래들은 대표곡 「전화통신」을 비롯하여 「죄 많은 인생」, 「찢어진 일기장」, 김정애와 듀엣으로 부른 「남녀회상곡」과 「인생야화」, 「서울 간 김서방」, 「고국 땅」, 「정거장의 키타소리」, 「무정한 세상」, 「키타 에레지」, 「남국의 종소리」, 「단간방 사랑」, 「사백리 섬진강」, 「춤추는 서울버스」, 「서울 아가씨」, 「마도로스 일기」 등입니다.

방운아는 이 무렵부터 미도파레코드사의 전속작곡가 백영호의 문하에서 그대로 남아 활동하였고, 남백송은 도미도레코드 전속으로 활동하게 되면서 서로 나뉘게 되었습니다. 하지만 극장무대 위에서, 혹은 전국 순회공연 무대 위에서 항상 두 사람은 자주 대면할 수 있었던 것이지요. 뿐만 아니라 1950년대 중반의 부산 남포동에 있었던 동아극장은 두 사람이 자주 그 무대에 오르던 것이었고, 초원다방은 대중연예인들의 집합소와 같은 곳이었습니다. 특히 남포동의 제일극장에서는 방운아가 무대 위에 올라서 자신의 히트곡 「여수야화」를 멋들어지게 불러 가요 팬들을 열광시켰던 기억을 아직도 갖고 있는 올드 가요 팬들이 많이 있습니다.

누렇게 빛바랜 앨범 속에는 남백송과 함께 찍은 가장 많이 남아 있습니다.

더블 프레스트 양복을 단정하게 차려입은 방운아와 남백송이 기타를 메고 있는데, 그 옆에서는 한 청년가수가 악보를 들여다봅니다. 또 그 옆에서는 아코디언을 둘러맨 한 청년이 있습니다. 그들은 기념사진을 찍기 위해서 일부

▲ 1950년대 후반 부산시절 미도파레코드사 스튜디오에서 악단 연주로 녹음중인 방운아

▲ 미도파레코드의 벗들과 기타를 메고 연주 중인 방운아(우2)와 남백송(우1)

러 사진관으로 찾아가 이런 장면을 연출한 듯이 보입니다.

가수 남백송의 회고에 의하면 1950년대 중반, 방운아는 삼랑진의 남백송 본가에 가끔씩 놀러오곤 했다고 합니다. 남백송의 본가는 삼랑진 시내 외곽지에서 포도밭을 운영하고 있었는데, 가수활동을 하기 위해서 항상 부산 시내에 거주해야만 했음에도 가난 때문에 방을 별도로 얻을 형편이 되지 못했습니다. 그리하여 남백송은 부산과 삼랑진을 항상 버스 편으로 오가며 일을 보았다고 합니다.

방운아는 부산 생활에서 몸과 마음이 시달려 몹시 피로를 느낄 때마다 남백송의 집으로 찾아와 하루씩 묵어가곤 했습니다. 워낙 말수가 적고 과묵하여 함께 지내면서도 별로 대화가 없었으며, 진실한 삶을 살아가는 전형적 청년의 모습을 지녔습니다. 청년기의 중반을 살아가고 있었으면서도 청년기 특유의 격정을 발산할 삶의 여유는 전혀 없었습니다. 가난 때문에 겪는 고단한 삶과 시련은 청년들의 펄펄 약동하는 기백과 여유를 모두 박탈해버렸던 것일까요?

두 사람이 술을 마시게 되는 경우는 전혀 없었다고 합니다. 어쩌다 만나게 되더라도 그저 구멍가게에서 사이다를 한 병 사와서 둘이 나누어 마시며 묵묵히 시간을 보내게 되는데, 서로 말수가 없더라도 진실한 우정의 공감만큼은 충분히 하고 있었을 것입니다. 남백송과 일부러 사진관에 가서 두 사람이 함께 기념사진을 찍을 정도로 우정은 돈독했던 것같습니다.

방운아는 몹시 쪼들리는 삶속에서도 선량한 성품과 부지런한 자세를 잃지 않았으며, 항상 쯔메에리로 된 학생복만 입고 다닐 정도로 검소한 모습을 지녔었다고 합니다. 쯔메에리란 '꺾이지 않은 칼라'를 가리키는 일본말로써 주로 학생복에 많이 쓰이던 목 처리 방식입니다. 일부러 검소하고 싶어서 그랬던 것이 아니라 옷이라곤 단 한 벌, 즉 학생복만 입을 수밖에 없었던 절박한 가난 때문이었지요.

방운아의 고향 후배였던 유동식은 1950년대 후반, 경산극장 노래자랑에

▶ 30대 중반 무렵의 가수 방운아

▲ 고향 친구들과 함께(왼쪽 두루마기를 입은 사람이 방운아)

초대가수로 출연했던 방운아의 모습을 생생히 기억합니다. 검게 물들인 군용 야전점퍼 차림으로 무대에 올랐으며, 짧게 깎은 머리가 인상적이었다고 말합니다. 가수 방운아는 노래를 참으로 차분하고 멋스럽게 잘 불렀으며, 그날 참석한 관객들의 뜨거운 갈채를 받았다고 합니다.

가수 정향

가수 방운아의 부산 시절 친구였던 가수 정향鄭響은 본명이 정천석鄭千石으로 한국전쟁 직후부터 1960년대에 이르는 시기에 가요팬들에게 힘과 용기를 주고 실향의 서러움을 달래주던 아름다운 가요곡을 여러 편 남겼으며, 현재도 부산에서 노후생활을 보내고 있는바, 말 그대로 1950년대 한국가요사의 증인이라 하겠습니다. 부산 시절 방운아는 친구 정향, 백설희, 박애경, 향미 등 가요계의 벗들과 함께 즐겨 사진관에 가서 사진을 찍곤 했습니다.

가수 정향은 경북 고령 출생으로 여러 형제들 중 막내로 태어났습니다. 친구 방운아와 마찬가지로 어려서 아버지를 여의었으므로 두 사람은 여러 측면에서 비슷한 면이 많았습니다.

모든 가수들이 그러했던 것처럼 정향의 경우도 일찍부터 가수로서의 재질을 나타내었다고 합니다. 7세 때 이화자의 「화류춘몽花柳春夢」을 기타를 치며 노래를 불렀는데, 골목을 지나가던 행인이 어떤 어여쁜 목소리의 여인이 노래를 부르는가 하고 궁금해 하며 물었다고 합니다. 이것은 모두 평소 기타반주를 하며 노래를 부르던 매형의 영향에 절대적으로 힘입은 것이라고 하는군요. 정향은 12살에 형님을 따라 고향을 떠나 만주로 갔습니다.

그러던 중 나이 18세 되던 해에 해방이 되어서 가까운 친척이 살고 있던 부산으로 옮겨와서 자리를 잡고 살게 되었습니다. 이 시기 부산에서는 기타를 교습하면서 노래를 부르는 것이 유일한 취미였고, 평소 손재주가 좋았던 탓

에 시계방을 차려서 생계를 이어갔습니다. 시계 수리기술을 갖게 된 것은 일찍이 만주시절 친구가 운영하던 시계방에 놀러갔다가 어깨너머로 배운 기술이라고 하네요.

당시 해군부대의 군속으로 근무하던 가수 허민과 어울려서 가요콩쿨대회에 출전하였는데, 이때 박재홍의 노래 「청춘의 꿈」을 불러서 1등과 2등을 두 사람이 독차지하곤 했다고 합니다.

가수 허민

가수 허민許民은 본명이 허한태許漢太로 1929년 부산에서 출생했습니다. 가수 방운아보다 두 살 위였지만 친구로 지냈습니다. 일제 때부터 금융조합장으로 일하던 부친이 노래를 몹시 좋아해서 그러한 집안의 분위기와 영향으로 어린 시절부터 가요곡을 즐겨 불렀다고 합니다. 한국전쟁 직후 부산에서 열렸던 남선콩쿨대회에서 2등으로 입상을 했는데, 「페르샤 왕자」 「백마강」 등이 크게 히트를 해서 가요팬들의 사랑을 받았습니다.

1971년 11월 7일 동아방송의 〈추억의 스타앨범〉 프로는 가수 허민의 노래를 특집으로 다루면서 다음과 같이 말했습니다.

레코드에서 울리는 목소리로 거리를 휩쓸고 화려한 무대에서 팬들을 매혹시키던 허민은 이윽고 완고한 부모들에게 붙들려 강제로 집에 끌려가게 됐으며, 3년 가까운 세월을 연금 상태로 노래를 부를 수 없게 되고 말았습니다. 그러나 집념의 사나이 허민은 이 핑계 저 핑계로 집을 빠져나와 가끔 쇼 무대에서 노래를 불렀으며, 남인수의 〈태평양가극단〉과 쌍벽을 이루고, 때로는 경쟁, 때로는 합동공연을 하기도 했던 김화랑金火浪[18]의 〈호화선豪華船〉에 전속되어 장신의 저음가수 송달협宋達協[19]과 겨루기도 했었습니다. 노래를 부름으

▲ 미도파 시절 가수 박재란, 권혜경 작사가 월견초 등과 함께(뒷줄 중앙이 방운아)

로써 자기 존재를 실감할 수 있었던 가수 허민은 그러나 지병이던 고혈압으로 부친이 사망하자 장남으로서 집안일을 이어야만 했고, 그러다보니 하는 수없이 노래의 세계와는 차츰 멀어질 수밖에 없는 처지가 되기도 했습니다.

그래도 아직 노래를 단념하지 못하고 노래 부를 기회를 갈망하는 가수 허

---

18 김화랑 : 1912년 서울에서 출생하였다. 본명은 이순재이며 이익이란 필명을 쓰기도 했다. 1938년에 개봉한 영화 〈한강〉의 각본을 담당하였고, 1939년 신춘문예를 통하여 시나리오가 당선되면서 영화계와 인연을 맺어 각종 시나리오, 각색, 감독으로 활동하였다. 1943년 가수 신카나리아와 결혼하며 악극에도 관여하였고, 해방이후 다수의 악극대본을 직접 집필하고 연출하였다. 악극간 〈호화선〉을 발족시켜 운영하였다. 1957년 악극를 영화로 제작한 〈항구의 일야〉를 시작으로 1970년대 초반까지 다수의 영화를 감독하였다.

19 송달협 : 1919년 평양 출생으로 장세정과 함께 오케레코드사에 발탁되었다. 첫 데뷔곡은 1937년 「야루강 천리」였다. 1938년부터 1940년까지 빅터레코드사 전속가수로 활동하며 「추억의 두만강」 등을 발표하다가 다시 오케레코드로 돌아왔고 〈조선악극단〉에서 주연으로도 활동하였다. 해방 이후 음반취입을 하지 않고 여러 단체에서 공연활동만 이어가다가 1955년 경 아편중독으로 사망했다.

민. 대학 재학시절에 「페르샤 왕자」로 데뷔해서 「다방아가씨」, 「백마강」, 「항구의 이별」, 「스페인의 장미」 등 200여곡의 노래를 부르고 「마음의 부산항」 등 여러 곡의 작사를 하기도 했던 허민. 그는 그 후 고혈압으로 오랫동안 병원에 입원했다가 일본 후쿠오카에 사는 외삼촌의 주선으로 그곳에 건너가 치료를 받고 건강을 회복한 후에는 계속 그곳에 머무르며 위문공연을 하기도 하고, 교포신문에 한국의 연예계 기사를 연재해서 호평을 받기도 했습니다.

현재 서울 종로구 관수동에 있는 집에는 부인과 함께 남매가 단란하게 살고 있으며 언젠가는 또 한 번 원숙해진 그의 다정한 목소리로 새 노래를 들을 수 있게 될 것입니다.

허민이 언제 세상을 떠났는지는 그동안 아무도 확인하지 못했습니다. 하지만 최근 허민의 유족들 증언에 의해 1974년 세상을 하직한 것으로 확인이 되었습니다.

가수 정향은 한국전쟁 직후 일본 고베로 건너가 거기서도 시계방을 차리고 살았는데, 한 친구의 권유로 노래자랑에 나가게 되었고 수상을 했습니다. 마침 그 자리에 참석했던 김용대, 고운봉을 만나게 되어 그들과 함께 재일동포들을 대상으로 극장 쇼의 무대에 올랐습니다. 일본공연에서는 남인수의 「가거라 삼팔선」, 현인의 「신라의 달밤」 등을 불러 인기를 모았다고 하는군요.

노래뿐만 아니라 악극 〈맹진사댁 경사〉에도 절름발이 신랑 역을 맡아 주인공으로 무대에 올랐는데, 워낙 연기력이 뛰어나 부대 뒤의 분장실로 찾아온 태평레코드 사장 김태운으로부터 취입제의를 받게 되었습니다. 정천석이란 본명이 가수 이름으로는 적절치 않다고 해서 고운봉, 김용대, 김태운 등이 의논을 하여 정향이란 예명을 새로 붙여주었습니다.

정향의 초창기 취입곡들은 「이국의 밤」, 「울고 십년 울어 십년」 등입니다. 일본으로 취입을 하러 왔던 작곡가 박시춘이 정향의 노래를 듣고 「가거라 삼팔선」, 「신라의 달밤」 등을 비롯하여 일본의 엔카까지 여러 곡 녹음했다고 합니다. 한반도에서 휴전이 성립되었다는 소식을 들은 뒤 부산으로 다시 돌아왔습니다. 정향의 귀국 소식을 들은 작사가 천봉이 도미도레코드 사장 한복남과 함께 정향을 찾아왔습니다.

당시 KBS 전속가수 출연료가 3천원이던 시절에 거금 3만원이란 파격적 제의로 도미도의 전속가수가 되었다고 합니다. 첫 작품으로는 「방랑일기」(천봉 작사, 한복남 작곡)란 제목의 가요곡을 음반으로 취입했습니다. 이후로 「원통해서 못 살겠네」(월견초 작사, 백영호 작곡), 「여자의 마음」(김부해 작사, 박시춘 작곡)을 잇따라 도미도레코드에서 취입 발매했습니다.

가수로서의 정향의 인기가 점점 올라가게 되자 도미도레코드의 한복남 사장과 미도파레코드의 임정수 사장이 정향의 거취문제를 놓고 다방에서 만나 대판 언쟁을 벌일 정도였다고 합니다. 그만큼 1950년대 중반 무렵에는 부산의 도미도와 미도파 두 레코드사의 경쟁관계가 매우 치열했던 것 같습니다.

당시 미도파레코드의 인기가수 방운아와 우정을 맺게 된 것도 이 무렵의 일입니다. 어느 날 방운아가 결혼식을 올리게 되었다는 소식을 듣고 정향은 직접 식장에 참석해서 친구로서의 우정을 표시했습니다. 정향이 박시춘의 작품 「여자의 마음」과 이인권의 작품 「돌아오라 춘희」라는 곡을 받은 것도 바로 1957년 무렵의 일입니다.

정향의 경우 당시 열세 식구의 생존을 책임진 가장이었으므로 오로지 음반 취입만 하는 가수의 직업으로는 도저히 먹고 살아갈 길이 막연했다고 술회했습니다. 1950년대의 대중연예인의 생활은 그야말로 참담한 신세였지요. 경제적으로 너무나 쪼들렸기 때문입니다.

이런 여건 속에서도 방운아는 부산의 같은 가요계에서 항상 얼굴을 대하는 친구 정향을 비롯하여 「남성 넘버원」의 박경원, 「여인우정」을 취입한 신해성, 「백마강」의 허민, 「경상도야 잘 있거라」의 남백송, 은방울자매의 박애경 등과

▲ 미도파음반공사 시절, 벗들과 망중한을 즐기는 방운아(좌2)와 정향

◀ 부산시절 빅토리와 미도파 등에서
절친했던 가수 박애경(오른쪽) |
그녀는 이후 여성듀엣 〈은방울자매〉를
결성하여 리더로 활동했다.

무척 절친한 벗으로 지냈습니다.

한 자료집에 수록된 사진들에는 기와집 추녀와 고목나무가 등 뒤로 보이는 농가 앞마당에서 양복에 넥타이를 단정하게 맨 방운아가 가수 정향을 포함한 여러 친구들과 더불어 촬영한 사진이 보입니다. 여기서 방운아는 오른 팔을 자전거 핸들에 비스듬히 기댄 채 엷은 미소를 짓고 있습니다.

가수 박경원

가수 박경원(朴慶遠, 1931~2007)은 방운아와 동갑나기 친구로 인천에서 출생했습니다.

미곡상을 하던 부유한 가정에서 태어나 인천상고를 거쳐 동국대 경제학과를 다녔던 엘리트 가수였던 박경원은 대학 재학시절 작곡가 김교성이 운영하던 계림극장 주최 〈전국남녀가요콩쿨대회〉에 출전하여 최고상을 받았습니다. 그때 무대에서 현인의 창법을 흉내 내어 불렀는데, 이후 제2의 현인이 나타났다고 할 정도로 비슷한 분위기의 노래를 불렀습니다.

1952년 오아시스레코드사에 입사하여 작곡가 전오승의 문하에서 노래수업을 시작하여 「비애부르스」로 데뷔했습니다. 이후 「만리포 사랑」, 「바타비아의 여정」, 「나폴리의 연가」, 「청춘은 산맥을 타고」, 「내 사랑」, 「X. Y. Z.」, 「남성 넘버원」 등 150여곡을 취입 발표하였습니다. 발성과 음정이 매우 정확해서 정통파 가수로 평가를 받았지요. 박

▲ 오아시스레코드사의 음반 재킷

▲ 가요계의 동료들과 더불어(뒷줄 좌측부터 방운아, 한 사람 건너 박경원)

경원의 음색은 사물에 대한 애정이 듬뿍 서린 정겨운 목소리가 특징입니다.

이런 음색으로 「이별의 인천항」을 불렀는데, 음반판매점 앞에는 가사를 칠판에 써서 내다놓았습니다. 그러면 음반 가게 앞을 지나는 행인들이 이 노래를 합창으로 따라 부르며 즐거워하던 모습들도 있을 정도였습니다.

작곡가 전오승

전오승全吾承은 본명이 전봉수全鳳洙입니다. 평남 진남포 출신으로 한국전쟁 시기에 월남해서 대한심포니교향악단의 베이스연주자로 활동했던 인물입니다. 현인이 불렀던 「인도의 향불」을 작곡하여 가요계에 데뷔했지요.

당시 전오승의 여동생 전봉선全鳳善은 예명이 나애심羅愛心입니다. 원래 영화배우로 활동하던 중 오빠의 곡을 받아서 「과거를 묻지 마세요」 「미사의 종」 등을 히트시켰습니다. 부드러운 느낌의 탁음이 섞인 허스키 보이스로 가요계는 물론 영화배우로, 혹은 영화주제가를 부르는 두 가지 역할을 거뜬하게 해내는 다재다능한 인물이었습니다. 나애심의 큰 눈망울과 긴 얼굴은 이국적인 느낌을 풍기는 데다 어딘지 모르게 간절한 갈망의 뜻을 풍기기도 했던 것입니다.

나애심은 완고한 집안에서 태어나 진남포 교원양성소를 졸업했고, 장차 교육자의 꿈을 갖고 성장했습니다. 하지만 그녀의 인생은 일사후퇴로 국군을 따라 남하한 후 당시 중앙방송국에서 근무하던 작곡가인 오빠 전오승이 작곡한 노래를 부르기 시작하면서부터 뒤바뀌기 시작했습니다. 「정든 화랑님」이라는 노래를 시작으로 주로 오빠의 작품을 취입했던 나애심은 영화감독 한형모가 공보처에서 제작하던 문화영화에 나와 달라는 부탁을 수락하면서 영화계에 정식으로 들어서게 됩니다.

작곡가 전오승은 전오성, 세고천(혹은 세고석)이란 예명을 함께 사용하기도 했습니다. 당시 전오승의 동료로는 가수 명국환(明國煥, 1933~)이 있었는데, 박경원의 음반 뒷면에는 거의 명국환의 「백마야 우지마라」가 수록되어 있었지요. 작곡가 전오승은 명국환과 단골 콤비로 「방랑시인 김삿갓」, 「백마야 울지마라」, 「아리조나 카우보이」, 「공주의 비련」 등을 히트시켰습니다. 이후에 두 사람은 오아시스를 떠나서 신신레코드사로 전속을 옮겨갈 때에도 서로 의논해서 함께 갔을 정도라고 합니다.

가수 백설희

가수 백설희白雪姬는 본명이 김희숙金喜淑으로 1927년 서울에서

▶ 빅토리레코드 시절의 가수 백설희. 방운아와
 같은 음반에 함께 취입하기도 했다.

출생했습니다. 방운아보다 4년 연상이었지요. 그녀의 성음은 마치 은쟁반에
옥구슬이 굴러가는 듯한 창법으로 가요곡 「봄날은 간다」, 「아메리카 차이나
타운」, 「물새 우는 강언덕」, 「샌프란시스코」, 「가는 봄 오는 봄」, 「물새 우는
강 언덕」, 「칼멘야곡」, 「하늘의 황금마차」 등을 불러서 전쟁에 시달렸던 1950
년대 후반 대중들의 커다란 인기를 모았습니다.

　방운아와는 빅토리레코드사에서 「사랑의 소야곡」을, 미도파레코드사에서
「청춘로맨스」를, 함께 듀엣으로 취입할 정도로 가까웠습니다. 백설희가 방운
아보다 4살 연상이라 평소에 누나란 호칭을 쓰며 친하게 지냈다고 합니다.[20]

　가수 백설희는 영화배우였던 황해(黃海, 본명 전홍구)와 혼인하여 세간의 화제

---

20 이준희 대담채록, 『백설희』, 2007년도 한국근대현대예술사 구술채록연구 시리즈 98, 한국문화예술위원회, 2007.
97면.

를 모은 적이 있습니다. 황해는 강원도 고성 출생으로 어려서 홀어머니와 서울로 옮겨가서 살았습니다. 경성상업학교를 마치고 우편집배원으로 근무하던 중 1942년, 서울의 〈성보가극단〉(국도극장의 전신)을 찾아가서 발탁된 것이 배우의 길로 접어들었다고 합니다. 신카나리아, 박단마, 전방일, 현인, 황정자가 당시에 함께 활동하던 단원들이었습니다. 황해는 〈성보가극단〉, 〈신태양악극단〉 등에서 노래도 부르고 연기도 겸했습니다. 그러니까 가극단의 가수 겸 연기자였던 것이지요.

일제말 중국공연을 다녀온 뒤 귀국한 직후에 같은 가극단 단원으로 입사한 백설희를 만나 사랑에 빠지게 되었다고 하는군요. 영화 〈성벽을 뚫고〉 〈독짓는 늙은이〉, 〈심봤다〉 등에서 뛰어난 연기를 보여주던 모습이 눈에 선합니다. 그는 일생을 통하여 약 200여 편의 영화에 출연했습니다. 153cm의 작은 신장이었지만 몸집이 차돌처럼 단단하고 민첩해서 인상적인 액션배우로 명성이 높았습니다.

사랑하던 부군 황해가 2005년에 먼저 별세한 뒤 원로가수로서 가요계를 지키다가 2010년 5월 5일에 세상을 떠나고 말았습니다. 늙음과 죽음 앞에서는 지난날의 화려했던 명성과 영화로움도 한낱 덧없는 이슬방울에 지나지 않는다 하겠습니다.

황해는 강원도 고성 출생으로 어려서 홀어머니와 서울로 옮겨가서 살았습니다. 경성상업학교를 마치고 우편집배원으로 근무하던 중 서울의 〈성보가극단城寶歌劇團[21]〉을 찾아가서 발탁된 것이 배우의 길로 접어들었다고 합니다. 신카나리아, 박단마, 전방일, 현인, 황정자가 당시에 함께 활동하던 단원들이었습니다. 황해는 성보가극단에서 노래도 부르고 연기도 겸했습니다. 그러니

---

21 성보극장의 직속단체로 설립되어 1942년에 첫 공연을 하였다. 일본인이 직접 운영한 극장의 직속단체였으므로 일본인이 참여하거나 일본어로 공연하는 작품이 많았다. 해방 후 국도극장으로 바뀌었다.

까 가극단의 가수 겸 연기자였던 것이지요.

일제말 중국공연을 다녀온 뒤 귀국한 직후에 같은 가극단 단원으로 입사한 백설희를 만나 연애에 빠지게 되었다고 하는군요. 영화 「독짓는 늙은이」, 「심 봤다」 등에서 뛰어난 연기를 보여주던 모습이 눈에 선합니다. 153cm의 작은 신장이었지만 몸집이 차돌처럼 단단하고 민첩해서 인상적인 액션배우로 명성이 높았습니다.

다시 가수 정향의 이야기로 마무리를 해야겠네요.

1953년 휴전이 조인된 뒤 대부분의 가수가 서울로 환도해서 올라갔는데, 정향은 혼자 부산에 남아서 그전부터 운영해오던 시계방 일에 더욱 몰두했습니다. 한 자료에 수록된 흑백사진에는 1966년경 국제시장에서 '정일사'란 시계점을 운영하던 가수 정향의 젊은 모습이 보입니다. 벽에는 여러 개의 괘종시계가 걸려있고, 정향은 시계가 진열된 유리진열장 위에서 찾아온 손님의 시계를 꼼꼼히 살펴보는 장면이 있습니다. 지금은 원로가 된 정향에게 가수로 살아온 지난 삶의 발자취를 물었더니, 그는 깊은 한숨을 내쉬며 이렇게 말했습니다.

"청춘이 너무나 잠깐입니다."

▲ 노래비를 제작중인 조각가 박철현

방운아의 노래에 담긴 여러 테마들

고향 테마

방운아가 발표한 가요작품들은 대개 1950년 한국전쟁을 혹심하게 겪으며 몸과 마음이 시달리고 지친 당시 전후 한국대중들에게 따뜻한 위로와 격려를 담았습니다. 전쟁으로 파괴된 황폐한 고향, 살벌하던 인심, 더불어 그러한 공간 속에서 완전히 버림받은 고아와도 같은 자아상실과 뼈저린 고독감 등이 방운아 가요작품의 주요테마입니다. 하지만 그의 노래는 아무리 어렵고 고통스런 환경 속에서도 결코 지치지 말 것을 우리에게 당부하면서, 순수하고도 담백한 삶의 가치가 얼마나 소중한 것인가를 일깨워주는 힘을 지니고 있습니다.

방운아 노래에서 가장 비중 높은 중요테마는 단연 고향에 대한 애착과 사랑입니다.

방운아의 가요 취입곡 노랫말에서 가장 대표적인 중심 테마를 형성하고 있는 것은 단연코 고향이란 이미지라 할 수 있습니다. 방운아 노래가사에서 고향이란 단어를 검색해보면 총 73회 정도가 확인됩니다.

고향 길 찾을 날이 다시 없구나(「고향길」), 고향은 내 가슴에 남아있건만(「고향
길」), 내 고향 내 집에도 봄이 왔드냐(「나룻터 고향길」), 고향길이 멀다네(「나룻터 고
향길」), 고향을 이별한지 오년이라 반 십년(「나룻터 고향길」), 고향 길을 간다네(「나
룻터 고향길」), 무역선의 고향은(「부산행진곡」), 물파래 나불나불 내 고향 여수항아
(「여수야화」), 고향 가는 저 길손아(「오백년 고려성」), 대장군 마루턱에 고향집이 그
립고나(「인생은 나그네」), 종달새 하늘 높이 노래하는 고향 길에(「일등병 일기」), 고향
천리 남도 천리(「꿈속의 고향길」), 못 가는 고향 길 찾어보네(「꿈속의 고향길」), 소리
쳐서 불러보던 그리운 고향(「꿈속의 고향 길」), 꼭 닮은 고향하늘(「노을 진 고향하늘」),
불러도 소리쳐도 고향은 대답 없고(「노을 진 고향하늘」), 아득한 고향산천(「노을 진
고향하늘」), 고향은 멀어도 내 마음에 고향이 있네/ 보일 듯이 잡힐 듯이 고향은
눈앞에 있네(「망향의 곡」), 오백 리 고향 찾아 가잔다(「울릉도 사랑」), 고향을 불러보
는 젊은 내 가슴(「울어라 추풍령」), 고향도 타관 땅도(「청춘산맥」), 내 자란 내 고향을
(「서울을 가야지」), 내 놀던 내 고향을(「서울을 가야지」), 내 고향을 찾아갑니다(「마음의
등불」), 내 고향 경산 땅을 더듬어 올 땐(「경산애화」), 고향을 떠나온 지 몇 몇 해던
가(「고향생각」), 그리운 내 고향의 꿈이었었소(「고향생각」), 눈물로 떠난 고향 몹시
보고파(「고향생각」), 고향도 부탁할 때(「꿈을 찾는 사나이」), 고향산천 나설 때는 희망
을 걸었건만(「타관땅 무정트라」), 고향생각 몇 번이냐(「타고향 향수」), 울며 헤진 옛
고향에(「타고향 향수」), 환고향을 어이나 할까(「한양길 귀향길」), 물레방아 도는 고향
나는 갈 테야(「나는 갈 테야」), 고향의 어머님이 기뻐하실(「오늘의 감격」), 고향도 멀
고멀다(「푸른 향수」), 못가는 고향이냐(「푸른 향수」), 고향을 찾지 마소 마도로스는/
정들면 이 항구도 고향이라오(「고향 없는 마도로스」), 정들면 이 항구도 고향이라
오(「고향 없는 마도로스」), 찾아갈 고향산천 없으려마는(「고향 없는 마도로스」), 사나이
뜻을 품고 떠나온 내 고향(「청계천 야화」), 오늘도 영남천리 고향을 불러본다(「청계
천 야화」), 내 고향 까치골의(「내가 떠난 고향고개」), 고향하늘 불러도 소리쳐도/ 고향
은 대답 없고(「노을 진 고향하늘」), 눈 감으면 꿈길 속에 사무치는/ 아득한 고향산

천(「노을 진 고향하늘」), **고향천리 님도 천리 떠나온 천리 길**(「꿈속의 고향길」), **고향 길 찾을 날이 다시 없구나**(「고향길」), **고향은 내 가슴에 남아있건만**(「고향길」), 그 리워라 **고향산천 부모처자 그리워**(「고향길」), 찾아가 울고 싶은 **고향은 멀다**(「고 향은 멀다」), 돌아가 살고 싶은 **고향은 멀다**(「고향은 멀다」), 님 두고 **고향 두고**(「나그 네 꿈길」), **고향 찾아 고향 찾아 흘러가네**(「나그네 꿈길」), 버젓이 **고향 두고 타향에** 서 왜 죽어(「사나이 숙제」), 정들면 **고향이다 뽐내고 살자**(「사나이 숙제」).

　　방운아의 가요작품 중에서 이렇게도 고향 테마의 노래가 많았던 것은 가수 자신의 절절하게 사무치는 고향에 대한 그리움이 반영된 것이라 할 수 있을 것입니다. 한 편의 노래가사는 물론 작사가 자신의 창작의도와 기획에 의하여 집필되는 것일 테지만 소속 회사에서 자주 취입활동으로 결집되는 작곡가와 가수의 환경과 항시 조율하는 밀접한 관계성을 지니고 있는 것으로 판단이 됩니다.

　　가수 방운아의 고향인 경북 경산慶山[1]에 대한 사무치는 그리움과 짙은 향수는 노래가사의 대목 대목마다 스며들고 배어있다고 하겠습니다. 전체 취입곡 가운데 약 36% 가량의 작품이 고향 테마로 빚어졌으니 방운아 노래의 중심 테마는 단연코 고향이라 할 수 있을 것입니다. 가수 방운아가 떠나온 고향 경산 땅을 몽매간에도 잊지 못하고 그리워하는 마음으로 취입한 노래 한 곡을 감상해보기로 하겠습니다.

---

1 경상북도의 경산시(慶山市)는 경상북도 남부에 있는 도시이다. 북동쪽은 영천시, 남동쪽은 청도군, 서쪽은 대구광역시에 접한다. 삼한시대에는 압량소국으로 일명 압독국(押督國)이라 불렸다. 서기 102년, 신라에 합병되었고, 선덕여왕 11년에 압량주가 설치되었다. 김유신 장군이 군주로 부임하였다. 이로부터 경산지역은 장산군, 하양지역은 화성현, 자인지역은 자인현으로 불리었다. 고려말 충선왕 시절에 장산을 경산으로 개칭하였다. 조선왕조 후반기인 고종 32년에 경산현, 하양현, 자인현이 군으로 승격되었다. 1956년 경산면이 읍으로 승격되었고, 1989년에 경산읍이 경산시로 승격되었다. 1995년에 경산시군이 통합되었다. 2004년에 이르러 현재의 2개읍(하양, 진량), 6개면(와촌, 자인, 용성, 남산, 압량, 남천), 7개동(중앙, 동부, 서부1동, 서부2동, 남부, 북부, 중방)으로 정리되었다. 가수 방운아는 경산시 서상동 출생으로 알려져 있다.

고향을 떠나온 지 몇 몇 해던가
흐르는 구름 따라 떠도는 타향
칠성별 별빛 아래 맺어본 꿈은
그리운 내 고향의 꿈이었었소

산 너머 하늘 끝에 해 넘어 가고
하나둘 등잔불이 깜빡일 때면
눈물로 떠난 고향 몹시 보고파
입속에 불러보는 망향의 노래

– 방운아의 취입곡 「고향 생각」(한산도 작사, 백영호 작곡) 전문

새로 발굴된 고향 노래 〈경산애화〉

　　　　　　　　고향 테마를 다루고 있는 작품 가운데서 유난히 우리의 눈길을 끄는 가요작품이 한 편 있으니 그것은 바로 「경산애화慶山哀話」(김상순 작사, 백영호 작곡)입니다. 이 노래는 가수 방운아가 태어난 고향 땅 경산 일대의 지명과 각종 명소가 등장하고 있다는 점이 이채롭습니다. 우선 남매지男妹池란 저수지의 명칭이 보입니다.

남매지는 말 그대로 경산시의 도로를 사이에 조성된 두 개의 인공 저수지를 일컫는 말입니다. 남쪽에는 작은 규모의 '누이못' 이 있고, 북쪽으로는 좀 더 큰 규모의 '오라비못' 으로 만들어졌습니다. 하지만 지금은 '누이못' 이 매립되어 사라졌고, '오라비못' 만 살아 있습니다. 원래 '누이못' 은 습지였다고 합니다. 경산지역에서는 부들이 자생하는 유일한 습지였는데, 안타깝게도 1999년경에 매립되었다고 하는군요.

성암산聖岩山은 경북 경산시 옥수동에 위치한 해발 469m의 산 이름입니다.

▲ 방운아의 고향 경산을 다룬 노래 「경산애화」(김상순 작사, 백영호 작곡)

경산시의 상징처럼 여겨지는 산이지요. 2절에 등장하는 안흥사安興寺란 사찰은 경산시 상방동에 위치한 절을 가리키는데, 원래 안흥사의 위치는 이곳이 아니었고, 한국전쟁 이후에 현재의 장소로 옮겼다고 합니다. 대적광전大寂光殿의 목조 비로자나불毘盧遮那佛이 오랜 세월을 겪은 역사적 유물로 손꼽힙니다. 방운아의 수제작본 『취입곡집吹入曲集』에서 뜻밖에 발견한 가요곡 「경산애화慶山哀話」는 어느 음반에서도 그 취입 흔적을 찾아낼 길이 없습니다. 실제로 취입이 되었는지 그 여부도 현재로서는 불명확합니다. 다만 『취입곡집』에 엄연히 수록되어 있으므로 이 작품이 실제 취입된 가요작품이라는 사실을 미루어 짐작할 수 있을 따름입니다.

작사자 김상순金相淳의 이력에 대해서는 특별히 밝혀진 사실이 전무합니다. 아마도 추측컨대 작사자 자신이 경산 출생이었거나, 아니면 평소에 친밀한 관계로 지냈던 가수 방운아로부터 고향 경산에 대한 강렬한 그리움을 전해 듣고서 위로하는 뜻으로 이 작품을 써서 헌정한 것으로 짐작됩니다.[2]

이 작품은 남매지의 유래를 담고 전승되어 오는 지역설화를 바탕으로 하여 작품구조를 전개시키고 있습니다. 작품의 전체적인 분위기가 구슬픈 설화의 비극성을 담아내고 있으며, 가족이산의 애달픔과 가파른 현실의 정황을 연결시켜 이미지화시키고 있다고 하겠습니다.

남매지 언덕길에 국화 시들 제
성암산 산마루에 해 넘어 갈 제
눈물로 서로 안고 울던 두 남매
남모를 서러움을 가슴에 안고
내 청춘 갔다 던진 물결만 차네

내 고향 경산 땅을 더듬어 올 땐
네 얼굴 네 가슴에 꽃이 폈건만

안홍사 종소리와 함께 사라진

네 청춘 그 세월이 원망스러워

나그네 목이 메어 남매를 찾네

남매는 가고 없고 물결만 자는

그 유래 더듬어서 남매지라면

나 홀로 남매 남매 불러도 보며

한없는 괴로움에 울어도 보며

물결 잔 남매지를 원망도 하오

– 방운아의 취입곡 「경산애화(慶山哀話)」 전문

방운아의 가요작품을 기억하고 있는 경산 지역의 상당수 가요팬들은 가수 방운아가 자신의 출신 지역을 가요 테마나 배경으로 등장시키지 않았던 사실을 지적하면서 이를 몹시 아쉬워하는 사례를 지켜본 적이 있습니다. 하지만 그것은 실제 자료나 정보를 확인해 보지 않은 채 속단해버린 매우 과문한 평가라 하겠습니다.

위의 「경산애화」 뿐 아니라 방운아는 앞에서 예를 들었던 여러 예문들에서 확인할 수 있는 바와 마찬가지로 자신의 고향 경산을 다룬 가요작품을 매우 다양한 형식들로 남기고 있다는 사실을 찾아볼 수 있습니다. 경산의 명소 남매지를 배경설화로 다룬 이 가요곡은 남매지를 기념하는 노래비로 별도 제작하게 될 때 지역명소의 역사적 의미를 되새기게 될 수 있을 뿐 아니라, 타 지역에 경산의 풍물을 소개하는 새로운 명소로 자리매김할 수 있을 것입니다.

---

2 가수 남인수가 취입했던 「내 고향 진주」의 경우도 이런 과정으로 창작된 것이다. 진주 공연을 앞두고 작곡가 손석우는 함께 동행했던 가수 남인수를 위로하던 대화를 나누던 중 이 작품을 만들게 되었다고 한다. 「경산애화」도 이러한 과정과 유사한 배경을 지니고 창작된 것으로 추정된다.

항구 테마

　　　　한편 방운아는 항구를 테마나 배경으로 설정한 노래도 다수 취입
했는데, 「여수야화麗水夜話」, 「님 없는 목포항」, 「등대가 보이는 언덕」, 「무정
항구」, 「부산 에레지」, 「부산역 이별」, 「부산항구」, 「부산행진곡」, 「비 나리는
항구」, 「울릉도 사랑」, 「정든 부산 잘 있거라」, 「항구의 바카본드」, 「항해일
지」 등이 바로 그것입니다. 이러한 계열의 가요작품들은 1950년대 한국전쟁
직후 부산이 피난지 임시수도가 되면서 엄청나게 많은 피난민들이 마치 밀물
처럼 부산으로 떠밀려들었던 그러한 정황과 무관하지 않습니다.

　　　　동서양 넘나드는 무역선의 고향은
　　　　아세아 현관이다 부산 항구다
　　　　술 취한 마도로스 남포동의 밤거리에는
　　　　꽃 파는 젊은 아가씨들의 노래가 좋다

　　　　우뚝 선 영도다리 갈매기들 놀이터
　　　　물에 뜬 네온불도 부산 항구다
　　　　메리켕 부둣가에 내일 다시 만나주세요
　　　　파자마 입은 아가씨들의 인사가 좋다

　　　　봄바람 동래온천 여름 한철 송도요
　　　　달마중 해운대도 부산 항구다
　　　　가느니 못 가느니 종열차終列車의 베루가 운다
　　　　경상도 사투리 아가씨들의 이별이 좋다

　　　　　　　　　　　　－ 방운아의 취입곡 「부산행진곡」(야인초 작사, 박시춘 작곡) 전문

　　이 노래 가사를 통해서 우리는 한국전쟁과 더불어 한반도의 모든 중심이

釜山行進曲

作詞　野人草
作編曲　朴是春
노래　方雲兒

一　東西洋 넘나드는　무역선의　故鄉은
　　亞細亞 현관이다　釜山港口다
　　술취한 마도로스　南浦洞의　밤거리에는
　　꽃파는 젊은아가씨들의　노랫가좋다

二　웃뚝선 影島다리　갈매기를　노리터
　　물에뜬 네온불도　釜山港口다
　　메리켕 부두가에　내일다시만 나주세요
　　파자마 입은아가씨들의　人事가좋다

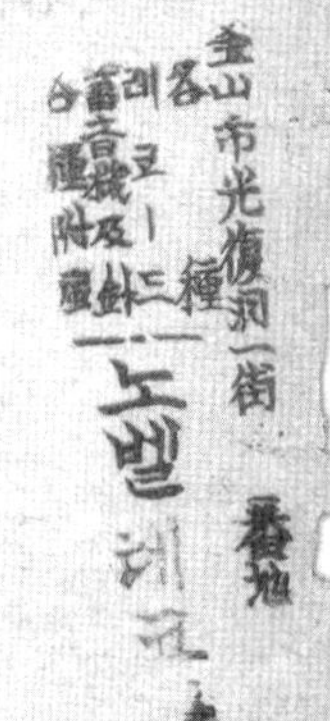

三　봄바람 東萊溫泉　여름한철松島요
　　달마중 海雲台도　釜山港口다
　　가느니 못가느니　終列車의　배루가운다
　　慶尙道 사투리아가씨들의　이별가좋다

美都波音盤公社 謹製

▲ 미도파음반공사에서 발매된 방운아의 노래「부산행진곡」가사지

▲ 30대 후반, 무대 위의 방운아

▲ 미도파음반공사에서 발매된 방운아의
대표곡 「부산행진곡」

▲ 미도파음반공사에서 발매된 방운아의
대표곡 「여수야화」

▲ 빅토리레코드사에서 발매된 방운아의
대표곡 「오백년 고려성」

오로지 부산으로 집중되었던 당시의 혼란했던 현실을 돌이켜 볼 필요가 있습니다. 무역선과 남포동 거리의 마도로스, 또한 그들을 상대로 몸을 파는 매춘 여성들의 존재, 부산항 부둣가의 정서가 물씬 풍겨납니다. 송도와 해운대의 흥청거리는 광경들도 눈에 선하게 떠오르는 듯합니다.

그리하여 부산 항구는 모든 돈독했던 인간관계가 갈라지고 분리되는 이별의 장소로서 하나의 서슬 푸른 현실로 다가왔습니다. 이와 더불어 항구는 만남의 장소로 새롭게 떠오르기도 했을 것입니다. 북에서 피난 내려오는 과정에서 뜻밖의 가족이산이 벌어지게 되었고, 이후 상봉과 재회의 장소도 바로 부산이었던 것이지요. 이런 사연을 배경으로 부산의 영도다리 주변에는 항시 전란 통에 헤어진 가족을 찾으려는 사람들로 북적였다고 하는군요.

전통, 혹은 민족사 테마

한편 방운아가 취입한 가요작품 가운데 상당수의 비중을 차지하고 있는 계열로는 민족적 전통, 혹은 민족사적 테마입니다. 「오백년 고려성」, 「비련의 왕자 호동」, 「낙방과객」, 「밀림의 김좌진 장군」, 「고궁의 밤」, 「미륵왕자」, 「한양길 귀향길」, 「남아의 이별」, 「벌레 우는 고궁」, 「탈선춘향전」 등이 바로 그것입니다.

민족사적 테마를 다룬 내용들로서는 고구려, 백제, 신라 등의 고대사에서 취재를 한 작품도 있고. 고려사와 조선왕조사에서 취재한 내용들도 있습니다. 또한 한국의 고전문학작품에서 취재한 테마들도 있습니다. 이러한 추구는 가수 방운아의 가요작품을 제작 담당하던 작사가, 작곡가들이 방운아의 창법과 음색에 가장 잘 부합되는 테마를 선정하려는 고심 끝에 선택된 내용이었으리라는 짐작을 들게 합니다.

허물어진 이 성터가 고려성인데
송악산에 뜨는 달은 옛날이고나
한양 가는 저 나그네 무정 무정하지만
오백년을 생각하며 시나 한 수
풀고 가소 읊고 가소

초라해진 이 자리가 대왕 터인데
오백년의 솔바위는 변함없고나
고향 가는 저 길손아 타향 원망하지만
다시 못 올 왕손인데 한 잔 술을
흘고 가소 주고 가소

– 방운아의 취입곡 「오백년 고려성」(월견초 작사, 백영호 작곡) 전문

전통, 혹은 민족사 테마의 가장 전형적인 특색을 보여주는 작품이 바로 이 「오백년 고려성」입니다. 멸망한 고려왕조의 옛 자취를 덧없는 인간의 삶에 비유한 내용으로 전개되고 있습니다. 모든 떠나간 번성함에 대한 애처로움을 가수의 음색과 독특한 발성법은 노래의 형성배경과 그 사연을 십분 흡수되도록 합니다.

「오백년 고려성」을 유성기 음반으로 들을 때 방운아의 성음과 발음은 매우 맑고 카랑카랑하며 또렷하게 들립니다. 실제로 방운아는 단정하고 분명한 발음과 창법, 때로는 단호하고도 결의에 찬 어조로 자신의 취입곡을 엮어가는 스타일로써 이러한 민족사적 테마의 노래를 훌륭하게 소화를 시켜내며 그러한 테마의 가요작품이 필수적으로 지녀야 할 효과를 십분 발휘해 내었던 것으로 보입니다.

세태풍자 테마

　　　　　　방운아의 취입곡 중 또 다른 중요테마로는 세태풍자를 담은 가요작품이 다수라는 사실입니다. 「출세한 시골머슴」, 「거리의 샌드윗치 맨」, 「엉터리 조각가」, 「신인발견계新人發見係」 등이 그러한 계열의 노래들입니다. 1930년대 작가 박태원이 장편소설 「천변풍경川邊風景」으로 식민지시대 서울 청계천 주변 서민 군상들의 삶과 추이를 날카로운 세태풍자로 담아내는 일에 멋진 성공을 거두었습니다만 노래는 세태풍자를 더욱 효과적으로 수월하게 다룰 수 있는 문화적 도구라 여겨집니다.

　1950년대 초중반, 당시 사회의 형편은 주민들의 삶을 매우 고통스럽게 내몰았습니다.

　해방 직후 단독정부 수립으로 정권을 잡은 이승만 대통령은 오갈 데 없이 고립되어 절박한 삶의 기로에 처해 있었던 친일파를 정치적 기반으로 삼아 권력을 신장시켜 갔습니다. 북쪽에서는 김일성에 의해 공산당 독재체제가 수립되었지요. 남과 북은 분단의 차디찬 바람 속으로 무참하게 내던져졌습니다. 강대국의 입김과 작용력은 항시 한반도 주변을 압박하고 불편하게 만들었습니다. 이러한 상황 속에서 정치권력은 점차 독재와 부정부패의 소용돌이로 치달아가게 되었고, 통한의 한국전쟁과 그 수습과정 속에서 엄청난 파괴와 살상이 빚어낸 충격은 감당할 길이 막연하기만 했습니다. 이러한 여파로 당시 한국사회의 형편은 항시 불안정한 리듬 속에서 발전의 길은 돌파구를 찾아내기가 요원했던 것입니다.

　이러한 혼란과 수습의 시기에 거리에는 매우 우스꽝스러운 복장을 한 샌드윗치맨이 나타났습니다. 방운아가 불렀던 다음 노래는 그러한 내용을 전해주고 있습니다.

하늘을 나를 듯한 새파란 카우보이모자에
몸맵시 근사하게 권총을 휘둘리면서
다방도 슬쩍 퓨퓨퓨
아무라도 쏜답니다 입으로만 퓨퓨퓨
국산품 배달부다 거리의 샌드윗치 맨

영어도 곧 잘하는 서울의 카우보이 멋쟁이
백마도 타지 않고 온종일 걸어가면서
하늘을 보고 퓨퓨퓨
아무라도 쏜답니다 입으로만 퓨퓨퓨
새나라 일꾼이다 거리의 샌드윗치 맨

거리의 라디오다 날씬한 카우보이 스타일
엉터리 쌍권총을 햇빛에 번쩍이면서
한 눈을 감고 퓨퓨퓨
아무라도 쏜답니다 입으로만 퓨퓨퓨
말없는 애국자다 거리의 샌드윗치 맨

– 방운아의 취입곡 「거리의 샌드윗치맨」(월견초 작사, 전오승 작곡) 전문

이 노래는 외제품이 범람하던 시대에 국산품 장려운동을 거리에서 홍보하며 펼쳐가던 한 샌드윗치맨의 풍경을 다루고 있습니다. 카우보이모자를 쓰고 손에는 쌍권총을 들었습니다. 말도 타지 않고 하루 온종일 길거리를 헤매 다니는 그의 직업은 고달픈 일용직 노동자입니다. 하지만 작가는 그 샌드윗치맨을 국산품 배달부, 새나라 일꾼, 말없는 애국자에 비유하고 있습니다. 수습과 안정의 시간을 갈망하는 그러한 장면 자체가 매우 코믹하지만 삶의 슬픔과 고통을 바탕에 잔잔히 깔고 있음을 우리는 깨닫게 됩니다. 1950년대 후반

의 사회풍속도와 그 전형성을 담아낸 것으로 보입니다.

사회저변에서는 황금만능주의와 기회주의, 정치권력에 대한 냉소와 불신으로 가득 차올랐습니다. 이에 따라 요행을 바라는 사람, 정치권력의 비호와 연결 속에서 일확천금을 해보려는 망상을 지녔던 군상들로 세상은 온통 불안한 기류로 빠져들었습니다. 제 정신을 차리지 못한 정치계의 권력자들은 마침내 부정선거를 통하여 독재체제의 연장을 기획하였고, 이를 눈치 챈 시민들이 거리로 쏟아져 나와서 마침내 1960년 4·19 학생혁명이 발생하게 되었던 것이지요. 방운아가 발표한 상당수의 세태풍자 노래들은 바로 이러한 불안시대의 빛깔과 위선을 꼬집고 비판하는 내용들을 담고 있습니다.

또 다른 세태풍자 노래 한 편을 더 살펴보고자 합니다.

소먹이며 지게 지던 구장집 큰 머슴이
삼년 전에 장사차로 서울을 가더니
짚털 목에 구두 신고 파나마모자에 색안경 끼고
아아 단발머리 감아올린 서울여자 손을 잡고
자랑삼아 다니러오네

술 잘 먹고 일 잘 하던 부자집 큰 머슴이
삼년 전에 장사차로 서울을 가더니
상아 팔프 옆을 물고 서투른 한글로 신문을 보며
아아 위태로운 빼딱구두 신은 여자 앞세우고
보란 듯이 다니러 오네

집도 절도 설도 없는 이참봉 큰 머슴이
삼년 전에 장사차로 서울을 가더니
검은 팔목시게 차고 지팡이 걸음에 점잔을 빼며

바람 불면 흔들리는 서울여자 팔짱끼고 뻐기면서

보란 듯이 다니러 오네

사회구성체의 급격한 변동과 신분 이동이 잘 그려져 있습니다. 이 작품의 바탕에 깔려있는 내용들은 부동산, 주식, 사업, 투기 따위로 갑자기 졸부가 된 군상들에 대한 풍자와 비판입니다. 그 졸부는 원래 시골에서 남의 집 머슴을 살던 비천한 신분이었습니다. 그런데 무슨 사업인지 수사한 사업을 해서 떼돈을 벌었고, 졸부가 되었습니다.

짚털목 구두[3], 파나마모자, 상아 파이프, 최고급 손목시계, 지팡이 따위가 졸부의 자기과시용 상징이자 도구들입니다. 하지만 그는 까막눈임에도 불구하고 신문을 보는 시늉을 하며 공연히 뻐깁니다. 뿐만 아니라 그 졸부의 옆에는 단발머리에 하이힐을 신고, 날씬한 몸매로 서울 말씨를 쓰는 묘령의 여인이 팔짱을 끼고 있습니다. 황금만능주의와 그 속물적 세태를 강렬하게 풍자하는 그림으로 전개되고 있지요.

지역, 혹은 한반도 풍물 테마

방운아가 남긴 가요작품을 분석해보면 지역성이나 그 풍물을 특별히 예찬하고 부각시킨 노래도 상당수를 확인할 수 있습니다. 자신의 고향인 경산을 비롯하여 남원, 서울, 백설령, 부산, 섬진강, 여수. 문경 새재, 울릉도, 명동, 청계천, 백마강, 평양, 호남선, 경부선 등 한반

---

3 목이 긴 장화 형태의 남성부츠를 가리키는 말로 짐작된다.

도 일대를 두루 다루고 있습니다. 뿐만 아니라 만주와 중국의 상하이, 미주지역인 북아메리카 대륙까지 광범한 지역으로 확장되고 있음을 확인할 수 있습니다.

그 가운데서 다음 작품은 가수 방운아가 취입한 자신의 고향 경상도를 테마로 다룬 매우 흥미로운 작품으로 되새겨집니다.

▲ 미도파음반공사에서 발매된 방운아의 대표곡 「경상도 사나히」 | 방태원이란 예명으로 표시되어 있다.

가야만 좋을까 있어야만 좋을까
남의일 같지 않는 세상살이가
때로는 비가 되고 눈이 되어도
정의만을 위하여 싸우는 데는
굽힐 줄을 모르는 힘도 있지만
사랑에는 약한 경상도 사나이

가야만 좋을까 있어야만 좋을까
언제나 오늘 내일 우는 사람을
희망의 터를 닦는 꿈이 되어도
얽힐 대로 얽혀진 사랑의 정은
계단 없는 하늘의 별과 같지만
사랑에는 약한 경상도 사나이

가야만 좋을까 있어야만 좋을까
희망을 앗아가는 슬픈 가난이
불행의 씨를 뿌린 꽃이 되어도
약속한 새봄만이 다시금 오면
구름 같은 괴로움 사라지지만
인정에는 약한 경상도 사나이

– 방운아의 취입곡 「경상도 사나이」(김운하 작사, 박시춘 작곡) 전문

방운아의 가요작품에는 경상도를 중요배경이나 중심테마로 설정하고 있
는 작품이 꽤 여러 곡이나 됩니다. 「경상도 사나이」, 「부산행진곡」 등을 비롯
해서 약 15~20편에 이릅니다. 이는 지역성에 대한 방운아의 남다른 애착을
반영한 것으로 해석이 됩니다.

위의 노래는 「경상도 사나이」란 가요곡으로 정의에는 강하지만 사랑과 인
정에는 약한 모습을 보여준다는 경상도 사람들의 품성과 기질을 다루고 있습
니다. 한국전쟁과 그로 인한 피난, 임시수도의 설정 따위로 경상도란 지역성
이 한국현대사에서 특별히 부각된 시절이 바로 1950년대였습니다. 당시에 나
온 경상도 테마의 노래들은 대부분 이러한 사회성과 역사성을 배경으로 불가
피하게 끌어안고 있었습니다.

이 밖에도 방운아의 가요작품에 나타난 주제의식들을 분석해보면 서민적
삶의 아름다움을 다룬 노래,
가족애, 항구 테마, 이별정서
를 다룬 노래들, 인생무상을
다룬 것들, 청춘예찬이나 삶
의 희망을 갈구하는 테마들
까지 두루 확인하게 됩니다.

◀ 40대 초반의 방운아

고아원을 다룬 이색적인 노래 「달뜨는 청동원」

또 한 가지 특이한 내용을 다룬 가요작품으로는 「달뜨는 청동원」(야인초 작사, 박시춘 작곡)을 지적할 수 있습니다. 이 작품은 1950년대 초반 가수 백년설白年雪[1]이 재혼한 아내 심연옥과 더불어 대구 대봉동에서 함께 설립하고 운영했던 고아원 청동원靑童院을 테마로 다룬 노래입니다.

노래가사의 첫 대목에 등장하는 이천교梨泉橋는 대구의 하천 수로에 가로 놓인 다리의 이름입니다. 『경상도읍지慶尙道邑誌』에 의하면 조선 영조 때 대구 판관 이서李敍란 분이 신천의 수성교 부근에 방천을 쌓고 숲을 조성하여 대구의 홍수를 방지했다고 합니다. 이에 따라 신천의 물길은 바뀌게 되었고, 대구 읍성의 공간구조도 물길의 방향에 따라 달라졌다고 합니다. 당시 대구천의 수로는 이천교에서 신천 쪽으로 물길의 흐름이 바뀌게 된 것입니다.[2] 바로 그러한 이천교가 노래가사에 등장하는 것은 대구의 지역사적 관점에서도 매우 특이하고 이채로운 자료라 하겠습니다.

달뜨는 靑童院

作詞	野人草
作編曲	朴是春
노래	方雲兒

一 이천교 물소리를 자장가삼아
　　운명의 천사들은 잠이들었네
　　색다른 형제간에 얼사안고자건만
　　꿈길은 東西南北 허터져가네

二 낮이면 거리에서 구두를닦고
　　밤이면 내일아침 신문팔다가
　　구름뜬 잠자리에 구즌비가나리면
　　처마끝 울며새든 꿈을꾸나요

三 인정에 쓰라리든 적은가슴에
　　엄마를 그려보는 꿈을꾸나요
　　잠드른 눈시울은 눈물속에 젓건만
　　잠고대 엄마하고 빵끗이웃네

靑童院은白年雪氏가
경영하는孤兒院임

美都波音盤公社謹製

▲ 미도파음반공사에서 취입된 방운아의 노래 「달뜨는 청동원」 가사지

이천교 물소리를 자장가 삼아
운명의 천사들은 잠이 들었네
성 다른 형제간에 얼싸안고 자건만
꿈길은 동서남북 흩어져가네

낮이면 거리에서 구두를 닦고
밤이면 내일 아침 신문 팔다가
구름 뜬 잠자리에 궂은비가 나리면
처마 끝 울며 새던 꿈을 꾸나요

인정에 쓰라리던 작은 가슴에
엄마를 그려보는 꿈을 꾸나요
잠들은 눈시울은 눈물 속에 젖건만
잠꼬대 엄마 하고 방긋이 웃네

– 방운아의 취입곡 「달뜨는 청동원」 전문

이 노래의 가사에 나오는 '운명의 천사' 란 바로 전쟁고아들을 가리키는 말입니다. 그들은 하루 온종일 푼돈을 벌기 위해서 거리로 쏟아져 나왔다가 밤이 되면 그들의 처소인 고아원으로 돌아갑니다. 당시 거리의 고아들을 대하던 도시인들의 반응은 차갑고 냉랭하기만 했습니다. 이러한 시기에 가수 백년설은 바로 한국전쟁 직후 대구 대봉동의 이천교 부근에서 고아원을 운영했습니다. 전쟁 통에 부모를 잃은 전쟁고아들을 수용하고 보살폈지요.

그런데 그 고아원 2층에는 가수 백년설과 친밀한 교분을 나누었던 다수의 문인, 화가, 음악가 등의 예술가들이 자주 와서 쉬었다 가는 휴식공간으로도 활용되었다고 합니다. 그 인사들은 북에서 피난 내려온 화가 이중섭李仲燮을 비롯하여 시인이었던 공초空超 오상순吳相淳[3], 구상具象[4] 시인, 박용주朴龍周 등이 주로 단골로 출입하던 멤버들이었다고 합니다.

이 청동원의 내부풍경을 작사가 야인초는 매우 실감나는 정경으로 리얼하게 그려내고 있습니다. 부산 출신이면서도 어찌 이렇게도 대구의 고아원 생활과 그 현장분위기를 실감나게 그려내었는지 감탄이 느껴질 정도입니다. 틀림없이 야인초는 청동원을 직접 다녀간 뒤 여러 심회를 느끼고 이 작품의 노랫말을 썼을 것입니다.

---

1 백년설(白年雪, 1915~1980)은 일제강점기에 주로 활동한 가수이다. 본명은 이갑룡(李甲龍), 혹은 이창민(李昌民)으로 경북 성주에서 출생하여 성주농업보습학교를 졸업했다. 학창 시절부터 문학과 연극에 관심을 가졌다. 1938년 일본에서 「유랑극단」을 취입하여 가요계에 데뷔하였고, 「두견화 사랑」, 「마도로스 수기」 등을 연속 유행시켰다. 대표곡은 1940년 발표되어 이후 오랫동안 널리 불린 「나그네 설움」 「번지 없는 주막」이며, 이 밖에도 「삼각산 손님」, 「고향길 부모길」, 「남포불 역사」, 「눈물의 백년화」, 「산팔자 물팔자」, 「천리정처」, 「아주까리 수첩」 등 히트곡이 많이 있다. 1940년대의 대표가수로 뚜렷한 행적을 남겼다. 남인수, 김정구, 진방남 등의 목소리가 또랑또랑한 편이라면, 백년설은 음정을 부드럽게 흔들어 구수하게 부르는 것이 특징이다. 친근한 맛을 주는 백년설의 창법은 서민적인 취향의 노래와 잘 어울려 오랫동안 인기를 유지했다.

2 대구시 이천동은 수도산 밑에 있으면서 배나무를 많이 심어 배나무골, 배나무실 등으로 불렸다. 그 아래쪽에 맑은 샘이 솟아나서 그 샘이 위치한 일대를 배남샘이라고 불렀다. 그리하여 한자로는 이천(梨泉)이라 썼다. 신천으로 흘러드는 물길이 원래 현재의 미8군 캠프헨리 서문과 수도산 사이로 흘러 이천동 고미술 거리 일대의 이천교 다리 밑을 지났는데, 1924년 일제의 무리한 도시계획에 따라 지금은 모두 복개되고 교량도 철거되었다. 하지만 그 교량의 이름은 여전히 지역민들에게 유지되고 있다. 백년설이 운영하던 고아원 〈청동원〉은 이천교 부근에 위치해 있었다.

3 오상순(吳相淳, 1894~1963) : 서울에서 출생했으며 일본 동지사대학 종교교육과를 졸업했다. 1920년 〈폐허〉 동인으로 활동하였다. 허무주의 서정과 웅장한 사상을 겸비한 예언자적 시인으로 평가받는 오상순 시인은 1963년 고혈압과 심장병으로 세상을 떴다. 1920년 '폐허' 동인으로 등단해 숱한 시를 썼지만 생전에 자신의 시집을 가져 본 적이 없다. '자신을 비우고(공 · 空) 세상을 초월(초 · 超) 한다는 뜻에 걸맞은 삶이었건만 지인들은 그를 '꽁초' 내지 '골초'라 불렀다. 아침에 일어나 붙인 담뱃불을 잠자리에 들 때까지 꺼뜨리지 않았다는 그는 '금연' 이란 단어가 싫어 극장 따위엔 발을 들이지 않았다. 하지만 그의 흡연은 이른바 '뻐끔담배' 였다고 전해진다. 니코틴을 탐닉했다기보다는, 명멸하는 인생과 흩어지는 담배연기를 동일시하는 시인의 화두(話頭)였다고 한다. 그 화두를 잡고 사는 듯 공초는 무소유(無所有)를 실천했다. 가족도 집도 없었다. 사찰을 돌아다니다 말년에는 조계사의 가건물 골방에서 묵었다. 눈을 뜨면 연극인 이해랑이 운영하던 명동 청동다방에 '출근' 했다. 그를 찾아온 시인 지망생들을 "반갑고 기쁘고 고맙다"고 반기며 문학과 인생을 논했다. 벗들은 폴몰 담배를 한 보루씩 사들고 찾아와 토론을 벌였다. 그는 '명동 시대' 의 낭만을 상징했다. 공초는 다방을 찾는 이에게 노트를 내밀어 글쓰기를 권했다. 이른바 '청동산맥' 이라 불리는 일종의 잠언록을 만들어 나간 것. 총 195권에 달하는 이 기록에는 당대 지식인의 멋과 사상이 고스란히 담겨 있다. 시인 이은상은 여기에 '오고 싶지 않은 곳으로 온 공초여, 가고 싶은 곳도 없는 공초여' 라는 촌철살인의 인물평을 적었다.(김준석, 〈책갈피 속의 오늘〉, 동아일보. 2005.6.3 참조)

4 구상(具常, 1919~ 2000): 시인, 언론인. 1919년 서울에서 태어났지만, 유소년기의 대부분은 함경남도 원산부에서 보냈다. 독실한 가톨릭 신자로서 1938년 원산 덕원 성베네딕도 수도원부설 신학교 중등과를 수료하고 1941년 니혼대학 전문부 종교과를 졸업했다. 이후 귀국하여 여러 직업을 전전하면서 문학활동을 시작했다. 해방 후 원산의 작가동맹에서 펴낸 시집 『응향(凝香)』에 자신의 시를 실었으나, 1946년 이른바 '응향사건' 이 발생하여 북조선 당국으로부터 반동적이라는 비판을 받고 월남했다. 이후 언론계에 투신하였고, 1950년 한국전쟁이 발발하자 종군기자단에 참가하기도 하였다. 2000년 지병인 결핵과 교통사고 후유증이 악화되어 사망하였다.

방운아가 불렀던 영화주제가들

가수 방운아와 함께 미도파레코드에서 활동했던 작사가로는 손로원[1], 반야월[2], 야인초, 김운하[3], 월견초[4], 고명기高明基[5], 호심湖心[6], 천봉, 최학곤崔鶴坤[7], 정성수[8], 김부해金富海[9], 최치수崔致洙[10], 김정보金鼎甫, 한산도, 오민우[11], 김상순, 김진경, 장영애張英愛, 석려인夕旅人, 라음파羅音波[12], 이사라李斯羅, 김문응金文應[13], 강사랑[14], 황남黃南, 우상보禹象步, 강일문姜一文, 서정권徐正權, 무명초無名草, 소화당笑話堂 등을 손꼽을 수 있습니다.

야인초(野人草: 본명 김봉철)는 이미 앞에서 다룬 바 있습니다만 해방 직후 일본에서 돌아와 부산 영도에서 선박용 스크류를 제작하는 철공소를 운영하고 있었습니다. 호리호리한 체격에 다부져 보이는 인상을 지녔습니다. 하지만 식민지 시절, 일본의 음반사에서 유성기 음반을 제작한 경험을 갖고 있었던 그는 해방 이후 자신의 철공소 한 편에 영세한 레코드 제작설비를 갖추고 소량의 음반을 찍어내었습니다. 그 음반의 라벨에는 '코로나레코드'란 제작사명을 붙였다고 합니다만 현재까지 코로나레코드 상표를 붙이고 있는 실물음반이 발견된 적이 없는 형편입니다.

당시에는 반주를 담당하는 밴드의 연주와 녹음이 동시에 이루어지는 불편함이 있었으므로 가수나 반주자가 자칫 작은 실수라도 발생시키는 경우 다시 녹음을 해야만 하는 이중적 번거로움이 있었습니다. 연주와 녹음, 그리고 완성된 음반으로 다듬는 깎기의 과정이 거의 동시에 이루어졌던 당시의 음반제작 설비와 과정은 그야말로 너무나 힘든 사업이 아닐 수 없었습니다.[15]

일본과는 녹음시설이나 환경이 너무나 열악하고 낙후했습니다. 이 때문에 영세한 설비 속에서 가수가 녹음을 하려면 스튜디오 앞에서 여러 시간을 기다려야만 했다고 합니다. 왜냐하면 이미 녹음 중인 다른 가수들 뒤에서 차례를 기다려야 했기 때문이지요. 사정이 이러하니 정작 본인이 녹음실에 들어갔다 하더라도 또 밖에서 기다리는 다른 가수들에 신경이 쓰여서 녹음하는 기분이 편하지 않았고, 항상 있어 조마조마한 심정으로 녹음을 했습니다.

혹시 실수가 발생하고 마음에 안 드는 부분이 생겼다 하더라도 다시 녹음할 시간적 여유는 전혀 주어지지 않았습니다. 서울의 유니버살레코드사에는 그나마 녹음실이 별도로 설치되어 있었지만, 같은 시기 부산의 레코드사에서는 여전히 낙후한 시설과 열악한 환경을 고스란히 유지하면서 과거의 방식으로 녹음을 했고, 음반을 찍어내었던 것입니다.[16]

지금 생각하면 참으로 그 원시적인 방법에 웃음이 나올 법한 이야기라 하겠지만 당시에는 길거리를 지나가는 자동차의 경적 소리가 들리지 않도록 군용담요로 출입문과 창틀을 모두 막은 다음 녹음을 했는데, 이런 형편없는 설비 속에서도 한 번에 수십 곡씩의 녹음을 해내곤 했으니 참으로 눈물겹고 힘들었던 노동 수준의 녹음이었다고 하겠습니다.

한산도韓山島는 본명이 한철웅韓哲雄입니다. 1932년 일본 도쿄에서 출생했으며, 1952년 가요곡 「애수」를 작사, 작곡하여 데뷔를 했습니다. 1954년 대구

1 손로원(본명 손로현) : 1913년 서울 출생으로, 손로현, 손영감, 손경현, 손회몽, 부부린, 불방각(佛誇覺) 등은 그의 또 다른 예명이다. 한국전쟁 직후 대구로 피난 내려와 줄곧 독신으로 지냈으며, 몹시 곤궁한 삶을 살았다. 한때 대구 칠성시장 주변에 거주하며 막걸리집 주모와 잠시 동거하였다. 학력은 없었으나 작품의 예술성이 뛰어났다. 오리엔트레코드사와의 인연은 식민지 시절부터 태평레코드사 동료였던 작곡가 이재호와의 밀접한 우정 때문이다. 오리엔트사를 통하여 「귀국선」, 「무영탑 사랑」, 「님 계신 전선」, 「신라제 길손」, 「촉석루의 밤」, 「왕자호동」, 「쌍가락지 논개」 등 상당수의 예술성 높은 가요시 작품을 발표하였다. 미도파, 도미도, 오아시스 등 다른 레코드회사들에서도 「비 내리는 호남선」, 「아메리카 차이나타운」, 「함경도 사나이」, 「페르샤 왕자」, 「인도의 향불」, 「잘 있거라 부산항」, 「백마강」, 「봄날은 간다」, 「물방아 도는 내력」, 「불국사의 밤」, 「내가 울던 파리」, 「경상도 아가씨」, 「님 계신 전선」 등을 발표했다.

2 반야월(半夜月, 1917~)은 작사가이자 가수로 활동하였다. 가수로 활동할 때는 진방남(秦芳男)이라는 이름을 사용했다. 경남 마산 출생으로 본명은 박창오(朴昌吾)이다. 추미림(秋美林), 박남포(朴南蒲), 남궁려(南宮麗), 금동선(琴桐線), 허구(許久), 고향초(高香草), 옥단춘(玉丹春), 백구몽(白鷗夢) 등의 여러 예명도 함께 사용하였다. 어릴 때 진해로 이주하여 자랐으며, 1937년에 태평레코드가 주최한 전국 신인가수선발 가요콩쿠르에 입상하면서 가수로 데뷔했다. 진방남이라는 예명으로 발표한 「불효자는 웁니다」, 「꽃마차」 등이 대표작이다. 이후 남대문악극단을 조직해 「산홍아 너만 가고」, 「마도로스 박」 등의 악극을 제작했고, 방송극도 집필하는 등 다양한 활동을 했다. 특히 작곡가 박시춘, 가수 이난영과 더불어 '한국 가요계의 3대 보물'이라고 일컬어질 정도로 대중의 사랑을 받은 노랫말을 많이 작사했다. 「넋두리 20년」을 시작으로 자신이 불러 히트한 「꽃마차」, 그리고 「단장의 미아리고개」, 「유정천리」, 「울고 넘는 박달재」, 「만리포 사랑」, 「벽오동 심은 뜻은」, 「비 내리는 삼랑진」, 「아빠의 청춘」, 「무너진 사랑탑」, 「산장의 여인」, 「산유화」, 「소양강 처녀」 등이 잘 알려진 곡이지만, 작사한 노래만 수천 편이 넘는다. 한국 역사상 가장 많은 노래를 작사하고. 또 가장 많은 히트곡을 낸 작사가이면서 가장 많은 노래비를 보유한 작사가로도 알려져 있다.

3 김운하(金雲河) : 1917생으로 오케레코드사를 통해 활동하였다. 「눈물의 춘정」, 「희망삼천리」, 「항구의 청춘시」, 「고향무정」, 「님이라 부르리까」, 「서산 갯마을」, 「충청도 아줌마」 등의 노랫말을 작사하였다. 김득봉(金得鳳)이란 필명을 함께 사용하였다.

4 월견초(月見草) : 본명은 서정권(徐正權)이며 1939년 부산 출생이다. 월견초는 그의 예명이다. 「이정표」, 「들국화」, 「경상도 청년」 등 다수의 가요작품을 작사하였다.

5 고명기 : 1915년 충남 출생으로 가수 고운봉의 형이다. 「청춘은 산맥을 타고」, 「봄바람 님바람」, 「숨쉬는 거리」 등 다수의 곡을 발표하였다.

6 호심(본명 박대림) : 대구 출생의 작사가로 박재홍의 데뷔곡 「대동강 달밤」을 작사하였다. 작곡가 이병주와 「님 없는 목포항」, 「로맨스 서울」, 「망향의 곡」, 「무정항구」, 「해와 달」, 「피맺힌 한을」, 「나의 그림자」 등 여러 곡을 제작 발표하였다. 1960년대 이후 LP로 제작된 오리엔트레코드사 음반으로 「월광의 탱고」, 「그날 밤의 탱고」, 「가버린 데리사」 등을 발표하였다.

7 최학곤 : 1921년 평양 출생. 「대지의 어머니」, 「동작동 어머니」 등 여러 곡을 발표하였다.

8 정성수 : 1924년 함남 신흥 출생. 1957년 「타관결심」으로 데뷔하였다. 대표곡으로는 「과거를 묻지 마세요」, 「고향역」, 「서름 실은 경부선」, 「푸른 날개」 등이 있다.

9 김부해 : 1918년 서울 출생. 작사가로 활동하였으며, 희망악극단을 설립 운영하였다. 「대전발 영시오십분」를 작사하였다. 대표곡으로는 「유정천리」, 「대전블루스」, 「눈물의 연평도」, 「대전아 잘 있거라」, 「영등포의 밤」 등이 있다.

10 최치수 : 대표곡으로는 「안개 낀 장충단 공원」, 「서울행 삼등실」, 「서울버스 여차장」 등이 있다. 이 곡의 작곡가는 현재 알려진 최치수가 아니라 대전 출생의 작가 김영이다. 김영은 1950년대 초반 대구극장에서 허드렛일을 돌보며 힘들게 살다가 사망하였다. 가끔 트럼펫을 불기도 하였다. 김영의 사후 대구에서 아세아극장을 운영하던 작곡가 최치수가 악보를 지니고 있다가 자신의 이름으로 이 곡을 발표하였다.

11 오민우(본명 차상용) : 1935년 평남 진남포 출생. 1956년 「처녀별」로 데뷔하였다. 대표곡으로는 「갈대의 순정」, 「미워하지 않으리」, 「삼다도 편지」, 「제주 국제공항」 등이 있다.

12 라음파(본명 송성선) : 1939년 서울 출생. 대표곡으로는 「명동 블루스」, 「두형이를 돌려줘요」, 「추억의 오솔길」 등이 있다.

13 김문응 : 부산 출생의 작사가로 시를 쓰던 문학도였다. 오리엔트레코드사에서는 「향수」(박시춘 작곡, 남인수 노래) 등을 발표하였다. 대표곡으로는 「방랑시인 김삿갓」, 「아베크 토요일」, 「부라질 이민선」 등이 있다. 많은 곡을 작사했으며 대표곡으로는 「돌아오라 나의 칼멘」, 「하늘의 황금마차」, 「브라질 이민선」, 「고향이 좋아」, 「비 내리는 판문점」, 「눈물의 한탄강」 등이 있다.

◀ 고려레코드사의 후신이었던 유니
버살레코드의 음반 재킷 | 전속
대중음악인들의 얼굴 그림이 흥
미롭다.

◀ 무대 위에서 열창하는 방운아

14 강사랑(본명 강대훈) : 작사가로 전남 여수 출생이다. 강해인은 그의 또 다른 예명이다. 오리엔트레코드사에서 「굳세어라 금순아」(현인)를 취입하여 크게 히트시켰다. 여수순천사건에 연루되어 도피생활을 하다가 박시춘을 찾아 대구로 와서 오리엔트레코드사와 인연을 갖게 되었다. 수년 간 경찰의 감시와 미행을 받았으며, 이 때문에 「굳세어라 금순아」가 한때 판매금지가 된 적도 있었다. 「눈물의 아사녀」(남인수), 「남강의 달밤」(남인수), 「이별의 탱고」(현인), 「도미노」(현인) 등을 오리엔트사에서 발표하였다. 대구 유니온레코드에서 문예부장으로 잠시 활동하였다. 이 무렵 강사랑은 목사의 딸이었던 송민도를 작곡가 백영호의 추천으로 가요계에 데뷔시켰다. 당시 송민도의 데뷔곡은 왈츠곡으로 「애수」였다. 대표작품으로는 「감격시대」, 「굳세어라 금순아」, 「아리랑 목동」, 「눈물의 자장가」, 「그대는 대답 없고」, 「안개 낀 부산항」, 「꽃 파는 아가씨」, 「밤의 블루스」, 「그리운 다방」, 「즐거운 휴가」 등이 있다.

15 음반 제작에 소요되는 원자재의 구입이 워낙 힘든 시절이라 고물장수가 수집해 오는 일본 음반을 재활용해서 거기에 파라핀을 코팅하여 제작하는 재생음반 방식은 생산에 한계가 있었다. 거의 자력으로 음반제작 기술을 완전히 터득했던 이병주의 증언에 의하면 구체적 진행 단계는 다음과 같다. 첫째 초판은 밀랍과 카본덩어리를 배합하여 제작한다. 그 후 양초(밀랍)와 카본을 발라 거울과 같은 평면을 유지하기 위해 경험 많은 기술자가 면도칼로 평평하게 다듬는 정판의 과정을 거친다. 다음으로는 이렇게 제작한 초판에다 취입을 하게 된다. 회전하는 초판 위에 사운드박스를 얹은 상태에서 가수가 노래를 부르면 소리가 골을 따라 기록되면서 곧 초판에 소리골(라인)이 형성된다. 이런 과정을 거친 초판을 초산은 용액에 담근 채 좌우로 잘 흔들어 초판의 표면에 은막이 형성되도록 한다. 그 까닭은 초판의 표면에 전기가 잘 통하도록 하려는 배려 때문이다. 표면에 은막이 형성된 초판 위에 구리 도금을 또 한 벌 입힌다. 이 과정까지 완료한 음반을 마스터 부판이라 한다. 이 구리 도금을 끝낸 부판에 초산은 용액을 다시 한 차례 입히게 되는데, 그 까닭은 부판에서 모판을 쉽게 분리할 수 있도록 하기 위함이다. 이 모판으로 자판을 연속해서 찍어내는 과정이 음반 제작의 전체 공정이다. 연속되는 제작으로 자판이 닳아서 마모되는 경우가 많은데, 이 경우 모판으로 새로운 자판을 다시 만들어내고, 모판이 마모되면 마스터 부판을 사용하여 모판을 다시 찍어내어야 한다. 이처럼 자판과 모판을 적절히 활용함으로써 지속적인 음반 제작을 할 수 있다. 그 과정에서 자판, 모판의 마모상태를 신속하게 판별해내는 감식안을 통하여 전문기술자로서의 오랜 경험과 능력을 평가할 수 있다.(이동순, 「1950년대 한국대중음악사의 형성과 전쟁테마의 수용」, 『민족문화논총』, 영남대학교 민족문화연구소, 2007, 173~177면에 수록된 오리엔트레코드사의 경영자 이병주의 증언 부분 참조)

16 유니버살레코드사는 1953년 환도 이후 서울에서 작곡가 박시춘이 중심이 되어 음반제작을 시작하였다. 대중가요, 박시춘 경음악, 민요 등을 비롯하여 동요, 가곡, 행진곡, 양(洋)경음악 및 영화주제가와 영어회화 및 교재 음반까지 발매하였다. 해방 10주년 산업박람회에서 장려상을 받은 것으로 공시된 1955년 당시 유니버살레코드사의 대중가요 발매음반은 도합 34장으로 가요곡의 수는 68편이다. 가수와 음반번호를 포함한 전체목록은 다음과 같다. '-' 표시는 동일한 음반에 취입되었음을 알려주는 표시이다.
「이별의 부산정거장」(남인수)-「첫사랑의 문」(백설희)[P-009], 「고향은 내 사랑」(남인수)-「봄날은 간다」(백설희)[P-1002], 「순정가」(황정자)-「정든 포구」(황정자)[P-1005], 「청포도 피는 밤」(백설희)-「젊은 두 사람」(백설희)[P-1007], 「아메리카 챠이나타운」(백설희)-「그대는 가고」(현인)[P-1015], 「이별의 언덕」(백설희)-「가을인가 가을」(남인수)[P-1001], 「밤비는 온다」(남인수)-「기다리겠어요」(남인수)[P-1010], 「제목미상」(현인)-「고향의 그림자」(남인수)[P-1012], 「무정부루-스」(백설희)-「명동 에레지」(현인)[P-1017], 「호수가의 에레-지」(백난아)-「봄바람 낭낭」(백난아)[P-1027], 「그늘에 피는 꽃」(백설희)-「물새 우는 강 언덕」(백설희) [P -1029], 「청춘고백」(남인수)-「목장 아가씨」(백설희)[P-1031], 「비 나리는 인천항」(이인권)-「사막의 밤」(이인권) [P-1033], 「미련만 남았오」(남인수)-「추억에 운다」(남인수)[P-1035], 「뉴챠이나 타운」(김정구)-「코리아 룸바」(백설희)[P-1037], 「유쾌한 사라리맨」(신세영)-「홍콩(香港)야곡」(신세영)[P-1039], 「아라비아 야곡」(명국환)-「항구의 부루-스」(백일희)[P-1041], 「휴전선 에레-지」(남인수)-「황혼의 에레-지」(백일희)[P-1043], 「향수의 밤차」(백설희)-「애상의 가을」(백설희)[P-1045], 「유정항구」(백설희)-「캬라반의 꿈」(명국환) [P-1047], 「칼맨야곡」(백설희)-「나는 울었네」(손인호)[P-1049], 「모란공주」(백설희)-「써커스 인생」(백설희) [P-1051], 「사랑은 병이런가」(백설희)-「망향천리」(원방현)[P-1059], 「사랑의 불사조」(백설희)-「숨 쉬는 거리」(손인호)[P-1060], 「마의태자」(원방현)-「장미의 회상곡」(백설희)[P-1061], 「나희(那姬)의 노래」(장세정)-「봄은 온다」(김정구)[P-1054], 「춘보(春甫)의 노래」(백설희)-「오월의 청춘」(김정구)[P-1053], 「정글의 밤」(현인)-「청춘 꽃수레」(장세정)[P-1070], 「눈물의 탱고」(현인)-「수녀의 노래」(장세정)[P-1071], 「연락선 에레-지」(손인호)-「꾸냥(姑娘) 십팔세」(이해연)[P-1073], 「명동의 그림자」(박경원)-「산유화」(손인호·백일희)[P-1077], 「세월은 가오」(백년설)-「아이참 정말 난 몰라요」(심연옥)[P-1081], 「비 나리는 항구」(전칠성)-「꿈같이 변할 정」(전칠성)[P-1075], 「모나리자의 얼골」(현인)-「지구가 논다」(현인)[P-1079]
한편 유니버살레코드사의 중심인물이었던 박시춘의 경음악집 발매음반으로는 「나 홀로 왔네」(트롯트)-「흘러간 사랑」(탱고)[P-1019], 「추억의 왈쓰」(왈쓰)-「애수의 소야곡」(탱고)[P-1021], 「물새 우는 마을」(트롯트)-「감격시대」(트롯트)[P-10123], 「즐거운 목장」(트롯트)-「고향초」(왈쓰)[P-1025], 「이별의 부산정거장」(트롯트)-「신라의 달밤」(트롯트)[P-1055], 「아메리카 챠이나타운」(트롯트)-「봄날은 간다」(부루-스)[P-1057] 등 6장 12곡이다.

의 서라벌레코드사에서 한종명韓鍾鳴이란 이름으로 가요 「천리여정」(한산도 작사, 백영호 작곡)과 「왕검성王儉城 길손」(한산도 작사, 한산도 작곡) 등 두 곡을 불러서 가수로도 얼굴을 내밀었지요. 작사, 작곡, 노래까지 모두 겸했던 특이한 경우입니다. 음반을 들어보면 마치 박재홍의 창법과 유사한 느낌을 받습니다만 이후 작사가로 더욱 이름이 높아졌지요. 처음엔 빅토리레코드사에서 활동을 하다가 이후에 백영호와 함께 미도파레코드로 옮겨가게 됩니다.

미도파레코드사 시절, 한산도는 방운아에게 여러 곡을 주어서 취입하도록 도왔습니다. 방운아와 각별한 우정을 느끼며 사랑했었는데, 방운아가 발을 다쳐서 보행이 불편할 때 한산도가 방운아의 겨드랑이를 부축하여 걸음을 도와주었다고 가수 남백송은 기억합니다. 이후에는 도리어 한산도가 하반신 마비상태에서 창작활동을 했습니다. 전체 생애를 통하여 700여 편의 작사와 100여 편의 작곡을 했다고 합니다. 대표곡으로는 「울어라 열풍아」, 「여자의 일생」, 「잊을 수 없는 여인」, 「홍콩의 왼손잡이」, 「지평선은 말이 없다」, 「빙점」, 「추풍령」, 「덕수궁 돌담길」, 「바보처럼 울었다」, 「해운대 엘레지」, 「추억의 소야곡」, 「동숙의 노래」, 「잘 있거라 고모령」 등 다수의 작품이 있습니다.

작곡가로는 박시춘[17], 백영호, 김성근金成槿[18], 김교성金敎聲[19], 허경구許京九[20], 여야성汝夜星[21], 이병주, 김호길金虎吉[22], 이인권[23], 손목인[24], 김종유, 조춘영趙春永[25], 추월성秋月聲[26], 이정화[27], 김화영[28], 전오승, 오민우 등이 함께 활동했습니다. 이들과의 각별한 인연으로 방운아는 1950년대 전쟁 직후 당시 대중들의 따뜻하고도 특별한 사랑을 받으며 일생을 통하여 도합 122편 가량의 가요작품을 발표할 수 있었습니다.

가수 방운아의 대표곡으로는 그의 출세작품이었던 「마음의 자유천지」를 비롯하여 「부산행진곡」, 「인생은 나그네」, 「한 많은 청춘」, 「두 남매」, 「가거라 슬픔이여」, 「여수야화」, 「경상도 사나이」, 「오백년 고려성」, 「여정망향」, 「꿈속의 고향길」, 「부산 엘레지」, 「재수와 분이의 노래」, 「일등병 일기」, 「현철의 노래」 등 다수가 있습니다.

방운아는 자신의 대중적 인기에 힘을 입어서 영화주제가도 많이 취입했습니다. 방운아의 가요 목록 중에는 영화주제가도 여러 곡 포함되어 있는데, 이

---

17 박시춘(1913~1996) : 경남 밀양 출생으로 본명은 박순동(朴順東)이다. 밀양에서 권번을 운영하던 집안의 둘째아들로 태어났다. 일본으로 가서 중학생 신분으로 순회공연단을 따라다니며 트럼펫, 바이올린, 색소폰, 기타 등 다양한 악기의 연주방법을 익혔다. 「몬테카를로의 갓난이」, 「어둠 속에 피는 꽃」 등을 발표하며 작곡가로 데뷔했다. 1931년 남인수가 부른 「애수의 소야곡」이 크게 히트하면서 오케레코드사 전속작곡가로 발탁되었다. 1939년에는 조선악극단 일본공연에서 현경섭, 송희선 등과 함께 '아리랑 보이즈'라는 보컬 팀으로 공연하기도 했다. 주요작품으로는 「이별의 부산정거장」, 「굳세어라 금순아」, 「전선야곡」, 「신라의 달밤」, 「비내리는 고모령」, 「럭키 서울」 등이 있다. 그가 작곡한 작품은 도합 3,000여 편 가량으로 추산된다.

18 김성근(본명 김수근) : 작곡가. 1936년 일본 오사카 출생. 1954년 「순항선 사랑」으로 데뷔하였다. 대표곡으로는 「노랫가락 차차차」, 「서울역 밤 11시」, 「월남의 달밤」, 「생일 없는 소년」, 「인디언 로맨스」, 「휴전선 나그네」 등이 있다.

19 김교성 : 1914년 서울 출생. 1920년대 중반부터 연주자로 음악활동을 시작했다. 1930년대에 김성파(金聲波)란 예명으로 직접 노래를 취입하기도 했다. 1932년부터 작곡한 작품을 발표하였으며, 이후 빅타, 폴리돌, 태평레코드 등 여러 레코드회사에서 다수의 인기곡을 발표하였다. 대표곡으로는 「아리랑 낭낭」, 「찔레꽃」, 「울고 넘는 박달재」, 「눈물의 수박등」, 「돌아가자 하동포구」, 「자명고 사랑」, 「넉두리 이십년」, 「능수버들」, 「남포불 역사」, 「궁초댕기」, 「만리포사랑」 등이 있다.

20 허경구 : 유명한 아코디언 연주자로도 활동했으며, 대표곡으로는 「나는 갈 테야」, 「망향열차」, 「꿈에 본 어머니」, 「누가 나를 울렸나요」 등이 있다.

21 여야성 : 1932년 경남 출생으로 본명은 여용환이다. 대표곡으로는 「이별」, 「눈물의 사할린」, 「황혼의 비가」, 「타국살이」, 「뱃고동 소리」 등이 있다.

22 김호길 : 1920년 평북 정주 출생. 1941년 「부산블루스」로 데뷔하였다. 대표곡으로는 「하숙생」, 「진고개 신사」, 「한 많은 청춘」, 「돌아오라 나의 칼멘」, 「주유천하」, 「월급봉투」 등이 있다.

23 이인권 : 함북 청진 출생의 가수로 작곡과 작사도 겸했다. 작사 곡에 임영일이란 예명을 쓰기도 했다. 1946년 겨울, 대구극장 공연을 마치고 나와서 처음으로 작곡가 이병주를 만나 친교를 갖게 되었다. 오리엔트사의 첫 작품 「귀국선」의 취입 예정 가수였으나 일정이 서로 어긋나서 취입이 불발되었다. 오리엔트사에서 「사랑의 복지」 「무영탑 사랑」, 「백제의 봄빛」, 「미사의 노래」, 「나의 등대」, 「추억의 백마강」, 「그리운 다방」 등을 취입하였다. 해방 전 대표곡으로는 「꿈꾸는 백마강」, 「부녀계도」 등이 있다.

24 손목인(본명 손득렬) : 1913년 경남 진주 출생. 예명은 손안드레. 양상포 등을 썼다. 일본에서 음악학교를 졸업하고 돌아와 오케레코드 전속 작곡가가 되었다. 「타향살이」 「목포의 눈물」 「불사조」 「짝사랑」 「사막의 한」 「청노새 탄식」 등 주옥같은 불후의 명곡들을 남겼다. 오리엔트레코드사에서는 「아내의 노래」(유호 작사, 심연옥 노래)를 크게 히트시켰고, 「영 넘어 고개길」(손로원 작사, 신세영 노래) 등을 발표하였다.

25 조춘영(본명 조병목) : 1917년 서울 출생. 오리엔트레코드사에서 「왕자호동」(손로현 작사, 도성아 노래) 등을 발표하였다. 대표곡으로는 「그네줄 사랑」, 「쌍돛대 포구」, 「흑맥」, 「청춘은 산맥을 타고」, 「별만이 아는 비밀」 등이 있다.

26 추월성(본명 한민) : 1928년 서울 출생. 작품 「흑산도 섬색씨」, 「부라운 드레스」, 「봄비의 부르스」 등이 있다.

27 이정화 : 1926년 경기 파주 출생. 대표곡으로는 「햇님 달님」, 「당신 때문에」 등이 있다.

28 김화영(본명 김장성) : 1907년 서울 출생. 대표곡으로는 「남원의 애수」, 「청산유수」, 「개나리 처녀」, 「내가 심은 해당화」, 「월남에서 온 편지」, 「얼룩진 항구수첩」 등이 있다.

■ 방운아가 취입한 영화주제가 목록

영화 제목	주제가 제목	작 사	작 곡
〈경상도 사나이〉	「경상도 사나이」	김운하	박시춘
〈대지의 어머니〉	「대지의 어머니」	최학곤	김호길
〈야녀夜女〉	「마도로스 형제」	천 봉	백영호
〈야녀夜女〉	「매라의 노래」	천 봉	백영호
〈웃어야 할까 울어야 할까〉	「명랑한 천사」	정성수	김호길
〈여사원〉	「명희야 잘 가거라」	반야월	김화영
〈스타탄생〉	「불야성 부기」	한산도	백영호
〈스타탄생〉	「신인발견계」	한산도	백영호
〈스타탄생〉	「엉터리 조각가」	한산도	백영호
〈버림받은 천사〉	「유랑삼천리」	강일문	이인권
〈딸 칠 형제〉	「인생은 고해련가」	반야월	박시춘
〈나그네 설움〉	「인생은 나그네」	반야월	박시춘
〈가거라 슬픔이여〉	「정애의 노래」	반야월	박시춘
〈가거라 슬픔이여〉	「재수와 분이의 노래」	반야월	박시춘
〈탈선춘향전〉	「탈선춘향전」	야인초	백영호
〈푸른 향수〉	「푸른 향수」	반야월	김화영
〈한 많은 청춘〉	「한 많은 청춘」	김정보	김호길
〈장미는 슬프다〉	「현철의 노래」	한산도	백영호

는 가수 방운아에 대한 대중적 인기를 반영한 것이라 할 수 있습니다. 대표적
인 영화주제가로는 무려 18편에 달하는 적지 않은 가요곡 작품들이 있습니
다. 이 가운데서 영화 〈스타탄생〉의 주제가로는 「불야성 부기」, 「신인발견계
新人發見係」, 「엉터리 조각가」 등 세 편이나 제작될 정도로 높았던 인기를 짐작
해 볼 수 있습니다.

이 가운데서 영화 〈가거라 슬픔이여〉의 주제가로 만들었던 「재수와 분이
의 노래」는 작곡가 박시춘이 1950년대의 어느 날 대구의 송죽여관에서 작사
가 반야월과 더불어 한 모임자리에서 직접 연주하던 기타 반주에 맞춰 이 노

래를 불렀다고 합니다.

물같이 흘러버린 지난 세월에
잊으려도 잊지 못할 그대의 모습
지금은 어느 항구 살고 있는가
더듬는 추억 속에 가슴 아프다

잡아도 날아가는 세월이었네
불러 봐도 대답 없는 사랑이었네
당신은 어느 별에 숨어있나요
애달피 불러보는 분이粉伊의 사랑

한 많은 어린 넋아 눈감아다오
죄가 많은 엄마 아빠 바보였었네
갈가리 찢어지는 원한의 가슴
하느님 살피소서 살피옵소서

▲ 극영화 〈가거라 슬픔이여〉의 주제가
로 제작된 「재수와 분이의 노래」 |
이 곡은 방운아와 박애경이 듀엣으
로 함께 불렀다.

- 방운아의 취입곡 「재수와 분이의 노래」(반야월 작사, 박시춘 작곡) 전문

그런데 이 노래를 부르다가 3절 가사의 '한 많은 어린 넋아 눈감아다오/ 죄
가 많은 엄마 아빠 바보였었네/ 갈가리 찢어지는 원한의 가슴/ 하느님 살피소
서 살피옵소서'란 대목에서 '기어이 박 선생도 울고 나도 울고 기타도 울었
다'는 일화는 너무도 유명합니다. 작사가 반야월은 자신의 회고록 『불효자
는 웁니다』에서 이 일화를 생생하게 기록하고 있습니다.

載洙와 粉伊의 노래

作　詞　　半　夜　月
作編曲　　朴　是　春
노　래　　方　雲　兒

一　물갈이　흘려버린　지난세월게　잊을려도
　　잊저못할　그대의모습　지글은　어느항구
　　살고있는가　더듬는　추억속에　가슴아프다

二　잡아도　날아가는　세월이였네　불러바도
　　대답없는　사랑이였네　당신은　어느별에
　　숨어있나요　애달피　불어보는　粉伊의사랑

三　恨많은　어린넋아　눈감아다오
　　죄가많은　엄마아빠　바보였였네　갈갈이
　　찢어지는　원한의가슴　하나님　살피소서　살피옵소서

美都波音盤公社

▲ 미도파음반공사에서 발매된 방운아의 노래 「재수와 분이의 노래」 가사지

영화에도 출연했던 가수 방운아

1957년 무렵으로 짐작이 되는데요.

영화 〈나그네 서름〉의 한 장면에서는 가수 방운아가 직접 스크린에 등장하여 주제가 「인생은 나그네」를 불러서 큰 인기를 모았습니다.

딱딱한 고음의 스피커 소리는 온 마을을 울리던 날이 있었습니다. 울긋불긋한 고깔을 쓰고 선전용 간판을 둘러멘 피에로 차림의 샌드위치맨을 졸졸 따라다니던 어린이들이 있었습니다. 그들은 배고픔도 잊고서 온통 소란을 피웠었지요. 이제는 어른이 되고, 대부분 늙은이의 모습으로 조촐하게 시간을 보내고 있을 당시의 그 어린이들을 생각해 봅니다.

마을 한 편에서는 워낙 시끄러운 소음이 들려서 혹시 약장수가 왔는가 하고 현장에 달려가 보았는데, 그곳에는 웬 영화포스터가 붙어 있었습니다. 영화의 제목은 바로 〈나그네 서름〉이었지요. 포스타의 맨 위쪽에는 이런 글귀가 인쇄되어 있었습니다.

◀ 이예춘, 김근자가 주연했던 영화 〈나그네 서름〉 포스터 | 이 영화의 주제가로 제작된 작품이 방운아의 취입곡 「인생은 나그네」였다.

"불우한 인간의 순정이 빚어내는 아름다운 감격의 인정애화人情哀話"

이선경李善慶 감독과 촬영기사 홍일명洪一明이 찍은 이 영화는 이예춘李藝春과 김근자金槿子가 주연배우로 출연했습니다. 함께 출연했던 조연배우로는 박노식朴魯植, 남방운南芳雲, 김예실金藝實, 이원철李元哲, 황해남黃海男, 이성일李星逸, 남미랑南美娘, 오길래吳吉來, 박순봉朴順奉, 이선경李善慶, 하룡河龍, 강훈姜勳, 이종문李鍾文, 강일姜一 등이었습니다. 이익재李益在가 기획하고 정창환鄭昌煥이 제작했습니다. 조명담당은 이인식李仁植, 씨나리오는 서과불徐果佛이 맡았습니다. 협립영화사協立映畵社에서 제작한 가장 첫 번째의 회심작이었습니다.

포스타의 중앙에서 가장 오른쪽으로 노랗게 표시된 작은 공간에는 이 영화의 주제가를 박시춘이 작곡하고 가수 방운아가 노래를 불렀다는 표시와 함께 「인생은 나그네」란 붉은 글씨가 선명하게 부각되어 있었습니다.

그 영화의 주제가로 삽입된 노래가 바로 당시 우리들이 즐겨 불렀던 노래 「인생은 나그네」였습니다. 그러니까 가수 방운아는 영화 〈나그네 서름〉에 직접 출연하여 이 주제가를 불렀던 것이지요.

웃고 오는 인생이냐 울고 가는 나그네냐
대장군 마루턱에 고향집이 그립고나
짓궂은 운명 속에 떠다니는 뜨내기 몸
돌부리 사나운데 눈물 속에 길은 멀다

그리운 게 사랑이냐 야속한 게 인정이냐
나그네 옷자락에 찬 서리만 설레이네
쓰라린 부모마음 그 사랑은 일반인데
지팽이 절름절름 이 고개를 울고 넘네

허무한 게 인생이냐 덧없는 게 청춘이냐
애달픈 그 사랑에 조각조각 날아간 꿈
죄 많은 이아들을 자나 깨나 기다리며
어머니 오지랖에 눈물인들 마르오리

– 방운아의 취입곡 「인생은 나그네」(반야월 작사, 박시춘 작곡) 전문

기구한 운명으로 가족의 품을 떠나서 오늘은 이 마을 내일은 저 마을로 외롭게 부평초처럼 떠돌아다니며 문전걸식하던 주인공 사나이는 과연 누구였던가? 그는 바로 영화배우 이덕화의 부친이었던 성격배우 이예춘李芸春[1]이었습니다.

하루해가 뉘엿뉘엿 저물어가는 석양 무렵, 다리를 절름거리며 지팡이를 짚고 외롭게 고개를 넘어오는 사나이가 있습니다. 그는 오늘도 모진 목숨을 연명하기 위해 여러 마을들을 찾아다니며 동냥을 다녔으나 가는 곳마다 문전박대를 당하고 아픈 다리를 절면서 힘겨웁게 고개를 넘어옵니다. 이때 가수 방운아의 노래 「인생은 나그네」(반야월 작사, 박시춘 작곡)가 구성지게 흘러나왔습니다. 그 노래의 성음과 분위기는 마치 한도 많고 설움도 많은 이 세상을 원망이나 하듯이 관객들에게 다가왔습니다.

영화 〈나그네 서름〉에 직접 출연했던 방운아는 노래와 보행의 리듬을 제대로 맞추지 못해 몇 차례나 NG를 내었던 기억을 회고하곤 했습니다.

얄궂은 운명을 타고난 한 외로운 사나이의 심정을 극적으로 대변해주었던 가수 방운아의 노래 「인생은 나그네」는 향수와 고달픔에 지쳐서 흐느껴 울었던 당시 주민들의 심정과 처지를 더욱더 쓰다듬고 달래주었던 것 같습니다.

그토록 넘기가 어렵고 힘겨웠다는 보릿고개를 무사히 넘기고 이제는 경제개발의 튼튼한 주역으로 이 나라의 운명을 당당하게 등에 지고 힘든 고개를 터벅터벅 넘어왔던 한국의 1950년대와 60년대 주역들의 삶의 고통과 슬픔을 잘 담아낸 영화가 바로 〈나그네 서름〉이었던 것입니다.

얼마나 많은 관객들이 전국에서 이 영화를 보며 울고 또 울었던 것일까요? 그들이 흘렸던 눈물, 손수건으로 홍건하게 닦아낸 눈물은 지금 어디에 가 있을까요? 틀림없이 이 나라의 발전에 튼튼한 주춧돌과 대들보의 모습으로 바뀌어 자리하고 있으리라 믿습니다.

---

1 이예춘(1917~1977) : 서울 출생. 배재고보를 졸업한 뒤 극단 〈백양좌〉, 〈약초(若草)〉, 〈무궁화〉, 〈신협〉 등의 악극단을 거치며 연기수업을 쌓고 1955년 이강천 감독의 〈피아골〉에 출연하면서 본격적인 영화배우로 활약했다. 이후 〈성춘향〉, 〈푸른 하늘 은하수〉, 〈천하태평〉, 〈맨발의 청춘〉 등의 영화에 출연하면서 개성 있는 조연급 연기자로 자리를 굳히며, 허장강, 독고성 등과 함께 1950~60년대를 대표하는 악역배우로 평가되었다. 영화 〈현해탄은 알고 있다〉로 제1회(1962년) 대종상 남우조연상을 수상했으며 그 밖의 주요 출연작품으로는 〈원술랑〉, 〈밤에만 흐르는 강〉, 〈원효대사〉, 〈연산군〉, 〈임꺽정〉, 〈왕자호동〉, 〈다정도 병이련가〉, 〈대심청전〉 등이 있다. 아들 이덕화도 영화배우이다.

가수 방운아의 대표곡이었던 〈마음의 자유천지〉

방운아의 전체 가요작품을 통틀어 방운아 가요세계의 특징과 정서를 대표하는 한 작품을 추천한다면 우리는 단연코 「마음의 자유천지」(손로원 작사, 백영호 작곡, 방운아 노래)를 대표곡으로 손꼽기에 주저하지 아니합니다.

작곡가 백영호에 의해 만들어진 이 작품은 1956년 방운아를 일약 최고의 스타급 가수로 발돋움하게 해준 역사적 작품이라 할 것입니다. 이 노래가 크게 히트하면서 방운아는 미도파레코드사의 전속으로 자리를 굳혔습니다. 이후로도 「한 많은 청춘」, 「두 남매」, 「인생은 고해련가」 등을 잇달아 히트시키면서 가수로서의 방운아의 위상은 미도파 최고의 위치로 일약 자리매김을 하게 되었지요.

이 무렵 방운아는 이따금 고향 경산을 다녀가곤 했습니다. 이미 유명한 인기가수로 그 명성이 높아졌을 뿐 아니라 라디오를 통하여 하루에도 몇 차례씩 방운아의 목소리가 울려 퍼지곤 하던 방운아가 경산을 다녀갈 때 일가친척들과 주변 지인들은 감격에 차서 성공한 가수를 자랑스럽게 맞이하곤 했다고 합니다.

▲ 빅토리레코드에서 발매된 방운아의 대표곡 「마음의 자유천지」

▲ 중절모를 쓴 방운아 | 어느 날 고향 방문 길에
  옛 친구들과 함께

▲ 미도파음반공사에서 발매된 방운아의
  대표곡 「인생은 고해련가」 음반 라벨

이 무렵에 고향 친구들과 찍은 한 장의 사진은 우리를 애잔한 추억 속으로 되돌아가게 합니다. 오랜만에 만난 친구들과 일부러 사진관에 가서 찍은 기념사진으로 보입니다. 친구들의 복장은 군복을 물들여 입었던가 아니면 헐렁한 남방셔츠 차림입니다. 당시 농촌청년들의 얼굴은 수척하고 깡말라 있습니다. 20대의 방운아는 그래도 부산에서 가수로 활동을 하던 처지였기 때문에 하얀 와이셔츠와 검정색 넥타이까지 갖추었습니다. 뿐만 아니라 멋스러운 머리엔 중절모까지 쓰고 있네요. 뒤쪽의 벽면으로 보이는 전형적인 정물화 한 폭과 단풍잎이 그려진 벽지가 인상적입니다.

이 시기 방운아는 부산에서 경산의 고향집으로 돌아올 때 반드시 멋스러운 포터블 유성기를 들고 와서 태엽을 빙빙 돌려 감으며 자신이 취입했던 가요곡의 음반들을 틀어주곤 했습니다. 방운아의 조카 방태화는 당시 삼촌이 직접 틀어주던 가요곡「남매」,「마음의 자유천지」,「일등병 일기」,「여수야화」등의 노래를 들으면서 삼촌의 모습이 그렇게도 멋스러울 뿐 아니라, 가문의 자부심으로까지 느껴졌다고 말합니다.

하지만 가수 방운아의 존재는 단지 한 가문의 자존심일 뿐 아니라 우리 한국인의 대중문화와 그 자부심으로 새롭게 자리하게 되리라는 사실을 믿어 의심치 않습니다.

유성기로 듣던 SP음반을 통하여 방운아의 성음은 맑고 깨끗한 톤으로 우리들에게 여전히 아련한 정겨움으로 되살아납니다. 노래를 멋스럽게 불러 넘겨가던 모습이 아직도 우리의 눈에 선합니다. 이 작품은 가수 방운아가 본격 가수로 대중들에게 강한 인상을 심어주기 시작한 최초의 가요로 길이 기억될 것입니다. 그리하여 이 작품은 가수 방운아의 노래비를 세우게 될 때 비석의 전면에 새길 수 있는 가장 적절한 대표곡으로 떠오릅니다.

이러한 시도는 노래비 건립의 의미를 새롭게 할 뿐만 아니라, 방운아의 고

향 경산지역민과 전국의 가요팬들에게 방운아 가요작품이 지니고 있는 참뜻
과 정신을 새롭게 경험하도록 해주는 소중한 기회를 제공하게 될 것으로 확
신합니다.

▲ 방운아의 대표곡으로 노래비에 새겨진
작품 「마음의 자유천지」(빅토리레코드사
발매)

백금에 보석 놓은 왕관을 준다 해도
흙냄새 땀이 젖은 베적삼만 못 하더라
순정의 샘이 솟는 내 젊은 가슴속엔
내 맘대로 버들피리 꺾어도 불고
내 노래 곡조 따라 참새도 운다

세상을 살 수 있는 황금을 준다 해도
보리밭 갈아 주는 얼룩소만 못 하더라
희망의 싹이 트는 내 젊은 가슴 속엔
내 맘대로 토끼들과 얘기도 하고
내 담배 연기 따라 세월도 간다

– 방운아의 대표곡 「마음의 자유천지」 전문

이 노래의 가사에 담긴 참뜻은 서민적 삶의 소박함과 진실함이 무엇보다도
가장 소중한 가치라는 사실을 일깨워주고 있습니다. '백금에 보석 놓은 왕
관'↔'흙냄새 땀이 젖은 베적삼', '세상을 살 수 있는 황금'↔'보리밭 갈아주
는 얼룩소'의 대칭구도는 이 노래의 가치관과 지향을 극명하게 환기해주고
있습니다. '마음'이라는 정신의 공간이 물질적 욕망과 세속적 야심 때문에
항시 제약과 구속을 받아서 불편한 모습으로 살아가는 것이 사람들의 일반적
인 모습입니다. 인간의 삶에서 정신적인 해방감은 육신의 자유로움보다 한층
더 소중하고 귀한 것으로 다루어집니다. 대구에서 활동 중인 화가 조규석曹圭錫

선생은 「마음의 자유천지」란 타이틀에 감흥을 얻어서 소년시절에 뛰어놀던 자신의 고향 마을 테마 연작으로 화폭에 담기도 했습니다. 「마음의 자유천지」란 제목이 주는 환기효과는 1950년대 한국인들에게 종교적인 화두처럼 다가갔던 것으로 보입니다. 그리하여 이 노래는 탐욕에 가득 차 있던 세태를 비판하고 풍자하는 내용으로 우리들에게 다가옵니다.

하지만 이 노래에는 원래 2절 가사가 있었습니다.

높다란 벼슬자리 걸상을 준다해도
밤이면 새끼 꼬는 사랑방만 못하더라
청춘의 꽃이 피는 내 젊은 가슴 속엔
내 맘대로 갈 수 있는 주막도 있고
내 사랑 꿈을 따라 샛별도 뜬다

참으로 아름다운 가사입니다만 두 번째 단락에서의 '새끼 꼬는 사랑방'이 문제가 되었습니다. 1950년대 중반만 하더라도 전래의 봉건적 머슴제도가 시퍼렇게 살아있었던 시절이라 문제의 소지가 다분히 있었던 것입니다. 그리하여 이 노래는 2절 가사가 삭제된 형태로 취입이 되었던 것입니다.

작사가 손로원孫露源 선생은 한국전쟁이 일어난 1950년대 초반, 대구와 부산을 터전으로 활동했던 탁월한 대중문화인의 한 분입니다. 그는 워낙 다재다능하여 극장의 간판이나 포스터를 직접 제작하는 뛰어난 미술의 솜씨를 가졌다고 합니다. 당시에 제작된 영화의 포스터 중 상당수를 손로원 선생이 직접 구성하고 제작할 정도의 전문적 수준이었던 것 같습니다. 뿐만 아니라 공연기획에도 참가하여 악극단 순회공연을 비롯하여 여러 극장에서의 무대 공연 기획과 구성을 직접 담당했던 높은 안목을 지녔다고 하는군요.

그러나 이 손로원 선생의 가장 대표적인 재능은 바로 대중가요 노랫말의 작사 쪽이었습니다. 1930년대의 대표적인 작사가로서 우리는 조명암과 박영호 선생을 먼저 손꼽을 수 있습니다만 해방 이후의 노래들과 1950년대 가요들의 상당수는 오로지 손로원 선생의 붓끝에서 새롭게 창출되었던 것입니다.

손로원 가요시의 주된 특징은 우선 노래가사가 지니고 있는 독특한 예술적 정서와 그 향취라 하겠습니다. 손로원 선생은 문학이나 미술과 관련된 서양식 학교교육을 제대로 받은 경력이 뚜렷하게 확인되지 않습니다. 하지만 그의 문학적 예술적 감각의 놀라운 세계는 지금 다시 음미해보더라도 여전히 발랄하고 감성적인 생기로 가득한 사실을 느끼게 합니다. 바로 이 손로원 선생에 의해 창작된 가요시 「마음의 자유천지」는 그 작품정서가 지니고 있는 담백한 민중적 친화력과 융합을 지향하는 사상성이 우리로 하여금 다시 한 번 놀라움을 금치 못하게 합니다.

손로원 선생의 작사가로서의 재능이 여러 가수들의 위상을 빛나는 수준으로 승화시키는데 커다란 역할을 맡았다고 한다면 가수 방운아의 경우도 손로원 선생의 뛰어난 가요시 작품을 만나서 특별한 성공을 거두었던 괄목할 만한 사례라고 할 수 있을 것입니다.

식민지시대의 대표적인 여러 가요시 작사가들을 포함하여 해방 이후의 손로원을 비롯한 대표적인 다수 작사가들에 대한 본격적인 자료정리와 연구 및 비평적인 분석이 절실하게 필요한 시점이라 하겠습니다.

추억의 가요팬들에게 방운아의 노래는 애틋한 향수와 그리움을 지닌 노래로 언제나 다정하게 자리 잡고 있습니다. 그의 잔잔하고도 정겨움이 감도는 성음의 노래는 저 가혹했던 1950년대를 배경으로 그야말로 한 시대를 대표하는 곡비로서의 역할을 톡톡히 떠맡았습니다.

해병대 군예대 시절

1961년 5·16 군사쿠데타가 일어나자 당시 박정희朴正熙 소장이 이끌던 국가재건최고회의는 사회의 혼란과 부조리를 근원적으로 찾아내어 청산하겠다는 의지를 나타내 보였습니다. 이에 따라 국민의 의무였던 병역의무를 기피해온 병역기피자들로 하여금 일단 자수를 해서 삶의 불편함을 해소하라는 발표를 했습니다.

한국전쟁은 많은 군 병력의 손실을 가져왔을 뿐 아니라 민간인의 생명과 재산의 엄청난 살상과 파괴를 초래했습니다. 이러한 과정에서 대부분의 사람들은 자기와 관련된 청년들이 군대로 소집되는 것을 두려워했고, 입대하는 장정들은 가족, 친구, 연인들과 이별하는 것을 마치 죽음터로 가는 고통으로 받아들이곤 했던 것이지요. 실제로 한국인들은 일제 식민통치기로부터 군대에 끌려 나가 전쟁터에서 무참히 목숨을 잃고 한 장의 전사통지만 집으로 달랑 부쳐저 오는 경우가 비일비재했던 것입니다. 이 때문에 군 입대 그 자체는 바로 죽음으로 직결되는 공포로 이어졌습니다.

상당수의 청년들이 군 입대 소집통보가 와도 슬그머니 집을 떠나 종적을 감추고 병역을 기피하는 사례가 많았습니다. 이런 분위기에 편승하여 가짜제대증까지 만들어 비싼 값을 받고 팔아넘기는 반사회적인 경우도 심심치 않게 발생하곤 했습니다.

5·16은 이러한 분위기를 한꺼번에 사라지게 하는 효과를 불러왔습니다. 병역기피자들은 취업을 할 수 없도록 신분상의 제약을 반드시 두었습니다. 사람들이 많이 붐비는 역 앞이나 길거리에서도 행인들은 수시로 군경에 의한 불심검문을 받았는데, 대개 병역 기피자 색출을 위한 조치였던 경우가 많았습니다.

가수 방운아와 남백송의 경우도 병역의 의무를 다하지 않은 채 각종 공연과 무대에 올랐었는데, 이는 오로지 절박한 생존을 이어가기 위한 방책이었을 것입니다. 두 사람은 5·16 이후에 관계기관에 스스로 출두하여 이른바 병역기피자 신분임을 고백했습니다. 그리하여 두 사람은 함께 해병대로 지원하여 입대를 했습니다.

5·16 군사쿠데타가 일어나고 석 달째 되던 1961년 8월에 가수 방운아는 남백송, 최희준崔喜準[1], 도미, 박경원, 최갑석崔甲石[2], 남성보컬 블루벨즈 멤버의 박일호 등 여러 친구들, 캄보밴드를 이끌던 강만호, 코미디언 임희춘林喜春[3] 등 모두가 하나같이 쟁쟁한 인기가수나 연예인들로 구성된 17명의 인물들이

---

1 최희준 : 1936년 서울에서 출생. 본명은 최성준이며, 해병대에서 군 복무를 하였다. 서울대학교 법과대학 3학년 때 학교 축제에서 상송 「고엽(枯葉)」을 불러 입상한 뒤 주한미군 부대에 발탁되면서 가수생활을 시작했고, 1960년 첫 작품인 「우리 애인은 올드미스」가 인기를 누리면서 스타덤에 올랐다. 이후 드라마 및 영화 주제곡인 「엄처시하」(1961년, 문화방송 드라마주제가), 「맨발의 청춘」(1964년, 영화 〈맨발의 청춘〉 주제가), 「하숙생」(1965년, 한국방송공사 드라마 주제곡) 등을 발표해 인기를 누렸다.

2 최갑석 : 1938년 전주 출생으로 1957년 오아시스레코드를 통해 가수로 데뷔하였다. 1960년대 중반까지 활발하게 활동하였으며, 「고향에 찾아와도」, 「삼팔선의 봄」, 「마도로스 순정」 등을 히트시켰다. 1974년 미국으로 이주하였고, 2004년 미국에서 세상을 떠났다.

3 임희춘 : 1933년 경북 영주 출생으로 1960년대 극장 쇼를 통해 코미디언으로 두각을 나타내었다.

▲ 1961년 해병대에 입대하여 훈련을 받는 가수 방운아(왼쪽 맨 앞 첫 번째)

해병대의 신병 제121기로 지원 입대하여 군예대 요원으로 편입되었던 것입니다. 입대 후에 그들의 활동은 해병대의 모병募兵 선전 활동, 현역장병들의 사기진작 등이 주요목적이었습니다.

방운아의 앨범에서 찾아낸 한 사진은 당시의 힘겨웠던 정경을 잘 보여주고 있습니다. 사진 속에서 방운아는 철모를 쓰고 군복을 입었습니다. 오른손으로는 무거운 M1총을 잡고 한쪽 무릎을 세운 채 군용막사 앞에서 포즈를 취하고 있습니다. 물론 허리에는 탄띠를 두르고 거기에 수통을 매달고 있지요. 그런데 표정이 그다지 밝아 보이지 않습니다. 워낙 군기가 세고 힘겹다는 해병대 훈련병 시절이었기 때문이겠지요.

기왕에 코미디언 이야기가 나왔으니 잠시 한국의 코미디에 대해서 약간 설명하고 넘어가고 합니다. 대중의 인기를 업고 한 시대를 풍미한 스타들 가운데 서민들의 애환과 슬픔을 웃음으로 매만져 주었던 코미디언들, 이들은 유랑극단의 막간극에서 극장 쇼로 그리고 영화와 방송으로 무대를 옮겨오며 대중과 함께 호흡해왔습니다.

1920년대부터 1940년대에 이르기까지 한국의 코미디 1세대라고 할 수 있는 이종철李鍾哲, 윤부길(尹富吉, 윤복희의 부친) 등의 데뷔 무대는 바로 유랑극단의 막간무대였습니다. 이 뒤를 이어 뚱뚱이와 홀쭉이의 양훈楊薰, 양석천楊錫天이 이곳을 통해 데뷔를 했고, 1945년 해방을 기점으로 막동이 구봉서具鳳書와 비실이 배삼룡裴三龍, 그리고 곽규석郭圭錫, 송해宋海, 박시명朴時明 등의 많은 대중연예인들이 이 무대로 코미디언의 타이틀을 얻었습니다.

그러나 당시는 코미디언이라고 해서 코미디 하나에만 한정해서 활동하는 것이 아니었습니다. 사회, 노래, 연기, 코미디 등을 두루 섭렵해야만 했습니다. 곽규석, 송해, 박시명 등은 나중에는 코미디보다 사회자로 자리를 굳혀 나가기도 했습니다. 이때 코미디와 함께 만담도 무대에 올렸는데 콤비로는 그 유명한 장소팔과 고춘자였습니다.

이들은 뒤에 정동방송貞洞放送의 라디오 송출을 통해 전국 노년층의 귀를 온통 라디오에 꽁꽁 묶어두었습니다. 이후 1950~60년대는 주로 극장 쇼가 성행했는데, 당시 무대에서는 1부의 악극, 2부에는 버라이어티쇼를 주로 했습니다. 코미디는 2부에서 했는데 쇼 중간 중간 무대에 올라 잠깐씩 했었습니다. 이때 살살이 서영춘과 백금녀가 나왔고, 그 뒤를 이어 위키 남, 이상한과 이상해, 그리고 그 뒤로 배일집과 임희춘, 이기동 등이 이 극장 쇼 무대를 통해 데뷔했지요. 그러나 이들 역시 사회, 노래, 코미디 등 두루 참여했습니다. 이들은 이때까지만 해도 대부분 일부 관객들에게만 얼굴이나 이름이 알려졌을 뿐 대중적인 인기스타는 아니었습니다.

그러나 1961년 KBS TV 개국을 비롯해, 64년 TBC, 69년 MBC 방송이 각각 TV방송을 개국하면서 이들 코미디언들은 방송으로 무대를 옮겨오기 시작했

▲ 해병대연예대 가수로 무대에서 위문공연 중인 가수 방운아

습니다. 64년 TBC가 개국한 이후 '웃음의 파노라마' 라는 코미디프로를 만들어 송해, 박시명, 이상한, 이상해 등이 출연하기도 했지만, 본격적인 TV 코미디프로그램으로는 69년 MBC TV가 개국되면서 김경태 PD가 연출한 '웃으면 복이 와요' 입니다. 이때 일반 무대에서 장기를 보였던 코미디언들이 총출연해 웃음보따리를 풀어놓았습니다. 그야말로 TV 자체만으로도 생소하던 시절, 그 속에서 사람이 나와 엎어지고 치고받으며 웃음을 자아내게 하는 코미디는 시청자들의 시선을 잡아두기에 충분했습니다.

아무튼 방운아가 소속된 해병대 연예대는 진해의 해병대 기지사령부에서 장병 위문공연을 펼쳤고, 진해 공설운동장에서 해군, 육군 및 진해 시민 위문공연을 필두로 해서 이후 전역할 때까지 경상남북도의 여러 지역을 수차례 순회방문하면서 공연에 몰두했던 것입니다. 해병대 연예대는 그밖에도 경기도, 강원도는 물론 해병부대가 주둔하고 있는 포항과 서해안 백령도에 이르기까지 방문 공연함으로써 커다란 공로를 쌓았습니다.

당시 해병대 연예대 공연에서 가장 커다란 인기를 모았던 노래는 단연코
「일등병 일기」입니다. 왜냐하면 노랫말의 내용이 군에 입대한 병사의 일상적
삶을 다루고 있어서 사병들의 대단한 공감을 불러일으켰기 때문입니다.

> 정다운 나팔소리 해는 뜨고 해는 지고
> 기다리고 기다리던 계급장은 일등병
> 나라에 그 충성을 바치자는 도를 닦어
> 저 북쪽 바라보며 휴전선을 찾아가는 사나이다
>
> 조각달 웃어주는 야영의 밤 즐거워라
> 창부타령 십팔번에 인기 끄는 일등병
> 대머리 부대장님 한결 같은 사랑 속에
> 휴전선 뚫고 넘는 그 명령을 기다리는 사나이다
>
> 종달새 하늘 높이 노래하는 고향 길에
> 오동나무 정다워라 휴가 받은 일등병
> 어머님 무릎 앞에 인사 없이 안기어서
> 돌아 갈 그 날까지 농사일을 도와주는 사나이다

– 방운아의 취입곡 「일등병 일기」(천봉 작사, 백영호 작곡) 전문

이 가요곡은 진중가요의 성격은 아니지만 군부대에서 많이 불렸던 노래입
니다. 3절에서 '어머님 무릎 앞에' 는 나중에 LP음반으로 취입할 때 '어머님
치마폭에' 로 가사가 바뀐 것을 확인할 수 있습니다.

그런데 이 노래의 가사는 오늘의 시점에서 읽어볼 때 참 재미가 있습니다.
군에 입대한 병사는 일정기간의 훈련을 마치고 자기부대에 배치되어 병영생
활을 하고 있습니다. 하지만 병사의 마음속은 항상 통일에 대한 불타는 염원

一等兵日記

作詞　千　　　峰
作曲　白　映　湖
노래　方　雲　兒

情다운 나팔소리 해는뜨고 해는지고
기다리고 기다리든 階級章은 一等兵
나따에 그忠誠을 밝히자는 道를따어
저北쪽 바라보는 休戰線을 찾어가는 사나이다

　　쪼각달 웃어주는 野營의밤 즐거워라
　　丈夫打鈴 十八番에 人氣끄는 一等兵
　　데머리 部隊長님 한결같은 사랑속에
　　休戰線 눕고념을 그命令을 기다리는 사나이다

종달새 하날높이 노래하는 故鄕길에
梧桐나무 情다워라 休暇밤은 一等兵
어머님 무릎앞에 人事없이 안기여서
돌아갈 그날까지 農事일을 도와주는 사나이다

빅토리音盤公社

▲ 빅토리음반공사에서 발매된 방운아의 노래 「일등병 일기」 가사지

▲ 빅토리레코드사에서 발매한 방운아의 대표곡 「일등병 일기」 | 방태원이란 예명으로 표시되었다.

▲ 해병대 훈련병 시절 막사 앞에서 수심에 잠긴 방운아. 당시 방운아는 아내와 어린 아들을 두고 입대하였다.

으로 가득합니다. 특별하게 우리의 주목을 끄는 대목은 1950년대 중반, 사병들의 야영훈련 광경입니다. 야영훈련은 당시 군대생활을 체험했던 사람들에겐 참으로 고달픈 추억으로 남아있을 것입니다. 훈련과정에서 잠시 휴식을 취할 때 사병들의 여흥시간을 가졌을 터인즉, 한 일등병이 불렀다는 노래가 〈창부타령〉이란 사실이 우리들로 하여금 코믹한 웃음을 자아내게 합니다. 그만큼 세월이 많이 흘렀다는 것일 테지요? 1950년대에 청년기를 보내던 20대 나이의 병사들은 이처럼 전통민요 〈창부타령〉에도 능했었다는 사실을 이 노래를 통해서 처음으로 알게 됩니다.

1960년대 초반, 국군의 여러 분야 중에서 굳이 해병대를 지원했던 까닭에 대하여 가수 남백송은 그것이 나약했던 삶에 특별한 탄력과 긴장을 주기 위한 하나의 대안이었다고 말합니다. 뿐만 아니라 대외적으로 지나치게 거칠고 가파른 인상을 주었던 해병대 이미지를 자신들의 예능기질을 바탕으로 좀 더 부드럽고 멋스러운 이미지로 변화시켜 보고 싶은 의도를 가졌었다고 합니다.

이러한 사연을 배경으로 해서 해병대에 입대한 두 사람은 한 주일에 이틀 동안 해병대 병사들에게 주어진 기초훈련을 받고, 내무반 생활을 했습니다. 해병대의 기초훈련은 상상을 초월하는 세찬 과정이었습니다. 밤에 자다가도 느닷없이 차디찬 칼바람이 휘몰아치는 바깥으로 불려나가 모진 기압을 받았습니다. 낮 동안의 고된 훈련에 쏟아지는 졸음을 견딜 수가 없었지만 해병대의 훈련과정은 잠을 재우지 않는 불면의 기압이 많았던 기억이 있습니다. 담당 교관은 항시 사회에서의 땟물을 완전히 씻어낼 때까지 이 훈련은 계속될 것이라고 엄포를 놓았습니다.

이 시기에 찍었던 한 사진은 해병대 훈련병 시절, 사격훈련 중의 방운아가 무거운 M1총을 들고 사격자세를 취하고 있는 장면이 보입니다. 그 바로 뒤편 언덕 위에는 동료 훈련병들이 서성이며 휴식중인 광경이 보이고, 그들의 장총이

▶ 해병대 훈련 중 '앉아 쏴' 자세를 취하고 있는 가수 방운아

풀밭 위에 가지런히 정돈된 모습으로 놓여 있습니다. 또 다른 사진에서는 철모를 쓰고 장총을 들고 있는 가수 도미와 방운아의 다정한 모습도 이채롭습니다.

하지만 훈련을 받지 않는 나머지 닷새 동안은 해병대 연예대 연습실로 나가서 가수들은 열심히 가창 훈련을 하였고, 연주자들은 또한 열심히 연주 훈련을 계속했습니다. 차츰 시간이 지날수록 전방부대 위문공연을 자주 다녔습니다. 이때 함께 해병대 연예대에서 생활했던 대중연예인들로는 가수 박경원, 도미, 최희준, 박일호 등을 비롯하여 코미디언 임희춘 등이 있었습니다. 이렇게 혹독한 훈련과 연주생활을 반복하면서 병역의무를 마치고 홀가분한 몸으로 다시 사회에 복귀할 수 있었던 것입니다.

연예대 생활이 익숙해진 어느 날에 찍은 한 장의 기념사진은 왼쪽으로부터

▲ 해병대에 입소하여 고된 훈련 도중의 가수 방운아(좌2)와 도미(좌3)

▲ 해병대 연예대 시절 함께 활동했던 연예인들(우측부터 남백송, 방운아, 한 사람 건너 도미, 한 사람 건너 박경원, 한 사람 건너 최희준)

▲ 해병대 훈련병 시절의 방운아(뒷줄 우), 박경원(뒷줄 좌), 도미(앞줄 우)

남백송, 방운아, 도미, 박경원 등의 가수들의 군복 입은 모습이 보입니다. 구두도 광채가 나도록 닦아 신고, 머리에는 포마드를 발라서 윤기가 자르르 흐릅니다.

가수 최희준崔喜準은 1936년 서울 출생으로 경복고등과 서울법대를 마친 뒤 법관으로서의 길을 가지 않고, 그 자신이 너무나 좋아했던 가수의 길을 선택해서 세간의 화제가 된 적이 있었지요. 최희준은 고교시절부터 외국가요에 심취하여 1957년 미8군 무대에까지 올랐다고 합니다. 독특하고 부드러운 허스키 보이스로 장래가 촉망되는 매력적인 샛별로 인정을 받았습니다.

경북 상주 출생의 가수 도미都美는 본명이 오종수吳宗洙로 원래 1951년 대구 오리엔트레코드사를 통해 방운아와 함께 가수로 데뷔했지요. 대구계성고 등을 졸업하고 육군사관학교를 2년 동안 다니다가 스스로 중퇴한 뒤 고려대 영문과를 다녔습니다. 1951년 대구극장에서 개최된 제1회 오리엔트레코드사 전속가수선발 콩쿨대회에서 3위로 입상했습니다.

작곡가 이병주에게 발탁되어 오리엔트레코드사에서 「비의 탱고」(임동천 작사, 이병주 작곡) 등을 취입하기 위해 연습하던 중 서울로 가서 나화랑羅花郞[4]의 이름으로 이 곡을 발표하였습니다. 노래방 기기를 비롯하여 각종자료에 표시되는 이 곡의 작사자명은 그로부터 원작자 이름이 사라지고, 나화랑의 이름만 오르게 되었지요. 도미라는 예명도 이병주가 지었습니다. 이후 신세영의 노래를 재취입하는 경우도 많았습니다. 대표곡으로는 「비의 탱고」 「사도세자」 「청포도 사랑」 「신라의 북소리」 등이 있습니다. 이 도미가 당시 해병대 연예대의 대장으로 활동했습니다.

---

4 나화랑(1921~1983) : 작곡가, 경북 김천 출생으로 본명은 조광환이다. 시인이자 작사가였던 고려성(조경환)의 아우였으며, 일본 중앙음악학교에서 바이올린을 전공하였다. 대표곡으로는 「삼각산 손님」, 「무너진 사랑탑」, 「제물포 아가씨」, 「함경도 사나이」, 「청포도 사랑」, 「찾아온 산장」, 「비내리는 부두」, 「열아홉 순정」, 「이정표」, 「님이라 부르리까」, 「울산 큰 애기」, 「정동대감」, 「사랑은 즐거운 스윙」 등이 있다.

비정한 세월의 바람 속에서

1960년대 중반으로 접어들면서 가요계에는 새로운 스타일의 바람이 불기 시작했습니다. 대중들은 보다 새로운 창법, 보다 새로운 스타일, 보다 변화를 갖춘 쇼 무대를 갈망했습니다. 이에 따라 후배가수들이 속속 등장하여 종래 선배가수들이 섰던 무대를 장악하기 시작했습니다.

방운아를 비롯한 남백송 등의 전후파 가수들에겐 차츰 설 자리가 좁아지는 현상이 생겼습니다. 모든 부면에서 그러하겠지만 특히 대중문화란 것은 새로운 첨단유행을 따라잡는 흐름에 지극히 민감한 분야이기 때문에 조금이라도 예스러운 분위기와 풍모는 급격히 낡고 진부한 것으로 간주되어 시대의 뒷전으로 밀려나 앉게 되기 마련입니다.

1960년대 후반까지도 활발하게 활동하며 가수 방운아는 계속해서 여러 가요곡을 취입하였으나, 어느 날 홀연히 무대를 떠나버립니다. 그것은 아마도 자신에게 다가오는 세태의 변화와 소외감을 견디기가 힘들었을 뿐 아니라 이러한 세태변화의 거센 물결에 휘말리기 전에 가수 자신이 스스로 용퇴를 결

▲ 킹스타레코드사의 음반 재킷

행하는 것이 더욱 깔끔한 모습이라는 결벽증의 작용이 아니었을까 짐작해 봅니다.

1963년 방운아는 서울 용산구 이촌동, 처가댁 가까운 곳으로 옮겨가서 살았습니다.

이 무렵, 가수 방운아의 경제적 여건은 몹시 곤궁하고 힘겹기만 했습니다. 항상 부족한 생활비를 벌기 위해서 방운아는 세를 주고 살던 집 안의 한쪽 구석에다 토끼장을 짓고, 색깔이 어여쁜 토끼를 기르게 되었습니다.

1960년대 중반, 당시 전국에는 모피용毛皮用 토끼사육의 바람이 불었습니다. 그 무렵 다섯 살 소년이었던 아들 문성은 이 토끼사육 사업이 부친과 알게 된 어느 지인과 더불어 동업을 했던 것으로 기억하고 있습니다. 새로 만든 토끼장에는 약 100마리도 훨씬 넘는 토끼들이 들어있었는데, 토끼들이 입을 오물거리며 풀을 먹던 광경은 몹시 귀여웠습니다. 그곳은 원래 말들을 수용하는 마구간이었는데 이를 개조해서 살림방도 들이고, 토끼장까지 달아 넣었던 것입니다. 문성의 어렴풋한 기억으로 크고 작은 방의 숫자가 어림잡아 약 11개 정도는 되었다고 합니다.

집에서 사육하는 토끼는 그 쓰임새에 따라 오로지 고기를 필요로 하는 육용종과 부드러운 털을 목적으로 하는 모피용종으로 크게 나뉩니다. 때로는 털과 고기 두 가지를 함께 취하는 모피 · 육 겸용종으로도 기릅니다. 경제적 여건이 무척 좋아진 요즘에는 애완용 토끼까지 기르고 있지요. 보통 모피용으로 사육하는 토끼의 품종은 털이 짧고 부드러워 마치 우단羽緞과 같은 느낌을 주는 렉스토끼가 있고, 이와 함께 우수한 털가죽을 생산하고 체질이 강건하며 번식능력도 양호한 친칠라 토끼와 앙고라토끼가 있습니다. 앙고라토끼는 성질이 온순해서 사육하기가 비교적 수월했고, 온몸에 긴 털이 덮여 마치 솜덩이처럼 보입니다.

당시 방운아가 사육했던 토끼는 아마도 앙고라토끼였던 것으로 보입니다.

토끼에게 풀을 주는 횟수는 하루에 아침저녁으로 두 차례였습니다. 하지만 한꺼번에 많이 먹지 않고 조금씩 먹었으므로 언제든지 먹이풀의 공급이 중단되지 않도록 준비해 두어야 했습니다. 또한 토끼란 녀석들은 식성이 상당히 까다로운 편이라 그 풀이 시들거나 마르게 되면 아예 먹이를 거들떠보지도 않고 굶어서 죽어버립니다. 뿐만 아니라 비가 와서 축축하게 젖어 물기가 많은 풀을 주게 되면 어린 토끼는 설사병이 나서 곧 죽어버렸으므로 매우 조심해서 먹이풀을 주어야만 했습니다.

어린 토끼들은 장이 발달하지 않아 항상 부드러운 풀만 먹여야 하는데, 이것이 제대로 이루어지지 않아서 장염에 걸려 죽는 경우가 많았습니다. 하루에도 몇 마리씩 죽은 토끼를 장에서 꺼내어 마당 구석에 파묻었던 것이지요.

요즘 같은 세월에는 토끼에게 먹이는 인공사료가 개발되어 나오므로 사육이 편리하지만 예전에는 오로지 땀을 뻘뻘 흘리며 들판의 싱싱한 풀을 베어다가 토끼에게 공급했던 것입니다. 야채나 과일도 좋아하지만 사람이 먹을 것도 부족한 터에 이것은 꿈도 꿀 수 없는 짓이지요. 토끼의 숫자가 워낙 많기도 했지만 먹이풀의 공급을 꾸준히 해주어야 했기 때문에 방운아는 처남을 데리고 지금의 국립묘지가 있는 동작동 산언덕으로 토끼풀을 베러 다녀오곤 했습니다. 하지만 평소 노동에 익숙하지 않던 가수란 직업인에게 이것은 몹시 힘든 일이었습니다.

사육하는 토끼를 항상 들여다보고 있노라면 야릇한 광경을 종종 보게 됩니다. 그것은 토끼란 녀석이 자기가 배설한 똥을 먹는다는 사실입니다. 먹이를 한꺼번에 소화시키지 못하기 때문에 토끼는 자기 똥을 먹어서 내장 속의 풀을 완전하게 흡수시킵니다. 이런 과정을 거친 토끼 똥은 보통 때의 콩알처럼 동글동글한 모양이 아니라 마치 포도송이처럼 뭉쳐져 있는 모습을 볼 수 있지요.

토끼는 워낙 특별한 동물이라 스스로 이렇게 하지 않으면 먹은 풀을 제대로 소화를 시켜내지 못한다고 합니다. 그래서 영양부족으로 죽는 경우까지 생긴다고 하니 제 똥을 먹는다고 토끼를 함부로 구박해서는 안 되지요. 하지만 동네 조무래기들은 토끼장의 토끼란 녀석들이 이따금 제 똥을 오물거리며 먹는 모습을 보고 얼굴을 찡그리며 더럽다고 침을 뱉었습니다.

'원로가수'란 이름의 고독

세월은 물같이 흘러 1980년대로 접어들게 되었습니다. 이제 본격적인 TV 시대가 화려한 막을 올리게 되었을 때 가수 방운아는 겉으로 보기에도 나이 지긋하고 연만한 원로가수의 모습으로 각종 쇼프로에 출연하며 왕년의 히트곡들을 부르며 활동을 활발하게 재개했습니다. 한국전쟁 이후의 간고한 시대를 살았던 가요팬들에게 방운아의 노래는 짙고 아련한 향수와 그리움을 불러일으켰습니다.

외아들 문성은 이 무렵에 어머니의 손을 잡고 부친이 출연하는 공연을 보러 서울 시민회관을 다녀오던 일을 기억합니다. 사실 명색이 가수의 가족이라지만 아버지의 공연 모습을 직접 지켜본 것은 이날이 처음이었습니다. 휘황찬란한 조명이 화려하게 비치는 무대 위에는 멋스럽게 양복을 차려 입은 아버지가 등장하여 「마음의 자유천지」를 비롯하여 「인생은 나그네」, 「여수야화」, 「일등병 일기」 등 여러 대표곡들을 불렀는데, 객석의 관중들이 너무도 요란하게 발을 구르며 박수를 치는 광경에 깜짝 놀랐습니다. 아마도 그날의 공연은 문성

▲ 1980년 어느 야외특설무대에서 공연 중인 방운아

의 아버지 방운아가 중심이 된 공연이었던 것으로 보입니다. 아버지는 평소 집에서 대하던 모습과는 전혀 달리 화려하고 멋스러운 풍모로 다가왔습니다. 아버지가 노래를 부른 뒤 여성가수 금사향이 곧바로 무대에 나와 「홍콩아가씨」, 「님 계신 전선」 등을 부르던 모습이 지금도 생생하다고 말합니다.

가수 금사향琴絲響은 1929년 평양 출생으로 본명은 최영필崔英弼입니다. 그녀의 나이 19세 되던 해, 금사향은 상공부 섬유국에서 영문타이피스트로 일하고 있었습니다. 그러던 중에 조명암趙鳴岩[1], 박시춘이 심사한 가요콩쿨대회에 출전하게 되었는데 이때 박재홍과 함께 입상하여 가요계에 데뷔했습니다. 당시 참가곡은 백난아白蘭兒[2]가 불렀던 노래 「아리랑 낭랑」, 「망향초 사랑」 두 곡이었다고 합니다. 박시춘은 금사향의 노래에 대하여 '박향림의 후계자'라 평했습니다. 1946년에 「첫사랑」으로 본격가수의 길에 데뷔를 했습니다. 작사가 고려성高麗城[3]이 '금사향' 이란 귀여운 예명을 붙여주었습니다.

1947년 서울중앙방송국 신인가수모집에 송민도와 함께 당선되어 활동하며 「호들기의 꿈」, 「첫사랑」, 「안개 낀 부두」, 「남국의 처녀」, 「들국화」 등을 발표하며 주목을 받았습니다. 1950년 한국전쟁이 일어나자 제주도로 건너가 박시춘이 이끌던 군예대 소속으로 활동했습니다. 이때 신카나리아, 황금심, 남인수[4], 고화성[5], 유호俞湖[6], 아수동亞秀東, 구봉서[7] 등과 함께 생활했습니다.

---

1 조명암(1913~1993) : 충남 아산 출생으로 본명은 조영출(趙靈出)이다. 이가실, 금운탄 등의 필명을 함께 사용하였다. 동학농민전쟁에 가담했던 부친이 잡혀 죽은 뒤 강원도 건봉사로 옮겨가서 승려가 되었다. 1932년부터 시인으로 데뷔하였다. 가요시 작사는 1934년 「서울노래」를 발표하면서 시작되었다. 이후 여러 음반회사들에서 약 500여편의 가사를 발표하였다. 식민지시대 최고의 작사가로 독보적인 존재였으며, 일제말에는 〈조선악극단〉에서 악극대본을 집필하였다. 해방 이후에도 작사와 희곡작품을 발표하던 중 좌익단체에 가담하였고, 1948년 월북하였다. 북한에서도 다수의 시, 가요시, 희곡작품 등을 발표하였다.

2 백난아(1923~1992) : 제주도 출생으로 본명은 오금숙이다. 서울 양재고등여숙을 졸업하고, 1940년 태평레코드와 조선일보가 공동으로 주최한 콩쿠르대회에서 2등으로 입상하였다. 같은 해, 선배가수 백년설에게 '백난아'라는 예명을 받고, 「오동동극단」을 취입하였다. 그녀는 계속 「갈매기 쌍쌍」, 「망향초 사랑」, 「땅버들 물버들」, 「도라지 낭랑」, 「아리랑 낭랑」, 「찔레꽃」 등을 취입하였다. 대한민국이 일본에게서 해방될 직전까지 태평레코드에 전속으로 있으면서, 많은 인기를 얻었다. 해방 직후에는 〈파라다이스 쇼단〉을 운영하며 전국순회공연을 다녔고, 1949년부터는 럭키레코드 전속으로 「금박댕기」, 「낭랑 18세」를 발표하였다. 고려레코드에서는 「인도야곡」을 발표했다.

3 고려성 : 극작가이자 작사가였던 조경환(曺景煥:1910~1956)의 필명이다. 백명(白鳴), 주인욱이란 필명을 함께 사용한 것으로 보인다. 경북 김천 출생으로 태평레코드사 문예부장을 지냈으며, 작곡가 나화랑과 형제간이다. 주요작품으로는 「나그네 설움」, 「일자일루」, 「마상일기」, 「사대문을 열어라」, 「꾀꼬리 강산」, 「제물포 아가씨」, 「오백년 고려성」, 「어머님 사랑」, 「고향에 찾아와도」 등의 가사를 발표하였다.

4 남인수(1918~1962) : 경남 하동 출생으로 진주에서 성장하였다. 원래 이름은 최창수(崔昌洙)였으나 개가한 어머니를 따라 진주 강씨 문중에 들어가면서 강문수(姜文秀)로 바뀌었다. 남인수는 가수로 데뷔하면서 작사가 강사랑이 지어준 예명이다. 불우한 유년 시절과 청소년 시절을 보냈다. 1936년 「눈물의 해협」으로 가요계에 데뷔하였고, 1938년「애수의 소야곡」이 공전의 히트를 기록한 이후 약 20여 년간 타고난 미성으로 최고의 인기를 누리며 「꼬집힌 풋사랑」, 「물방아 사랑」, 「서귀포 칠십리」, 「청노새 탄식」, 「낙화유수」, 「가거라 삼팔선」, 「달도 하나 해도 하나」, 「이별의 부산정거장」, 「추억의 소야곡」, 「무너진 사랑탑」 등 많은 히트곡을 남겼다. 약 1천곡 가까운 노래를 불렀고, '가요황제'라는 별명으로 불릴 만큼 대중적인 인기를 얻었다. 대개 청춘의 애틋한 사랑과 인생의 애달픔, 유랑의 슬픔 등을 그린 노래였다. 음역이 넓고 감정 표현도 풍부하여 가수로서의 천부적인 재질을 갖고 있었다. 목소리가 옹골찬 미성인데다 음높이와 발음이 정확하여 고음 처리에 강점을 보였다. 남인수의 등장으로 채규엽, 고복수, 강홍식 등 이전 세대 인기가수의 시대가 저물고 가요계의 새로운 판도를 열었다고 평가될 정도로 큰 영향을 끼쳤다.

5 고화성 : 대구 출생으로 본명은 배경희이다. 이병주가 예명을 지었으며, 오리엔트레코드사에서 「3 · 8선 야화」, 「꽃 피는 진주 땅」 등 2곡을 취입하였다. 한국전쟁 직후 제주도의 육군 제1훈련소 군예대에 종군하였다.

6 유호 : 1921년 황해도 해주 출생의 작사가로 본명은 유해준이다. 오리엔트레코드사를 통하여 다수의 가요곡을 발표하였다. 「아내의 노래」, 「전우야 잘 자라」, 「전선야곡」, 「사랑의 복지」, 「고향 편지」, 「내 아들 소식」, 「청춘 스테숀」, 「6 · 25의 노래」, 「전선의 하룻밤」 등 많은 곡을 취입하였다. 또 다른 대표곡으로는 「비 나리는 고모령」, 「이별의 부산정거장」 등이 있다.

7 구봉서 : 1926년 평양 출생의 코미디언, 배우이다. 의료상을 하는 유복한 가정에서 태어났고, 첫돌이 지나 3세 때 양친을 따라 상경했다. 1945년 대동상업고등학교를 졸업했다. 연기자의 연이 시작된 것은 가수 김정구의 친형이 이끄는 김용환 악극단에 출연하고부터였다. 이후 1956년 〈애정파도〉로 영화에 데뷔하기 전까지 18년 동안 악극단 생활을 했다. 1947년 일본 동양음악전문학교를 수료했다. 1945년 〈태평양가극단〉을 시작으로 육군 군예대와 해병대 군예대를 거쳐 영화, 라디오, TV에서 활동했다. 영화 〈오부자〉에서 막둥이라는 애칭이 붙었다.

「님 계신 전선」(손로현 작사, 박시춘 작곡, 오리엔트레코드), 「홍콩 아가씨」(손로현 작사, 이재호 작곡, 도미도레코드), 「경부선 애가」(박금호 작사, 김화천 작곡, 크라운레코드) 등의 히트곡 음반을 잇달아 발매하면서 1950년대의 대표가수로 발돋움했었지요. 금사향은 제주도의 군예대 소속으로 활동하는 한편으로 레코드 취입을 위해 부산과 대구로 힘겹게 드나들었습니다.

특히 오리엔트레코드사에서 취입한 「님 계신 전선」은 남편을 전선으로 떠나보낸 후방의 아내와 남은 가족들의 애환을 다룬 내용으로 대중들의 가슴에 깊이 각인되었습니다. 금사향은 오리엔트레코드사에서 「님 계신 전선」과 「환상의 부르스」 등 두 곡을 취입 발매했습니다. 금사향은 그녀의 나이 25세 때 테너 색소폰 연주자였던 박호일과 부산 항구에 정박해 있던 미군의 LST 안에서 결혼식을 올렸다고 합니다. 남편은 김광수 밴드에서 활동 중이었습니다. 한 자료에 수록된 사진에는 한복을 차려입은 금사향이 남편과 더불어 국제시장 거리를 활보하는 흑백사진이 실려 있습니다.

다시 가수 방운아에 대한 이야기입니다. 만년의 그러한 무대 출연도 그리 오래 계속되지는 않았습니다. 이른바 원로가수에게 부여되는 무대 출연의 기회는 점점 줄어들고 입지는 좁아졌습니다. 2000년대로 접어들면서 가수 방운아는 공중파 방송에 단 두 번 밖에 출연하지 못했습니다.

가수 방운아의 삶도 예전과 같지 않은 쓸쓸함이 찾아왔습니다. 여기에다 몇 차례의 거듭된 실패와 사기를 당한 일들은 늙은 가수의 삶을 더욱 곤궁하고 무기력하게 만들었습니다. 이른바 재운財運이란 것은 항시 가수 방운아의 삶을 비켜가기만 했던 것 같습니다.

조금이나마 가정경제를 일으켜보려는 뜻으로 토끼도 사육하고, 무대 출연에서 받은 돈을 저축하여 목돈을 만들었지만 그때마다 웬 사기꾼 녀석들은 그렇게도 파리 떼처럼 달려 들었던지요. 어디 어디에 투자하게 되면 몇 배의

▲ 독실한 가톨릭 신자로서 견진성사를 받고 있는 가수 방운아

이익을 남겨서 원금을 크게 부풀릴 수 있다는 감언이설에 속아 그들이 시키는 대로 투자했다가 큰돈을 날린 적이 여러 차례나 되었습니다. 이런 일들을 겪게 되면 집안사정은 마치 태풍을 만나 부서진 난파선처럼 이리 저리 휘몰리며 방향을 잃은 채 강풍에 사정없이 뒤흔들리며 기우뚱거렸지요.

1986년 7월20일, 방운아가 그토록 사랑하던 아내 조규순이 불행하게도 병을 얻어서 51세를 일기로 갑자기 세상을 떠나고 말았습니다. 아내를 잃고 홀아비가 된 방운아는 늘 아내를 생각하면서 성당의 미사에 참석하여 기도를 바쳤습니다.

이 무렵에 찍은 한 사진에는 미사에 참석한 방운아가 미사를 집전한 가톨릭 사제로부터 견진성사堅振聖事[8]를 받고난 뒤 영성체를 모시고 있는 장면을

---

8 가톨릭교회의 7성사(聖事) 중 세례성사 다음에 받는 의식을 가리키는 말이다. 세례를 받아 그리스도 신비체의 일원이 된 신자가 더욱 굳건한 믿음으로써 새로이 성령(聖靈)과 그 은총을 풍부히 받고, 영혼에 그리스도의 변사로서의 지워지지 않는 인호(印號)를 받는 안수(按手)의식을 일컫는다. 이 성사는 주교가 베푸는 것이 보통이다. 사제가 신자의 머리 위에 손을 얹고(안수) 십자가의 표지를 그으며, 성유(聖油)를 이마에 바른다.

볼 수 있습니다. 우리는 이 사진에서도 삶에 지친 가수 방운아의 쓸쓸하고 힘든 표정을 읽을 수 있습니다.

55세의 홀로된 지아비의 심정은 어떠했을까요? 자녀들은 이제 스물이 넘은 장성한 나이가 되었지만 아직 자기 앞가림을 제대로 해내지 못하는 형편이었고, 집안 살림은 항상 불안정하기만 했을 것입니다. 여기에다 상처喪妻의 충격이 휘몰아온 뼈저린 아픔과 고독은 가수 방운아의 심신을 더욱 저리고 시달리게 했을 것입니다.

주변의 여러 지인들이 홀로된 방운아로 하여금 재혼을 하도록 권유했지만 방운아는 결코 그러한 제의를 받아들이지 않았습니다. 먼저 세상을 떠난 아내를 생각하는 마음도 살뜰했지만 넉넉하지 못한 집안의 경제적 형편이 도저히 재혼을 받아들일 수 없었던 것이겠지요. 이로부터 줄곧 십여 년이 넘는 세월을 아들 문성이 홀로 되신 부친과 더불어 조석 수발을 도우며 모시고 살았습니다.

한국의 음반시장에서 1960년대는 엄청난 변화의 시기였다고 말할 수 있습니다. 식민지 시절부터 보급되어오던 SP음반은 1950년대 후반부터 급격히 퇴조의 기운을 나타내 보이기 시작했지요. 이 무렵 SP음반의 몰락을 가져오게 된 것은 LP음반과 전축의 출현이 가장 큰 이유일 것입니다.

대세의 변화와 삶의 패러다임이 획기적으로 바뀌게 되면서 새로 나타난 LP음반과 전축의 보급은 가히 혁명이라 부를 수 있을 만큼 엄청난 변화를 몰고 오게 됩니다. SP에 대신하는 10인치 LP가 출현하고, 곧 연이어 12인치 LP음반까지 출현하였습니다. 이러한 대세 속에서 SP음반은 하루아침에 서리 맞은 가을 잎처럼 축 늘어지고 그 자취가 소멸의 길에 접어들게 되었지요.

가수 방운아의 경우도 10인치 음반에 자신의 대표가요 8곡을 담아서 발매했습니다. 유성기 음반은 한쪽 면에 단지 한 곡만 들어있지만 10인치 LP의 경우 한쪽 면에 4곡이 들어갈 수 있었습니다. 이때 음반의 재킷에 수록하기 위해 사진을 찍었는데, 그 원본과 음반재킷의 사진을 함께 나란히 놓고 비교해

▲ 오른쪽 사진을 재킷의 전면에 내세우고
있는 10인치 LP 음반 〈행복의 메아리〉

▲ 왼쪽 10인치 음반 표지사진의 원본

보기로 하겠습니다.

과거에 SP음반을 제작하던 레코드회사의 모든 시설과 환경이 모조리 LP음반 제작 시스템으로 돌변하면서 1961년 5·16을 분기점으로 하여 가요계에 몸담아오던 원로들은 하나 둘 실의에 빠져 세상을 떠나거나, 속속 마지막으로 은퇴공연을 열고 가요계를 아주 떠나게 됩니다. 고복수와 남인수의 경우가 바로 그러한 사례라 하겠습니다.

물론 그들이 떠난 자리에는 또 다른 새로운 신인가수가 나타나 자리를 떠난 선배들의 빈자리를 즉시 메웠던 것이지요. 문화계 판도의 지각변동과 세대교체는 이처럼 비정하고도 엄숙하기 둘도 없는 것입니다.

방운아가 취입 발표했던 LP음반 자료를 다음에서 사진으로 한번 확인해보시기 바랍니다.

1 미도파레코드사에서 발매된 〈방태원힛트앨범-마음의 자유천지〉 10인치 LP 음반 재킷 ㅣLP 시대 음반으로는 특이하게도 방태원이란 예명을 다시 사용하고 있다.

2 이 음반은 〈방태원힛트앨범〉과 동일한 삽화를 뒤집어서 수록하고, 가수 6명의 사진을 우측으로 수직 배열하였다. 재킷 디자인을 서로 비교해보면 자못 흥미롭다.

3 1971년 대도레코드사에서 제작 발매된 10인치 LP 음반 ㅣ 이 음반에는 방운아의 노래 「정든 부산 잘 있거라」가 수록되었다.

4 1965년 아리랑레코드사에서 제작된 10인치 LP 음반 〈청춘일기〉 ㅣ 방운아의 「내가 아는 혜란」이 수록되었다.

5 '여야성 최신작편곡집'이란 타이틀이 붙은 10인치 LP 음반 | 태평양레코드사에서 발매된 이 음반에는 방운아의 노래 「젊은 명동」이 수록되어 있다. 사진은 좌로부터 방운아, 동방성애, 조민우

6 위 〈젊은 명동〉 음반의 재킷 사진으로 쓰인 원본 사진(가수 방운아, 동방성애, 조민우)

7 미도파레코드사에서 제작 발매된 10인치 LP 음반 〈버들피리 풀피리〉 | 이 음반에는 방운아의 노래 「호남선 천리길」이 수록되어 있다.

8 미도파레코드사에서 제작 발매된 10인치 LP 음반 〈거리의 쌘드윗치맨〉의 표지 디자인 | 코믹한 사진이 실려 있는 이 음반에는 방운아의 노래 「거리의 쌘드윗치맨」과 「한양길 귀향길」 두 곡이 수록되어 있다.

9 미도파레코드사에서 제작 발매된 10인치 LP 음반 〈꽃파는 백설희〉 | 이 음반에는 방운아의 노래 「현철의 노래」와 「오백년 고려성」이 수록되어 있다.

10 미도파레코드사에서 발매된 10인치 음반 〈밤마다 꿈마다〉 | 이 음반에는 방운아의 노래 「부산역 이별」이 수록되어 있다.

▶ 1980년대에 제작된 독집 LP 음반 〈방운아 스테레오 일대작〉 표지

가수 방운아의 경우도 자신이 취입했던 여러 대표곡을 기억하는 사람들조차 점점 줄어들었습니다. 이 무렵 지구레코드사에서 〈방운아 스테레오 일대작〉이란 타이틀로 「마음의 자유천지」, 「두 남매」 등 여러 대표곡들을 엮어서 LP음반 독집을 발매했습니다. 한 가수에게 있어서 독집 음반의 발표는 그동안의 활동을 총체적으로 정리하는 의미와 같은 것이라 하겠습니다. 음반 재킷의 사진 속에서 방운아의 모습은 지긋한 중년의 스타일로 바뀌었습니다.

그리하여 젊은 세대들도 즐겨 부르는 옛 노래를 다시 리바이벌로 취입하는 방식으로 「해운대 에레지」, 「유정천리」, 「나그네 설움」, 「삼팔선의 봄」, 「추풍령」 등을 포함하여 자신의 취입가요를 음반에 담는 작업을 새로 시도해보기도 했습니다. 하지만 대중들의 감각과 기호는 너무도 엄정하고 분명하여 이미 신진가수들에게 쏠려 있었음을 부인할 길이 없었던 것입니다. 과거에 유명했던 인기가수들도 하루아침에 무대의 뒷전으로 물러나 앉거나 아예 무대에 오르는 일조차 기회를 얻지 못하게 되었습니다. 가수가 자신의 무대를 차지하지 못한다는 사실은 얼마나 한 인간으로서 견디기가 힘들고 고달픈 일일까요?

작곡가 백영호의 경우 SP에서 LP로 옮겨가는 그 과도기의 정점에 그의 전성기가 위치해 있었으므로 자연스럽게 SP제작 환경으로 바꾼 레코드회사에서 예전의 작곡 활동을 계속하게 되었습니다. SP음반을 제작하던 미도파에서 바로 그 후신인 지구레코드를 모태로 해서 많은 히트곡을 잇달아 발표하게 되지요.

1988년 가을의 일입니다.

가수 방운아에게 기쁜 초청장이 날아들었습니다.

한가위를 보낸 직후 동포위문공연에 와달라는 재일한국인 거류민단에서의 초청이었지요.

▲ 일본 오사카의 코리아하우스에서
열렸던 방운아 초청공연 안내 포스터

그해 10월1일부터 열흘 동안 일본 오사카의 코리아하우스에서는 국악공연을 비롯하여 여러 가수들이 참가했는데, 방운아는 별도의 일정으로 코리아하우스의 특별무대에 올랐습니다. 건물 입구에 붙어있는 포스터에는 〈나시메로(ナシメロ) 가수 방운아方雲兒〉가 특별출연한다는 내용이 적혀 있었습니다. 이 '나시메로'는 '흘러간 옛 노래'를 뜻하는 일본말입니다. 주로 고향에 대한 그리움이나 이별의 애달픔 따위를 담은 노래로써 분류가 된다고 하는군요. 이 무대에서 방운아는 자신의 대표곡과 한국의 옛 가요들을 불러 커다란 인기를 얻었습니다.

한가한 시간이면 방운아는 오사카의 산노미야三宮 전철역 광장에 나가서 벤치에 앉아 행인들을 바라보거나, 가장 복잡한 중심가를 산책하기도 했습니다.

▲ 일본 오사카 공연 중 자신의 공연 안내문 앞에선 방운아

▲ 일본 공연 중 오사카 중심가에서

▲ 빅토리음반공사에서 발매된 노래 「서울을 가야지」 가사지

경남 창녕에서 재기의 꿈을 꾸다

아무튼 이러한 대세의 흐름에 밀려서 가수 방운아는 친구 남백송과 더불어 경남 창녕으로 내려가게 되었습니다. 이처럼 지방공연을 하게 되면 적어도 서너 달 이상은 아예 집을 비우고 떠나가 객지생활을 할 수밖에 없었습니다.

그 무렵 창녕의 부곡釜谷에는 온천이 새로 개발되었다는 소식이 전해지고, 〈부곡하와이〉란 이름의 거대한 유흥관광지가 조성되었습니다. 휴식과 관광을 즐기려는 전국의 많은 인파들이 창녕 부곡 일대로 전세버스를 타고 몰려들었습니다. 대다수의 사람들은 연배가 지긋한 오십대 이상의 부모세대들이었습니다.

두 사람은 〈부곡하와이〉 전속가수로 계약을 맺고 그곳 공연장을 찾아온 유흥객들을 대상으로 흘러간 옛 노래들을 불렀습니다. 당시에 찍은 것으로 보이는 한 사진에 의하면 '하와이 훌라댄싱 팀 초청'이라 크게 쓰인 현수막 아래로 화려한 무대가 꾸며져 있고, 그 무대의 중앙에서 가수 방운아가 노래를 부르고 있습니다. 〈최명철과 그 악단〉이란 반주팀이 연주를 맡고 있네요.

▲ 경남 창녕의 부곡하와이 한국관 무대에 출연한 가수 방운아

방운아의 LP음반에 수록된 리바이벌 옛 가요들은 모두 이 시기에 불렀던 노래들입니다. 창녕에서의 생활은 단조롭고 심심했습니다. 그들의 공연은 주로 낮 시간에 이루어졌는데, 공연이 없는 저녁시간이면 대구로 와서 야간업소의 밤무대에 올랐습니다. 그리하여 낮에는 창녕 부곡, 밤에는 대구로 번갈아 다니는 바쁜 생활을 했던 것입니다.

당시 대구에는 〈원투쓰리〉, 〈판코리아〉 등의 살롱이 개업을 하여 손님들을 맞고 있었는데, 이곳 무대에 등장하던 주요가수들로는 인기 가수 최헌, 이은하 초청 쇼가 자주 열렸고, 원로가수 김정구, 고운봉, 백설희, 나애심, 방운아, 남일해南—海[1] 등과 신인가수 윤수일 등이 번갈아가며 고정 출연하였습니다. 최완기 전속무용단도 당시 무대를 꾸미던 메뉴였지요.

이 살롱들은 이후에 극장식 비어홀 스타일을 만들어내면서 대구의 공평동에 있었던 술집 〈카네기〉의 전신이 되었던 것입니다. 이밖에도 당시 대구에는 이른바 실버카바레로 〈대안성인텍〉을 비롯하여 무궁화백화점 부근에서 성업을 이루었던 〈국제카바레〉, 〈대보성인텍〉 등이 있었습니다. 만년의 가수 방운아는 대구의 이러한 업소들과 연결되어 무대에 오르곤 했습니다. 자신의 대표곡이었던 「마음의 자유천지」를 비롯하여 「인생은 나그네」, 「부산행진곡」, 「여수야화」, 「일등병 일기」를 열창했지만 방운아 노래를 기억하며 갈채를 보내는 가요팬들은 점점 줄어만 갔습니다.

한번은 어느 음악대학 교수로 재직 중이라는 성악가 한분이 친구들과 살롱에 놀러왔다가 방운아의 노래를 듣고 일부러 가수를 찾아왔다고 합니다.

"선생께서는 이렇게도 타고난 미성인데, 어찌하여 대중음악의 길을 선택하셨지요? 성악을 했더라면 너무도 잘 어울리는 훌륭한 목이었을 텐데…"

그 성악가는 방운아의 보이스칼라를 몹시 칭찬하면서 대중가수의 길을 선택한 결정에 몹시 아쉬움을 표시하는 듯했습니다. 사실 가수 방운아의 목소리는 맑고 카랑카랑하면서도 부드러움을 자아내는 독특한 음색을 지녔던 것입니다. 그러한 음색은 같은 시대 다른 어떤 가수와도 비견될 수 없는 방운아의 유일한 개성이라 할 수 있습니다.

---

1 남일해 : 1939년 경남 합천 출생으로 본명은 정태호이다. 1956년 대구 대도극장에서 개최된 오리엔트레코드사 주최 콩쿨대회에서 대건고교 재학생으로 입상하여 가수로 데뷔하였다. 오리엔트레코드사에서 「애상의 블루스」를 발표하였다. 이후 작곡가 나화랑(羅花郎)의 문하로 들어가 여러 히트곡을 발표하였다. 대표곡으로는 「이정표」, 「첫사랑 마도로스」, 「비 내리는 부두」, 「찾아온 산장」, 「종로 블루스」 등이 있다.

현철의 노래

映畵(장미는슬프다)主題歌

作調　韓　山　島
作曲　白　映　湖
노래　方　雲　兒

가슴이　메여
할말을　못하고　떠나가면서
다시는　생각말자　맹세했건만
어이해　잊으리오　락양장추억
내마음　깊이깊이　간직하리다

언제까지나
단둘이　살자하든　보람도없이
나혼자　뒤에두고　어디로갔나
한송이　백장미를　손에다들고
울면서　불너보는　그리운이봄

이내몸　찾어
천리길　멀다마고　달려온님을
가슴에　품어안고　나는울었네
이제는　이별없이　영원하도록
천만번　속싹이며　맹세도했오

빅토리音盤公社

▲ 빅토리음반공사에서 발매된 노래「현철의 노래」가사지

늙은 가수의 망중한

이 시기에 방운아는 창녕 부곡에서 살고 있던 초등학교 시절의 친구 정한 조鄭漢朝와 자주 만나서 식사도 하고, 옛 추억담을 즐기는 시간이 잦았습니다. 정한조의 아내 이양주李陽周는 〈부곡하와이〉에서 약국을 개업하여 운영 중이었는데, 당시 가수 방운아의 모습이나 얼굴 표정이 몹시 쓸쓸하고 고독해보였다고 회고합니다.

한번은 공연이 없던 조용한 시간에 남편과 더불어 가수 방운아와 함께 식사를 마치고 한가롭게 여유를 즐기고 있었는데, 이때 우연히 방운아와 블루스 춤의 스텝을 가수가 이끄는 대로 따라서 한 바탕 추었던 기억이 지금도 새롭다고 말합니다. 자신은 전혀 사교춤을 추지 못했지만, 가수 방운아는 춤에 능숙하지 못한 친구의 부인을 배려하면서 아주 친절하고 자상하게 스텝을 인도해서 행복한 시간이었다고 증언합니다. 방운아는 꽤 품격 높은 춤에 익숙했던 것으로 보입니다.

세월은 비정하여 가수 방운아에게도 차츰 늙음이 찾아왔습니다. 그토록 젊고 팽팽하던 방운아는 통풍이란 병을 앓게 되어 항상 발이 퉁퉁 붓고 통증으로 고생을 했습니다. 뿐만 아니라 혈압이 높아서 늘 혈압을 내리게 하는 약을 복용해야만 했습니다. 대중적이고 공개적인 공연무대에서는 아무도 방운아를 불러주는 경우가 없었습니다. 여기다 후두염이 생겨서 때로는 목소리가 제대로 나오지 않는 경우도 있었습니다. 한 가요평론가가 당시 방운아를 찾아와 취재를 했었는데, 이때 말을 전혀 하지 못해서 종이에 글씨를 써 보이는 필담으로 불편한 대화를 나누었다고 합니다.

쓸쓸한 하루를 집안에서 보내며 방운아는 항상 기타를 옆에 끼고 지난날 자신이 무대 위에서 불렀던 가요곡을 연주하였습니다. 뿐만 아니라 한국의 옛 가요들을 차례로 정리하면서 그 악보를 자신의 연주법에 맞도록 기타를 치면서 다시 편곡하는 작업에 몰두했습니다.

음악을 정통으로 배운 과정도 거치지 않았는데, 방운아는 타고난 예인적藝人

▲ 가요계의 선후배들과 함께 한 자리에서

的 기질을 바탕으로 혼자서 독학으로 그 어려운 편곡법編曲法을 완전히 익혔습니다. 이 시기에 손수 그린 악보만 두 책장 정도나 되었다고 합니다. 뿐만 아니라 자신이 취입했던 각종 음반자료를 모두 정리하고 소중하게 보관했었다고 하니 방운아의 남달리 치밀하고 꼼꼼했던 성품을 충분히 미루어 짐작할 수 있습니다.

이 무렵 방운아는 가끔 서울 시내의 낙원상가 부근의 악기점이나 왕년의 옛 가요인들이 즐겨 찾는 다방으로 나와서 예전의 동료 선후배들을 만나고 돌아가곤 했습니다. 무슨 행사인지는 알 수 없지만 가요계의 선후배들이 대부분 한 자리에 모인 날이 있었습니다. 이날 모두 정답게 앉아서 함께 사진을 찍었습니다. 사진 속의 얼굴들은 지금 세상에 계시지 않은 분들이 상당수입니다. 뒤편으로는 황금심, 이남순, 왕숙랑, 신카나리아 여사가 보입니다. 그 앞쪽으로는 김봉명 선생을 비롯하여 방운아의 앉은 모습도 보입니다.

작사가 윤익삼尹益森[1]은 당시 방운아와 선후배로서의 은근한 정을 느끼고 있었습니다. 평소 말수가 적고 과묵한 성품인지라 그냥 쓸쓸하게 자리에 앉았다가 귀가하곤 하였는데, 어느 날은 방운아 선배와 마주 앉아 있을 때 돌연히 방선배가 마치 누가 부르는 듯이 밖으로 나갔다가 한참만에야 돌아와서 무슨 종이에 둘둘 말아서 싼 물건을 눈앞에 내밀었다고 합니다. 받아서 펴본즉 롤렉스 명품의 로고가 선명하게 박혀있는 손목시계였다고 하는군요. 깜빡 놀란 후배 윤익삼에게 방운아는 이렇게 말했습니다.

"오늘이 자네 생일인 것을 내가 진작 알고 있었는데 어찌 그냥 지나갈 수 있겠노?"

윤익삼은 내심 감동하면서 선물을 두 손으로 황공스럽게 받아들었는데, 나중에 알고 보니 진품이 아닌 모조시계였다는 것입니다. 하지만 윤익삼은 후

배의 생일까지 기억하며 챙겨주는 선배의 모습에 너무 감격하여 물건의 진품 여부와는 상관없이 따뜻한 마음씨와 배려에 마냥 감동했었다는 회고를 하며 껄껄 웃었습니다.

방운아 선배는 잠시 동안 다방 부근으로 나갔다가 거리에서 시계 노점을 열고 있는 어느 지인에게 찾아가서 물건도 팔아줄 겸 번쩍번쩍한 짝퉁 롤렉스시계를 구입해 왔던 것이지요. 수중에 용돈도 별반 넉넉하지 않았을 것이 분명한 방선배의 모습에서 윤익삼은 무한한 감동을 느꼈다고 새삼 강조하며 말했습니다.

이와 더불어 윤익삼은 방운아와 관련된 또 다른 기억의 한 토막을 떠올리며 말했습니다. 대중연예인들이 모여서 망중한을 즐기고 있던 시간에 이따금 화투와 트럼프를 치며 놀았는데 방운아는 선배로서 정색을 하며 노름이나 잡기를 일절 하지 말도록 제동을 걸곤 했다는 기억을 떠올렸습니다. 하지만 아주 고지식한 모습은 아니었던 것 같습니다. 사진으로 만나보는 친구들과의 여흥 장면은 가수 명국환 등 여러 친구들과 지방공연 다니던 중 어느 여관방

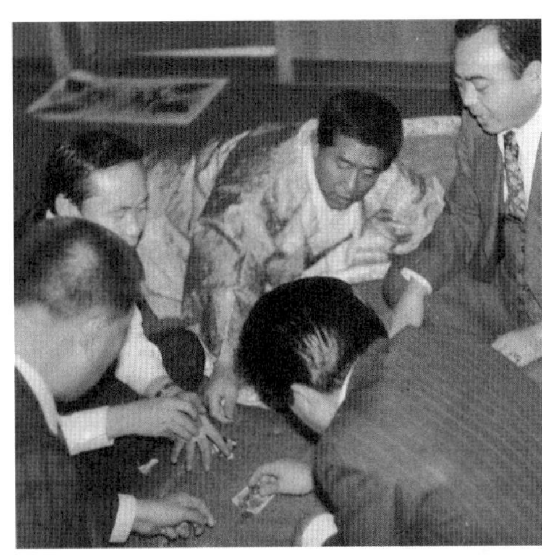

◀ 지방공연 중 여관방에서 화투를 놓고 있는 가수들 | 방운아, 박경원, 명국환 등의 모습이 보인다.

에서 화투놀이를 즐기는 광경이 보입니다. 물론 동전이 오고가는 깜찍한 섰다판으로 보이는군요. 술은 선후배들과 어울렸을 때 소주 한병쯤은 마실 정도였고, 담배는 몹시 즐겼다고 합니다.

독실한 천주교 신자였던 가수 방운아의 삶과 스타일은 일견 고지식하다는 평을 들을 만큼 모범적이고 단정한 성품으로 일관했던 것 같습니다. 언제나 정의로운 기질을 사랑했고, 자녀들에게는 고지식할 정도로 무뚝뚝하며 과묵했지만 항상 희망을 잃지 않는 낙천적 성격을 나타내 보였습니다. 말년에는 외아들 문성과 마주 앉아 소주잔도 나눌 정도로 여유를 보이기도 했습니다.

윤익삼이 느끼기에 가수 방운아는 정계나 법조계의 여러 인물들과 친밀한 교제를 하고 있는 것으로 기억했습니다. 또한 대구 출신의 여운동이란 분과 참으로 도타운 우정을 나누고 있었고, 작곡가 허현과도 친하게 지냈습니다.

윤익삼은 선배로서의 방운아를 평하기를 괄괄한 성격에 과묵한 모습이 전형적인 경상도 기질로 해석이 된다고 덧붙였습니다.

가수 방운아의 외아들 문성의 증언에 의하면 만년에 부친이 거처하던 안방 벽면의 책꽂이에는 온통 편곡한 악보들로 가득 채워져 있었다고 합니다. 하지만 부친이 세상을 떠난 뒤 이곳저곳 집을 옮겨 다니게 되면서 그 소중한 부친의 흔적이 거의 대부분 사라지고, 지금 남아있는 것은 극히 일부에 불과하다는 아쉬움을 토로합니다.

문성은 직업가수로 평생을 살아온 아버지가 항상 집을 비우고 밖으로만 다니셨던 것에 대하여 서운한 마음도 많이 가졌지만 성인이 된 뒤에는 오히려 부친의 삶에 특별한 존경심을 느꼈다고 합니다. 그리고 연로한 부친을 모시고 항상 다니던 성당에 미사를 다녀올 때가 행복한 시간이었다고 회고합니다.

딸 미심은 연세가 많은 아버지가 지방공연 가시느라 가방 들고 대문을 나서던 쓸쓸한 뒷 모습이 그렇게도 가슴이 아팠다고 하더군요.

靑春山脈

作詞　野人草
作曲　許敬九
노래　方雲兒

一　靑春에　希望실고　馬車는　달린다
　　白雪嶺　넘어지고　三月꽃보타
　　恨많은　俗世사리　긴한숨을　버리자
　　사랑도　여追憶도　故鄕도　他關땅도
　　라라타　라타타　잊어라　꿈이란다　젊은　이들아

二　뱃머리　줄푸려타　이배는떠난다
　　順風에　돛을달고　五月水平線
　　바다는　일곱이다　젊은이를부른다
　　太平洋　大西洋에　地中海　印度洋에
　　라라타　타라라　노래를　불러보자　젊은　이들아

三　山넘어　물을건너　저구름따라서
　　枾風잎　멋드러잔　九月하이킹
　　길없는　山이라면　山울임에　물어타
　　白頭山　金剛山에　智異山　漢라山도
　　라라타　라라라　힛바람불며가자　젊은　이들아

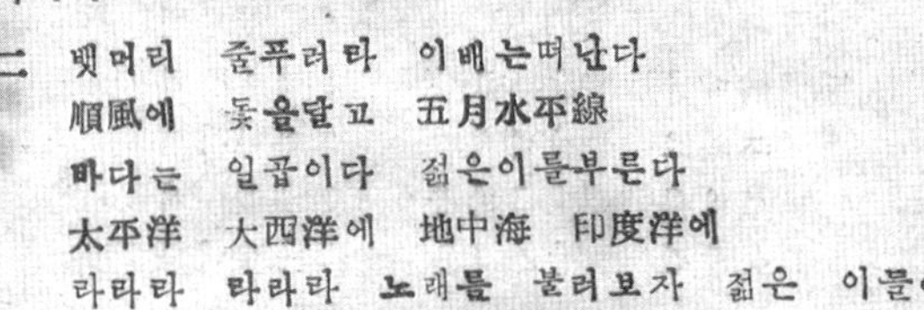

美都波音盤公社謹製

▲ 미도파음반공사에서 발매된 노래「청춘산맥」가사지

세상에 그 모습을 드러낸 귀중본 〈취입곡집〉

한편 이 시기에 방운아는 자신이 일생동안 레코드 음반으로 취입했던 가요 곡을 모조리 악보에 정리하여 차례로 자료를 편집하는 작업을 펼쳤습니다. '백영호白映湖 전용專用' 이라 표시된 오선지에 일일이 악보와 가사를 적어 넣고, 제목과 작사자, 작곡가, 가수의 이름을 낱낱이 표시하였습니다. 영화주제가로 만들어진 경우에는 해당영화의 제목까지 써서 알아보기 쉽도록 첨부하였습니다.

전체 페이지를 각각 써서 붙이고, 책의 맨 앞에는 제목과 면수 표시를 달아서 목차를 총정리하였는데, 이 방운아 수제작본手製作本 책의 타이틀을 『취입곡집吹入曲集』이라 붙였습니다. 그러니까 보다 정확한 제목을 붙이자면 『가수 방운아 발표 취입곡 전집』이라 해야겠지요. 이 자료집에 사용된 오선지는 모두 세 가지 종류입니다. 한 가지는 앞서 말한 작곡가 백영호의 전용 오선지입니다. 이 악보는 오른쪽 아랫부분에 '백영호白映湖 전용專用' 이란 글자가 인쇄되어 있습니다. 작곡가 백영호에게 특별한 사랑과 지도를 받던 시절, 이 오

▲ 자신의 취입곡 악보와 가사를 꼼꼼하게 정리중인 방운아

선지를 넉넉하게 얻어서 보관하며 사용했던 것 같습니다.

두 번째로는 '부산釜山 신협악기점新協樂器店' 이라 표시된 오선지입니다. 마지막으로는 일반 문구점에서 팔고 있는 오선지입니다. 이 『취입곡집』에 기록된 가수 방운아의 필적은 고전적 풍모가 느껴지는 매우 세련된 필체입니다. 이러한 필체로 방운아는 자신이 취입한 노래의 가사를 살뜰히 정리하였고, 또한 악보도 깔끔하게 정리하였습니다.

이 책의 맨 후반부에는 '각 악기 음역표' 를 자세하게 붙였는데, 색소폰, 아코디언, 클라리넷, 기타, 바이올린, 만돌린, 오보에, 트롬본 등의 악기와 관련되는 음역표가 표시되어 있습니다. 이와 더불어 'C장조의 관계코드 사용법', 'A단조의 관계코드 사용법' 이 자세한 설명으로 붙어 있습니다.

한 가수가 평생을 통하여 발표한 자신의 취입곡을 모두 정리한다는 것이 결코 쉬운 일이 아닙니다. 동료가수 남백송의 경우는 자신의 취입곡을 전혀 정리한 적이 없을 뿐 아니라, 세월이 오래 경과하면서 자신의 취입곡 목록을 전혀 기억하지 못하는 경우도 있다고 했습니다. 남백송의 한 지인이 가수의 옛 취입곡들을 CD에 담아서 가수에게 선물로 주었는데, 들어보니 그것이 자신의 취입곡이었음에도 불구하고 마치 남의 노래를 듣는 것 같은 낯선 느낌이 들었다는 고백을 했지요.

이런 사례들을 비견해 볼 때 방운아의 경우는 매우 특이한 경우라 할 수 있습니다. 일평생 취입한 가요작품의 총 숫자가 그리 많지 않기에 가능할 수도 있었겠지만 무엇보다도 가수 방운아의 성품이 매우 치밀하고 정성스러

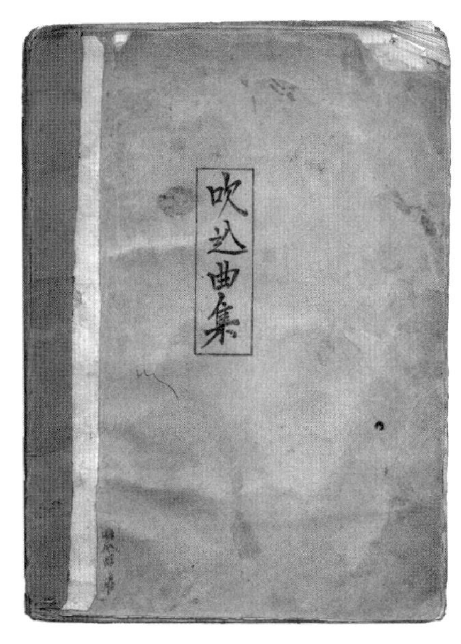

▲ 일생동안 취입한 가요곡의 악보와 가사를 꼼꼼하게 정리한『취입곡집』표지

우면서, 자신의 취입곡에 대한 긍지와 자부심을 끝까지 유지하고 있었다는 사실이 증명이 된다고 하겠습니다. 이렇게 가수 자신에 의하여 정리된 자료는 한국가요사에서의 1950년대와 60년대 초반까지의 정황을 사실적으로 증언해 줌과 동시에 문화사적으로 대단히 중요한 가치를 지니고 있다 할 것입니다.

가수의 손때가 그대로 남아있는 이처럼 귀중한 자료가 지금껏 보존되어서 우리 앞에 그 모습을 나타낼 수 있었으므로 가수 방운아의 노래비를 세우고, 그의 취입곡 총목록과 가사를 정리하며, 마지막으로 가수의 평전을 정리하는 일에 커다란 기초자료가 될 수 있었다는 사실이 참으로 고맙고 다행스러우며, 동시에 놀라움마저 느끼게 합니다. 가수 방운아가 일생을 통하여 발표했던 취입가요 작품은 창작곡 122곡, 재취입곡 15 등 도합 137입니다.

누렇게 빛바랜『취입곡집』의 책갈피에선 또 다른 귀중자료가 나왔습니다.

그것은 미도파음반공사에서 음반을 발매하여 레코드 판매상으로 공급할 때 함께 제공했던 가사지歌詞紙입니다. 가요팬들이 새로 발매된 가수의 음반을 구입하려고 악기점을 찾아왔을 때 음반과 더불어 이 가사지를 반드시 함께 주었던 것입니다. 그러므로 가사지는 노래를 새로 들으며 감상하는 가요팬들에게도 필수품이었지만 갓 발매된 레코드 신보의 홍보를 위한 도구로도 적절하게 활용되었다고 볼 수 있습니다.

가사지에는 가수의 사진과 함께 제목, 작사자, 작곡가, 가수명, 3절까지의 가사 전문, 제작회사명 등이 낱낱이 수록되어 있습니다. 가사지를 통해 대면하게 되는 사진들은 방운아를 비롯한 도미, 백설희, 박애경, 황정자, 차은희[1] 등의 가수들과 작곡가 박시춘, 백영호, 허경구, 그리고 작사가 천봉의 젊은 시절 얼굴 모습이 보입니다.

가사지에 찍혀있는 고무 제품의 도장에는 '부산시 광복동 1가' 에 위치하고 있었던 '노벨악기점' 이라 표시되어 있습니다. 당시에는 악기점에서 각종 유성기와 SP음반을 판매했다는 사실을 말해줍니다. '각종 레코-드, 축음기와 바늘, 각종 부속' 이라 적힌 상점의 활동내용을 통해서도 이러한 정황을 알 수 있습니다. 이 가사지는 1950년대 중후반 한국가요사의 현황과 실제를 짐작하게 해주는 매우 귀중한 자료입니다.

이번에 그 모습을 드러낸 가사지 목록은 다음과 같습니다.

---

1 차은희 : 1937년 서울에서 출생하였다. 1956년 도미도레코드사 주최 가요콩쿨대회로 가수 데뷔. 미도파음반공사 전속가수. 대표곡으로는 「한많은 오륙도」, 「일선의 우리 오빠」, 「아베크 토요일」, 「경상도 아가씨의 순정」, 「미망인 부루스」, 「갈매기 우는 목포항」, 「4월의 달」 등이 있다.

「한 많은 청춘」(방운아)   —   「오빠가 그리워」(백설희)

「재수와 분이의 노래」(방운아)   —   「가거라 슬픔이여」(백설희)

「두 남매」(방운아)   —   「오빠가 그리워」(백설희)

「부산행진곡」(방운아)   —   「파랑새가 울거든」(박애경)

「일등병 일기」(방운아)   —   「사람 팔자 누가 아리」(방명숙)

「현철의 노래」(방운아)   —   「백장미의 노래」(백설희)

「달뜨는 청동원」(방운아)   —   「일장춘몽」(황정자)

「서울을 가야지」(방운아)   —   「살짝꿍 오세요」(백설희)

「청춘산맥」(방운아)   —   「밤 열차 그 여자」(차은희)

「마도로스 형제」(방운아)   —   「야녀」(백설희)

「명랑한 천사」(방운아)   —   「가고싶은 내 고향」(도미)

대중연예계에서 활동했던 많은 연예인들 가운데 생활이 가장 반듯하고 한 치의 흐트러짐이 없었던 모범적인 생활은 후배가수들의 대단한 본보기가 되었다고 합니다. 가수 방운아는 항상 변함없는 목소리로 팬들을 매료시키며 천주교 신자로서의 바르고 검소한 생활을 실천하려고 노력했습니다.

그리하여 가수로서의 삶의 자세가 가장 바르고 떳떳했던 인물로 세인들에게 평을 받았습니다. 우리는 가수 방운아를 1950년대와 60년대에 이르는 동안 당시 활발하게 펼쳐졌던 이른바 극장 쇼 무대에서 가장 활동이 두드러졌던 가수 중의 한 사람이었던 것으로 뚜렷하게 기억합니다.

2005년 4월, 방운아는 대구에서 살고 있는 후배 가요작가 윤철민尹哲敏과 만나 팔공산 일대를 산책하며 즐거운 시간을 보냈습니다. 활작 핀 개나리를 배경으로 두 사람은 다정하게 껴안고 사진도 찍었지요.

윤철민은 다음 날 방운아 선배를 동대구역까지 배웅했는데, 보통 때의 모습과 달리 방운아는 뒤도 돌아보지 않고 플렛홈으로 사라졌습니다. 마치 한 번 떠나서는 영원히 다시 못 올 사람처럼 말입니다.

그로부터 두 달 뒤인 2005년 6월15일, 가수 방운아는 평소 지병이던 후두염喉頭炎과 급작스럽게 발병한 심근경색心筋梗塞이 원인이 되어서 74세를 일기로 세상을 떠났습니다.

▲ 가수 방운아가 세상에 남긴 마지막 사진(후배 윤철민과 함께)

고향 경산에 노래비 세워지다

2009년 봄, 경북 경산시의 여러 뜻있는 시민들이 모여서 〈가수 방운아 기념사업회〉를 발족시키고 이에 따른 많은 시민들의 공감을 얻는 노력에 힘을 기울였습니다. 경산시에서도 이 사실을 알고 전폭적 지원을 약속했고, 마침내 그해의 예산에 반영하여 마침내 노래비 건립이 실현될 수 있도록 안정된 여건을 만들어주었습니다. 이에 따라 추진위원회의 활동은 박차를 가하게 되었고, 마침내 기본설계를 신속히 마친 다음 제작에 들어가 경산시 보건소 뒤편 남매지 둑에 아름답고 멋스러운 노래비를 세울 수 있었던 것입니다.

2010년 2월19일에는 〈가수 방운아 학술심포지엄〉이 열렸습니다. 이 날은 마침 가수 방운아가 태어난 지 79주년을 불과 하루 앞둔 날입니다. 이 자리에서는 영남대학교 교수 이동순, 가요사연구가 이준희, [주]엔터쇼의 대표이사 김광우 등이 주제발표자로 참석하여 방운아의 삶과 노래, 가요작품이 지니는 다양한 의미와 역사성에 대한 집중적인 연구발표를 했습니다.

이동순은 「한국대중음악사 구간區間의 새로운 정리-가수 방운아 평전 구성과 관련하여」란 논문을 발표하였고, 김광우는 「과거와의 소통–대중음악 아카이브에 대한 소고」란 논문을 발표했습니다. 이준희는 「1950년대 대중가 요계와 가수 방운아의 위상」란 논문을 발표했습니다.

이와 더불어 방운아 선생의 아들 방문성, 과거 오리엔트레코드사 사장이었 던 원로작곡가 이병주 선생, 원로가수 남백송 선생, 제자였던 최종철 선생 등 여러 관계자들이 두루 참석하여 가수 방운아에 대한 옛 추억을 회고하는 뜻 깊은 발표를 함으로써 이날 심포지엄의 의미를 더했습니다.

이 행사에 때맞추어 방운아의 대표가요 24곡을 담은 CD 음반을 제작하여 행사 참석자들과 가요팬들에게 배포했습니다. 방운아의 노래는 과거완료형 이 아니라 아직도 현재진행형인 것이지요. 우리는 지난 시기의 문화적 성과 들을 일시에 부정하고 거부하며 매몰시켜버리는 관행을 지니고 있습니다. 이 제 뒤늦게나마 과거의 아름다웠던 문화적 성과와 그 자료를 다시 정리하여 오늘에 소개하는 그 까닭은 우리의 현재와 미래를 더욱 튼튼하게 꾸려가려는 충정 때문입니다.

마침내 2010년 가을, 가수 방운아 노래비가 완공되어 그 성대한 제막식이 열렸습니다. 까만 오석烏石을 중심으로 그 둘레를 하얀 화강암으로 둘러싸서 꾸민 노래비는 멋스러움을 더했습니다. 책 모양으로 펼쳐진 오석에는 가수 방운아의 대표곡 「마음의 자유천지」의 악보와 가사를 2절까지 모두 정성스럽 게 각인하였고, 뒷면에는 가수 방운아의 일대기를 정리한 이동순의 글 「가수 방운아의 삶과 노래」를 음각으로 새겼습니다. 오석의 좌측 옆으로는 대중음 악인의 활동과 존재성을 기리는 4분 음표를 대중음악인의 상징물로 다듬어 서 만들어 세웠습니다. 조각가 박철현朴哲賢이 노래비 제작 사업을 도맡아서 심혈을 기울였고, 조각가 김형태金亨泰가 가수의 흉상을 제작하였습니다.

이날 제막식에는 그동안 노래비 제작에 열성을 쏟았던 〈가수 방운아 기념 사업회〉 소속 일꾼들과 경산시장 및 경산시 관계자들, 유족들, 그리고 방운아 노래를 사랑하는 시민들과 내외 귀빈들이 참석하여 이날의 뜻 깊은 의미를 함께 나누고 되새겼습니다.

이제 경산시를 찾아오는 많은 방문자들은 경산 지역이 배출한, 한국가요사에서의 우뚝했던 가수 방운아의 위상과 발자취를 높이 기리며 노래비 앞에 오래 머물다가 돌아가게 될 것입니다. 가수 방운아의 육신은 지금 세상에 계시지 아니하지만 그가 남긴 노래와 대중예술에 헌신했던 고결한 정신은 천추만대에 길이길이 남아서 우리의 후손들에게 아름다운 강물처럼 전해져갈 것입니다.

▲ CD 음반으로 제작된 방운아의 대표곡 선집 〈마음의 자유천지〉

추억 가요작품 총목록

가수 방운아

갈매기야 울지 마라

천봉 작사, 허경구 작곡, 방운아 노래

잘 있거라 떠날 적에 잘 가세요 네
항구의 인정이란 이런 것인데
보내는 사람 없이 홀로 떠나는
외로운 청춘이다 갈매기야 울지를 마라

눈물 젖은 손수건을 흔들어주는
항구의 그 인사란 이런 것인데
사랑도 님도 잃고 바람 따라서
떠도는 청춘이다 갈매기야 울지를 마라

거리의 샌드윗치 맨

월견초 작사, 전오승 작곡, 방태원 노래

하늘을 나를 듯한 새파란 카우보이모자에
몸맵시 근사하게 권총을 휘둘리면서
다방도 슬쩍 퓨퓨퓨
아무라도 쏜답니다 입으로만 퓨퓨퓨
국산품 배달부다 거리의 샌드윗치 맨

영어도 곧 잘하는 서울의 카우보이 멋쟁이
백마도 타지 않고 온종일 걸어가면서
하늘을 보고 퓨퓨퓨
아무라도 쏜답니다 입으로만 퓨퓨퓨
새나라 일꾼이다 거리의 샌드윗치 맨

거리의 라디오다 날씬한 카우보이 스타일
엉터리 쌍권총을 햇빛에 번쩍이면서
한 눈을 감고 퓨퓨퓨
아무라도 쏜답니다 입으로만 퓨퓨퓨
말없는 애국자다 거리의 샌드윗치 맨

경산애화 慶山哀話

김상순 작사, 백영호 작곡, 방운아 노래

남매지男妹池 언덕길에 국화 시들 제
성암산聖岩山 산마루에 해 넘어 갈 제
눈물로 서로 안고 울던 두 남매
남모를 서러움을 가슴에 안고
내 청춘 갖다 던진 물결만 차네

내 고향 경산 땅을 더듬어 올 땐
네 얼굴 네 가슴에 꽃이 폈건만
안흥사安興寺 종소리와 함께 사라진
네 청춘 그 세월이 원망스러워
나그네 목이 메어 남매를 찾네

남매는 가고 없고 물결만 자는
그 유래 더듬어서 남매지라면
나 홀로 남매 남매 불러도 보며
한없는 괴로움에 울어도 보며
물결 잔 남매지를 원망도 하오

경상도 사나이

김운하 작사, 박시춘 작곡, 방태원 노래

가야만 좋을까 있어야만 좋을까
남의일 같지 않는 세상살이가
때로는 비가 되고 눈이 되어도
정의만을 위하여 싸우는 데는
굽힐 줄을 모르는 힘도 있지만
사랑에는 약한 경상도 사나이

가야만 좋을까 있어야만 좋을까
언제나 오늘 내일 우는 사람을
희망의 터를 닦는 꿈이 되어도
얽힐 대로 얽혀진 사랑의 정은
계단 없는 하늘의 별과 같지만
사랑에는 약한 경상도 사나이

가야만 좋을까 있어야만 좋을까
희망을 앗아가는 슬픈 가난이
불행의 씨를 뿌린 꽃이 되어도
약속한 새봄만이 다시금 오면
구름 같은 괴로움 사라지지만
인정에는 약한 경상도 사나이

* 영화 〈경상도 사나이〉 주제가로 제작되었다.

고궁의 밤

반야월 작사, 박시춘 작곡, 방운아 노래

고궁에 밤은 깊어 달빛 푸른 춘당지에
송이송이 피어나는 붉은 연당화
상감마마 뵈올 날만 기다리는 독수공방
젊은 가슴 설레이는 궁녀의 넋이냐

고궁에 모란꽃이 피고지고 몇 해런가
님의 손길 얼싸안고 놀던 부용당
풍악소리 사라지고 원앙침도 흔적 없네
깊어가는 고궁의 밤 이슬만 젖는다

고향 길

월견초 작사, 김성근 작곡, 방운아 노래

이별하던 그날 밤 울던 그 처녀
진달래 쓸어안고 기다리겠네
사랑을 버린 죄로 내버린 죄로
차디찬 타향거리 꿈도 차가워
고향 길 찾을 날이 다시 없구나

연자방아 뒤뜰에 심은 내 사랑
오는 봄 가는 봄에 시들었겠네
고향은 내 가슴에 남아있건만
발길은 하염없는 타관을 따라
오늘도 낯선 땅에 외로이 섰네

고향 생각

한산도 작사, 백영호 작곡, 방운아 노래

고향을 떠나온 지 몇 몇 해던가
흐르는 구름 따라 떠도는 타향
칠성별 별빛 아래 맺어본 꿈은
그리운 내 고향의 꿈이었었소

산 너머 하늘 끝에 해 넘어 가고
하나둘 등잔불이 깜빡일 때면
눈물로 떠난 고향 몹시 보고파
입속에 불러보는 망향의 노래

고향 없는 마도로스

야인초 작사, 허경구 작곡, 방운아 노래

고요한 포구에다 뱃머리를 둥이고
갈매기 벗을 삼아 노래 부르니
이 항구 저 항구에 두고 온 사랑
아득한 수평선에 아롱거린다

내일은 배 떠난다 오늘밤은 선술집
초면에 실례 하오 묻는 인사에
고향을 찾지 마소 마도로스는
정들면 이 항구도 고향이라오

북한산 바라보며 울고 가는 기러기
찾아갈 고향산천 없으려마는
녹 슬은 철조망에 잠든 휴전선
통일이 오는 날을 기다립니다

고향은 멀다

김진경 작사, 여야성 작곡, 방태원 노래

사나이 타향살이 가슴속에는
만 가지 푸른 꿈이 새겨졌으나
물 같은 세월 속에 청춘은 가버리고
찾아가 울고 싶은 고향은 멀다

사나이 타향살이 가슴속에는
희망의 부푼 가슴 설레었건만
차디찬 인정 속에 꿈은 흩어지고
돌아가 살고 싶은 고향은 멀다

그리움

장영애 작사, 허경구 작곡, 방태원 노래

저 멀리 들려오는 노랫소리는
그 옛날 님과 함께 부르던 노래
지금은 나만 홀로 쓸쓸히 불러보는
그리운 추억이여 영원한 사랑아

흘러간 그 옛날에 설움이 고여
외로이 홀로 앉아 흐느낍니다
말없이 떠나버린 그대를 그리면서
그리운 그 옛님을 불러봅니다

그대여 꿈이 깊던 어느 날 밤에
단둘이 거닐면서 속삭였답니다
날 새면 사라지는 그리운 그대 모습
꿈이여 깨지 마오 그대와 함께

그 뱃사공 가는 길

석려인 작사, 이정화 작곡, 방태원 노래

뱃사공 반평생에 남은 것이 무어냐
흩어진 꿈 조각에 시들은 청춘
생각을 말아야지 사내답지 못하다
미련을 버리는 게 마도로스다 마도로스다

잡지를 말아다오 뱃걸음이 머문다
뜨내기 뱃사공을 믿지를 마라
눈물도 긴 한숨도 가슴속에 삼키고
웃으며 떠나가는 마도로스다 마도로스다

때 묻은 속세살이 그 까짓것 무얼 해
구만리 바다 우에 목숨을 걸고
기름진 작업복에 머리털을 적시며
파도와 싸우는 게 마도로스다 마도로스다

꿈속의 고향 길

월견초 작사, 라음파 작곡, 방운아 노래

고향천리 남도 천리 떠나온 천리 길에
고개마다 풀어놓은 주막마다 남겨놓은 나그네 역사
저 멀리 강물처럼 흘러 왔다고
저 멀리 뜬구름처럼 밀려 왔다고
흩어지는 담뱃불 연기에
못 가는 고향 길 찾아보네

산길 따라 물길 따라 흘러온 타관 길에
돌아서서 바라보던 소리쳐서 불러보던 그리운 고향
세월을 주름잡는 사나이라서
덧없이 헤매어 도는 발길이라서
오늘밤도 외로운 나그네
달 따라 별 따라 흘러가네

꿈을 찾는 사나이

고명기 작사, 김교성 작곡, 방운아 노래

마지막 넘어오던 마루턱고개
까치발 돋우면서 또 한 번 돌아볼 때
퍼지는 안개 속에 묻히던 그 마을
눈물도 원수더라 눈물도 원수더라 가려주더라

대장군 허리에다 써놓은 글월
사랑도 맡겨두고 고향도 부탁할 때
소리쳐 당부하던 목 메인 한 마디
쓸쓸한 산울림만 쓸쓸한 산울림만 흘러가더라

은하수 굽이굽이 이슬에 젖어
반딧불 넘나드는 언덕에 마주 앉아
원두막 퉁소소리 드새던 그 꿈도
네온불 그늘 뒤에 네온불 그늘 뒤에 아득하고나

나그네 편지

월견초 작사, 이인권 작곡, 방운아 노래

주막도 하나 없는 저 높은 저 고개를
왜 내가 가야 하나 넘어야 하나
저녁바람 차가운데 오늘밤은 그 어데서
하룻밤 한 토막의 꿈을 심을까

나룻배 하나 없는 저 푸른 저 강물을
왜 내가 가야 하나 건너야 하나
오늘밤은 구름 속에 달님마저 숨었는데
주막집 호롱불은 어디 있을까

고개를 넘었건만 강물을 건넜건만
가야할 인생길은 아직도 멀다
청춘 잃고 님도 잃고 시름없이 헤매 도는
나그네 발길마저 달빛 젖는다

나그네 꿈길

월견초 작사, 여야성 작곡, 방운아 노래

꽃구름 산마루에 석양이 질 때
흐르는 구름 따라 떠나는 나그네
비가 오는 강을 건너 눈이 오는 영 너머
님 두고 고향 두고 기다리는 사람 없는
마을 찾아 마을 찾아 흘러가네

해지는 마을마다 저녁의 연기
덧없는 나그네를 울려만 주는가
어젯밤은 풀 베개에 오늘밤은 새우잠
밤마다 꿈길마다 산을 넘고 물을 건너
고향 찾아 고향 찾아 흘러가네

나는 갈 테야

작사자 미상, 허경구 작곡, 방운아 노래

나는 갈 테야 나는 갈 테야
꽃구름이 둥실 뜬 산마루턱에
물레방아 도는 고향 나는 갈 테야
유천강 맑은 물에 은어가 놀고
운문사 저문 종이 속삭여준다

나는 갈 테야 나는 갈 테야
용각산 길 꼬불꼬불 걸어가면서
맹세한 그날까지 나는 갈 테야
숲 사이 나물 캐는 손목을 잡고
가슴을 따져보는 추억도 섧다

나는 갈 테야 나는 갈 테야
꽃 수놓은 염낭에 노잣돈 놓고
떠나온 정거장에 나는 갈 테야
경부선 철길 우에 고동이 울면
추억의 꿈을 싣고 기차는 간다

나룻터 고향길

한산도 작사, 백영호 작곡, 방운아 노래

봄버들 나루터에 빨래하는 아가씨
내 고향 내 집에도 봄이 왔더냐
주막집 막걸리에 목을 적신 나그네
흘러서 흘러 흘러 칠백 리가 멀다네
고향길이 멀다네

고향을 이별한지 오년이라 반 십년
뱃사공 주름살이 깊어졌구나
나루터 뱃머리에 눈물 씻는 나그네
찾아서 간다간다 칠백 리를 간다네
고향 길을 간다네

낙방과객

호심 작사, 이병주 작곡, 방운아 노래

머나먼 한양 길 과거길이 나무아미타불
해 저무는 주막집에 낙방과객 섧구려
알쌍급제 금의환향 정수 놓고 빌어주신
어머님 치마폭에 내 어이 안길소냐
울고 가자 청노새야 울고나 가자

어사도 감사도 청룡 꿈도 나무아미타불
청노새가 울어 울어 선잠 꿈이 섧구려
칠석님께 두 손 모아 알쌍급제 기원하신
어머님 그 마음을 내 어이 달랠소냐
울고 가자 청노새야 울고나 가자

* 방운아가 직접 제작한 『취입곡집』에는 작사자가 월견초로 표시되어 있다.

남원의 이별

한산도 작사, 백영호 작곡, 방운아 노래

노새는 가자 울고 소매 잡는 춘향아
너를 두고 가야하는 내 마음도 슬프다
금방에 이름 걸고 금방에 이름 걸고
돌아올 그 날까지 그 날까지
춘향아 눈물을 눈물을 눈물을
씻어라 오갈 길이 멀다

마음이 지척길 한양길이 멀다 해도
내 마음은 가까워 서럽게 울지 말고
서럽게 울지 말고 웃으며 보내 다오
보내다오 춘향아 서산에 서산에
해가 진다 노새야 가자

내가 아는 혜란

월견초 작사, 김성근 작곡, 방태원 노래

운명이라 하기엔 너무도 변했소
그렇게 순진하고 수줍던 혜란이가
밤 항구 캬바레서 술을 마시며
담배를 피우며 세상을 희롱하다니
내가 아는 혜란은 그런 여인이 아니었소

운명이라 하기엔 너무도 변했소
그렇게 얌전하고 예쁘던 혜란이가
역마을 댄스홀에 노래 부르며
아양을 피우며 사랑을 팔고 사다니
내가 아는 혜란은 그런 여인이 아니었소

내가 떠난 고향고개

월견초 작사, 김호길 작곡, 방운아 노래

깨어진 돌부처에 석양이 부서질 때
머리 없는 대장군도 외로워 울던
내 고향 까치골의 그 고개를 언제 넘나
산도라지 그 처녀는 바위틈에 숨어서
오늘도 오늘도 기다리겠지

산마루 바위 넘어 황혼이 사라지면
허리 굽은 여장군도 대장군 찾던
내 자란 내가 떠난 그 산길을 언제 가나
산도라지 향기처럼 거짓 없는 그 처녀
지금도 지금도 울고 있겠지

노을진 고향 하늘

김진경 작사, 라음파 작곡, 방운아 노래

고개 너머 바라보는
노을 지는 저 하늘 고향하늘
불러도 소리쳐도 고향은 대답 없고
메아리만 들려오네 들려오네
무심한 산새들이
나그네 이 가슴을 울려주는구나

눈 감으면 꿈길 속에
사무치는 아득한 고향산천
그리워 불러봐도 그 님은 대답 없고
문풍지만 슬피 우네 슬피 우네
주막집 등잔불이
나그네 이 가슴을 울려주는구나

농촌 랩소디

손로원 작사, 백영호 작곡, 방운아 노래

뛰어가네 뒷집 영감 삿갓을 집어쓰고
부리나케 뛰어가네 논바닥을 바라보며
넓적다리 걷어들고 금년에도 풍년일세
얼럴럴 상사디야 얼럴럴 상사디야
뒷집 영감 뛰어가네 뛰어가네

날아드네 산비둘기 뒷문 밖 비에 젖은
콩밭으로 날아드네 물레 잣던 그 며느리
나막신을 꺼내 신고 후여후여 쫓아내도
얼럴럴 상사디야 얼럴럴 상사디야
산비둘기 날아드네 산비둘기 날아드네

님 서울 꽃 서울

작사자 미상, 김성근 작곡, 방운아 노래

아침 출근 화신 가는 버스에서
다섯 시에 만나자고 하시더니
황혼의 종로 네 거리 황혼의 종로 네 거리
쇼윈도 불이 들도록 왜 안 오시나
님 서울 꽃 서울 꽃 서울
돈 서울 돈 서울 돈 서울
오늘도 서울 지붕 밑에 사랑이 숨어있다

님 없는 목포항

호심 작사, 이병주 작곡, 방운아 노래

님 없는 목포항을 못 잊어 찾아왔네
백사장 동백꽃에 얽히는 회포
연분홍 치맛자락 혜숙아 어디 갔나
쌍고동 외고동에 님 간곳 물어본다

울면서 돌아설 길 애당초 왜 왔던가
발자욱 자욱마다 밟히는 추억
손가락 맹세 걸던 혜숙아 내 사랑아
어느 날 돌아오나 그 언제 만나보나

달 없는 항구

석려인 작사, 이정화 작곡, 방운아 노래

그렇게 미칠 듯이 울며 불면서
꽃필 때 이 항구를 찾아온다고
목 메인 말소리로 목 메인 말소리로 맹세한 그대
새봄은 돌아와서 영춘화 피었건만
소식은 없네 못 믿을 이 항구야

차라리 맺지 못할 인연이라면
애당초 만난 것이 한이로구나
사나이 모진 가슴 사나이 모진 가슴 슬픔에 젖어
밤안개 짙어오는 파지장 등대 밑에
홀로 앉았네 괴로운 이 항구야

가거라 몹쓸 사람 허무한 꿈아
속아도 웃는 것이 사나이런가
힘없이 돌아서는 힘없이 돌아서는 무거운 발길
무심한 궂은비만 눈물에 어린 가슴
적셔만 주네 달 없는 이 항구야

달뜨는 청동원青童園

야인초 작사, 박시춘 작곡, 방운아 노래

이천교 물소리를 자장가 삼아
운명의 천사들은 잠이 들었네
성 다른 형제간에 얼싸안고 자건만
꿈길은 동서남북 흩어져가네

낮이면 거리에서 구두를 닦고
밤이면 내일 아침 신문 팔다가
구름 뜬 잠자리에 궂은비가 나리면
처마 끝 울며 새던 꿈을 꾸나요

인정에 쓰라리던 작은 가슴에
엄마를 그려보는 꿈을 꾸나요
잠들은 눈시울은 눈물 속에 젖건만
잠꼬대 엄마 하고 방긋이 웃네

* 청동원(靑童園) : 1950년대 초반 가수 백년설(白年雪)이 대구 봉덕동에서 경영
하던 고아원 이름이다.

대지의 어머니

최학곤 작사, 김호길 작곡, 방태원 노래

고운 손 시들리며 키워낸 두 남매

울면서 웃고 지난 인생은 반평생

아 흰 머리 가락마다 아 사랑이 넘치니

생아자生我者도 부모요 양아자養我者도 부모요

찬란하게 우뚝 솟은 대지의 어머니

희망이 사라져도 등불을 켜주신

슬픔이 다가와도 웃어준 어머니

아 인생을 꽃을 피워 아 지내온 역사어

생아자生我者도 부모요 양아자養我者도 부모요

영원하게 남아있을 대지의 어머니

* 영화 〈대지의 어머니〉 주제가로 제작되어 미도파 M6028 음반으로 발매되었다.

** 동일한 제목의 음반이 빅토리레코드사에서 M 32A로 발매되었는데, 악보와
  가사를 확인할 수 없다. 그 작품은 야인초 작사, 백영호 작곡으로 발표되었다.

두 갈래 길

백영호 작곡, 방운아 노래

사랑은 황금에게 팔아버리고
황금은 사랑에게 바쳐버리고
사랑 아닌 돈 사랑에 갈 곳은 어디메냐
이 몸이 둘이라면 하나는 사랑
하나는 황금에게 찾아갈 것을
두 갈래 밤거리에서 아 서글피 운다

순정은 돈에 팔려 못 쓰게 되고
황금은 님 때문에 먼지가 묻어
오늘 밤도 이 거리에 가로등 희미한데
이 내 몸 기다리든 그 님은 없고
이 마음 달래주는 황금도 없네
돈 읽고 사람도 잃고 아 나 혼자 운다

두 남매

이사라 작사, 박시춘 작곡, 방태원 노래

거츠른 인정사정 비바람에도
오누이 정다웁게 자라났건만
지금은 유랑천리 암흑의 거리에서
내 너를 그리워 운다 내 너를 그리워 운다
금희야 이 못생긴 오빠를 용서하여라

세 친구 굳은 맹서 깨어진 곳에
미치는 사나이에 마음만 남아
죄악의 그늘에서 복수의 칼을 들고
내 너를 그리워 운다 내 너를 그리워 운다
금희야 이 못생긴 오빠를 용서하여라

꽃피는 희망 속에 울던 두 남매
별 돋는 창가에서 울던 두 남매
헤어져 동서남북 애달픈 추억 속에
내 너를 그리워 운다 내 너를 그리워 운다
금희야 이 못생긴 오빠를 용서하여라

* 영화 〈두 남매〉의 주제가로 제작되었다. 이 가사는 처음 발표될 당시의 원곡
형태이다.

두 남매

이사라 작사, 박시춘 작곡, 방운아 노래

두 남매 꽃봉오리 비바람에도

오누이 정다웁게 자라났건만

지금은 유랑천리 낯 설은 거리에서

내 너를 그리워 운다

내 너를 그리워 운다

금희야 이 못생긴 오빠를 용서하여라

세 친구 굳은 언약 깨어진 맹세

믿었던 사나이에 마음만 아파

누구를 원망하리 못생긴 이 오빠는

내 너를 그리워 운다

내 너를 그리워 운다

금희야 이 못생긴 오빠를 용서하여라

* 이 노래의 가사는 원곡의 내용이 부정적이고 반사회적 요소가 포함되어 있다
는 이유로 이른바 건전한 내용과 스타일로 개사한 것이다.

뒷골목 청춘

백영호 작곡, 방운아 노래

그렇게 못가라고 나는 울었네
그렇게 못가라고 나는 잡았네
허영에 눈이 멀은 뒷골목 청춘
뜬세상 모진 광풍 너도 아느냐
아아아 산길이다 물길이다 가시밭 천리

그렇게 못가라고 나는 외쳤네
그렇게 못가라고 나는 달랬네
화류계 무정커든 야속하거든
뒷골목 비바람이 차가웁거든
아아아 울지 말고 내 가슴에 돌아와 다오

등대가 보이는 언덕

천봉 작사, 허경구 작곡, 방태원 노래

진달래 코스모스 들국화 피고
흰 돛대 가물가물 곱게 멀리서
열여덟 새봄을 노래하던
그 사람 어데 가고 흰 구름만 떠있네
아 등대가 등대가 보이는 언덕

갈매기 산들바람 소식은 없고
흰 파도 철썩철썩 추억의 자라
연분홍 첫사랑 밤을 새던 그 맹세
지금은 어데 가고 둥근 달만 떠있네
아 등대가 등대가 보이는 언덕

물제비 울고 가니 새 봄인가요
기러기 너울너울 저녁인가요
수평선 넘어서 사라져간 그 사람
언덕의 로맨스는 그날 밤은 끝인데
아 등대가 등대가 보이는 언덕

로맨스 서울

호심 작사, 이병주 작곡, 방태원 노래

노래하자 꽃서울 로맨스 서울
사람마다 발걸음에 넘치는 행복
거리마다 아스팔트 새나라 택시
저기가 명동이다 서울의 번화가다
젊은이의 꿈이 피는 아베크의 명동이다

노래하자 꽃서울 로맨스 서울
빌딩마다 들려오는 사랑의 노래
아가씨들 곡선미에 넘치는 행복
저기가 명동이다 꽃바다 불바다다
젊은이의 오아시스 꿈이 피는 명동이다

노래하자 꽃서울 로맨스 서울
창문마다 속삭이는 비밀의 약속
눈길마다 피고 지는 푸른 설계도
저기가 명동이다 꿈속의 화원이다
젊은이의 부푼 가슴 멋이 있는 명동이다

마도로스 멋쟁이

박시춘 작곡, 방운아 노래

푸른 불 내 희망 붉은 불 내 정열
오늘도 이 항구에 뱃고동을 틀어라
곰방대 입에 물고 날려보는 우윙크에
생긋 웃고 돌아서는 마도로스 멋쟁이

등대불 깜빡빡 파도는 처얼썩
은구슬 금구슬이 부서지는 뱃머리
넥타이 날리면서 바라보는 망원경에
휘파람을 분다 불어 마도로스 멋쟁이

오늘은 인천항 내일은 부산항
바다를 생키면서 달아나는 사나이
누구의 선물인가 연지 묻은 손수건에
생긋 웃고 바라보는 마도로스 멋쟁이

마도로스 형제

천봉 작사, 백영호 작곡, 방운아 노래

안개 낀 부두에 닻줄을 내리고
항해에 지친 몸을 새파란 그라스에
이 밤을 노래하자 내일을 위해
우리는 마도로스 정다운 형제

배 떠난 부두에 갈매기 춤추고
항구에 두고 가는 못 잊을 로맨스여
사랑에 약해지는 사나이건만
의리에 피고 지는 바다의 형제

* 영화 〈야녀(夜女)〉의 주제가로 제작되었다.

마음의 등불

반야월 작사, 박시춘 작곡, 방운아 노래

당신은 내 마음에 등불이외다
당신은 내 가슴에 거울이외다
괴롭고 쓰라린 이 험한 길을
그 등불 그 거울을 가슴에 안고
서러워도 서러워도 살아갑니다

당신은 내 마음에 횃불이외다
당신은 내 가슴에 샛별이외다
서럽고 고달픈 험악한 길을
그 횃불 그 샛별의 빛을 안고서
희망 속에 희망 속에 살아갑니다

당신은 내 마음에 이정표외다
당신은 내 가슴에 사슴이외다
외롭고 적막한 이 인생 사막 길
그 사슴 이정표에 길을 물어서
버들 피는 내 고향을 찾아갑니다

마음의 자유천지

손로원 작사, 백영호 작곡, 방태원 노래

백금에 보석 놓은 왕관을 준다 해도
흙냄새 땀이 젖은 베적삼만 못 하더라
순정의 샘이 솟는 내 젊은 가슴속엔
내 맘대로 버들피리 꺾어도 불고
내 노래 곡조 따라 참새도 운다

세상을 살 수 있는 황금을 준다 해도
보리밭 갈아주는 얼룩소만 못 하더라
희망의 싹이 트는 내 젊은 가슴 속엔
내 맘대로 토끼들과 얘기도 하고
내 담배 연기 따라 세월도 간다

망향의 곡

호심 작사, 이병주 작곡, 방태원 노래

고향은 멀어도 내 마음에 고향이 있네
보일 듯이 잡힐 듯이 고향은 눈앞에 있네
타향에 밤은 깊어 쓸쓸한 여인숙에서
눈물로 불러보는 아 망향의 노래

어제도 오늘도 그리워라 어머님 얼굴
죄 많은 불효자를 어머님 용서하소서
산타관 물 타관에 떠도는 뜨내기 몸이
언제나 그려보는 아 어머님 사랑

명랑한 천사

정성수 작사, 김호길 작곡, 방운아 노래

우리들은 거리의 명랑한 천사
울면서 웃으면서 지내는 인생
거리마다 명랑한 웃음의 소리
여기서도 저기서도 하하하하하
거리의 미풍도 속살거리듯
웃음을 가져온다 하하하하하
라라라라 라라라라 라라라라라
우리는 명랑한 거리의 천사

우리들은 돈 없는 거리의 천사
날마다 이럭저럭 사는 팔자다
뺨을 맞고 쫓겨난 처량한 신세
고생 후면 낙이 온다 하하하하하
직업의 귀천이 어디 있는가
꾸준히 일을 하며 하하하하하
라라라라 라라라라 라라라라라
우리는 명랑한 거리의 천사

우리들은 집 없는 거리의 천사
그래도 웃으면서 살아가는 몸
물을 맞고 사랑할 아가씨 품에
얼싸 안겨 웃어보자 하하하하하
뒷골목 장미도 향기는 높아
행복의 꿈을 꾼다 하하하하하
라라라라 라라라라 라라라라라
우리는 명랑한 거리의 천사

* 영화 〈웃어야 할까 울어야 할까〉 주제가로 제작
되었다.

명희야 잘 가거라

반야월 작사, 김화영 작곡, 방운아 노래

외로운 그대 모습 다정한 그 말소리
나 홀로 안타까이 헤매는 이 내 심정
꿈같은 과거사는 물위에 흘리고서
그대여 울지 말고 내 품에 돌아오라
내 품에 돌아오라 돌아오라

강보에 쌓인 너를 안아다 길렀을 때
어머님 아버님의 그 은혜 잊을소냐
명희야 잘 가거라 어린 것 내 맡으마
님 가신 철둑길엔 기적만 슬피 우네
기적만 슬피 우네 슬피 우네

* 영화 〈여사원〉의 주제가로 제작되었다.

못 잊어를 안고

고명기 작사, 이인권 작곡, 방태원 노래

제주로 떠나가는 연락선 난간머리
초사흘 조각달이 한도 많게 걸렸네
소월素月의 시 한 수를 못 잊어서 외우며
그대가 두고 간 눈물에 나는 젖네

한 세상 살아가는 보람을 느낀 정도
물속에 바스러진 달빛처럼 허무해
천 갈래 만 갈래로 찢어놓은 내 운명
어두운 바다위에 고동이 슬피 우네

주는 정 받은 사랑 그 행복 어디 두고
떠돌아 구름천리 흘러 흘러 지쳤네
꽃피면 봄이 온 줄 마음속에 여기며
못 잊어 보내준 세월만 늙었고나

* 처음 발표되었던 당시의 원곡 형태이다. 이 노래는 이후 LP 음반으로 재취입할 때 가사의 상당 부분이 개작되었다. 즉 1절에서 '저 달을 돌아가니 한도 많네 돌 좋네/ 노래 시 한 수를 못 잊어서 외우며/ 그대가 두고 간 눈물의 남촌댁'로 바뀌었고, 2절에서도 '한 세상 살아가는 보람을 느끼면서/ 물속에 다듬어진 달빛처럼 저무네'로 바뀌었다. 3절에서도 '죽은 정 담은 사랑 그 행복 어데 두고/ 꽃보라 푸른 천리 흘러 흘러 지쳤네'로 바뀌었는데, 개사된 노랫말은 문맥상으로 앞뒤가 맞지 않는 경우가 여러 곳에서 확인된다.

묘표墓表 없는 무덤

야인초 작사, 허경구 작곡, 방운아 노래

무너진 언덕 위에 바람도 찬데
외로이 잠든 무덤 공든 표 없이
나라에 바치자던 뜻만이 살았고나
님이여 님이시여 고이 잠드소서

끊어진 태백산맥 잠든 휴전선
겨레에 쏟아 바친 보람도 없이
이름도 성도 없이 묘표만 서 있고나
님이여 님이시여 고이 잠드소서

피었네 피어있네 민들레꽃이
봄바람 울고 가며 뿌린 씨 하나
말없는 묘 앞에다 심어놓고 갔고나
님이여 님이시여 고이 잠드소서

무정항구

호심 작사, 이병주 작곡, 방태원 노래

이슬비가 나린다 뱃고동이 울어댄다
안개 짙은 선창에서 정든 님을 보낸다
떠나는 마음 보내는 마음에 눈물 고인다
갈매기 너울너울 울고 가는 이 항구에
고운 정도 미운 정도 이별하니 서럽더라
이별하니 서럽더라

화륜선이 떠나네 갈매기가 슬피 우네
파도치는 바다위에 연기만이 흐르네
그 님은 가도 내 가슴속에는 미련이 있다
새파란 달빛 젖는 그림자를 앞세우고
돌아서는 해안선엔 등대만이 외롭더라
등대만이 외롭더라

미륵왕자

천봉 작사, 백영호 작곡, 방운아 노래

적막한 산골짝 초가에서 자랐더라
모함으로 구중궁궐 버림을 받은
왕자로 태인 몸이 천추에 한이로다
신라 서울 찾아가는 미륵왕자
아 슬픈 역사

부처님 제자로 인간세상 하직하고
대자대일 하오리까 창생하리까
폭포암 국선님께 정의의 도를 닦아
신라사직 바로잡자 미륵왕자
아 슬픈 역사

백마야 달려라 깃발 높여 호령하니
삼척장검 우는구나 북원벌판에
오느라 천병만나 울려라 승전고를
신라천년 바로잡자 미륵왕자
아 슬픈 역사

밀림의 김좌진 장군

김문응 작사, 백영호 작곡, 방운아 노래

눈보라 몰아치는 북간도 밀림 속에
총 베고 잠을 이룬 애국자 누구더냐
몽고말에 칼을 날려 왜적을 쳐부수며
독립군의 선봉에서 피 흘린 그 일생
두만강아 말하여라 김좌진金佐鎭 장군

가족도 버리고 간 천만리 이국땅에
고달픈 잠자리가 흘러서 몇 해더냐
한도 많은 만주벌에 태극기 휘날리며
내 나라를 찾으려다 낙엽진 그 밤엔
백두산도 울었다네 김좌진 장군

벌레 우는 고성古城

월견초 작사, 김성근 작곡, 방운아 노래

초라한 임해정臨海亭에 풀벌레 울고
벌레 우는 잡초 속에 묻힌 서라벌
오늘도 안압지雁鴨池의 강태공님아
물새 우는 그 곡절을 너는 아느냐

조각돌 하나에도 전설이 숨어
허물어진 대왕궁엔 달빛만 차다
가는 봄 다시 오고 꽃은 피련만
한번 가면 못 오는 게 왕손이더냐

봉선화 사랑

강사랑 작사, 박시춘 작곡, 방운아 노래

봉선화 아름답게 피어날 적에
지워진 사랑 이은 꿈이었건만
봉선화 애처롭게 시들어지니
깨어진 꿈이었네 사랑이었네

봉선화 꽃도 지고 날도 졌건만
새빨간 그 꽃물에 젖은 자국은
애달픈 상처련가 가시지 않고
눈물이 방울방울 번져만 가네

봉선화 피고지고 몇 해이런가
가고는 못 오시는 사랑은 설고
석양의 붉은 노을 슬픔이런가
추억을 울려주는 봉선화 사랑

부라보 인생

오민우 작사, 오민우 작곡, 방운아 노래

어릴 때 죽마지우 어디 갔다 이제 왔나
반갑네 이 사람이 내 술 한잔 받게나
희망의 서울 거리 이 밤도 깊어간다
잔들고 부라보 부라보 잔들고 부라보 부라보
정다운 친구

어릴 때 개구쟁이 어디 갔다 이제 왔나
얼마나 그리웠나 이 술 한잔 들게나
넘치는 글라스에 우정도 넘쳐흐른다
축배의 잔을 들자 축배의 잔을 들자
부라보 인생

어릴 때 코흘리개 어릴 때 코흘리개
그리워 보고파서 몇 해를 찾았나
밤하늘 조각달이 우리를 손짓하네
오늘도 부라보 부라보 내일도 부라보 부라보
희망에 살자

부산 에레지

월견초 작사, 김성근 작곡, 방태원 노래

오륙도 파도 멀리 뱃머리가 가물가물
정만 두고 몸은 가니 사랑도 가지가지
부둣가 전봇대에 찢어진 손수건은
그 누구의 무정이냐 그 누구의 이별이냐
부산 에레지

영도 섬 산마루에 흰 연기가 가물가물
그 아가씨 울려놓고 물결만 출렁출렁
갈매기 나래 끝에 흩어진 꽃다발은
어느 님을 원망하나 어느 님을 기다리나
부산 에레지

부산역 이별

고명기 작사, 박시춘 작곡, 방태원 노래

잘 있으란 그 말 대신 힘차게 잡는 손
겉으로 웃으면서 속으로 우는
벙어리 냉가슴이 차라리 되마
잘 있거라 마지막 잘 있거라 마지막
그대 행복을 빌고 떠난다

헤어지면 마음마저 멀어만 진다고
뜬세상 인사인줄 알기는 해도
내 어이 변해주랴 변할까보냐
이름 석 자 사나이 이름 석 자 사나이
맹서를 두고 나는 떠난다

네온 속에 물들이는 새파란 빗줄기
추억을 안고 가란 선물비더냐
싸늘히 미련 없이 떠나란 말요
부산항구 종착역 부산항구 종착역
님을 두고서 나는 떠난다

부산 항구

호심 작사, 이병주 작곡, 방태원 노래

갈매기 날아드는 부산항구 쌍고동 우는 항구
주고받는 술잔마다 오고가는 윙크마다
모두가 정이더라 사랑의 열쇠더라
마도로스 가는 곳엔 님도 많고
마도로스 가는 곳엔 눈물도 많더란다

정든 님 울며 보낸 부산 항구 이슬비 오는 항구
잘 가라는 인사마다 잘 있으란 손짓마다
못 믿을 꿈이더라 속이고 속는 것을
마도로스 청춘이란 꿈도 많고
마도로스 가슴속엔 상처도 많더란다

보내고 기다리는 부산항구 님 떠난 무정항구
뱃고동이 울적마다 울고 웃는 사람마다
또 다시 찾아오마 내 너를 잊을소냐
마도로스 이별에는 한도 많고
마도로스 파이프엔 추억도 많더란다

부산행진곡

야인초 작사, 박시춘 작곡, 방운아 노래

동서양 넘나드는 무역선의 고향은
아세아 현관이다 부산 항구다
술 취한 마도로스 남포동의 밤거리에는
꽃 파는 젊은 아가씨들의 노래가 좋다

우뚝 선 영도다리 갈매기들 놀이터
물에 뜬 네온불도 부산 항구다
메리켕 부둣가에 내일 다시 만나주세요
파자마 입은 아가씨들의 인사가 좋다

봄바람 동래온천 여름 한철 송도요
달마중 해운대도 부산 항구다
가느니 못 가느니 종열차終列車의 베루가 운다
경상도 사투리 아가씨들의 이별이 좋다

* 이 노랫말은 발표 당시의 원곡형태이다. 1980년대로 접어들어서 가사의 내용이 저속하고 퇴폐적이며 반사회적이란 이유로 1절의 3행은 '정다운 마도로스 남포동의 밤거리에는' 으로 개사하고, 2절은 전체를 삭제한 형태로 다시 취입 발표하였다.

불야성 부기

한산도 작사, 백영호 작곡, 방태원 노래

이러한들 한평생이요 저러한들 한평생인데
무엇을 우물쭈물 망설일 게 있느냐
청춘이 가기 전에 이 밤이 새기 전에
손에 손을 마주잡고 뛰는 가슴 안고서
춤을 추자 부기우기 노래하자 부기우기
불야성 이 한밤을 즐거웁게 새워나 보세

젊은 날도 한때뿐이요 가고나면 그것뿐인데
무엇을 요리조리 생각할 게 있느냐
정열이 가기 전에 불꽃이 타기 전에
너도 나도 유쾌하게 오늘밤을 이 밤을
노래하자 부기우기 춤을 추자 부기우기
불야성 이 한밤을 흥거웁게 새워나 보세

청춘이란 한번뿐이요 두 번 다시 못 올 것인데
무엇을 두 번 세 번 따져볼 게 있느냐
한때를 놓치고서 후회를 하기 전에
너도 나도 찬란하게 오늘밤을 즐거이
노래하자 부기우기 춤을 추자 부기우기
불야성 이 한밤을 거나하게 취해보세

* 영화 〈스타탄생〉의 주제가로 제작되었다.

비 나리는 항구

한산도 작사, 백영호 작곡, 방태원 노래

비 나리는 이 항구에 내 어이 왔던가
미련도 그 옛날에 던져버린 항구련만
사나이 가슴속에 스머드는 애수에
나도 몰래 찾아온 꿈길 속에 찾아온
순정에 살던 항구 비에 젖는 이 항구

비 나리는 이 항구에 내 어이 왔던가
다시는 생각말자 맹서 남긴 항구련만
사나이 내 가슴에 새겨놓은 모습에
나도 몰래 끌려온 꿈길 속에 끌려온
희망에 살던 항구 비에 젖는 이 항구

비 나리는 이 항구에 내 어이 왔던가
눈물을 뿌려놓고 돌아서는 항구련만
사나이 굳은 마음 파고 도는 추억에
나도 몰래 달려온 꿈길 속에 달려온
정열에 살던 항구 비에 젖는 이 항구

비련의 왕자호동

오민우 작사, 오민우 작곡, 방운아 노래

왕자호동 따르리까 모란의 사랑
낙랑과 자명고를 드린 그 죄로
부왕의 칼날 끝에 쓰러진 공주
모란공주 부여안고 호동의 눈물

왕자님께 이 한 몸을 바치나이다
모란꽃 가지마다 맺은 그 사랑
달 밝은 그날 밤의 피리소리를
왕자님 부디부디 잊지 마소서

비 오는 주막

김부해 작사, 박시춘 작곡, 방태원 노래

낮 설은 지붕 밑에 낙숫물소리
나그네 앙가슴을 적셔주는데
차라리 이 한밤을 울며 새울까
줄기줄기 한숨어린 비 오는 주막

밤 깊은 주막집에 아리랑타령
나그네 긴 한숨을 울려주는데
차라리 이 설움을 노래 부를까
방울방울 눈물어린 비 오는 주막

쓸쓸한 밤거리에 휘파람소리
나그네 옛사랑을 불러주는데
차라리 이 심사를 하소연할까
굽이굽이 잠 못 드는 비 오는 주막

사나이 숙제

야인초 작사, 백영호 작곡, 방운아 노래

울어서 될 말이냐 사나이가 왜 울어
그까짓 여자 하나 못 잊어서 울소냐
하물며 남아일언 중천금男兒一言重千金이 아니냐
입술을 깨물면서 입술을 깨물면서 웃어야 한다

죽어서 될 말이냐 사나이가 왜 죽어
버젓이 고향 두고 타향에서 왜 죽어
어차피 인간도처 유청산人間到處有靑山이 아니냐
정들면 고향이다 정들면 고향이다 뽐내고 살자

잊어서 될 말이냐 사나이가 왜 잊어
달보고 별을 보고 맹세한 걸 왜 잊어
소년少年은 이로易老하고 학난성學難成이 아니냐
굳세게 살아보자 굳세게 살아보자 빛내어보자

사나이 일생

한산도 작사, 백영호 작곡, 방운아 노래

탐내던 그 감투도 벼슬자리도
하룻밤 비바람에 씻어 보내고
물 맑은 곳 들 푸른 곳 물방아 놓고
검은 흙에 마음 붙여 남은 반생 보낸다

뽐내던 신사복을 벗어던지고
베적삼 홀가분히 갈아입고서
벼를 심고 수수 심고 풍년이 들면
물레방아 장단 맞춰 격양가를 불러보련다

사랑의 거리

박시춘 작곡, 방운아 노래

노래를 싣고 가는 서울의 거리
알 듯한 그 사람이 눈짓을 하네
새파란 노타이에 가벼운 발걸음
휘파람 불며 불며 걸어간다네
웃음에 꽃이 피는 명랑한 서울
건설의 노래 들리어온다 힘차게 들려온다

가로수 반겨주는 서울의 거리
쌍쌍이 걸어가는 아베크 데이
무지개 꿈을 뿜는 분수대 잔디엔
청춘의 속삭임이 숨어있다네
새 살림 늘어가는 자랑의 서울
축복의 노래 들리어온다 곱게도 들려온다

미풍이 숨을 쉬는 서울의 거리
빌딩에 펄럭이는 깃발도 곱다
열두시 사이렌이 울리어 오며는
정다운 그 사람을 만나려가네
새 단장 곱게 하는 빛나는 서울
희망의 노래 들리어온다 곱게도 들려온다

사랑의 소야곡

손로원 작사, 백영호 작곡, 방운아 · 백설희 노래

첫 사랑 첫 사랑 꽃이 피는 꽃이 피는
서울의 아가씨는 은근히 타오르는
데리야 데리야 황혼에 깊어가는
충무로의 좁은 길도 둘이서 걸어가면
꿈속의 그 화원
아 사랑의 로맨스 사랑의 로맨스

가슴도 가슴도 부풀으는 부풀으는
가냘픈 목소리도 싹트는 젊은 숨결
세레나데 세레나데 사랑의 도레미파
아로새긴 그 곡조를 또다시 불러다오
연분홍 그 입술
아 사랑의 로맨스 사랑의 로맨스

두 마리 두 마리 쌍제비가 쌍제비가
날아간 창문에서 그대의 품에 안긴
마리내라 마리내라 연분홍 드레스에
춤을 추면 스테프에 분 냄새 부끄러운
얼룩진 그 살결
아 사랑의 로맨스 사랑의 로맨스

산을 보고 강을 보고

천봉 작사, 허경구 작곡, 방운아 노래

나는 나대로 너는 너대로
다 같은 하늘아래 별을 보고 살건마는
어이해 너와 느는 사랑을 잃고
산을 보고 강을 보고 살아야 하나

나는 나대로 너는 너대로
어느 때 만나려나 그리워도 보고파도
찾아갈 길이 막혀 언제까지나
산을 두고 강을 두고 살아야 하나

샌드윗치 맨

야인초 작사, 이정화 작곡, 방운아 노래

로이도 안경에다 짜푸린 모자
방울을 찰랑찰랑 흔들며 간다
샌드윗치 맨 샌드윗치 맨 멋지게 간다
거리의 웃음거리 샌드윗치 맨
이름은 좋다마는 샌드윗치 맨
눈물을 감추자니 하늘을 본다

사나이 삼십 넘어 분단장 하고
요꼴에 건들건들 춤추며 간다
샌드윗치 맨 샌드윗치 맨 멋지게 간다
거리의 웃음거리 샌드윗치 맨
이름은 좋다마는 샌드윗치 맨
샌드윗치 맨 샌드윗치 맨
헤어진 마누라를 길에 만났네

제스처 좋다마는 엉터리 신사
스덱기 빙글빙글 돌리며 간다
샌드윗치 맨 샌드윗치 맨 멋지게 간다
거리의 웃음거리 샌드윗치 맨
이름은 좋다마는 샌드윗치 맨
애달픈 긴 한숨을 뒷골목에서

서울을 가야지

월견초 작사, 백영호 작곡, 방운아 노래

가야지 가야하지 갈 곳을 가야하지
낮 설은 타관에서 빛나는 행복보다
청등홍실 아롱 젖은 내 자란 내 고향을
부산항아 잘 있거라 옥분아 잘 있거라
가야지 가야하지 서울을 찾아가야지

가야지 가야하지 한사코 가야지
정들은 항구에서 꽃피는 시절보다
금실은실 한들대는 내 놀던 내 고향을
갈매기야 울지 마라 옥분아 울지 마라
가야지 가야하지 서울을 찾아가야지

섬진강 편지

월견초 작사, 이인권 작곡, 방태원 노래

섬진강 나루터에 날 저무는데
그님을 기다리며 애태운 삼년
봄바람은 날 버리고 뜬 세월은 날 울려도
풀잎에 글을 써서 풀잎에 글을 써서
던진답니다

풀잎에 적은 편지 흘러가건만
그 편지 받아보실 님은 그 어데
물어봐도 말이 없는 하동포구 팔십 리야
강 언덕 우는 나를 강 언덕 우는 나를
못 본체 마라

세월은 멀리 흘러도

석려인 작사, 이정화 작곡, 방운아 노래

꽃구름 피고 새우는 언덕 그대와 둘이 거닐며
희망에 젖어 사랑에 젖어 노래를 부르면서
즐겁든 시절 그대 그대는 멀리 떠나고 상처만은 새로워
그대와 둘이 부르던 노래 나 혼자 울며 부르네

물새도 잠든 고요한 강변 그대와 둘이 거닐며
달빛에 젖어 사랑에 젖어 청춘에 가슴 뛰며
즐겁던 시절 청춘 청춘은 멀리 떠나도 옛 자취는 새로워
그대와 둘이 거닐던 강변 나 혼자 울며 헤매네

햇빛은 희망 달빛은 사랑 그대와 둘이 반기며
웃음에 젖어 행복에 젖어 영원한 자연 속에 즐겁던 시절
세월 세월은 멀리 흘러도 님 모습은 새로워
그대와 둘이 즐기던 세월 나 혼자 울며 보낸다

숙명의 사랑

황남 작사, 김성근 작곡, 방운아 노래

정님이를 보내는 애타는 가슴
애당초 나를 울려준 사랑이었소
내가 죽어 영이 되면 네 몸을 비치리라
정님아 잘 가거라 잘 가거라 정님아

정님이를 보내는 애달픈 심정
이별이 서럽다고 울지를 마라
저 구름도 울고 넘는 영 너머 고개 너머
정님아 잘 가거라 잘 가거라 정님아

신인발견계 新人發見係

한산도 작사, 백영호 작곡, 방운아 노래

근사한 몸맵시 날씬한 스타일
얼굴이 아름다운 아가씨를 찾아서
대서울 장안을 이 거리 저 거리
샅샅이 뒤져보아도 도무지 안보이네
찾을 길 없네 야단났네 큰일났네
못 찾는 날이면 모가지가 달아난다

키다리 허새비 난쟁이 뚱뚱보
모두가 어이해서 요 모양 요 꼴이냐
뒷꼴이 근사한 미인을 붙들고
간판을 살펴봤더니 아이구 맙소사
지독한 못난이 삼십육계 달아나자
잡히는 날이면 골통이 복잡하다

* 영화 〈스타탄생〉의 주제가로 제작되었다.

십년 만에 만난 친구

반야월 작사, 백영호 작곡, 방운아 노래

반가워라 내 친구야 이게 몇 해만이더냐
팔일오도 맞아보고 육이오도 겪었는데
타관객리 떠다니며 갖은 고생 많았겠지
얼골을 보고 말 들으니 옛 모습이 완연하고나

잘 있었나 내 친구야 만나보니 꿈 같고나
세상풍정 가지가지 그 설움이 오죽한가
낙화유수 노래하던 어린 시절 그리워라
손목을 잡고 밤새도록 만담설화 풀어나 보세

잘 왔구나 내 친구야 십 년 만에 만났고나
부모형제 처자권속 지금 어디 계시는가
날아가는 구름 잡고 자네 소식 물었더니
세월만 가고 오늘 상봉 꿈이로세 반가웁고나

아메리카 로맨스

월견초 작사, 김성근 작곡, 방운아 노래

네온 불이 파도치는 메트로폴리탄
젊은이의 낙원이냐 사랑의 낙원
얽히는 눈동자에 넘치는 행복
타오르는 가슴에 장미꽃 달고서
노래하는 그날 밤은 아메리카 선데이

빌딩마다 노래하는 메트로폴리탄
라이트에 눈짓하는 페라싱거
그린색 드레스에 휘감긴 사랑
부서지는 리듬에 아름다운 곡선미
영원토록 잊지 못할 아메리카 선데이

엉터리 조각가(朴大重의 노래)

한산도 작사, 백영호 작곡, 방운아 노래

이게 다 무어야 아주 형편없구려
다리는 무다리요 팔은 막대기
당신도 명색이 조각가라면
이것을 보시구려 절구통 허리
거기다 이 얼굴은 뭉개진 왜호박
틀렸소 틀렸소 아주 틀렸소
이런 말씀 드리기는 미안하오나
차라리 떡가루나 주물고 계시지

아니요 천만에 내 말 좀 들어요
이 코를 보십시오 날씬한 코를
클레오파트라가 무색할 지경
이것을 몰라주니 기가 막혀서
분통이 폭발하고 울화가 치밀어
때려라 부서라 신은 나건만
큰일 났네 큰일 났네 이걸 못 팔면
외상값 하숙비를 어이나 할까

* 영화 〈스타탄생〉 주제가로 제작되었다.

여수야화 麗水夜話

반야월 작사, 손목인 작곡, 방운아 노래

어머님 품속인양 내 항상 그리운 곳
물파래 나불나불 내 고향 여수항아
은조개 소근소근 꿈꾸는 바닷가에
맹서를 묻어놓고 나 홀로 떠나가네

바람찬 돛대머리 갈매기 슬피 울 때
내 사랑 싣고 가는 부산행 천신환아
온다는 기약 없이 간다는 인사 없이
기적만 남겨두고 무심히 떠나가네

* 천신환(天神丸), 1930년대의 여수 통영 간을 오고 가던 정기연락선의 이름

여정망향 _{旅情望鄉}

우상보 작사, 김상렬 작곡, 방태원 노래

세월에 멍들었나 인생에 멍들었나
사나이 갈 길이 이렇게도 서글퍼
외로이 우는 몸에 문풍지도 우누나
그리워라 고향산천 부모처자 그리워
몸부림친 베개위에 이 밤도 간다

사랑에 멍들었나 황금에 멍들었나
낯 설은 타관 땅 문패 없는 주막집
병들은 나그네에 밤바람만 차가워
천리원정 두고 온 님 그나마도 못 잊어
눈물 젖은 베개 위에 그려봅니다

영산강 처녀

배창남 작사, 백영호 작곡, 방운아 노래

봄소식 한 자 두 자 님께 전할 이 사연을
망설이며 쓰는 편지 전할 길 없네
강 언덕 물레방아 풍년가를 불러도
고기잡이 가신 님은 소식이 없어
한숨짓는 영산강 처녀야

한 소식 전하려도 간곳 몰라 못 전하고
강남제비 돌아와도 소식이 없네
못 오는 우리 님께 진달래 꽃 편지를
영산강변 빨래터에 띄워놓고서
한숨짓는 영산강 처녀야

옛길

김성근 작곡, 방운아 노래

추억을 심어놓은 옛길에 돌아오니
찔레꽃은 변함없이 피어있건만
빨래터의 그 처녀는 어디로 가고
낯 설은 아가씨를 귀밑머리에
쓸쓸한 황혼 빛이 곱게 물드네

한신들 잊었던가 얼마나 그렸던가
내가 놀던 옛길이라 찾아왔건만
물방앗간 그 처녀는 서울로 가고
송아진 어미 되어 모른 체 하네
내 다시 떠나간다 정든 옛길아

오늘의 감격

천봉 작사, 백영호 작곡, 방운아 노래

손을 들어 흔들었소 잘 가라 벗들이여
책을 끼고 오고가던 언덕에 올라서서
하늘을 바라본다 오늘 이날 감격을
고향의 어머님이 기뻐하실 졸업장

눈이 쌓인 창가에서 달빛을 벗을 삼아
책상위에 보낸 세월 몇 해가 흘러갔나
내 어이 잊을소냐 스승님의 그 사랑
가슴에 푸른 희망 안고 가는 졸업장

오백년 고려성

월견초 작사, 백영호 작곡, , 방운아 노래

허물어진 이 성터가 고려성인데
송악산에 뜨는 달은 옛날이고나
한양 가는 저 나그네 무정 무정하지만
오백년을 생각하며 시나 한 수
풀고 가소 읊고 가소

초라해진 이 자리가 대왕 터인데
오백년의 솔바위는 변함없고나
고향 가는 저 길손아 타향 원망하지만
다시 못 올 왕손인데 한 잔 술을
흩고 가소 주고 가소

울고 넘는 문경새재

반야월 작사, 백영호 작곡, 방운아 노래

서러워 넘는 고개 눈물의 문경새재
박달나무 가지 위에 조각달이 걸렸고나
내 부모를 뒤에 두고 내 형제를 뒤에 두고
타관객지 누굴 찾아 이 고개를 울고 넘나

나 홀로 넘는 고개 한 많은 문경새재
석유등잔 호롱불에 가물가물 서럽고나
내 사랑을 뒤에 두고 내친 구름 뒤에 두고
괄세 많은 타관 길을 혈혈단신 왜 가느냐

말없는 넘는 고개 쓸쓸한 문경새재
돌부리도 사나운데 칡뿌리가 나를 잡네
일가친척 뒤에 두고 초가삼간 뒤에 두고
설움 많은 타관 길을 노비 없이 어이 가나

울릉도 사랑

반야월 작사, 박시춘 작곡, 방운아 노래

쌍돛대 남실남실 섬 아가씨 부른다
뱃길은 삼백리 사랑길 오백 리 님을 찾어가잔다
엥여라차 배 띄워라 울릉도로 배를 띄워라
님 실러가자 돈 실러가자
동백꽃 피는 섬으로 풍악 울려
두둥실 님 실러 가자

갈매기 너울너울 사공님을 부른다
물길은 삼백 리 달빛은 오백 리 고향 찾아 가잔다
엥여라차 노 저어라 울릉도로 노를 저어라
님 실러가자 꿈 실러가자
등대 불 웃는 섬으로 만경창파
두둥실 님 보러 가자

* 『취입곡집』에는 「울릉도 뱃사공」이란 제목도 함께 붙어 있다.

울어라 추풍령

반야월 작사, 박시춘 작곡, 방태원 노래

기러기 울고 넘는 추풍령고개
기차도 흐덕지덕 목메어 우는데
이별을 앞에 놓고 철둑에 나 홀로 외로이 앉아
북두성 별을 보고 눈물진 밤아

갈댓잎 휘날리는 추풍령고개
구름에 정처 싣고 떠나는 나그네
싸늘한 대합실에 손에 쥔 삼등표 바라보면서
고향을 불러보는 젊은 내 가슴

유랑 삼천리

강일문 작사, 이인권 작곡, 방태원 노래

(대사)

물위에 구름 돌듯 흘러가는 배가본드
방랑길 저물어도 쉬어갈 곳 없구나
아득한 저 하늘가 울고 가는 기러기야
나는 언제 너와같이 깃을 찾아가느냐
유랑 길 삼천리라 마음 더욱 조인다

이슬비 나리듯 스미는 외로움
버림받은 몸이라서 길목마다 눈물 흘려
이 밤도 내일도 언제나 한없이
아 그리운 별 아래 정처 없는 방랑길

낙엽이 날리듯 쌓이는 서러움
주저 받은 운명이라 달과 별을 벗을 삼아
이때나 저때나 눈비가 나릴 때
아 그리운 별 아래 정처 없는 방랑길

* 영화 〈버림받은 천사〉의 주제가로 제작되었다.

인생은 고해련가

반야월 작사, 박시춘 작곡, 방운아 노래

가도 가도 막막한 길 인생은 고해련가
타고나온 운명이냐 비뚤어진 팔자려냐
찾아온 부산항구 갈매기도 외로워
무심히 반짝이는 등댓불도 외로워
달빛에 부서지는 파도소리 슬픈데
철모르는 어린 딸과 살 곳 찾아 헤매이네

가도 가도 막막한 길 인생은 고해련가
돌고 도는 세상인심 내일 일을 누가 아랴
찾아온 타관 땅에 인정사정 없으랴
굳세게 사는 길에 희망이야 없으랴
달 없는 만경창파 흘러가는 조각배
아들보다 귀한 딸들 너희들만 믿고 산다

* 영화 〈딸 칠형제〉의 주제가로 제작되었다.

인생은 나그네

반야월 작사, 박시춘 작곡, 방운아 노래

웃고 오는 인생이냐 울고 가는 나그네냐
대장군 마루턱에 고향집이 그립고나
짓궂은 운명 속에 떠다니는 뜨내기 몸
돌부리 사나운데 눈물 속에 길은 멀다

그리운 게 사랑이냐 야속한 게 인정이냐
나그네 옷자락에 찬 서리만 설레이네
쓰라린 부모마음 그 사랑은 일반인데
지팽이 절름절름 이 고개를 울고 넘네

허무한 게 인생이냐 덧없는 게 청춘이냐
애달픈 그 사랑에 조각조각 날아간 꿈
죄 많은 이아들을 자나 깨나 기다리며
어머니 오지랖에 눈물인들 마르오리

* 재취입된 〈방태원 노래모음〉 앨범에는 이 노래의 가사 3절 중 마지막 행의 '어
머니 오지랖에'를 '어머니 옷자락에'로 바꾸어 취입하였다.

일곱 번 쓰러져도

박시춘 작곡, 방운아 노래

일곱 번을 쓰러져도 또 쓰러져도
여덟 번쨘 일어선단 말이 있으니
사나이 철석같은 맹세이길래
높고 험한 산맥인들 못 넘을소냐
깊고 깊은 바다인들 못 건널소냐

길고 짧은 인생살이 설움 많아도
이름 석 자 남긴다는 말이 있으니
사나이 먹은 마음 송죽이길래
한결같이 곧은길로 걸어가련다
거침없이 바른 길로 나는 가련다

일곱 번을 쓰러져도 또 쓰러져도
사막 같은 벌판에도 국화는 핀다
사나이 그 순정에 맺은 결심이
철이 간들 변할손가 무너질손가
별빛 같은 희망 안고 나는 가련다

일등병 일기

천봉 작사, 백영호 작곡, 방운아 노래

정다운 나팔소리 해는 뜨고 해는 지고
기다리고 기다리던 계급장은 일등병
나라에 그 충성을 바치자는 도를 닦어
저 북쪽 바라보며 휴전선을 찾아가는 사나이다

조각달 웃어주는 야영의 밤 즐거워라
창부타령 십팔번에 인기 끄는 일등병
대머리 부대장님 한결 같은 사랑 속에
휴전선 뚫고 넘는 그 명령을 기다리는 사나이다

종달새 하늘 높이 노래하는 고향 길에
오동나무 정다워라 휴가 받은 일등병
어머님 치마폭에 인사 없이 안기어서
돌아 갈 그 날까지 농사일을 도와주는 사나이다

일등병 일기

천 봉 작사, 백영호 작곡, 방운아 노래

정다운 나팔소리 해는 뜨고 해는 지고
기다리고 기다리던 계급장은 일등병
나라에 그 충성을 바치자는 도를 닦고
저 북쪽 바라보며
휴전선을 찾아가는 사나이다

종달새 하늘 높이 노래하는 고향 길에
오동나무 정다워라 휴가 받은 일등병
어머님 치마폭에 인사 없이 안기어서
돌아갈 그날까지
농사일을 도와주는 사나이다

* 이 노래의 가사는 원곡의 내용이 변화된 세월의 감각에 부합되지 않는 요소가
있다는 이유로 원곡 가사에서 2절을 삭제한 형태로 다시 취입하였다.

재수載洙와 분이粉伊의 노래

반야월 작사, 박시춘 작곡, 방운아 · 박애경 노래

물같이 흘러버린 지난 세월에
잊으려도 잊지 못할 그대의 모습
지금은 어느 항구 살고 있는가
더듬는 추억 속에 가슴 아프다

잡아도 날아가는 세월이었네
불러 봐도 대답 없는 사랑이었네
당신은 어느 별에 숨어있나요
애달피 불러보는 분이粉伊의 사랑

한 많은 어린 넋아 눈감아다오
죄가 많은 엄마 아빠 바보였었네
갈가리 찢어지는 원한의 가슴
하느님 살피소서 살피옵소서

* 영화 〈가거라 슬픔이여〉의 주제가로 제작되었다. 방운아가 직접 제작한 『취입 곡집』에는 일명 「지상의 비극」이란 제목으로도 표시되어 있다.

젊은 명동

월견초 작사, 여야성 작곡, 방태원 노래

가는 사람 오는 사람 사랑은 거짓말
만날 때는 다정하지만 떠날 땐 무정해
네온의 거리 젊은 거리 로맨스 거리
오늘도 속삭이는 젊은 명동 아베크 쌍쌍
내일의 꿈을 실은 명동 아 젊은 명동

붉은 불도 푸른 불도 가슴에 안고서
오늘 밤도 속이고 속는 명동의 로맨스
희망의 거리 젊은 거리 아베크 거리
발걸음 가벼워라 젊은 명동 그림자 쌍쌍
영원을 약속하는 명동 아 젊은 명동

지금도 못 잊겠네

월견초 작사, 이인권 작곡, 방태원 노래

대동강 흘러흘러 능라도를 감돌고
능라도 봄소식이 평양성에 퍼지던 날
모란봉 꽃을 꺾어 청류벽을 지나올 때
고기 잡던 할아버지 지금도 못 잊겠네

반월도 저녁노을 시름시름 퍼지고
영명사 종소리가 대동강에 흐르던 날
장명등 바라보며 청류정을 지나올 때
칠성님께 손 모으던 그 처녀 못 잊겠네

챠이나 박

반야월 작사, 박시춘 작곡, 방운아 노래

차복수 구두에다 양복은 뉴스타일
근사한 몸맵시에 로이드 안경 쓰고
영화관 다방골목 드나들지만
싸움만 벌어지면 잘도 맞기며
약한 사람 도와주는 챠이나 박은
약빠르게 놀면서도 인정은 많다

곧잘 쓴 영어지만 친구를 만날 때는
언제나 우리말로 악수를 청하면서
반가운 웃음으로 대하여주고
돈이야 누가 낸들 한잔 먹자는
다정스레 말 잘하는 챠이나 박은
약빠르게 놀면서도 의리는 깊다

송두리 정을 뺏긴 사랑을 버린 망정
의리를 세우자고 목숨을 내걸 때는
범 같은 눈 초롱을 휘돌리면서
물불을 안 가리고 싸울 줄 아는
씩씩하고 남아다운 챠이나 박은
약빠르게 놀면서도 마음은 곱다

청계천 야화

고명기 작사, 조춘영 작곡, 방태원 노래

사나이 뜻을 품고 떠나온 내 고향
뜬 구름 잡는 마음 세월만 덧없어
달빛도 부끄럽네 때가 묻은 옷소매
오간수五間水 청계천변 판잣집에서
오늘도 영남천리 고향을 불러본다

흙물이 흘러가는 청계천 냇물도
밤하늘 아름다운 별빛은 비친다
지나간 그 세월이 울고라도 싶지만
사나이 세 글자에 맺은 그 희망
내일을 위하여서 웃으며 살아간다

청실홍실

박시춘 작곡, 방운아 노래

사나이 가슴속에 사랑을 쪼아놓고
날러버린 파랑새야 어데서 울고 있나
그대가 주신 선물 물 마스콧을 바라보니
흩어지는 연기 속에 연기 속에
추억만이 떠오른다

청춘 로맨스

한산도 작사, 백영호 작곡, 방태원 · 백설희 노래

정다운 거리 거리 웃음의 거리

꽃이 피는 희망의 거리 휘파람 불며

노래를 하자 라라라라라라라

정열에 끓는 우리 청춘의 아름다운 노랫소리

바람에 실어 구름에 실어 불러보는 로맨스 거리

* 『취입곡집』에는 「로맨스 거리」란 제목도 함께 수록되어있다.

청춘산맥

야인초 작사, 허경구 작곡, 방운아 노래

청춘의 희망 싣고 마차는 달린다
백설령 넘어지고 삼월 꽃보라
한 많은 속세살이 긴 한숨을 버리자
사랑도 옛 추억도 고향도 타관 땅도
라라라라라라라 잊어라 꿈이란다 젊은이들아

뱃머리 줄 풀어라 이 배는 떠난다
순풍에 돛을 달은 오월 수평선
바다는 일곱이다 젊은이를 부른다
태평양 대서양에 지중해 인도양에
라라라라라라라 노래를 불러보자 젊은이들아

산 넘어 물을 건너 저 구름 따라서
단풍잎 멋들어진 구월 하이킹
길 없는 산이라면 산울림에 묻어라
백두산 금강산에 지리산 한라산도
라라라라라라라 휘파람 불며가자 젊은이들아

출세한 시골 머슴

월견초 작사, 백영호 작곡, 방운아 노래

소먹이며 지게 지던 구장집 큰 머슴이
삼년 전에 장사차로 서울을 가더니
짚털 목에 구두 신고 파나마모자에 색안경 끼고
아아 단발머리 감아올린 서울여자 손을 잡고
자랑삼아 다니러오네

술 잘 먹고 일 잘 하던 부자집 큰 머슴이
삼년 전에 장사차로 서울을 가더니
상아 팔프 옆을 물고 서투른 한글로 신문을 보며
아아 위태로운 빼딱구두 신은 여자 앞세우고
보란 듯이 다니러 오네

집도 절도 설도 없는 이참봉 큰 머슴이
삼년 전에 장사차로 서울을 가더니
검은 팔목시계 차고 지팡이 걸음에 점잔을 빼며
바람 불면 흔들리는 서울여자 팔짱끼고 뻐기면서
보란 듯이 다니러 오네

타고향他故鄉 향수鄉愁

서정권 작사, 조춘영 작곡, 방운아 노래

나그네 울고 넘는 고모령은 몇 구비냐
그 구비 돌 적마다 고향생각 몇 번이냐
풀죽은 황도복에 황혼이 얼룩지면
주름 잡힌 눈시울에 어머님이 찾아온다

나그네 건너가는 물줄기는 몇 줄기냐
그 줄기 그 주막에 그 이별은 몇 번이냐
떨어진 신들메에 이슬이 젖어들면
울며 헤진 옛 고향에 그림자가 찾아온다

타관 땅 무정트라

무명초 작사, 전오승 작곡, 방운아 노래

달보고 물어볼까 별보고 물어볼까
타관 길 험한 길이 눈물인가 한숨인가
고향산천 나설 때는 희망을 걸었건만
아아아 타관인심 무정트라 야속하더라

산에다 물어볼까 강에다 물어볼까
나루길 천리 길이 운명인가 팔자련가
부모동기 작별하고 맹세를 지었건만
아아아 간곳마다 슬프더라 원통하더라

탈선 춘향전

야인초 작사, 백영호 작곡, 방운아 노래

농부야 물어보자 남원고을 소식을
절개에 굳은 춘향 옥 신세가 웬 말이냐
대면 때 벗어줄까 분풀이나 해줄까
아니다 삼가 받은 삼가 받은 마패가 운다

향단아 잠들었나 청사초롱 밝혀라
두 번째 닭이 울어 밤도 깊은 옥문 가에
춘향아 내가 왔다 창살 틈을 더듬어
마주친 손과 손에 젖는 피눈물

헐벗은 길손이라 푸대접을 말아라
낫 놓고 기역자로 읊어놓은 글 한 수는
옥반玉盤에 금준미주金樽美酒 만성고萬姓膏를 아느냐
마주친 눈과 눈에 눈과 눈에 어명이 운다

* 영화 〈탈선 춘향전〉의 주제가로 제작되었다.

평양감사

월견초 작사, 백영호 작곡, 방운아 노래

감사가 되려거든 평양의 감사되고
부사가 되려거든 동래부사 되라고
일천리라 한양 길에 과거보러 반평생
급제더냐 낙제더냐 토정비결 들쳐본다

목사가 되려거든 양주의 목사 되고
첨사가 되려거든 부산의 첨사되라고
나귀타고 한양 길에 꿈도 꾸고 반평생
어사더냐 역졸이냐 토정비결 들쳐본다

죄수가 되려거든 전라도 죄수 되고
병사가 되려거든 안동병사 되라고
고개 넘어 한양 길에 설마하고 반평생
대감이냐 마부더냐 토정비결 들쳐본다

푸른 시대

한산도 작사, 백영호 작곡, 방운아 노래

새파란 바다 하얀 물결이 부른다 손짓한다
갈매기는 너풀너풀 파도는 넘실넘실
사랑 싣고 달려가자 달려가자 모터보트야
달려가자 꽃구름이 피어있는 수평선 너머로

새파란 산맥 봉우리마다 부른다 손짓한다
흰 구름은 둥실둥실 산울림 야호야호
젊은 꿈을 가득 싣고 가득 싣고 하이킹 코스를
달려가자 우뚝 솟은 상상봉에 깃발을 꽂으러

새파란 벌판 뿔고동 소리 은은히 들려온다
송아지는 음매음매 미풍은 소곤소곤
채찍 치며 달려가자 달려가자 카우보이야
달려가자 푸른 꿈이 타오르는 지평선 너머로

푸른 향수 鄕愁

반야월 작사, 김화영 작곡, 방운아 노래

고향도 멀고멀다 사랑도 멀고멀다
못가는 고향이냐 못 찾는 사랑이냐
밤마다 꿈결마다 헤매는 이 내 심사
취하는 한 잔술이 넋두리다 푸념이다

하늘도 말이 없네 바다도 말이 없네
꽃피는 아침이나 달뜨는 저녁이나
그리워 불러보는 망향의 옛 노래여
눈물진 수박등이 내 친구다 사랑이다

오늘도 소식없네 내일도 기약없네
무심한 사랑이냐 허무한 세월이냐
타향에 도는 신세 사나이 푸른 향수
달래는 한잔 술에 그 친구다 사랑이다

* 영화 〈푸른 향수〉의 주제가로 제작되었다.

하늘가는 사나이

한산도 작사, 백영호 작곡, 방운아 노래

거침없는 푸른 하늘 구름을 헤쳐
달려가자 태백산맥 산줄기 타고
젊은 피가 가슴속에 용솟음치는
우리들은 날개 돋친 우리들은 날개 돋친
하늘가는 사나이다

타오르는 젊은 꿈을 하늘 드높이
아름답게 오색실로 수놓은 사랑
이 내 마음 그대 마음 두 마음 속에
오고가는 사랑에는 주고받는 사랑에는
변할 길이 있을소냐

달도 하나 해도 하나 조국도 하나
내 가슴에 피어있는 사랑도 하나
하늘 타고 구름타고 목숨을 바쳐
달려왔소 그대 찾아 돌아왔소 그대 찾아
그리웁던 품속으로

한 많은 낙동강

소화당 작사, 박시춘 작곡, 방운아 노래

덧없이 사라져간 꿈터는 여기건만
모르는 갈매기들 춤추는 황혼이면
부평의 실은 노래 애달픈 낙동강
아 - 너 혼자만이라도 한없이 흘러다오

물 향기 스며드는 그 마을 그리웁고
강기슭 언덕길에 옛 얘기 새로워도
갈대꽃 비에 젖는 한 많은 낙동강
아 - 너 혼자만이라도 한없이 흘러다오

한 많은 청춘

김정보 작사, 김호길 작곡, 방운아 노래

한 많은 청춘 속에 희망을 찾아
슬픔을 안은 채 동수東洙는 간다
마음의 불구자가 가야 할 가야 할 길은 어데냐
혜련惠蓮아 혜련아 외상없는 인생열차에
몸을 실어 가야할 나그네 길

짓밟힌 청춘 속에 몸부림치며
사랑을 안은 채 동수는 간다
이 몸과 이 마음이 찾을 길은 찾을 길은 하나다
영애야 영애야 참된 사랑 간직하여
영원토록 행복될 청춘의 길

* 영화 〈한 많은 청춘〉의 주제가로 제작되었다.

한양길 귀향길

월견초 작사, 전오승 작곡, 방태원 노래

한양천리 과거 길에 날이 저무니
주막집에 글을 읽는 시골선비님
논밭전지 모두 팔은 마지막 길도
낙제하면 환고향을 어이나 할까

청운홍운 고운 꿈도 나귀가 울어
주막집에 선잠 깨니 낙제로구나
귀향하면 무엇 하리 시골선비님
한양천리 과거 길은 한도나 많아

항구의 바카본드

한산도 작사, 백영호 작곡, 방태원 노래

인도양 밤하늘에 돋은 저 달을
오늘밤 다시 보는 싱가폴 항구
벤조를 벗을 삼아 항구에서 항구로
나는야 흘러가는 바카본드다

그날 밤 등에 지던 푸른 등대불
오늘밤 다시 찾는 마카오 항구
샴펜주 취하며는 부두에서 부두로
나는야 사랑 찾는 마도로스다

이별의 테프에 미련을 두고
또 다른 항구 찾아 기적이 운다
내일의 기약 없는 동서남북 항로길
갈매기 벗을 삼는 바카본드다

항해일지

석려인 작사, 이정화 작곡, 방운아 노래

물새야 구슬피 울리를 마라
쓰라린 그 상처가 다시 새로워
고요한 등잔 아래 속삭인 사람아
수집은 귀밑머리 동백꽃이 곱더라
떠도는 마도로스 추억에 잠겨
부릿지 덱키에 기대 조각달만 바라본다

바람아 불어라 파도야 쳐라
때 묻은 옛 추억을 씻어나 다오
사나이 가는 길은 일곱 개 큰 바다
동백꽃 항해일지 바다 우에 날리고
씩씩한 마도로스 휘파람 불며
뱃머리 울고 간 처녀 뒷모습이 또 떠 온다

해수 *海愁*

백영호 작곡, 방운아 노래

궂은비 오는 바다에 와서
가만히 불러본 가슴에 새겨놓은 그 이름 석 자
비에 젖은 갈매기가 슬피 울적에
나도 따라 울면서 추억에 울면서
백사장 하염없이 돌고 돌았소

물결 잠자는 바다에 와서
더듬어 찾아본 가슴에 파고드는 그리운 모습
모래알에 숨어있는 그날 밤 비밀
애달파서 부르며 못 잊어 부르며
백사장 밤을 새워 돌고 돌았소

행복의 메아리

월견초 작사, 추월성 작곡, 방태원 노래

오 산 너머 가자 오 물 건너 가자
꽃구름 떠 있는 저 산을 넘어서
님을 찾아 가잔다 사랑을 찾아가잔다
새파란 배낭에다 님의 선물 담고서
휘파람 불면서 노래 부르면
아 저 멀리 번져가는 메아리
사랑의 메아리 메아리

오 행복의 산을 오 희망의 산을
저 벌판 지나서 저 고개 넘어서
행복 찾아 희망을 찾아가잔다
설레는 가슴에다 님의 노래 안고서
휘파람 불면서 이름 부르면
아 저 멀리 사라지는 메아리
사랑의 메아리 메아리

행복의 왈츠

석려인 작사, 이정화 작곡, 방운아 노래

나의 가슴 깊이 흐르는 호수에는
푸른 하늘 흰 구름 드높고 산들바람 불고
새들이 노래 부르는 푸르른 언덕에
풀꽃이 춤을 추네 아름다운 젊은 청춘
행복의 노래 희망의 노래 부르면서
나의 가슴 깊이 새겨진 꿈속의 그대
영원히 내 가슴속에

나의 가슴 깊이 잠자는 호수에는
둥근 달님 은하수 드높고 아름다운 하늘
행복의 은빛 속에는 노래를 부르며
별꽃이 춤을 추네 사랑노래 부르면서
언제나 젊은 청춘 품에 안겨
나의 가슴 깊이 싹트는 사랑의 그대
영원히 내 가슴속에

현철의 노래

한산도 작사, 백영호 작곡, 방운아 노래

가슴이 메여
할 말을 못 다 하고 떠나가면서
다시는 생각말자 맹서했건만
어이해 잊으리오 낙양장 추억
내 마음 깊이깊이 간직하리다

언제까지나
단둘이 살자하던 보람도 없이
나 혼자 뒤에 두고 어디로 갔나
한 송이 백장미를 손에다 들고
울면서 불러보는 그리운 이름

이 내 몸 찾아
천리길 멀다 말고 찾아온 님을
가슴에 가슴에 품어 안고 나는 울었네
이제는 이별없이 영원하도록
천만번 속삭이며 맹세도 했소

* 영화 〈장미는 슬프다〉의 주제가로 제작되었다.

호남선 천리 길

오민우 작사, 오민우 작곡, 방운아 노래

비가 오네 비가 오네 호남선 천리 길
한이 서린 철길이라 눈물에 젖네
님이여 잘 있어요 님이여 잘 있어요
몸부림치던 그날 밤
아 사랑아 못 잊어 내가 운다

떠나가네 떠나가네 호남선 천리 길
모진 설움 잊으려고 나 홀로 가네
님이여 울지 마오 님이여 울지 마오
연락선 떠는 항구가
아 사랑아 그리워 나는 간다

산도 젖네 강도 젖네 호남선 천리 길
안타까운 이별이라 꿈길도 젖네
님이여 잊지 마오 님이여 잊지 마오
정두고 맺은 그 언약
아 외로워 님이 운다

	제목	작사	작곡	노래	상표	음반번호	형식 및 특징
1	가야지	미상	미상	방운아			가사, 악보 미확인
2	갈매기야 울지 마라	천 봉	허경구	방운아			
3	거리의 샌드윗치맨	월견초	전오승	방태원	미도파		
4	경산애화(慶山哀話)	김상순	백영호	방운아			
5	경상도 사나이	김운하	박시춘	방태원	미도파	M 6123	SP(영화 〈경상도 사나이〉 주제가)
6	고궁의 밤	반야월	박시춘	방운아	미도파		
7	고향길	월견초	김성근	방운아			
8	고향생각	한산도	백영호	방운아			
9	고향 없는 마도로스	야인초	허경구	방운아			
10	고향은 멀다	김진경	여야성	방태원			
11	그리움	장영애	허경구	방태원	미도파	LM 10516	음반에는 문예부 작사로 표기됨
12	그 뱃사공 가는 길	석려인	이정화	방태원	미도파	M 6145	
13	꼴망태 시절	한산도	백영호	방운아	빅토리	M 34A	가사, 악보 미확인
14	꿈속의 고향길	라음파	미상	방운아	아리랑	AL 12002	LP
15	꿈을 찾는 사나이	고명기	김교성	방운아	미도파		
16	나그네 편지	월견초	이인권	방운아			
17	나그네 꿈길	월견초	여야성	방운아			
18	나그네 행로	월견초	이인권	방태원	미도파		가사, 악보 미확인
19	나는 갈 테야	미상	허경구	방운아			
20	나루터 고향길	한산도	백영호	방운아			
21	낙방과객	호 심	이병주	방태원	오리엔트	OL 1002	10” LP(방운아본 『취입곡집』에는 월견초 작사로 표시됨)
22	남원의 이별 일명 「이별의 오리정」	한산도	백영호	방운아			
23	내가 아는 혜란	월견초	김성근	방태원			
24	내가 떠난 고향 고개	월견초	김호길	방운아			
25	노을진 고향 하늘	김진경	라음파	방운아	아리랑	12002	LP

	제 목	작 사	작 곡	노 래	상 표	음반번호	형식 및 특징
26	농촌 랩소디	손로원	백영호	방운아			
27	님 서울 꽃 서울	미상	김성근	방운아			
28	님 없는 목포항	호 심	이병주	방운아	오리엔트	OL 1002	10" LP
29	달 없는 항구	석려인	이정화	방운아			
30	달뜨는 청동원	야인초	박시춘	방운아	미도파	M 6011	
31	대지의 어머니	최학곤	김호길	방태원	미도파	M 6028	영화 〈대지의 어머니〉 주제가32
32	대지의 어머니	야인초	백영호	방운아	빅토리	M 32A	
33	두 갈래 길	미상	백영호	방운아			
34	두 남매	이사라	박시춘	방태원	미도파	M 6028	
35	뒷골목 청춘	미상	백영호	방운아			
36	등대가 보이는 언덕	천 봉	허경구	방태원			SP37
37	떨어지는 꽃잎	문예부	허경구	방태원	미도파		
38	로맨스 서울	호 심	이병주	방태원	오리엔트	OL 1002	SP, 방운아본 『취입곡』에는 월견초작사로 표시됨
39	마도로스 멋쟁이	미상	박시춘	방운아			
40	마도로스 형제	천 봉	백영호	방운아	빅토리	M 103	영화 〈야녀(夜女)〉 주제가
41	마음의 등불	반야월	박시춘	방운아			
42	마음의 자유천지	손로원	백영호	방태원	빅토리	M 30A	10" LP
43	말없이 갔네	야인초	박시춘	방운아	미도파		가사, 악보 미확인
44	망향의 곡	호 심	이병주	방태원	오리엔트	OL 1002	10" LP
45	매라의 노래	천 봉	백영호	방운아	빅토리		영화 〈야녀(夜女)〉 주제가, 가사·악보 미확인
46	명랑한 천사	정성수	김호길	방운아	미도파		영화 〈웃어야 할까 울어야 할까〉 주제가

	제 목	작 사	작 곡	노 래	상 표	음반번호	형식 및 특징
47	명희야 잘 가거라	반야월	김화영	방운아			영화 〈여사원〉 주제가
48	못 잊어를 안고서	고명기	이인권	방태원			
49	묘표(墓表) 없는 무덤	야인초	허경구	방운아			
50	무정항구	호 심	이병주	방태원	오리엔트	OL1002	10” LP
51	미륵왕자	천 봉	백영호	방운아			
52	밀림의 김좌진 장군	김문응	백영호	방운아			
53	백설령 고개	반야월	백영호	방운아	미도파		가사, 악보 미확인
54	벌레 우는 고성(古城)	월견초	김성근	방운아			
55	봉선화 사랑	강사랑	박시춘	방운아			
56	부라보 인생	오민우	오민우	방운아			
57	부산 에레지	월견초	김성근	방태원	아리랑	AL 12002	LP
58	부산역 이별	고명기	박시춘	방태원	미도파		LP
59	부산 항구	호 심	이병주	방태원	오리엔트	OL 1002	10” LP
60	부산행진곡	야인초	박시춘	방운아	미도파		10” LP
61	불야성 부기	한산도	백영호	방태원	빅토리	M 166A	영화 〈스타탄생〉 주제가
62	비 나리는 항구	한산도	백영호	방태원 빅토리	미도파	LM 10521 A66	빅토리 A66 음반으로도 발매됨
63	비련의 왕자호동	오민우	오민우	방운아			
64	비 오는 주막	김부해	박시춘	방태원	미도파	M 6083	SP
65	사나이 숙제	야인초	백영호	방운아	미도파		
66	사나이 일생	한산도	백영호	방운아			
67	사랑의 거리	미상	박시춘	방운아			
68	사랑의 소야곡	손로원	백영호	방운아, 백설희	빅토리	M 73B	SP
69	산을 보고 강을 보고	천 봉	허경구	방운아			
70	샌드윗치 맨	야인초	이정화	방운아			
71	서울을 가야지	월견초	백영호	방운아	빅토리		
72	섬진강 편지	월견초	이인권	방태원	미도파	LM 10507	10” LP

	제 목	작 사	작 곡	노 래	상 표	음반번호	형식 및 특징
73	세월은 멀리 흘러도	석여인	이정화	방운아			
74	썬데이 희망 아베크	미상	미상	방운아			
75	숙명의 사랑	황 남	김성근	방운아			
76	신인발견계(新人發見係)	한산도	백영호	방운아			영화 〈스타탄생〉 주제가
77	십년 만에 만난 친구	반야월	백영호	방운아			
78	아 경순아	반야월	손목인	방운아	미도파		가사, 악보 미확인
79	아메리카 로맨스	월견초	김성근	방운아			LP음반으로 재취입된 제목은 「아메리카 선데이」
80	엉터리 조각가	한산도	백영호	방운아			영화 〈스타탄생〉 주제가
81	여수야화	반야월	박시춘	방운아	미도파	M 6001	SP
82	여정망향	우상보	김상렬	방태원	오리엔트	OL 1002	10″ LP
83	영산강 처녀	배창남	백영호	방운아			
84	옛길	미상	김성근	방운아			
85	오늘의 감격	천 봉	백영호	방운아			
86	오백년 고려성	월견초	백영호	방운아	빅토리	M 112	10″ LP
87	울고 넘는 문경새재	반야월	백영호	방운아			
88	울릉도 사랑	반야월	박시춘	방운아			LP로 재취입될 때 '울릉도 뱃사공'으로 제목이 바뀌었다.
89	울어라 추풍령	반야월	박시춘	방태원			
90	유랑 삼천리	강일문	이인권	방태원			영화 〈버림받은 천사〉 주제가
91	인생은 고해련가	반야월	박시춘	방운아	미도파	M 6047	SP, 영화 〈딸 칠형제〉 주제가
92	인생은 나그네	반야월	박시춘	방운아	미도파	M 6017	SP, 영화 〈나그네 설움〉 수제가
93	일곱 번 쓰러져도	미상	박시춘	방운아			

	제 목	작 사	작 곡	노 래	상 표	음반번호	형식 및 특징
94	일등병 일기	천 봉	백영호	방태원	빅토리		10" LP
95	장미는 슬프다	한산도	백영호	방운아	빅토리		가사, 악보 미확인
96	재수와 분이의 노래 일명 〈지상의 비극〉이란 곡명으로도 불리었다.	반야월	박시춘	방운아, 박애경	미도파	M 6002	영화 〈가거라 슬픔이여〉 주제가
97	젊은 명동	월견초	여야성	방태원	태평양	TL 1257	
98	정든 부산 잘 있거라	최치수	김종유	방태원			
99	지금도 못 잊겠네	월견초	이인권	방태원	미도파	LM 10542	10" LP
100	챠이나 박	반야월	박시춘	방운아			
101	청계천 야화	고명기	조춘영	방태원	미도파	LM 10549	10" LP
102	청실홍실	미상	박시춘	방운아			
103	청춘 로맨스	한산도	백영호	방태원, 백설희	미도파	LP 10521	일명 〈로맨스 거리〉 10"LP(『취입곡집』에 의하면 〈로맨스 거리〉 란 이름으로도 사용됨
104	청춘산맥	야인초	허경구	방운아	미도파		
105	출세한 시골머슴	월견초	백영호	방운아			
106	타고향 향수	서정권	조춘영	방운아			
107	타관 땅 무정트라	무명초	전오승	방운아			
108	탈선 춘향전	야인초	백영호	방운아			영화 〈탈선 춘향전〉 주제가
109	평양감사	월견초	백영호	방운아			
110	푸른 시대	한산도	백영호	방운아			
111	푸른 향수	반야월	김화영	방운아			영화 〈푸른 향수〉 주제가
112	하늘가는 사나이	한산도	백영호	방운아			
113	한 많은 낙동강	소화당	박시춘	방태원			
114	한 많은 청춘	김정보	김호길	방운아	미도파	M 6052	SP(영화 〈한 많은 청춘〉 주제가
115	한양길 귀향길	월견초	전오승	방태원	미도파	M 6170A	

	제목	작사	작곡	노래	상표	음반번호	형식 및 특징
116	항구의 바카본드	한산도	백영호	방태원	미도파		10" LP(음반에서는 '바카본드'로 표기됨)
117	항해일지	석려인	이정화	방운아			
118	해수(海愁)	미상	백영호	방운아			
119	행복의 메아리	월견초	추월성	방태원	오리엔트	OL 1002	10" LP
120	행복의 왈츠	석려인	이정화	방운아			
121	현철의 노래	한산도	백영호	방태원	빅토리	빅토리 101	SP (영화 〈장미는 슬프다〉 주제곡)
122	호남선 천리길	오민우	오민우	방운아			

■ 다른 가수들의 작품을 재취입한 노래

	제목	작사	작곡	노래	상표	음반번호	형식
1	고향에 찾아봐도	무적인	이재호	방운아		원제는 「고향에 찾아와도」	최갑석 원곡의 재취입
2	귀국선	손로원	이재호	방운아			이인권 원곡의 재취입
3	나그네 설움	고려성	이재호	방운아			백년설 원곡의 재취입
4	마상일기	조경환	홍갑득	방운아			진방남 원곡의 재취입
5	머나먼 고향	박정웅	박정웅	방운아			나훈아 원곡의 재취입
6	방랑자의 노래	이규송	강윤석	방운아		원제는 「방랑가」	강석연 원곡의 재취입
7	복지만리	김영수	이재호	방운아			백년설 원곡의 재취입
8	사막의 한	김능인	손목인	방운아			고복수 원곡의 재취입
9	원일의 노래	반야월	손목인	방운아			최무룡 원곡의 재취입
10	추풍령	전범성	백영호	방운아			남상규 원곡의 재취입
11	해운대 엘레지	한산도	백영호	방운아			손인호 원곡의 재취입
12	삼팔선의 봄	김석민	박시춘	방운아			최갑석 원곡의 재취입
13	유정천리	반야월	김부해	방운아			박재홍 원곡의 재취입
14	대동강 달밤	김영일	형석기	방운아			박재홍 원곡의 재취입
15	추억의 백마강	조명암	임근식	방운아		원제는 「꿈꾸는 백마강」	이인권 원곡의 재취입

새로 발굴된

『취입곡집』영인본

No.

作詩
作曲
編曲

映画主題歌 (장미는 늙는다)

No. 1

회절의 노래

作詩

白映湖 作曲

노래 방운아

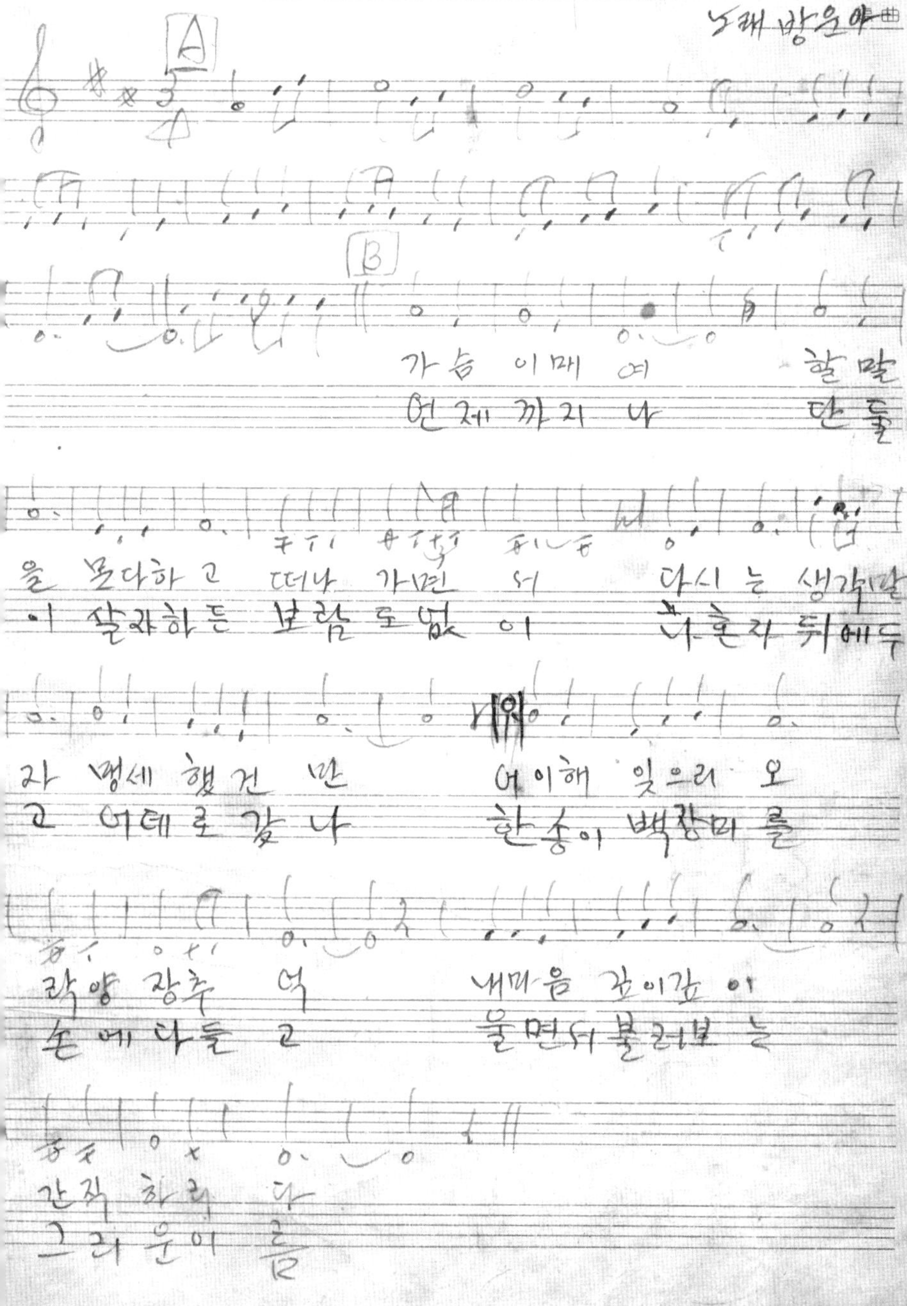
A
B
가슴 이매 여 할 말
언제 까 지 나 단 둘
을 못다하 고 떠나 가면 서 다시 는 생각 말
이 살자하 든 보람 도 없 이 나 혼자 뒤에 두
자 맹세 했 건 만 어 이해 잊으리 오
고 어데 로 갔 나 한송이 백장미 를
라양 장추 억 내마음 갚이갚 이
손 에 다 들 고 울면서 불러보 는
간직 하 리 다
그 리 운 이 름

白映湖專用

No. 2

출세한 시골머슴

作詩
作曲
노래 방○○ 편곡

소 머
술 잘   이 먹 고   지 개 짐
집 도   먹 고   일 잘 하
            걸 도   없 도 없

두
둔   구 장 집 큰 머슴 이
늘   부 자 집 큰 머슴 이
          이 참 봉 큰 머슴 이

삽 년 전 에 장 사 차 로 서 울 을

가 드   니   점 털 목 에 구 두 신 고
                          장 아 탈 모 엷 은 물 로
                          검 은 팔 목 시 계 히-2

다 나 마 모 라 베 색 안 경 지 고 아   아
서 툴 른 한 글 로 신 문 을 보 며
지 팡 이 거 름 에 점 잔 을 빼 며   바람불연 흔들리는 비-들여라

단 발 머 리 깜 어 울 라 서울여자 손을잡고
리 랑 살 이 안 녀 리 오   내

No. 3

비오는 酒幕

金容浩 詩
朴是春 作曲
編曲

낡어른 잠웅문에 낙수물소리 나그네
빨간은 주막처마에 아리랑타령 〃 〃 〃
쓸쓸한 밤거리에 휘바람소리 〃 〃 〃
안가슴을 적셔주는데
간한 숨을 울려주는데
옛사랑을 불러주는데
차라리 이한밤을 울며
〃 〃 〃 이서름을 노래
〃 〃 〃 이심사를 하소
새울까 졸기졸기 한숨
부를까 빙울빙울 눈물
연할까 구비구비 감못
어린 비오는 주막
어린
이런

白映湖專用

No. 4

密林의 金鎭將軍

作詩

白映湖 作曲

노래 方雲光 編曲

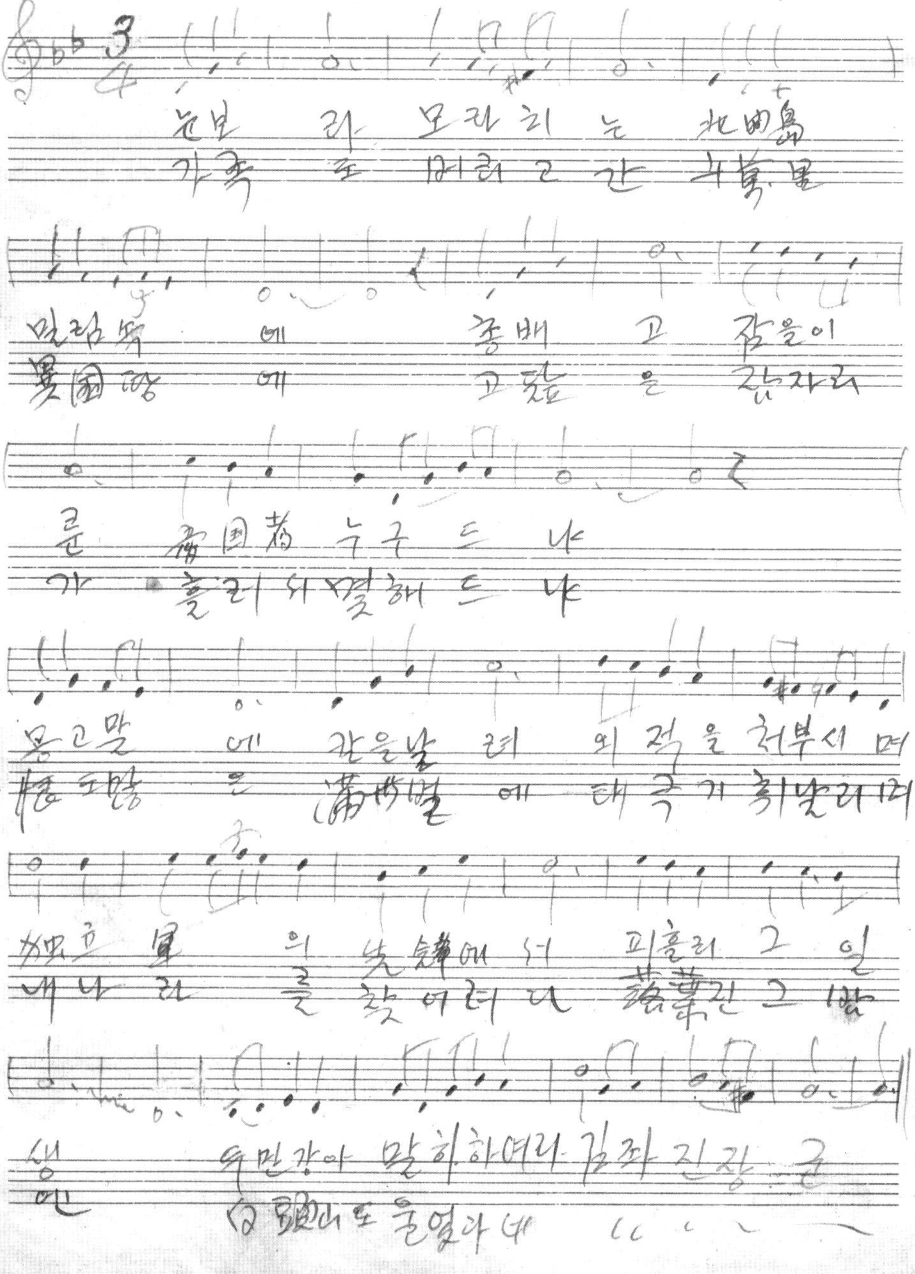

白映湖專用

No. 5
두 男妹
이 사라 作詩
朴是春 作曲
編曲
白映湖專用

No. 6
作詩
作曲
編曲

映畫 "딸ㄴ兄弟" 主題歌

No. 7

人生은 苦海던가

반야월 作詩
朴是春 作曲
노래 方雲兒 編曲

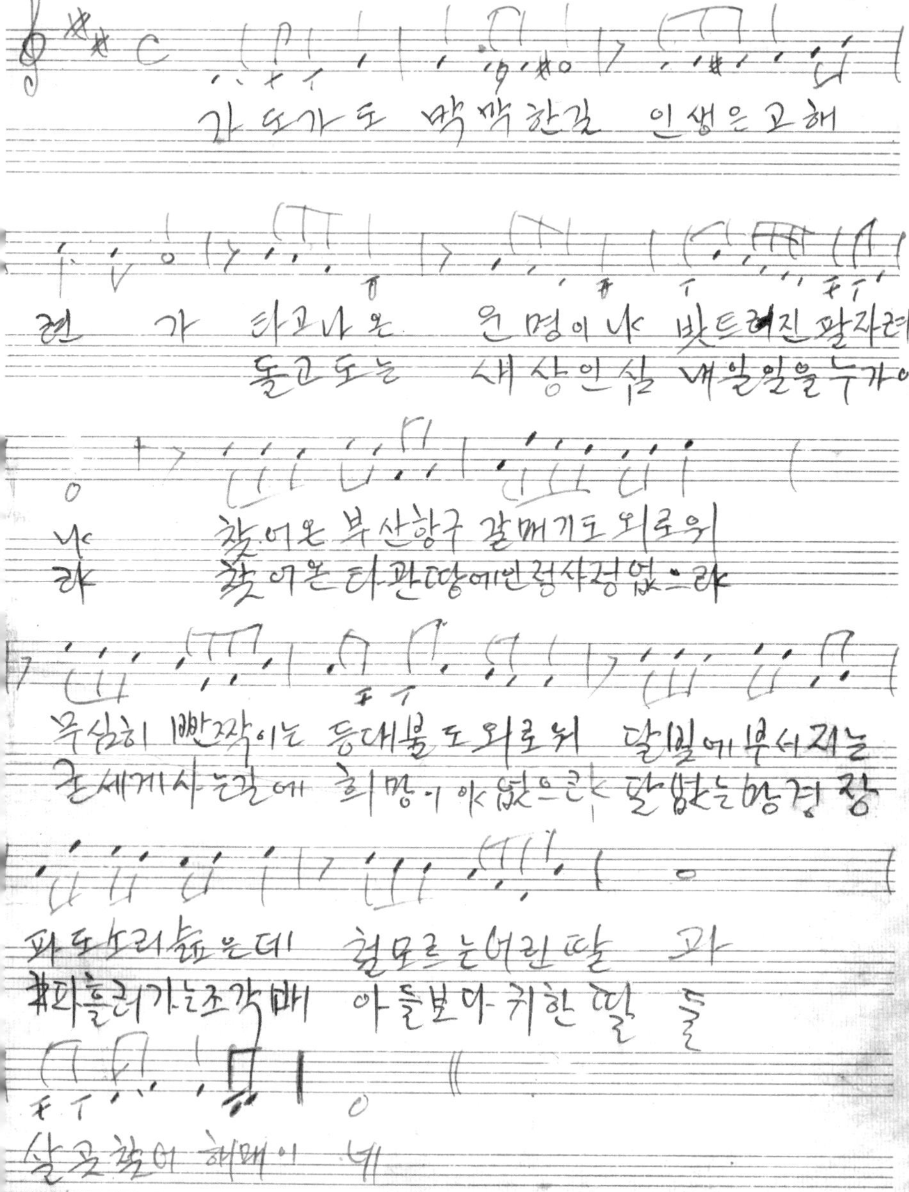

너이름만 빌려간다

No. 8

비나리는 港口

한산도 作詩
白映湖 作曲
노래 方[illegible]光 編曲

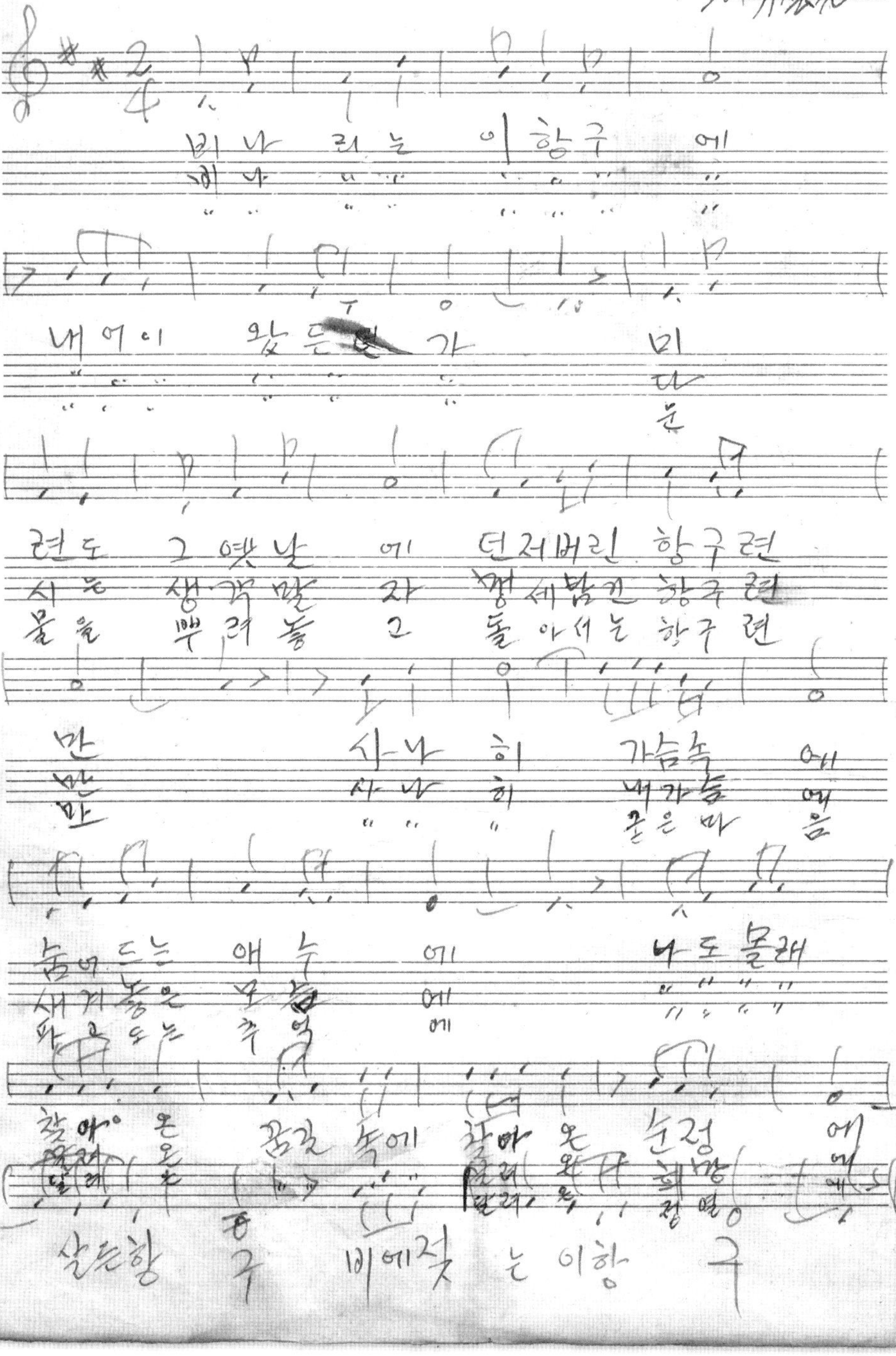

비 나 리 는 이 항 구 에
내 어 이 왔 든 가
비 다 는
련 도 그 옛 날 에 던 저 버 린 항 구 련
시 는 생 각 말 자 맹 세 밟 긴 항 구 련
물 을 뿌 려 놓 고 돌 아 서 는 항 구 련
만 시 나 히 가 슴 속 에
만 사 나 히 내 가 슴 에
만 곧 은 마 음
솟 아 드 는 애 수 에 나 도 몰 래
새 겨 놓 은 모 습 에
타 오 르 는 추 억 에
찾 아 온 꿈 길 속 에 찾 아 온 순 정 에
살 든 항 구 비 에 젖 는 이 항 구

青春 로맨스
로맨스거리
No. 2
作詩
作曲 白映湖
노래 方雲兒 編曲
白映湖 專用

정다운 거리 〃 〃 웃음의 거리
꽃이 피는 희망의 거리 희비랑 불며
노래불러 자라 라 〃 〃 라
라 길잃에 끓은 우리 청춘의 이름
다음 노래소리 바람에 실어 구름에
실어 불러보는 로맨스거리 라

映畵 "夜女" 主題歌

No. 10

마도로스 兄弟

四峰 作詩
白映湖 曲
노래 方雲児

안 개 낀 부 두 에 맺 을
배 떠 난 부 두 에 갈 매

울 내리ㄱ 항 해 에 지 친 몸 을
기 슭 추ㄱ 항 구 에 둘 가 는

샛파란 그 리 스 에 이 밤 을
못 잊 을 로 맨 스 여 사 랑 에

노 래 하 자 내 일 을 위 해
약 해 지 는 사 나 이 건 만 의

리 는 바 도 로 스 리 다 울 운 형
라 에 피 고 지 는 바 다 의 형

映画 "恨많은 靑春" 主題歌

No. 11

恨많은 靑春

金政甫 作詩
金호근 作曲
노래 方雲兒 編曲

한많은 은 청춘속 에 희망
재롱 을 한

을 찾 어 늙음 을
걸 치 며 사랑 을 좋은 저

동무 눈간 다 마음의 불구새다
이름과 이마 음이

가 야 했 가야할 갈은여데 나는
찾을길 은 찾을길 은 하나

혜 련 아 혜 련 아 외상 없는 인생 멀다
경애 아 경애 아 참된 사랑 간직 하여

엄마 가야 한
나

그 내 에 길
청춘 청춘도 길

白映湖 專用

평양감사

No. 12

月見草 作詩
白映湖 曲
그래 朱勢見 編曲

감사 가 될라거 든
목사 가 〃 〃
죄수 가 〃 〃 〃

평양에 감사되고 부사가
양주에 목사되고 첨사가
전라도 죄수되고 병사가

될라거 든 동래부사 되라 고
〃 〃 〃 〃 부산첨사 되라
〃 〃 〃 안동병사 〃 〃 〃

앞천리라 한양길에 과거보 러 ✕ 표
나귀타고 〃〃〃〃 꿈도깨 고 〃 〃
고개넘어 〃〃〃〃 설마하 고 〃 〃 〃

짚봉도 〃 낙제도 〃 토정비결
어사도 〃 역졸이 〃 〃 〃 〃
대감이 〃 마부도 〃 〃 〃 〃

눈 치봐 도
〃 〃 〃 〃
〃 〃 〃 〃

No. 64
마음의 自由天地
作詩 白映湖
作曲/編曲 方龍煥
A
C

No. 15

마음의 自由天地

映画 나그네서름, 主題歌

NO. 46

새날은 나그네

朴昌月 作詩
朴是春 作曲
노래 方雪児 編曲

울고우는 인생이냐
그리운게 사랑이냐

울고가는 나그네냐 냐 대강 군
야속하게 인정이 냐 나그네

마릇터에 고향길이 그립고
옷자락엔 천리러만리 래이

나 짓 구진 운명속 에 떠나가는 뜨내
네 요 라린 부모마 음 그사랑은 빌면

기 봄 돌뿌리사 나운데
의 대 지평이령 룰걸룸

눈물속에 길은먼 다
이고 개를 울은넘 네

No. A 전주
人生은 나그네
作詩
作曲 朴是春
노래 方霞見 編曲
回 후렴
白映湖專用

No. 18
金山行進曲
野火草 作詩
刘是嘉 作曲
方雲現 編曲
前奏
F   Bb   F
F   Bb   C7   F
Bb   Dm   Am   F
Bb   C7   F   F
F   Bb   F   Bb   Bb F
Bb   F   C7   F

釜山行進曲

野山草 詩
曲
朴是春 編曲

靑春山脈

作詩 野人
作曲 許○○
노래 方雲晧 編曲

청춘의 희망싣고 따라는 달린다 백년령
빽머리 풀풀어라 이 배는 떠난다 분홍에
산넘어 물을 헌너 저구름 따라서 단풍잎

넘어리고 三月 꽃보라 한맘는 속새사리
돗을닮은 五月 수평선 바다는 일꿈이다
멋떠러진 九月 하이킹 길 없는 산이라면

긴한 숨을 버리자 사 랑도 옛추억
젊은 이를 불르다 태 평양 대서양
산울 람에 물어라 백 두 사 군강산

도 고 향도 타란땅 도
에 리 중해 인도양 에
에 리 리산 한라산 도

라 일머라 꿈이란다 젊은
노래를 불러보라
쳣바람 불머가자

이 들 아

作詩
作曲
編曲

映畵 "두男妹" 主題歌
No. 22
두男妹
李史羅 作詩
朴是春 作曲
노래 方錦現 編曲
前奏
Song
거 흐르는 인정사 정 비
생 청구 좋은밤 새 께
바람에 도 오누이 정다웁게 자라났건
여린 꽃 에 머리는 사나희의 마음만남
만 지금 은 유랑천 리 암흑의 거 리에서
어 죄악 의 그 늘에 되 복수의 칼 을들고
내너를 그 리워운다 내너를 그 리워운다 글히
아 이못생 간 용 빠름용서하여 라

千男妹
珊方慶光
作詩
作曲
編曲
後奏

No. 24

作詩
作曲
編曲

No. 24

No. 25

作詩
白映湖 作曲
노래 方○○ 編曲

뭐여가 네 뒷집영감 삿갓을
날아드 네 산비들 기 뒷문박

깊어쓰고 물이 나게 뜰에 가 네
비에 젖은 콩밭 으로 날아드 네

논바닥 을바 라보 며 넓적다리
물레잣 들고 머누 리 나막신을

걸어들 고 금년 에 도 풍년일 세
꺼내신 고 흙 에 흙 에 꽃아내 도

옆 당사 되야 옆 삼시되야

뒷집 영감 뜰여가 네 뜰여 가 네
산비 들기 날아드 네 날아드 네

No. 26
사-나히 宿題
野人草 作詩
金映光 曲
方鎭晃 編曲

울어서 될말이 나 사나히 가
죽어서 될말이 나 자마히 가
잇어서 " " " " " "

왜 울어   그까진 여자 하
왜 죽어   째겯이 고향 두
왜 잇어   달 닷고 며륵을 보

나 못잇어서 울소 나   하믈며
곳 라향에서 왜 죽어   어히피
고 맹세 한걸 왜 잇어   소년은

님아ー는 ㄴ흙과술이 아니 나 입 술을
인간도렬 유정산이 아니 나 경 들면
익노하오 하난성이 아니 나 물 세게

깨물면서 입 술을 깨물면서 울어
고향이다 경 들면 고향이다 뽑내
살아보자 군 세게 살아보자 뽑내
                              별내

아한   다
군살   라
여보   라

映畵 "脫線春香傳" 主題歌

脫線春香傳

野人草 作詩
白映湖 作曲
노래 方雲兒 曲

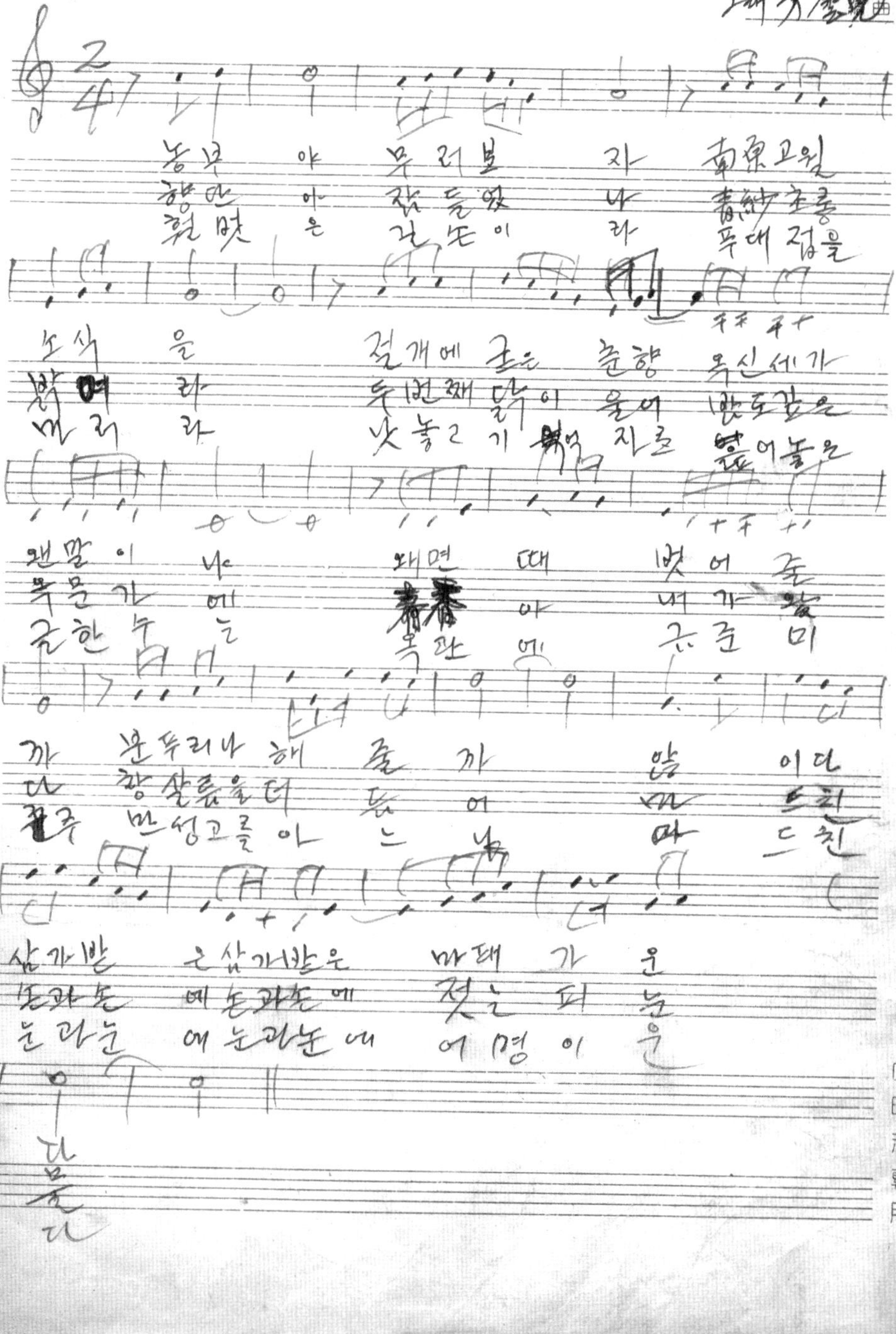

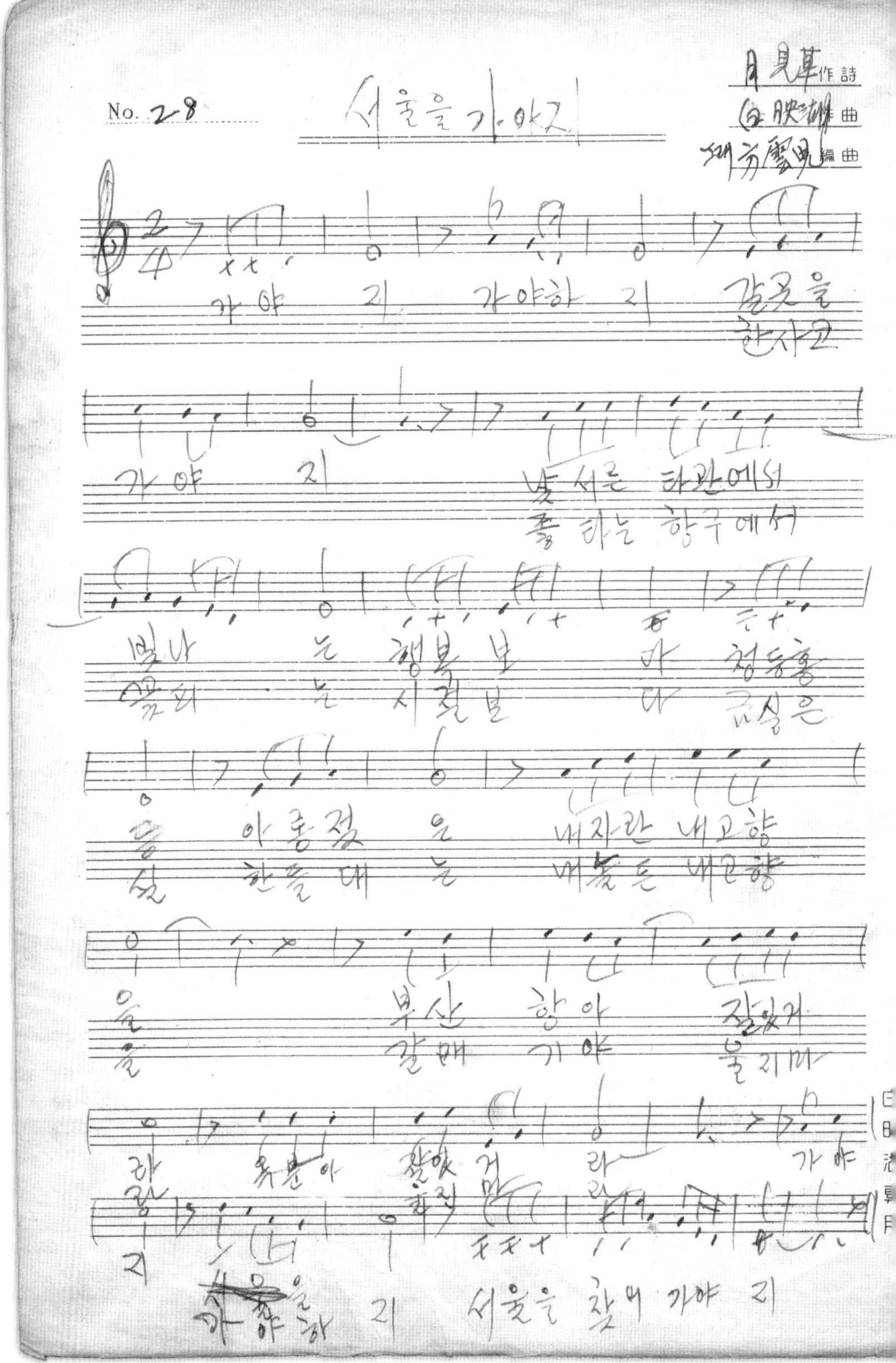
서울을 가야지
月見草 作詩
曲
編曲
가 야 지 가야하 지 감 수 을
한사고
가 야 지 놓 서는 타관에서
좋 라는 항구에서
별나 는 행복 보 다 정 등 을
는 시 묘 보 다
아 뚱 정 을 내지란 내고향
한 글 때 는 내놓는 내고향
을
부산 항 아 잘있거
갈 때 가 야 울 리째
라 욱 분 아 찾았 거 라
라
서울을 향 지 서울을 찾 어 가 야 지

No. 29
古宮의밤
半夜月 作詩
朴是春 作曲
方龍現 編曲 
白映湖 專用
고궁에 밤은깊어
고궁에 또깊흐이
꽃밭으로 피오리요
줄다리에 송이송이 피여나는
꽃의눈결 열사연을
꿈은 먼담화 산양 바다 비를 날밤
꿈은 꽃을 당 풍악소리 사라지요
기나 리는 두 눈물밤 잠은가
원앙 참도 흘 하날내 꿈 여가
꿈 을래이눈
꿈 꿈의눈
꿈 넘어 남이 빛
꿈만 횼은 빛

No. 30

마음의 등불

半夜月 作詩
李是春 作曲
方聖現 編曲

당신은 내마음에 등불이 와
당신은 내마음의 횃불의 와
당신은 내가슴의 이정표 와

다 당신은 내가슴에 거울이 외 아
다 당신은 내가슴에 생명이 외 다
다 당신은 내가슴의 사슴이외

외 좋고 쓰 라린 이험한 길
쉬 닮고 쓰 맑은 험한 길
외 좋고 정 막한 인생사막

을 그등불 그거울을 가슴에안고 서러워도
를 그횃불 그생명의 빛을안고 서 희망속에
길 그사슴 이정표에 걸음을이 외 내을 피는

서러워도 사러갑나
희망속에 사러갑나
내고향을 찾어갑나

No. 31

載洙와 貞伊의 노래
地上의 悲劇
映畵人容 박가거라 슬픔이여 主題歌

半夜月 作詩
朴是春 作曲
노래 方圓現

꽃잎 이 흘 러버 린 지 난
잡아 도 갈 짝 잖 는 세 월
한 많 은 어 린 봄 아 눈 깜

세 월 에 잊 으 려 도
의 없 네 못 잊 어 봐 도
아 니 오 죄 가 많 은

잊 지 못 할 그 때 의 모 습
대 답 없 는 다 람 이 없 네
엄 마 아 보 얼 없 었 네

지 금 은 어 느 창 구 살 고
당 신 은 어 느 별 에 춤 어
갈 이 지 러 지 는 원 한

있 는 가 터 놓 는 주 여
않 나 요 에 잊 이 불 러 호
의 가 슴 하 느 곰 살 되 소

에 가 아 프 다
눈 물 의 위 비 름
어 살 되 용 소 서

No. 32

靑실紅실

作詩

朴是春 作曲

編曲

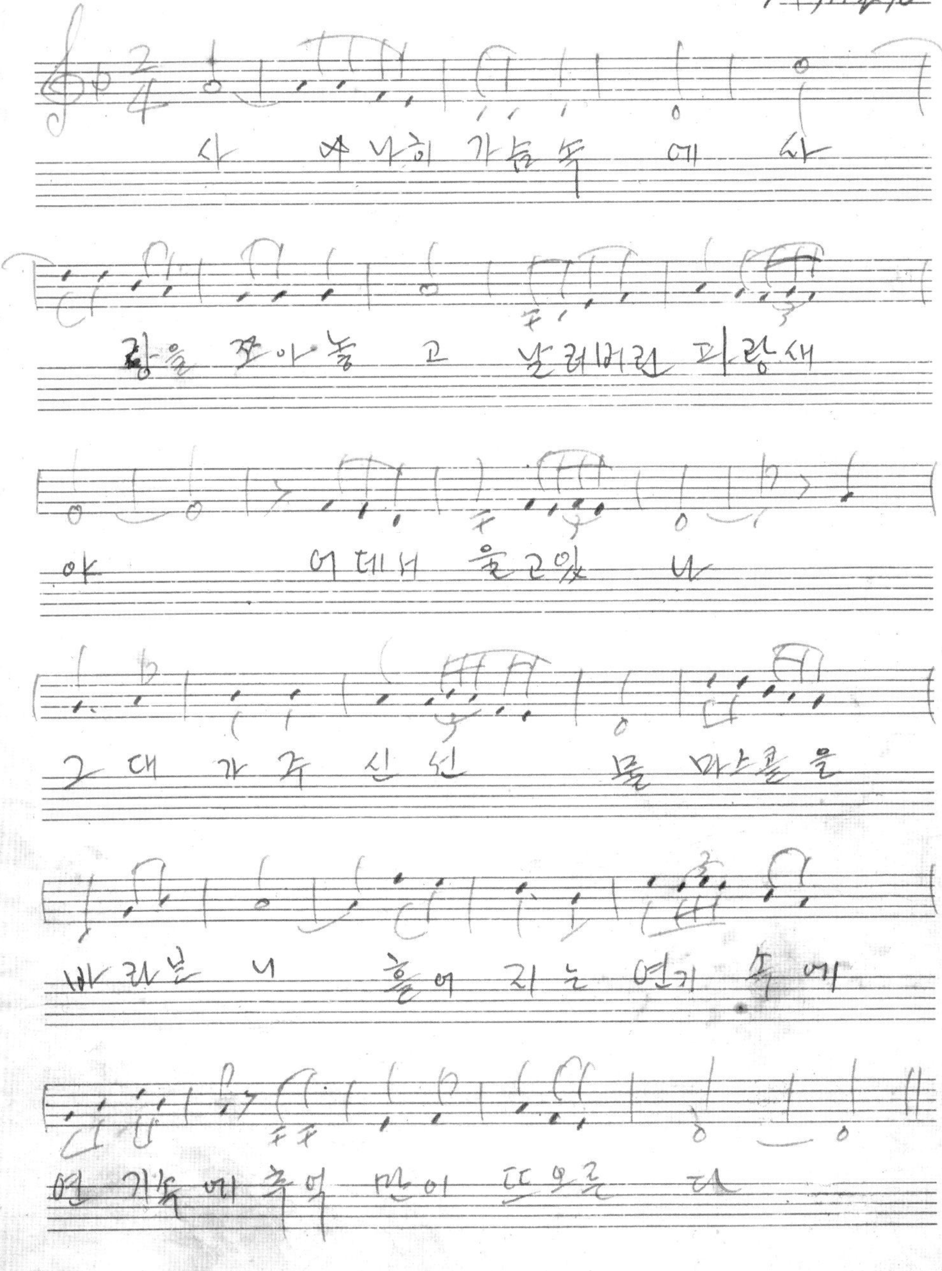

No. 33
麗水夜話
반야월 作詩
車是春 作曲
方雲 編曲
白映湖 專用
이 미 여 금 물 속 이 나
바 람 찬 물 때 며 리
내 항 상 그리운 곳 물 파
갈매기 춤이울 때 내사
래 나 물 나 물 내 고 향 여수항
창 싣고 가 는
아 은 고개 소르 소르 꿈 꾸는
은 나는 기약없이 간 다는
바 앗 가 에 맹세를 물 이롱 고
인 사 없 이 기 적 만 슬 겨록
나 홀 로 떠 나 가 네
못 잊 어 떠 나 가 네

No. 34

달뜨는 靑葦園

作詩

朴是春 作曲

노래 芳雲鵬 曲

이 청포 물소리 들으 자장가 삼아 운명의 천사들은 잠이 들었네 성다른 형제간에 얼싸안고 잠 건만 꿈길은 동서 남북 헤어져 가네
낮이면 거리에 서 구두를 닦고 밤이면 내일아침 신문 팔다 가 구름뜬 잠자리에 궂은비가 나리면 처마끝 울며 새듣고 꿈을 꾸나 오네
인정에 끄라리 는 저은 가 슴 에 엄마를 그려보는 꿈을 꾸나 요 잠드는 눈시울은 눈물속에 젖건만 잠고대 엄마 하고 빵고 미운 네

映畵 "웃어야 할까 울어야 할까" 主題歌

No. 35

明朗한 天使

作詩
作曲 金喜조
노래 方○○

우 리 들 은 거 리 의 명랑 한 천사
우 리 들 은 정없 는 거 리 의 천사
우 리 들 은 돈없 는 거 리 의 천사

울 면 서 울 며 오 며 지 내 는 인 생
그 래 도 웃 으 며 서 사 라 가 는 몸 물 을 맺
않 마 다 이 려 저 려 사 는 말 지 다 빠 운 맞

다 명랑 한 웃 는 의 소 리 여 기 서 도 저 기
오 사 랑 한 아 가 서 들 에 열 사 안 겨 우 서
오 잘 껴 만 거 량 한 신 세 고 생 후 면 랑 이

세 도 하 " " 하 거 리 의 미 듬 도 속 삭
불 라 뒷 골 목 잠 미 도 향 의
온 다 적 없 의 회 천 이 어 대

거 리 듯 우 슴 을 가 져 온 다 하 " " 하
눈 놀 아 행 복 의 꿈 을 꾼 다
있 는 가 막 혼 이 일 을 하 며

하 " " 우 리 는 명 랑 한
거 리 의 천 사

哨兵日記
노래 방은아
전주

No. 39
一等兵日記
斗煇 作詩
白映湖 曲
編曲
정다운 나팔소리 해도 뜨고 해도 지
짹깍알 울어주는 야영의밤 즐거워
좋달새 하늘놀이 노래하는 고향길
기다리고 기다리는 제급장은 일등
장부타령 심팔먼데 내가 고흥일등
오를나무 정디위 나후 가만오일등
명나라에 그충성을 받어자는
태머리 분대장님 한결같은
어머님 치마폭에 인사없이
도울때어 저 북 쏠
사랑폭에 휴 전 린
안기어서 도 라 꽃
바라보며 휴 린선을 찾어가는
오르나는 는 운명령을 하느리는
물까지 지 농사일을 도아주는
사나이의다

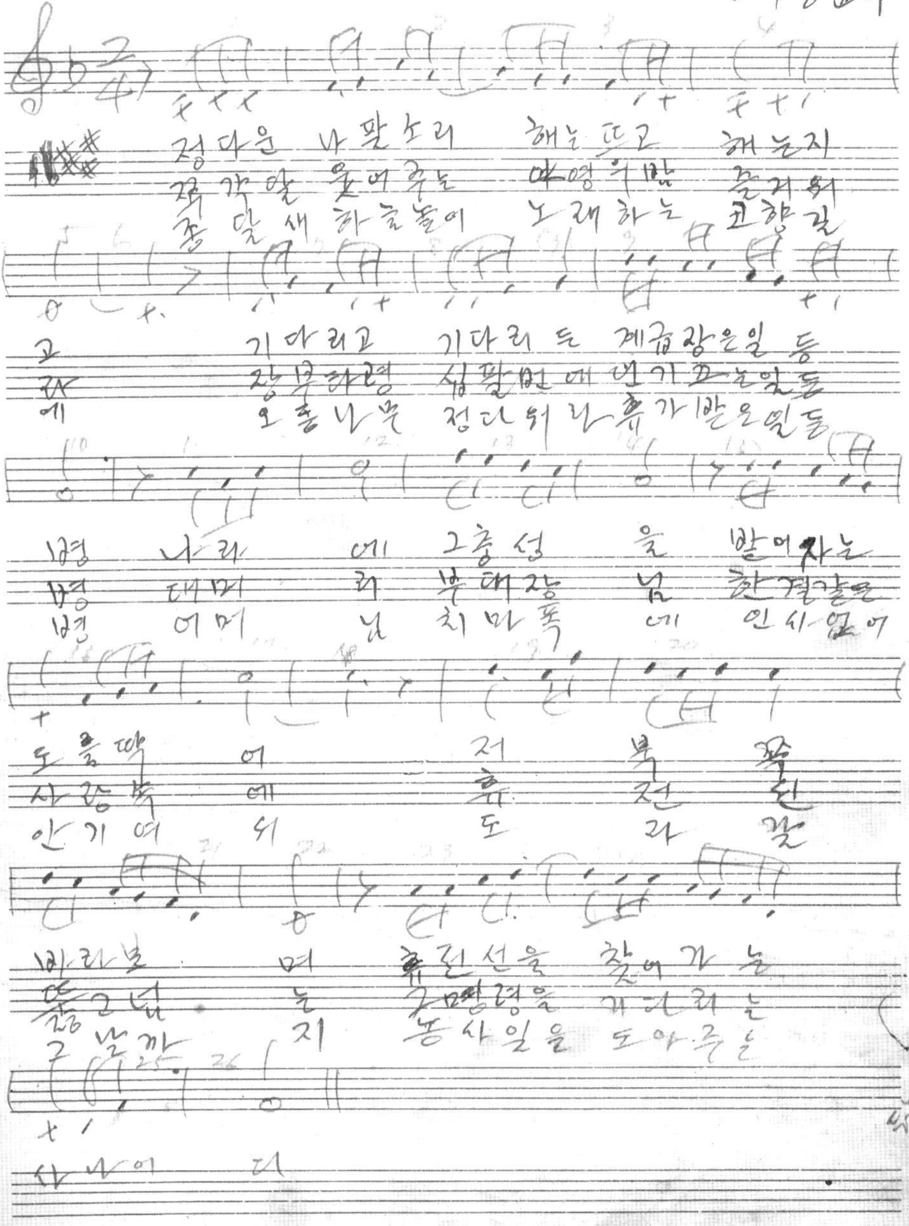

No. 40　　　울고 넘는 (박)달재

作詩　半
作曲　金映湖
노래　方雲兒　編曲

서러워 났느고 개 눈물이
나 흘을 났느고 개 한많은
맛없이 났느고 개 솔밭한

물경새 제　박달 나무 가지 위
물경새 제　서유 돋잔 호롱 불
　　　　　돌뿌 리도 사나운

에 조각달이 걸렸고 나　내부모
이 가물	서럽고 나　내사랑
데 칡뿌리가 나를잡 네　일가친

를 뒤에두 고　내청제를 뒤에두 고
을　　　　　내친 구를
첫　　　　　　조 가살간

타관 객리 누굴찾 어
팔세 많은 타관길 을
서름 많은

이고개를　울고넘 나
청나먼산　왜가는 냐
로비없이	어이가 냐

No. 41
作詩
作曲 金晃根
編曲 方雲現
아침볕은 화살같은 햇쓰레의 다섯시에
만나자고 가시드니 황혼이 종로네거리
종로 네거리 손 있는 분이
들도록 왜 않오시나
서울 꽃서울 꽃서울 꽃서울 곳서울 돋서울
서울 꽃도 서울잠 옹말에 사랑이 늘버엤
白映湖 專用

No. 42

미륵王子

千峰 作詩
白暎湖 作曲
方　　 編曲

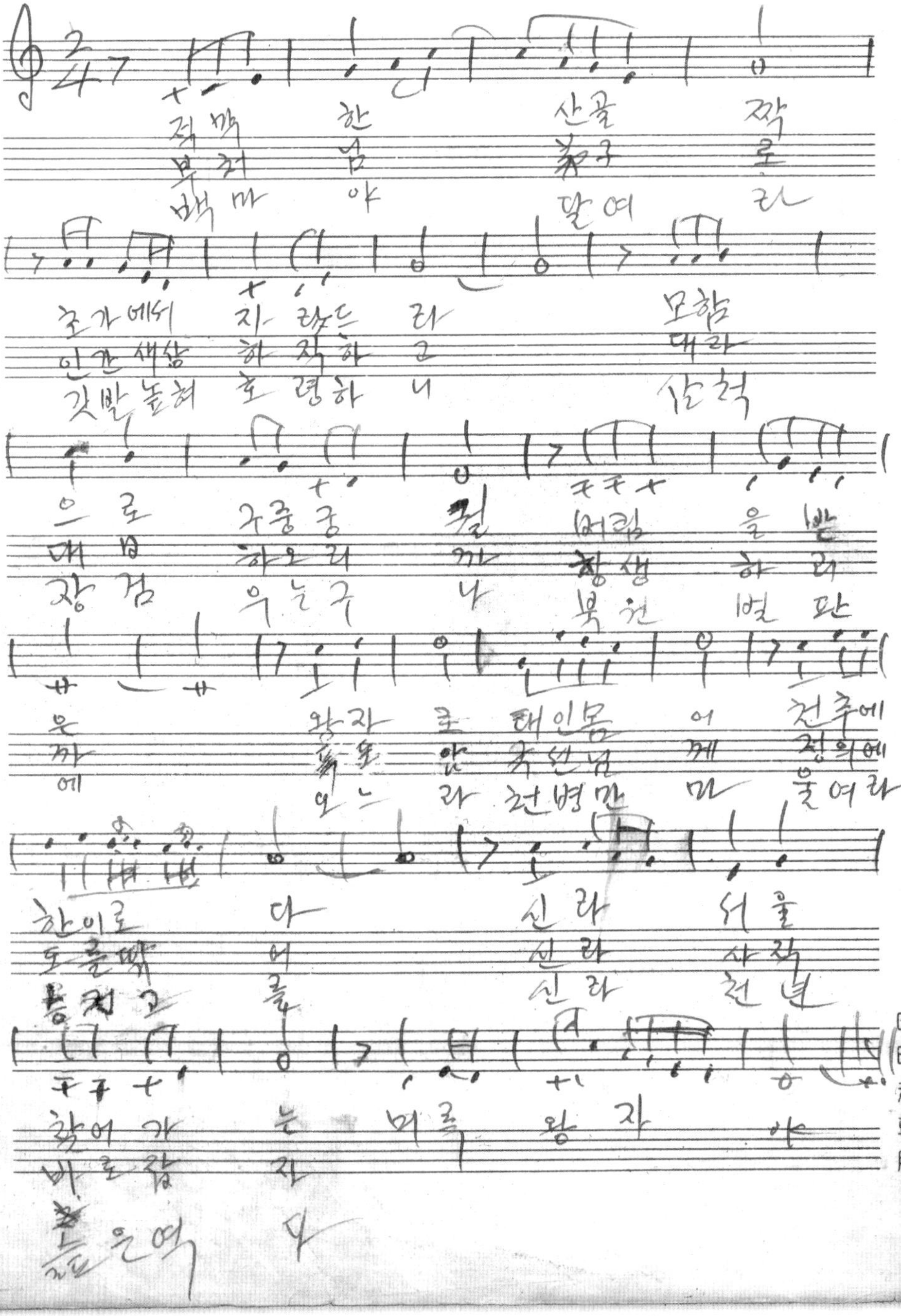

No. 43

뒷골목青春

作詩 白映湖曲
노래 方鸞? 編曲

그렇게 못가라고 나는 울었
나는 왜정
네 그렇게 못가라고 나는잡았 네
나는달렸 네
희영 에 눈이멀어 은 뒷골
화류 게 무정커 를 아속
青春 뜻세상 모진광풍
뒷골목 내바람이
너는 아는 밤아 아
화류 울거 를
산길이며 물길이다 갈길 빨리
울지말고 내가슴에 돌아 와 다 오

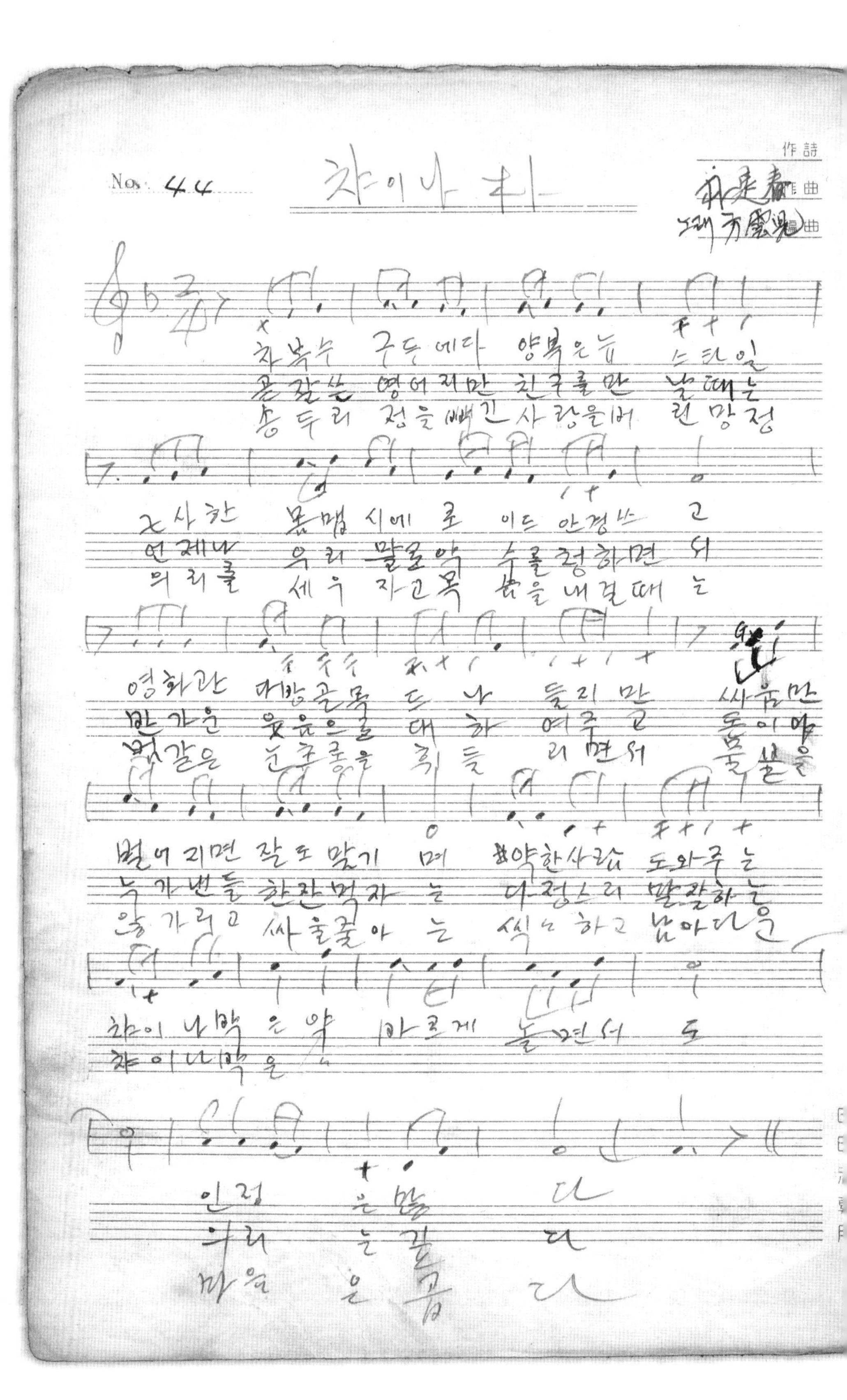

No. 44

차이나 타운

作詩
作曲
編曲

No. 45

돈 갈려 감

作詩 白映湖 曲
노래 方雲兒 曲

No. 46
慶山哀韻
金相璿 作詩
白暎湖 作曲
노래 方慶煥 編曲
꿈 매기 언덕길 에 국화
봄 산마루
해 질녘 제 눈물
서로 안 고 우는 두 남 매
남모를 서러움을 가슴에 안 고 내 청춘 그대
白 映 活 專 用

作詩
作曲
編曲

白映湖專用

No. 48
作詩
作曲
作曲
B
C

No. 49

그리움

張英愛 作詩
許敬丸 作曲
노래方慶見 編曲

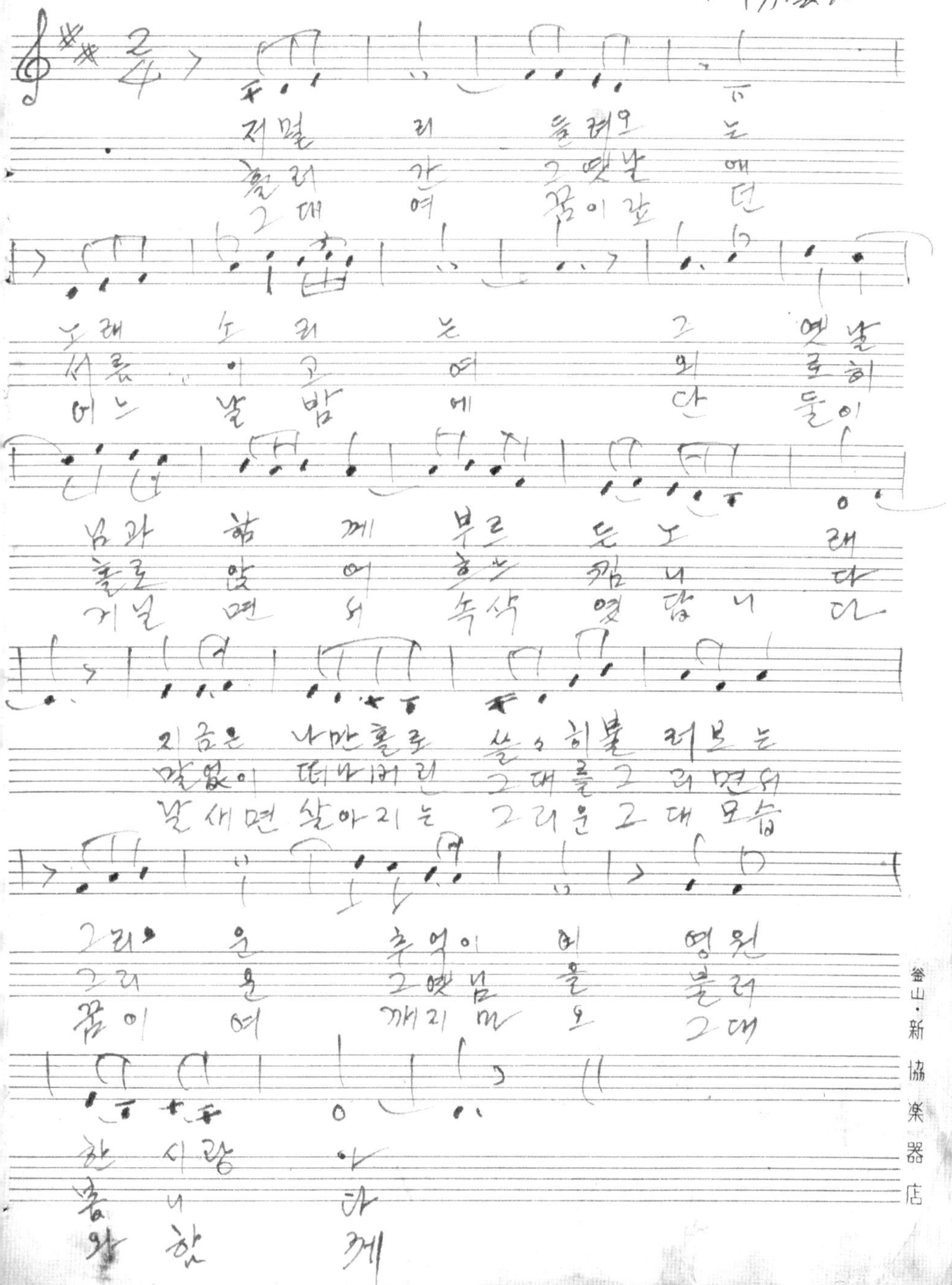

저멀 리 들려오 는
흘러 간 그옛날 애
그대 여 꿈이았 던
노래 소 리 는 그 옛날
서룬 이 고 여 외 로히
어느 날 밤 에 단 둘이
님과 함 께 부르 든 노 래
홀로 앉 어 흐느 껴 봅니 다
거닐 면 서 속삭 였 답니 다
지금은 나만홀로 쓸쓸히불 러보는
말없이 떠나버린 그대를그 리면서
날새면 살아지는 그리운그 대모습
그리 운 추억이 여 영원
그리 운 그옛님 을 불러
꿈이 여 깨지마 오 그대
한 사랑 아
봅 니 다
와 함 께

釜山·新協樂器店

고향 생각
한산도 作詩
박영호 作曲
그래 방영아 編曲
고 향 을 떠나 오 리
산 골 에 하늘 끌 에
별별 해드 가 흐르 는
해뜨 여가 고 하나 둘
구름따 라 떠도 는 타향 천 년
동잔불 이 깜박 일 때 면 눈 물
별 별별 아 래 맺어 보 꿈 은
독 떠난고 향 몹시 보 꿈 아
그리 운 내고향 의 꿈 이
임독 에 물려보 는 향향
맺어 오 리
맺어 오 래

No. 51
港口의 바가본드
作詩
作曲 白暎湖
노래 方聖X 編曲

인 도 양 밤하늘 에
2절 밤 등에지 는
이 떤 의 태 프 에

보는 저말 을 오 늘밤
푸른 등대 을불 오 늘밤
미런 을두 로 또 가른

다시보 는 싱가 볼 항 구
다시찾 는 마카 오 항 을
항구찾 어 기적 이 올

삐소 를 벗을 삼아 항구에서
쓰면 주 회하 며 는 부두에서
내일 의 기약 없 는 동서남북

항구 로 나는 아 흘러가
부두 로 나는 아 사랑찾
항로 걸 갈메 기 벗을삼

는 바가 본드 야
는 바도 를스 야
는 바가 본드 다

釜山・新協樂器店

映画主題歌
No. 52
大地의 어머니
崔學坤 作詩
金愚吉 作曲
노래 방은아 編曲
고운손 시들리며 키워낸두남
希望이 사라져도 등불을켜주
매 올며서 응그리 난 인생은半平
단 슬픔이 닥아와도 웃어준어머
낳 아 흰머리가락마다 아
니 한生을꽃을위위 아
사랑이넘치니 生光者도 女田모 農光者도女田
리 대운ㄱ웃어
오랳완하게 우뚝웃는 大地의어머
영친하게 살어있을

No. 53
燈臺가 보이는 언덕
千峰 作詩
許敎? 作曲
노래 방은미 編曲

진달래 꽃은 보는 들국 화피 ㄹ
갈매기 산들바람 소식 은없 ㄹ
물래비 울고가나 새봄 인가 요

진달래 가물가물 곱게 멀리 서 별 여덟
한해도 철쑥 ㅎ 추억 의 자 라 여 분홍
기러기 너울너울 저녁 인가 요 수 평선

새 봄을 노래 하는 그사랑 지금은 어데가고
첫 사랑 밤을 세든 그맹세 지금은 어데가고
넘 어디 사라 저간 그사람 언덕위 로 맴 쓰는

친구 있으면 또있네 아 ... 등 대가 등 대
동무 있으면 또있네
그 밤밤을 물이데

가 불 여 는 언
덕

No. 54
하늘가는 사나이
韓山島 作詩
白映湖 作曲
배방은아 編曲

거침 없는 푸른하 늘구
라오 르는 젊은꿈 올하
달도 하나 해도하 나꽃

름 흘러 러 달려
높 흘흘 이 아름
숲 도하 나 내가

가라 태백산 맥산 줄 기라
닮게 오색실 로누 봉 은산
름비 피어있 는사 랑 도하

그 젊 은피 가가 늘속 에
랑 이 내밤 음구 내마 음
네 하 늘라 그구 름하 늘

용솟 음치 는 우리 들은 날개돋
두마 음속 에 오른 가는 사랑에
꽃을 늘바 쳐 달려 왔오 그대찾

하우리 들은 날개돋힌 하늘가는 사내다
눈옷은 빨간 사랑에도 변함없이 있을때나
하늘아 왔오 그대찾아 그리움뚝 꿈속으로

No. 55

꿈을 찾는 사·나이

高明基 作詩
金教煥 作曲
編曲
노래 방운아

映畵 "노래 인생" 主題歌
不夜城 부기
No. 56
韓山鳥 作詩
白映湖 作曲
노래 방운아 編曲

이러한들 한평생이오 저러한들 한평생이
젊은날도 한때뿐이오 가고나면 그것뿐인
젊음이란 한번뿐이오 두번다시 못올것인

무엇을 우물쭈물 망서리게있느냐 청춘이
무엇을 요리조리 생각할게있느냐 정열이
무엇을 두번세번 따져볼게있느냐 한때를

가기전에 이밤이 새기전에 손에손을 마주잡고
가기전에 불꽃이 하기전에 나도나도 유쾌하게
놓치고서 후회를 하기전에 나도나도 찬란하게

맺은가슴 안고서 춤을추라 부기우기
묽은맘을 이밤을 노래하라 부기우기
오늘밤은 즐거히 노래하라

노래하라 부기우기 불야성
춤을추라 부기우기

이한밤을 즐거웁게 새우나보(서)
흥거웁게 즐겨나보(서)
거나하게 취해나보(서)

No. 57
거리의 샌드윗치맨
月見草 作詩
金 음성 作曲
編曲
노래 방완아
하 늘 을 나룰듯 한
영 어 도 끈 잘하 는
거 리 의 리 되 보
샛 파란 카우보이 모 자 에 봄 맴
서 울 의 카우보 이 멋 쟁 이 백 마
놀 센 한 카우보이 스 윽 얼 영 리
씨 건 사 하 게 처총을 휘돌리 면
도 리지않 그 은좋일 걸 어가 면
리 쌍권총 을 햇빛에 번 적이 면
서 다방도 술집 못 "" 아무
서 하늘을 보 고 류 "" 아무
서 한눈을 깜고 류 ""
음악
라도 쓴없 다 임으 로만뭉 ""
라도
국산품 빼달부터 거리의 샌드윗치 맨
새나라 받꿈이다 ""
말없는 애국자라다 "
音樂
釜山 · 新協樂器店

No. 58

타관땅 무렁트라

無名草 作詩
金亨承 作曲
방윤아 編曲

달 보고 물어볼 까 별 보고
산 네라 물어볼 까 강에다

물어볼 까 타관길 험한길이 눈물인가
물어볼 까 나루길 천리길이 문명인가

한 숨인 가 고향산 천 나는때배
판 자련 가 부모동 기 쫓벼라

는 희망을 걸었건 면 아
고 맹서를 저 많건 면 아

타관인 싫 무렁트라 야속하드
간곳마 다 늪으드라 워통하드

타라

No. 59

사랑의 小夜曲

손로원 作詩
白映湖 作曲
남해 방운아 編曲

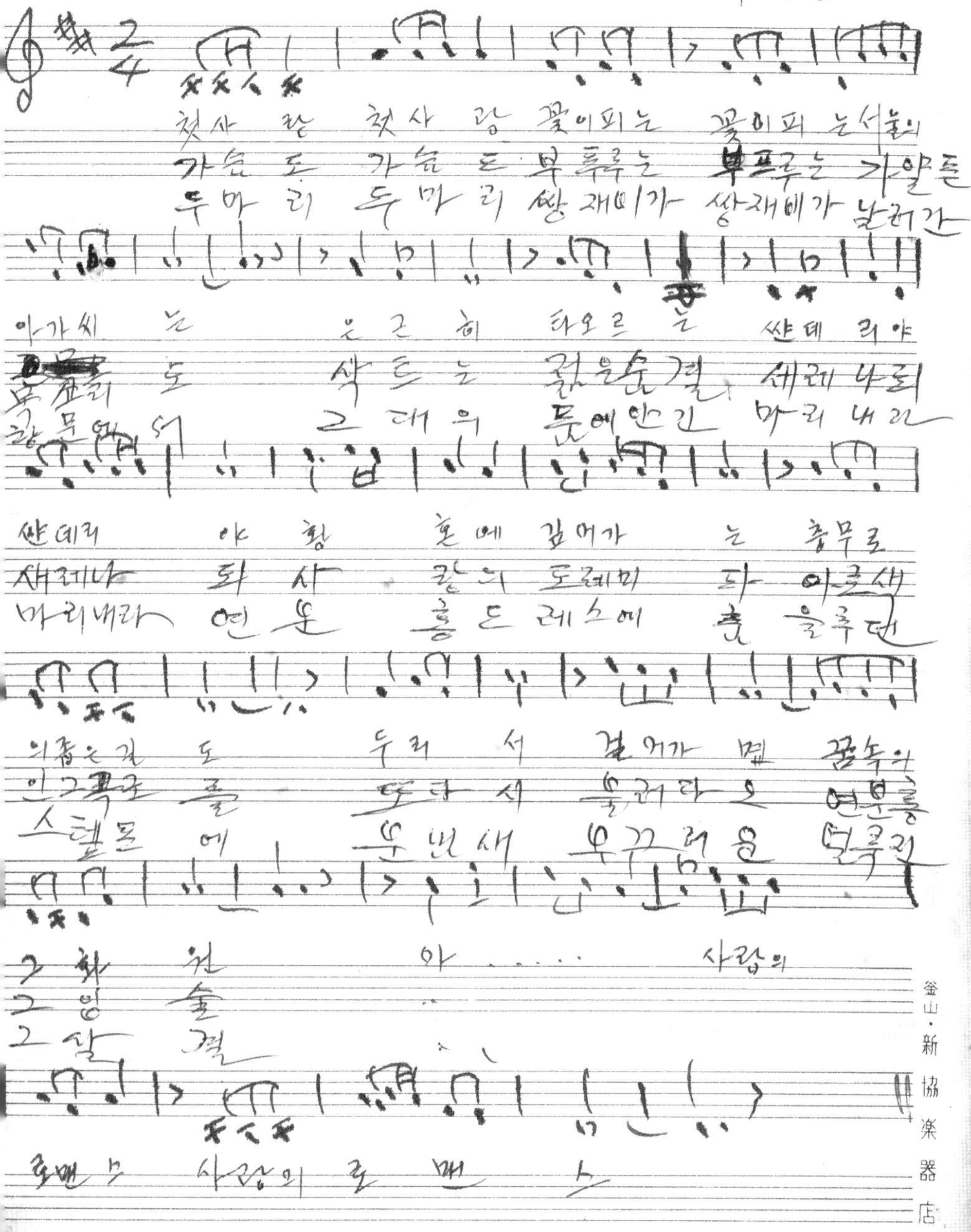

釜山·新協楽器店

No. 60

他故鄕ㅅ愁

徐正權 作詩
趙壽影 作曲
編曲
노래 방운아

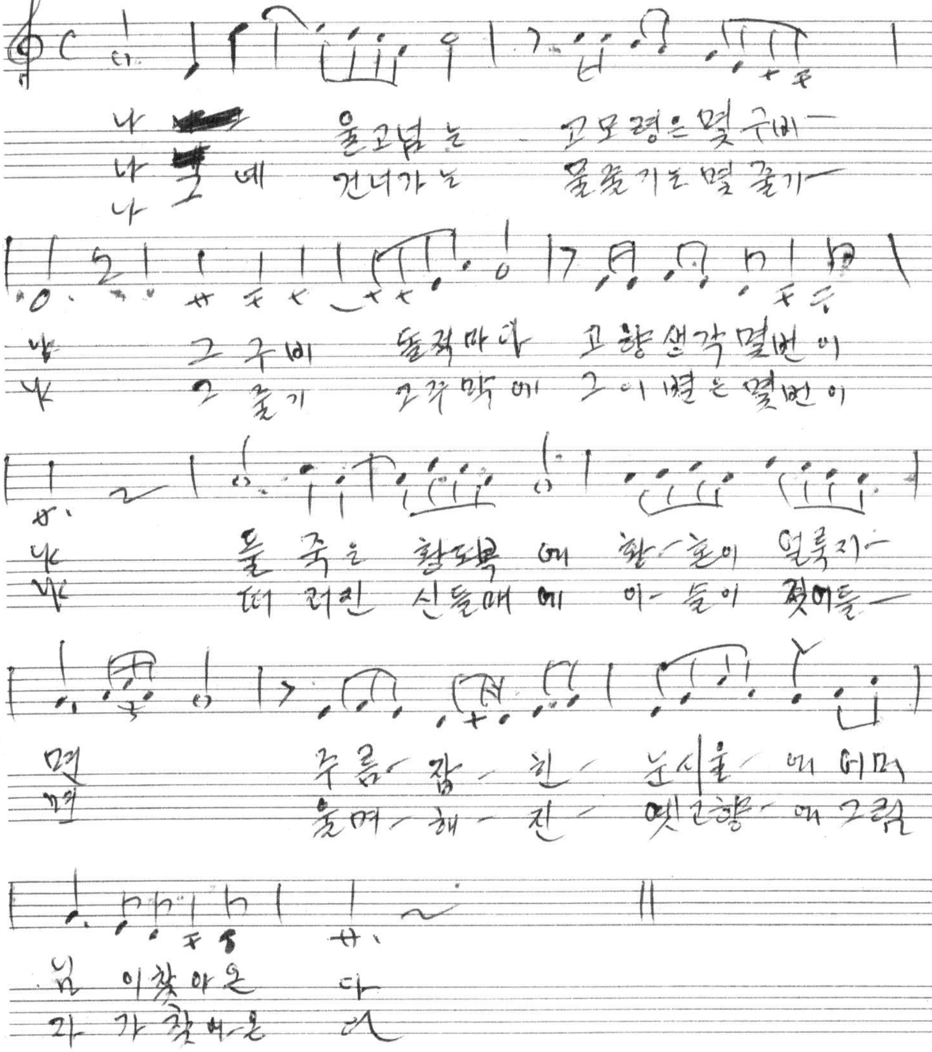
나 울고넘는 고모령은 몇구비
나 네 건너가는 물줄기는 몇줄기
나
나 그구비 돌적마다 고향생각 몇번이
나 그줄기 고개막에 그이별은 몇번이
나 물죽은 할도막에 할 혼이 얼룩지
나 떠러진 신들매에 이슬이 젖어들
며 주름 잡 힌 눈시울에 어머
개 울며 해 진 옛고향에 그림
님 이찾아온 다
자 가찾아온 다

映画 "스타탄생" 主題歌
No. 61
엉터리 조각가
(村大重의노래)
韓山島 作詩
白映湖 作曲
노래 방윤이 編曲

이게대무엇아   아주 형편없구려   다리는 무다리오
아니오려맨제   내말좀들어요   이꼴을보십시오

팔은막대기   당신도뭐   색이 조각가라면   이것을
날씬한코줄   그래그라 드라가   무색할지경   이것을

보시구려   점주통허   라   거기다이얼굴을 뭉게린왜도박
물라주나   제가막혀   서   분통이폭발하고울화가의밑에

틀그렴오   틀렸오   아주틀렸오   이런말씀
때려라라 목혀라   신을나선먼   큰일났네

드리기   는   미안하오   나   하
큰일났   뒤   이걸못타   면   회

라라 뼈가루   노 구물을 계시   리
상없 차속비   를 아이 나찰   회

No. 62
한양길 거향길
作詩 月見草
作曲 金흥承
編曲
노래 방운아

한양천 리 와겨걸 에 놀이
정든홈 을 고운간 도 챙겨

저무 니 주막 집에 굴는
가을 어 주막 집에 선잠

허 는 시골 선배 님 든밥
깨 나 낙제 로구 나 거향

천지 모두팔 은 마리 막걸 도
하면 무엇하 리 시골 선비 님

낙제 하면 한고 향 을 어이
한양 천리 과겨 걸 은 한도

나 향 까
나 빨 어

「映画 主題歌」
No. 63
流浪三千里
(바람받은 天使)
姜一文 作詩
李寅權 作曲
새방원아 編曲

이슬비 나리 듯 노비
락엽이 날러 듯 쌓이

즌 외로 움 바람 받은 봄 이라 너길무
즌 서러 움 주려 받은 울 망이라 말러

먼 다 눈물흘려 이깜 도 내일
펼을 맺을손어 이때 나 저때

도 언제나 한 없 이 아
우 춤벼가 나릴 째

그리 운 별아 래

겁처 없 은 방랑 길

釜山・新協樂器店

映画 "스타" 誕生 主題歌
No. 64
新人發見係
韓山島 作詩
白映湖 作曲
방운아 編曲

근사한 몸맵시 날씬한 스타일 얼굴이
기다리 합새비 난쟁이 뚱뚱보 모두가

아름다운 아가씨 볼찾아 서 대서울
어이해서 모모양 요꼴이 뒷골이

강안을 이거리 저거리 산을 이 뒤려보아
근사한 미인을 붙들고 간판을 살펴봤드

도 도무지 안보이네 찾을길없
아이구 맙소사 지옥견못보

네 아단났네 큰일났네 못찾는날이면
삼십육계 달아나자 장히는 날이면

포기리가 아니다 나
꼴용이 북잡히 자

No. 65

航海日誌

夕旅人 作詩
李正筆 作曲
노래 방운아 編曲

물세 아 구 슬 이 울지
바람 아 부 러 라 파도
을 마 라 쓰 라린 그상처
야 쳐 라 때 묻은 옛추억
가 다시 새 로 워 고요한
을 씻어 나 가 오 사나히
등잔 아래 속삭인 사 람아 수집 은 기 밀며
가는 길은 일곱개 큰 바다 동백 꽃 향해 일
리 동백꽃이 곱드 라 또도는 마도로 추억에잠
리 바다우에 날리 고 씩씩한 마도로스 휘파람불
겨 부릿 리 뎃키에 기 대 조각 달만 바라본 다
며 뱃머 리 울근간 처 녀 뒷모습이 떠떠본 다

No. 66
말없는 제2
夕 旅人 作詩
李正筆 作曲
노래 방운아 編曲

그렇게 미칠듯이 울며
외쳐라 멀리 못할 인연
가거라 못쓸 사람 허무

불면 어 꽃필때 이항구를 찾어
이러면 애당초 만난 것이 한이
한꿈 아 속아도 웃는 것이 사랑

은다고 목매인 말소리로
로구나 사나이 모진가슴
어린가 힘없이 도라서는

목매인 말소리로 맹서한 그대 새봄은 도라와
사나이 모진가슴 흐음에 겹어 빵안개 짙어오
힘없이 도라서는 무거운 발걸 무심한 구름비

서 명크라 되였건만 소식은없 내 못
눈 라지장 응대밀에 홀로앉아 내 외
만 눈물에 어린가슴 적셔면 내 갈

면은 이항구
로로
없는

No. 67

푸른 時代

한상도 作詩
白映珠 作曲
노래 방운아 編曲

샛파란 바다 하얀물결 이 부른
산맥 봉오리마 다 부른
넓은 벌고동소 리 은은

다 눈짓한 나 갈매기는 너풀너풀
따 천구름은 둥실둥실
흥 들려온 다 솟아지는 임매임ㅿ

파도는 늠실늠실 사랑 싣고
산울림 엇흥엇흥 젊은 꿈을
머무은 소근소근 해촉 리라

달려가라 보타 보드악 달려가
가득싣고 하야 징코쓰를
달려가라 가우 보이야

자 꽃구름 이 피어있 는 수평
우뚝옷 은 향불 에 깃발
푸른꿈 이 타오르 는 지펴

선 넘어 로
흥 불 로
신 넘어로

No. 68
갈매기야 울지마라
千山峰 作詩
許初九 作曲
백 방은아 編曲

잘있거라 떠날적에 잘가
눈물젖은 손수건을 흔들

세요 네 항구에 인정이란
어주는 항구의 그인사란

이런 것인데 보내는 사랑없
이런 것인데 사랑도 보도없

이 홀로 떠나는 외로운
고 바람따라 서 떠도는

청춘이 다 갈매기야 울지
청춘이 다 갈매기야 울지

를 마라
를 마라

No: 69

作詩
作曲
編曲

No. 21

마도로쓰 멋쟁이

作詩
作曲 차은춘
編曲
노래 방운아

푸른불 내리맡 붉은불 내걸역 오 늘도
등대불 깜빡야 파도는 처얼석 은 구슬
오늘을 인천항 해역은 부산항 바 다를

이 항구 에 뱃고동을 드 러 라리
흰 구슬 의 부서지는 맷 마 리리
생 기면서 다 라나는 사 니 히

꿈 밤대 앞에들고 날려 보는 우 잉모
냇게이 낫라면서 바라보는 방 천경
누구에 선물인가 면리 물은 손 수건

에 생긋 웃고 돌아서는 마
에 희박 라음 분다불어 며
에 생긋 웃고 바람부는

도 로 는 멋 쟁

이

釜山·新協楽器店

No. 72
恨 많은 洛東江
作詩
作曲
編曲
朴是春
노래 방운아
맛 없 이 살 아
풀 향 기 스 며
저 간 꿈 터 는 여 기 건 만
드 는 그 마 을 그 리 움 근
모 르 는 갈 매 기 들 춤 추 는 황 혼 이
언 덕 켠 에 옛 애 기 새 로 워
부 평 의 싣 은 노 래 비
갈 대 꽃 배 에 젖 는 한
맑 은 맑 동 강 아 아
니 혼 자 만 이 래 도 한 없 이 흘 러 다 오

No. 73
나는갈테야
作詩
作曲
編曲 
許敎
노래 방운아
2/4
나 는 갈 태야 나 는갈태 야
꽃 구 가 수
봉 봉 구
꽃
이 등 실 뜬 산마? 루럭
룸 길 꼬 불 꼬 불 에 걸어 가 머려
산 은 영 랑 노 자 돈 홍
에 물 래 방 아 도 느고
섭 맹 재 한 그 말까
교 떠 나 온 정 거장
함 나 는 갈 태 야
지 에
유 천 강 맑 는물 에 언어
송 사 안 나 물 께 는 준목
경 부 선 절 길 우 게 교동
갈 놀 고 2 면 은 문 사 거문 종 이 솔 사
들 갑 울 가 둠 문 딸리 보 는 엄 렬
여 불 운 논 꿈는실 가 친
거 순 딩
도 놀 님

釜山・新協楽器店

No. 74

묘표(墓標)없는 무덤들

野人甘 作詩
韓相九 作曲
박봉선아 編曲

No. 75

오늘의 感激

牛峰 作詩
白映湖 作曲
노래 방운아 編曲

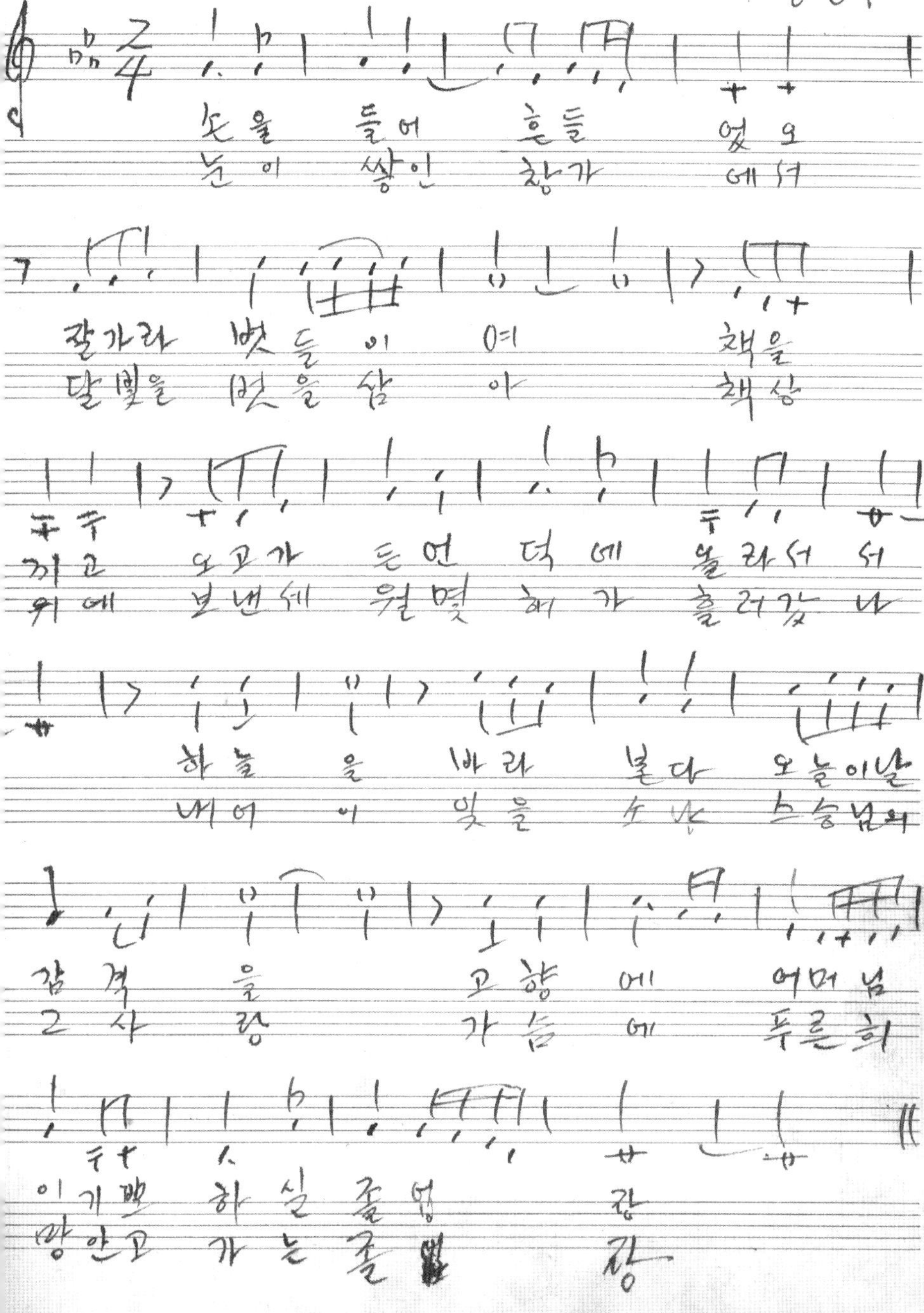

釜山·新協楽器店

No. 26
海愁
作詩
白映瑚 作曲
박영원 編曲

구즌비 오 는 바다에 와
물결잠 자 는 바다에 와

서 가만 히 불러 본 가슴에 새겨놓은
서 더듬 어 찾어 본 가슴에 파편드는

그 이름석 자 비에젖 은 갈매기 가
그리운 모 습 모 래알에 숨어 있는

높이울 적 에 나도 따 라 울면 서
그밤밤 비 밀 애닯 어 서 부르 며

추억에울 면 서 백사 장 하염없 이
못잊어 불르 며 백사 장 밤을새 워

돌고돌 밤 오
돌고 돌 밤 오

映畫主題歌
No. 77
慶尚道 사나히
金雲河 作詩
朴是春 作曲
노래 방운아 編曲

가야만 좋을까 있어야만 좋을
남의 일 같지 않은 세상 사리
때로는 비가 되고 눈이 되어도
정의만을 위하여 싸우는데는 굽힐줄을 모르는
힘도 있지만 사랑에는 약한
경상도 사나히

①
가야만 좋을까
있어야만 좋을까
희망을 안고 가는
없는 가난히 불행의
씨를 뿌린 꽃이 되어도
약속한 새봄만이 다시금 오면
구름같은 괴로움 사라지지만
인정에는 약한
경상도 사나히

②
사랑에는 꿈이 되어
남을 위해 눈이 되어도
의 정 의 등 그 래 이
힘의 정의대로 명의 새
경상 벽 정 명의 히
도 같 히 터를
사 지 울
나 만
히

釜山・新協樂器店

No. 78

鳳仙花 사랑

姜史郎 作詩
朴是春 作曲
編曲
노래 박은아

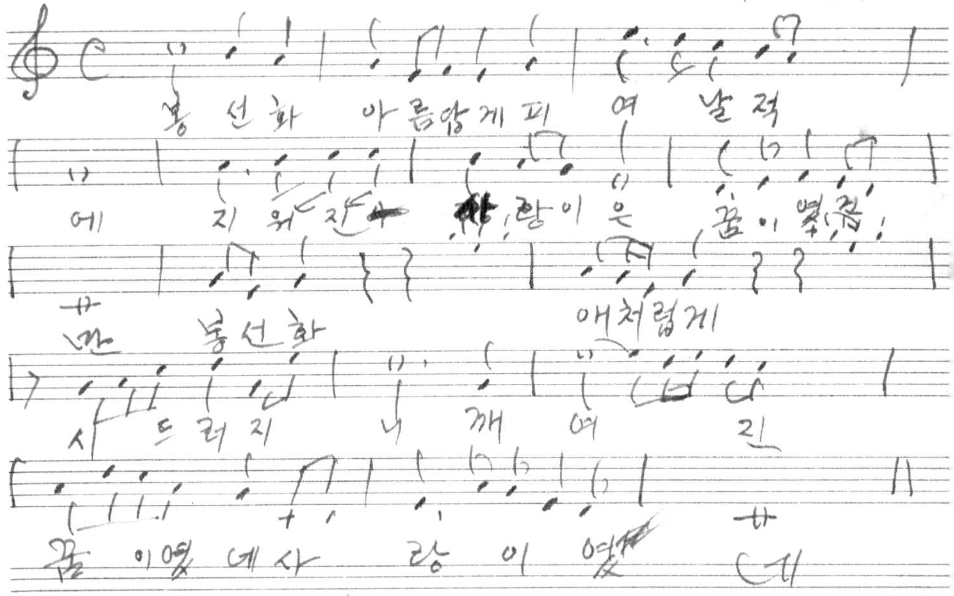

봉선화 아름답게 피여 날적

에 지워진 사랑이 운 꿈이 붉을

핀 봉선화 애처럽게

시 드 러 지 니 깨 여 진

꿈 이 였 네 사 랑 이 였

② 봉선화 꽃도리고 날로 젖컷건만
  새 빨간 그 꽃물에 젖은자욱은
  애닲흔 사령련가 가시지 않고
  꽃물이 방울방울 떨어만가네

③ 봉선화 피고지고 몇해이련가
  가고는 못오시는 사랑은 울고
  사랑의 붉은노을 눈물이련가
  꽃처음 울려주는 봉선화사랑

No. 99
山을 보고 江을보고
牛峰 作詩
許敬九 作曲
노래 방윤아 編曲
나는 나대 로 너는 너대 로 
다 같은 하늘아 래 별을
어 느때 만나려
보고 살겠마 는 어 이 해
워 도 보고파 도 찾 어 갈
별와 나 는 사 랑 을 잃고
길이 막 혀 언 제 까 지 나
山 을 보 고 강을 보 고
山 을 두 고 강을 두 고
살 아 살 하 나
살 아 살 하 나
釜山・新協樂器店

No. 80
산도 잇치맨
野心草 作詩
李正華 作曲
노래 방윤아 編曲

로 이도 안경에다   차 뺀 진 모자   방울을 찰랑찰랑
사 나히드+남어   몸 단장하고   꽃에라돌전들
최 스최좋다마는   영리리 신사   노랙기방울방울

눈들 멘간 다   산도 잇치맨   산도 잇치 맨
졸추며간다
흘리며 간다

멋 지 게간   다   거 리의 웃음거리

산 도 잇치맨   이 름은 좋다마는   산도 잇치 면 눈물
해여
애닳

을 감추 자 ㄴ   하 늘 을 본   다
린 마누   라 을   길 에 만낯   네
오 긴한   눈 울   위 로 봄 에   서

No. 81
幸福의 왈츠
夕旅人 作詩
李正華 作曲
노래 방윤아 編曲
나의 가슴 깊이 흐르는 호수 에는 푸른
나의 가슴 깊이 잠자는 호수 에는 둥근
하늘 흰구름 떠 돌고 산들바람 불고
달콤 은하 떠돌고 아름다운 하늘
새들의 노래부 르는 푸르른 언덕에 풀 꽃 아름들녘
행복의 은빛속 깨는 노래를 부르며 예쁜 꽃이 춤춰
내 아름다운 젊은 청춘 幸福의 노래
내 사랑노래 부르면 서 언제나 젊은
희망의 노래 부르면 서 나의 가슴
자연의 청춘 품에 안겨 나의 가슴
길이 새겨진 꽃속의 그 대 영원히 내 가슴속에
길이 잠드는 사랑의 그 여 영원히 내 가슴속에
釜山·新協楽器店

映画主題歌
No. 82
푸른 鄕愁
半夜月　作詩
金華榮　作曲
編曲
방윤아

고향도 멀고 멀다 사랑도 멀고 멀다
하늘도 맘이없 바람도 말이없
이 늘도 소식없 내 來日도 기약없

다 못잊어 가는고향옛 나 못찾는 사랑이
내 꿈도 떠도 이집이 나 말뜨는 지벽이
내 꿈도 섧히 사랑이 나 허무한 세월이

밤마다 꿈결마다 헤매는 이내맘
그리워 불러보는 방황의 옛노래
타향에 흐느신세 사나히 푸른향

사 허 하늘 한잔술 이 붓내그
여는 물진두방은 이 에
수 달 레는 한잔술

두 리 다 묵묵 이 다
향 구 나 사람 이 저
향다 들 흘겨 보

歲月은 멀리흘러도

夕嵐 作詩
李正華 作曲
編曲
노래 방운아

② 물새도 잠든 그 호한 강변 그대와 둘이 거닐며
멀멀에 젖어 사랑에젖어 청춘에 가슴덮며
즐겁든시절 靑春靑春은 멀리 떠나도 옛치희는 세월의
그대와 둘이 거닐든강변 나혼자 울며 헤매네

③ 햇발은 희망 달발은 사랑 그대와둘이 바라기며
웃음에젖어 행복에젖어 영원 한 자연속에 즐겁든시절
세월 세월은 멀리 흘러도 남모름은 세월의
그대와 둘이 즐기든 세월 나혼자 울며 보낸다

그 뱃사공 가는 길

夕旅人 作詩
李〇華 作曲
노래 방운아 編曲

뱃사공 반평생에 남은것이 무 어 뭇을
잡지를 말려다오 뱃거름이 머
때 묻은 쪽 새 사리 그가 갖것 무 을

바다 흘또 어진 내기 꿈조각에 뱃사공을
다
해

시는맛지 를청 혼란 생각순물
멋지 를랴 란 순물 . 을로친
뭉습 들결

마리 아리 사네달 리못하 다
긴한 숨도 가슴목 에삼켜 고
작업 목에 머리털 흘릭시 며

미련을 버리는게 파도로스 다 파 도
웃으며 떠나가도 파도 롤스 다 떠 도
파 도와 싸우는게

로스 다
롤도 다

No. 85
五百年高麗城
月見草 作詩
白映湖 作曲
노래 방운아 編曲
허무러진 이성터가 고려 
초러해진 이라리가 대왕
성인데 송악 산에 뜨는달
터인데 오백 년의 슬치어
는 옛날이 고나
는 변함없고나
한양가는 저나그네 무정무정 하리
고향가는 저길손아 타향일망 하리
만 오백년을 생각하며 시나한
만 다시못올 왕손인데 한잔술
물로 가소 읊러 가소
흘러 가소 두러 가소
釜山・新協楽器店

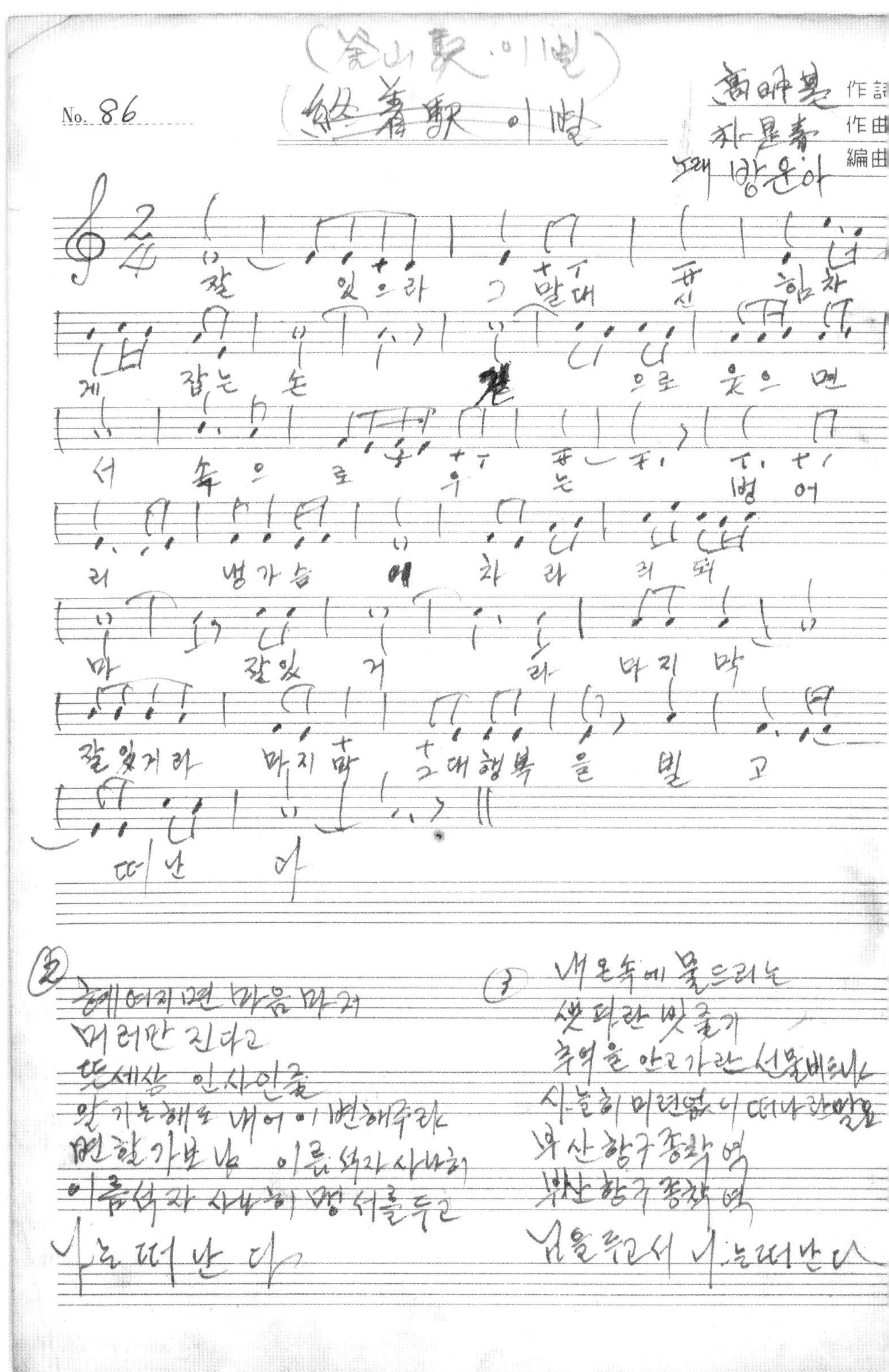
No. 86
(釜山驛 이별)
終着驛 이별
高帥星 作詞
朴星壽 作曲
編曲
그래 방은아
잘 있으라 그 말대신 함차
게 잡는 손 으로 웃으면
서 속으로 는 병어
리 벙가슴 에 차라리되
마 잘있거라 마지막
잘 있거라 마지막 그대행복 을 빌고
떠난 이
② 헤어지면 마음 다져
머러만 진다고
또세상 인사인줄
알기로해도 내어이 이별해주랴
편함가보내 이름석자 사나히
이름석자 사나히 병어를두고
나는 떠난다
③ 내온속에 물드리는
샛파란 빛줄기
추억을 안고가란 선물비단
시늘히 미련없이 떠나라말고
부산항구 종착역
부산항구 종착역
남을두고서 나는떠난다

No. 87

사랑의 거리

作詩 최是春
作曲
編曲 노래 방은미

노래를 찾고가는 서울의거리
가로수 반겨주는 서울의거리
微風이 숨을쉬는

알듯한
쌍쌍이
빌딩에

그사람이 눈짓을하네 샌파란 노타이에
거리가는 아빠그대 이 무지게 꿈을뽑는
펄럭이는 깃발도곱다 열두시 싸이렌이

가벼운 발거름 휫바람 불며 불며 걸어 간다
분두대 잔듸엔 春春의 추삭없이
울리어 오면은 情다운 그사람을 만나려가

네 웃음에 꽃이 피 는 배따라
네 새 싼래 늘어 가 는 자랑
네 새 단장 곱게 하 는 빛나

한 설 울 건널 의 노래 들리여온다 휫
의 위 울 축복 의 노래 들리여온다
늘 위 울 희망 의 노래

차게 들여온다
채도

釜山·新協樂器店

No. 88

古鄉없는 마도로스

男人草 作詩
許창열 作曲
노래 방윤아 編曲

고요 한 포구에다 뱃 머리를 돌이
내일 은 배 떠난다 오늘밤은 선술
北 한 산 바라보며 울고가는 기러

고 갈매 기
짚 으면 게   벗을삼아 노래 부르
기   찾어 갈   싶에화와 물 는 인사
          고 향산천 없으 려마

이 이 항구 저 항구 에 두고온 사
에 꼭 항을 찾지마 소 따로 로소
눈 독 쓰을 절로 만 에 잠든 유 전

랑 아 득한 수평선 에
둔 정 들면 이항구 도
전 통 일이 오는 날 을

아롱거린   이
고 향이라   오
기 다림나   다

효행가
No. 89
「여사원 주제가」
명희야 잘가거라
반야월 作詩
김화영 作曲
編曲
노래 방은아

외 로 운   그 대모습   다정한 그말소
강 변 에   쌓인너를   안아다 가 그립

리 나 홀로   안 타 까 히
때 어 버님   아버 님   의

해 매 는   이 내 심   정   꿈갈 는
그 은 해   잊 을 도   나   명희 야

파과 거 사 는   물위에 흘 러 그   서
잘가 거 리   더 워진것 내 말   마

그 대 여   울 지 말 고   내 품에돌아오라
냠 가 신   청 뚝 걸 엔   기 적 만흐여우네

내 품 에 돌 아 오 라 돌 아   오
기 적 만흐이우   내   숨 여   우

新協樂器店

No. 90
일곱번 쓸어져도
作詩 허是春
作曲
編曲
노래 방운아

일 곱 번 을 쓸 어 져 도
걸 그 곱 은 인 생 사 리
일 곱 번 웃 쓸 어 저 도

또 쓸 어 져 도
쉬 를 많 이 도 여 사 덟 번 째
또 쓸 어 져 도

이 러 선 단 말 이 있 었 던
남 간 다 는 딱 어 없 을
별 딴 에 도 딱 회 는 된

사 나 이 철벅 같 은 맹 세 이 길
사 나 이 맥 는 맥 은 結緣 이 건
사 나 이 그 순 정 에 맺 인 결심

레 놓 고 험 한 산 맥 인 들 못 넘 흐 소
점 한결 같 이 곧 은 길 울 걸 어 가 련
이 이 간 들 변 할 소 가 묻 어 질 손

No. 21
淸溪川 夜話
高明慧 作詩
趙春影 作曲
노래 방운아 編曲
사 나히 꿈을 앓고 떠나 온 밤로
舊 물이 흘러가는 청계 천 냇물
향 은 구름 잡는마음 새워만 덧없
도 땅 하늘 아름다운 먼빛은빛이
이 달빛도 부끄럽네 떠 가는은 옷소매
야 지 나간 그네 월이 못그리도 살지며
호面水 천계천번 깐자람에 나오는 또 영끔
사나히 데추자에 맺인그 희망빛일 을 위하
부 그향을 불러보 다
시 눈二며 사라간 다

No. 92 섬진강 片紙

月見草 作詞
李寅權 作曲
방윤아 編曲

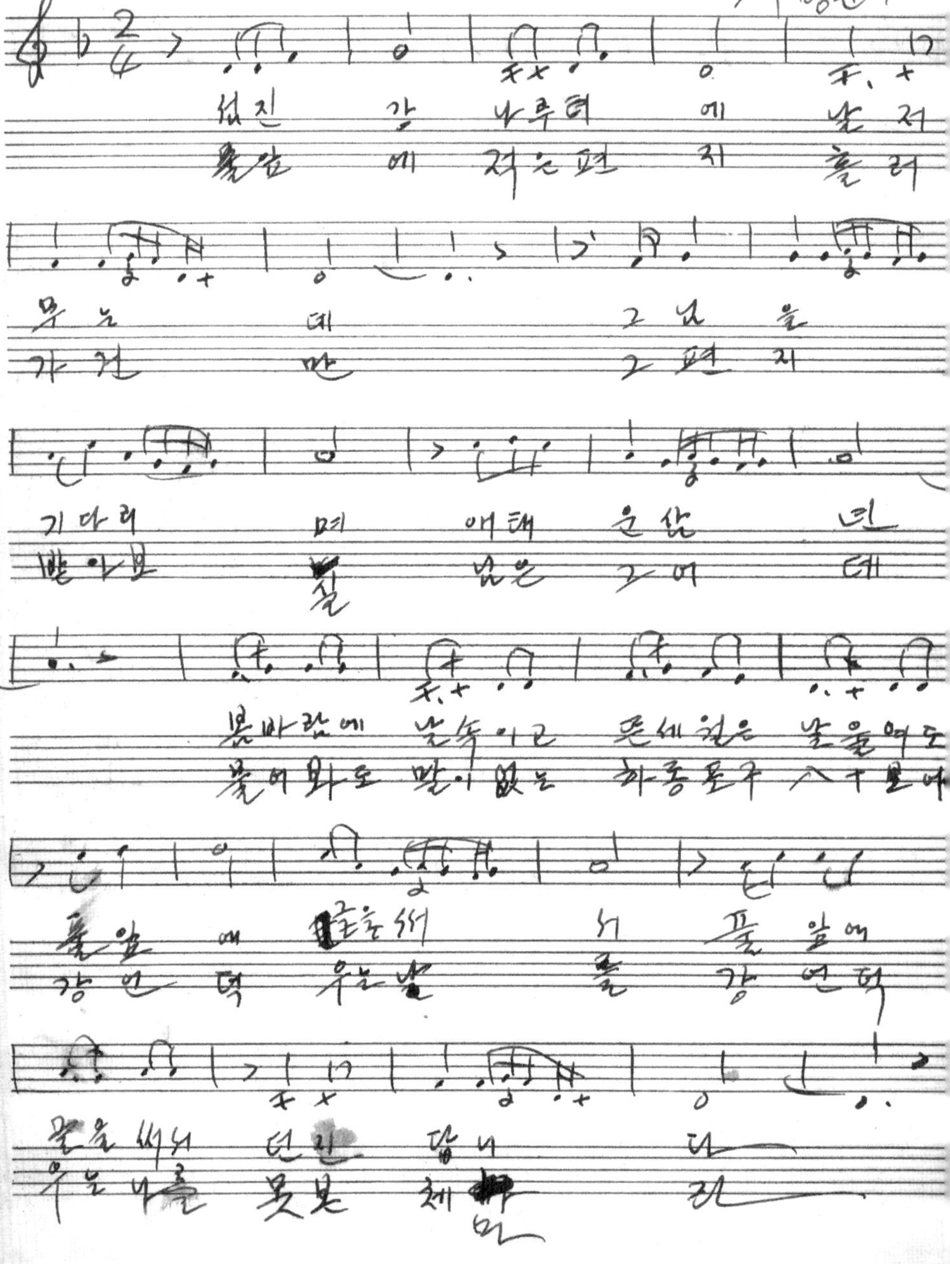

내가 떠난 고향 고개

明華 詞
金容壽 曲
노래 방운아

깨여 진들 부처 에 석양 이 부서진
산 마 루 바 위 넘 어 황혼 이 사라진

머 리 없 는 대장 군 도
허 리 굽 은 여장 군 도

위로 위 울 촛 는 내 고 향 까리론의
대장 군 찾 는 내 가 란 내가 떠난

그 고 개를 언제 넘나 산 도 라리그처 떠 는
그 간 길 을 언제 가나 산 도 라 지향 기처럼

바위 틈에 숨 어서 오 늘 도
거짓 없는 그 처녀 지 금 도

오 늘 도 기다 리 겟 지
지 금 도 울고 있 겟 지

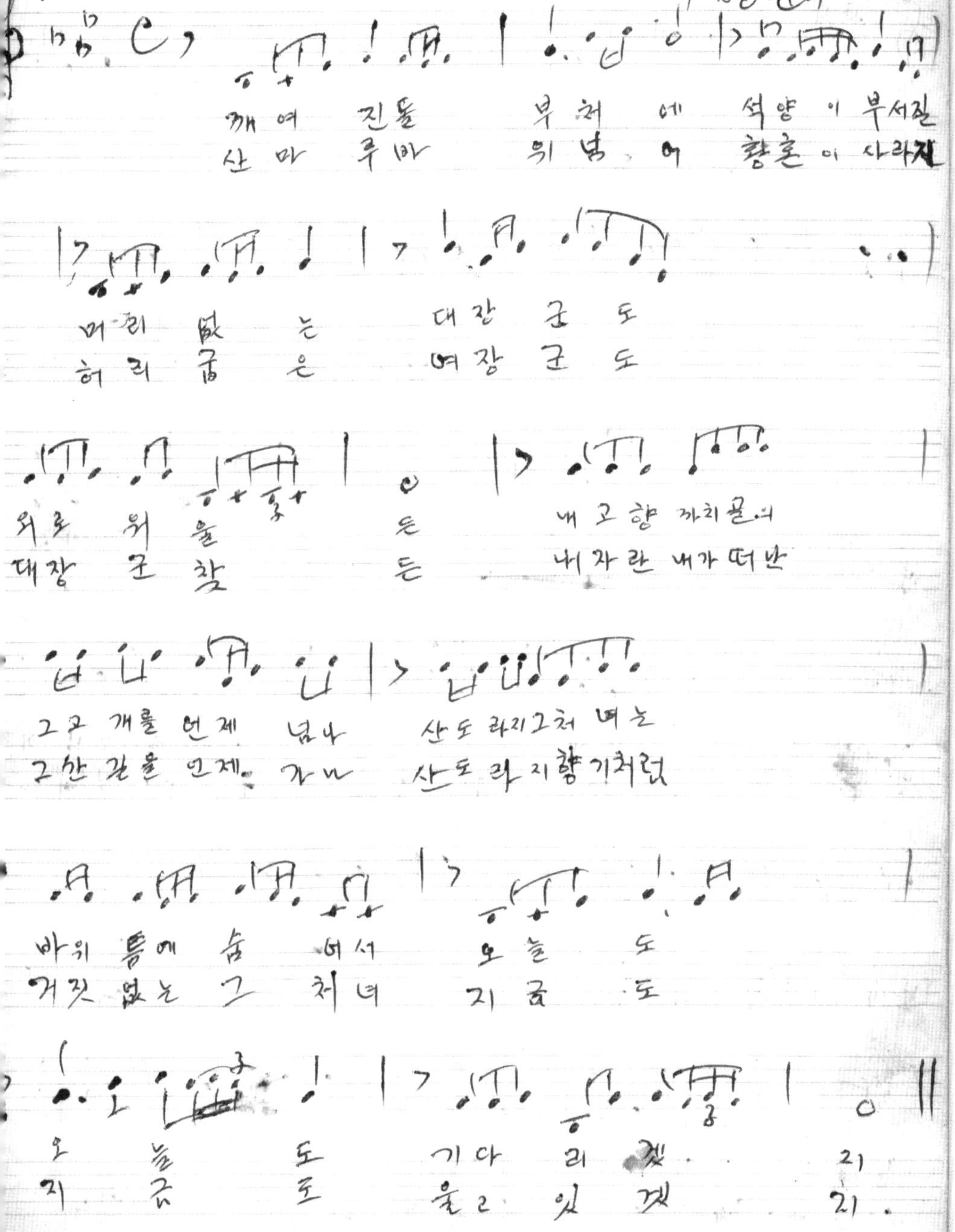

94

"이별의 노래집"

南原의 이별

韓山島 詞
白映湖 曲
노래 방운아

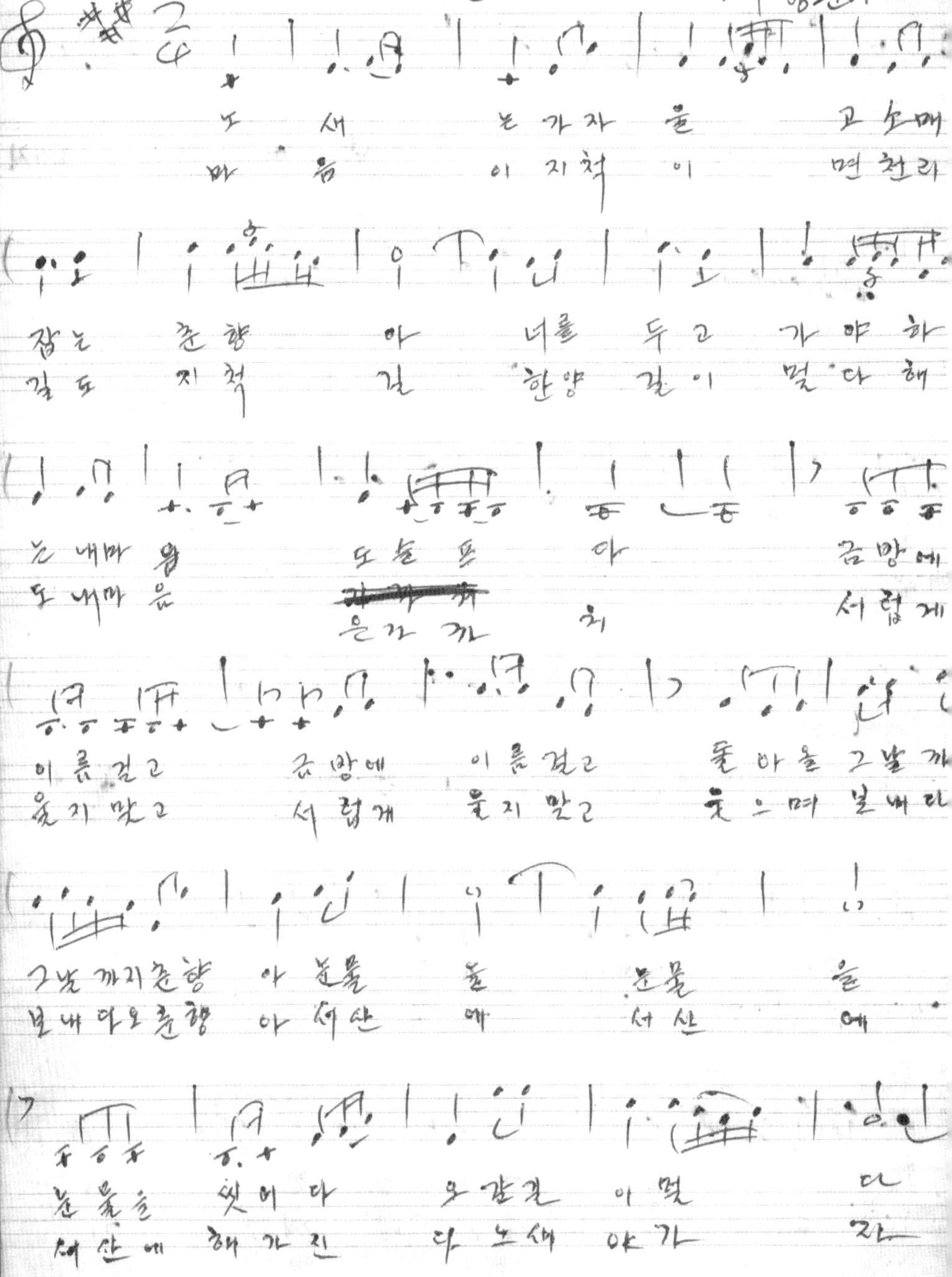

영산강 처녀

배창남 詞
백영호 曲
노래 방원아

봄 소식 한 자 두 자 님께
한 소식 전하려 도 간 곳

할 아사 연 을 맞서 리 며 쓰는
라 못전 하 ㄹ 강 건 제 비 도 라

지 전할걸 없 네 강
도 소식이 없 네 못

덕 물레방 아 풍년 가 를 불 러 도
는 우리님 께 진달 래 꽃 편 지 를

고기 잡 이 가신 님 은 소시이 없
영산강 변 빨래 터 에 뒤 쳐 놓은

한 숨 짓 는 영산 강 처 녀 야
한 눈 짓 는 영산 강 처 녀 야

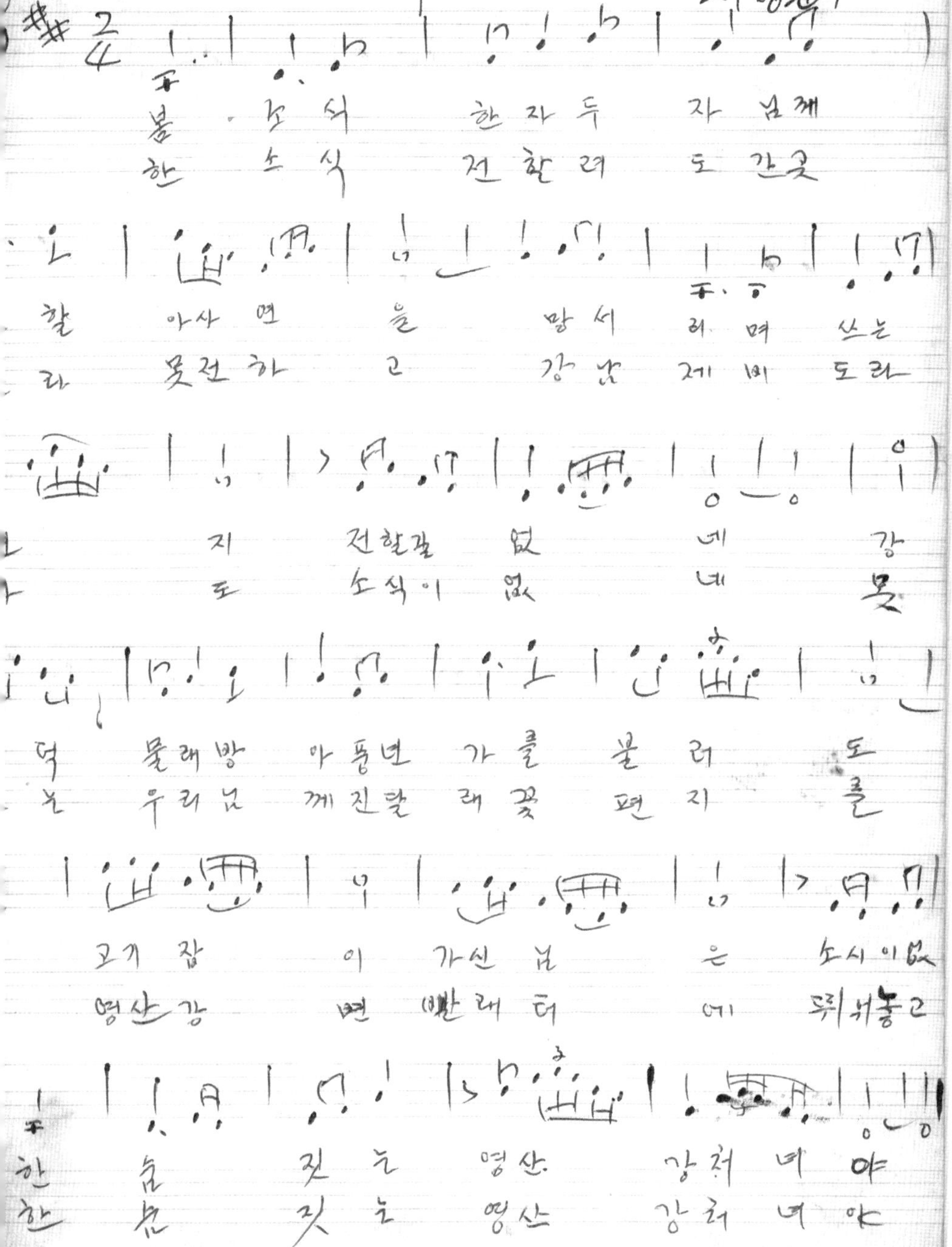

나그네 旅愁

하염없는 저 늘은 저고개를
하염없는 저 푸른 저강물을 건넜건만

왜 내가 가아 하나 녀어 여하 나 저녁배
왜 내가 가아 하나 건너 야 하 나 오늘부
가 아 했 오샌겄은 아직 도 먼 다 청춘

란 찬 거 은 데 오늘밤 은
은 부 를 속 에 말 넘마 저
찾나 도 없 ㄹ 시름없 이

그어 데 서 하로 밤한 토롱 맘
음없 노 도 데는 주막 고 정 호롱 불
해매 도 나 내 빛

끔을 싱 을 까
어데 있 물 하
말빛 절 는 다

못 잊어줄 앓고

高明書
李實友
노래 방

作曲

느 즈 랑

떠나가 사라가 만은사

이 초 물 때

사속도

흘러라

네 해

제 한줄

주로 세상 은 정

머정두 간기데 난 저어

꼬리도로

멀머

간소름 딸러천 선의복 이진리

한도 밝히흘러 맑게러럼 걸히지않 없무청

물로물 못젖마 여서춤속 에

素천꽃 月강피

의레면 詩뜻못 한간이 누래는 그어못 데더밋 감운어 두미마보 르니내

우온기 며명때

눈물 로세 해이잇 웠빛 나눈놀 젖물 예내니

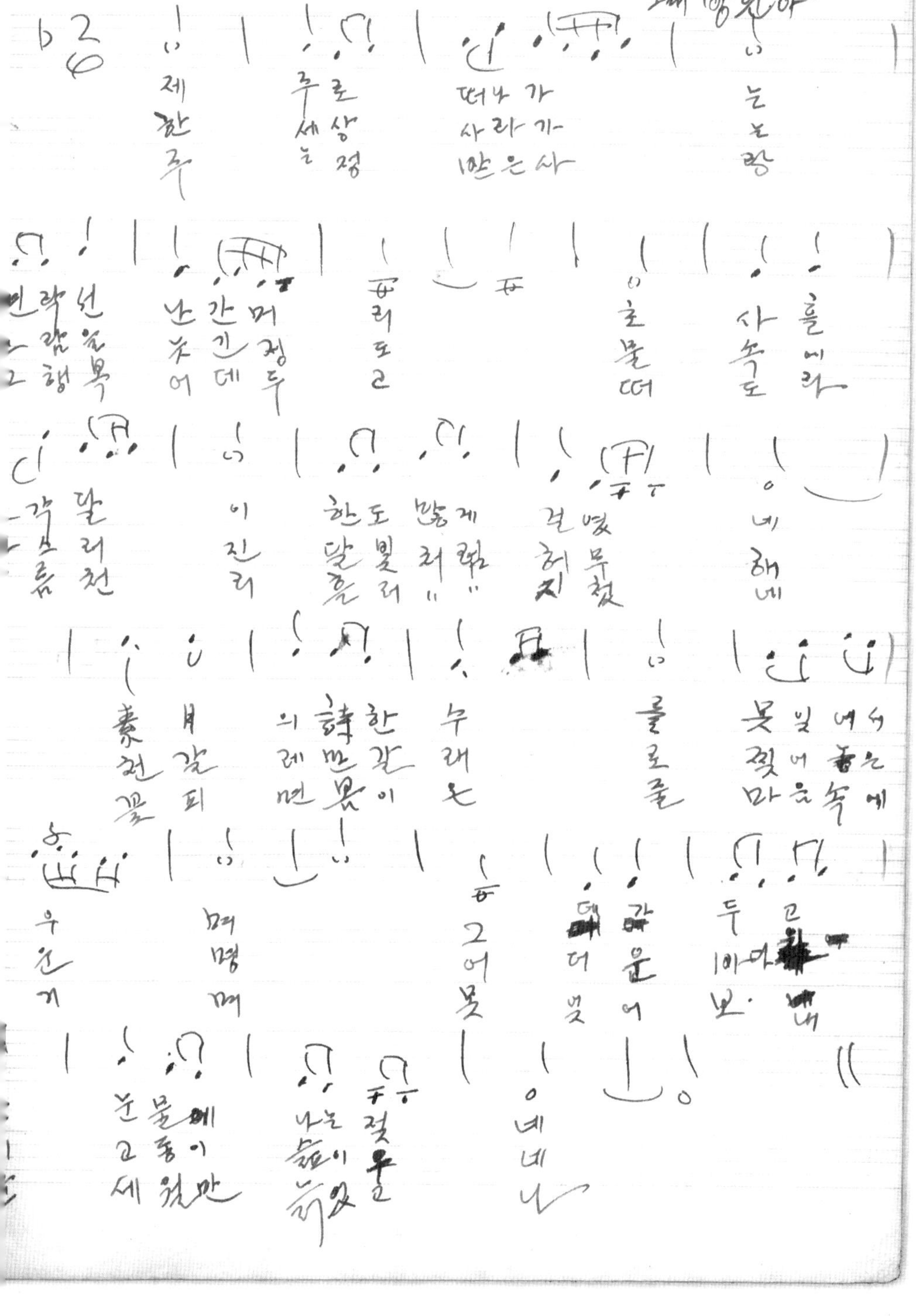

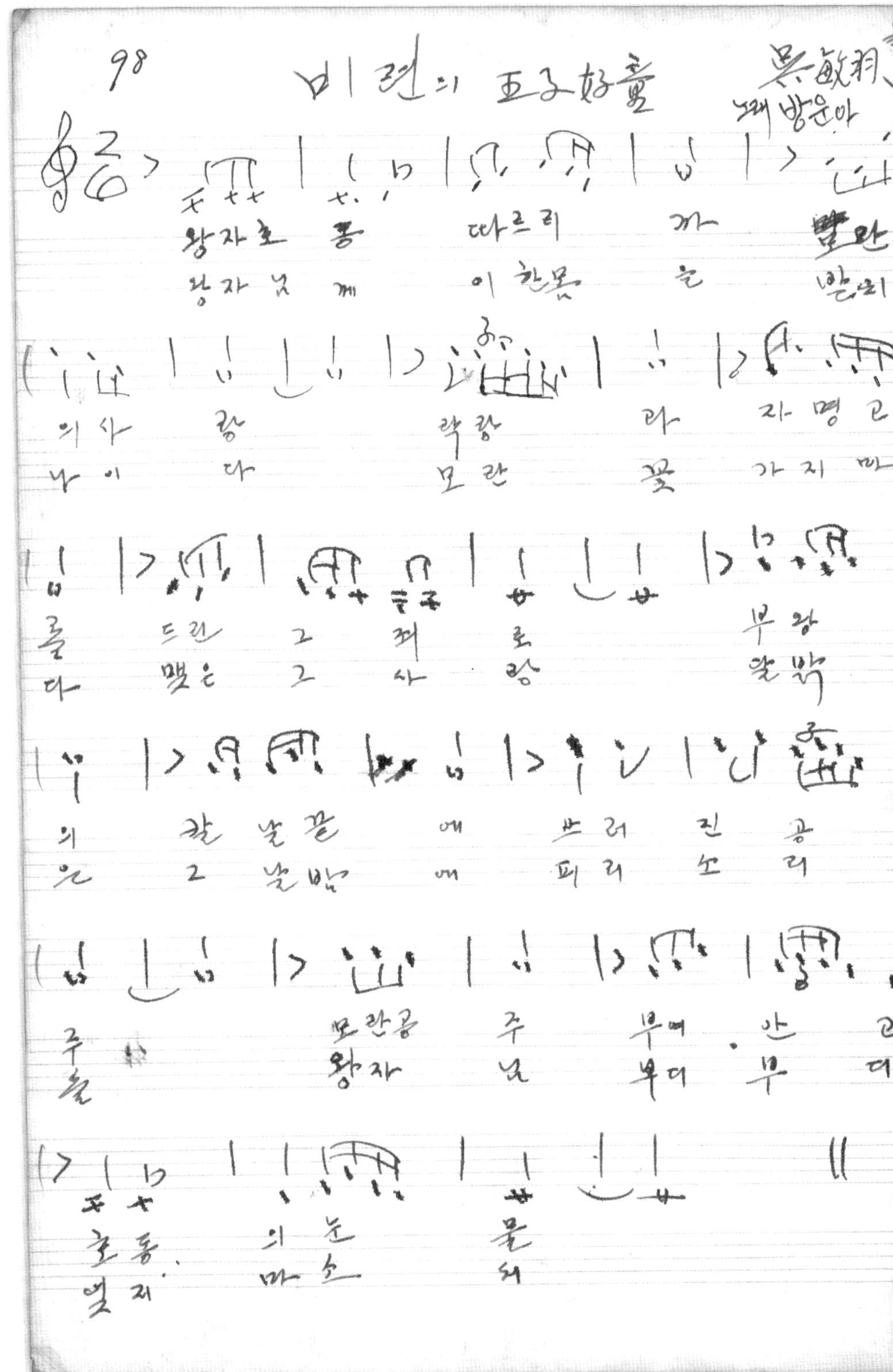
98
비련의 포구 好童   吳敏羽
꽤 빠른아
왕자호 동   따르리 까   빨 만
왕자 것 께   이 한몸   는   받리
의사 랑   락랑   라 자 명ㄹ
나 이   다   모 란   꽃 가 지 마
롤   드린   그   쥐   로   부 랑
다   맺는   그   사   랑   꽃 밤
의   찬 꽃끝   에   쓰러 진 공
은   그 꽃밤   에   피리 소 리
보란공 주   부며   안
왕자   요   부더   부   더
주   을
호 동   의 는   물
별 자   매 소   서

99

湖南線 사里길

吳敏卿 詞曲
노래 방운아

비가오 네 비가오 네 호남선
떠나가 네 떠나가 네 호남선
산도절 네 강도절 네

천 리 길 한마지 천리
모진서 름 빛은려
안타까 운 이 별이

자 눈물 배럿 네 님이며
고 나를 로 가 네
라 꽃길 도 절 네

왔어요 님이여 잘 있어요 몸부림 치든 그손
기다료 울지마오 영락선 떠는 함구
기다료 잊지마오 정두로 맺인 그맴

아 사랑 아
아
아

봄날이 께 운 만
그리워 나는건 이
외로워 임 이운 이

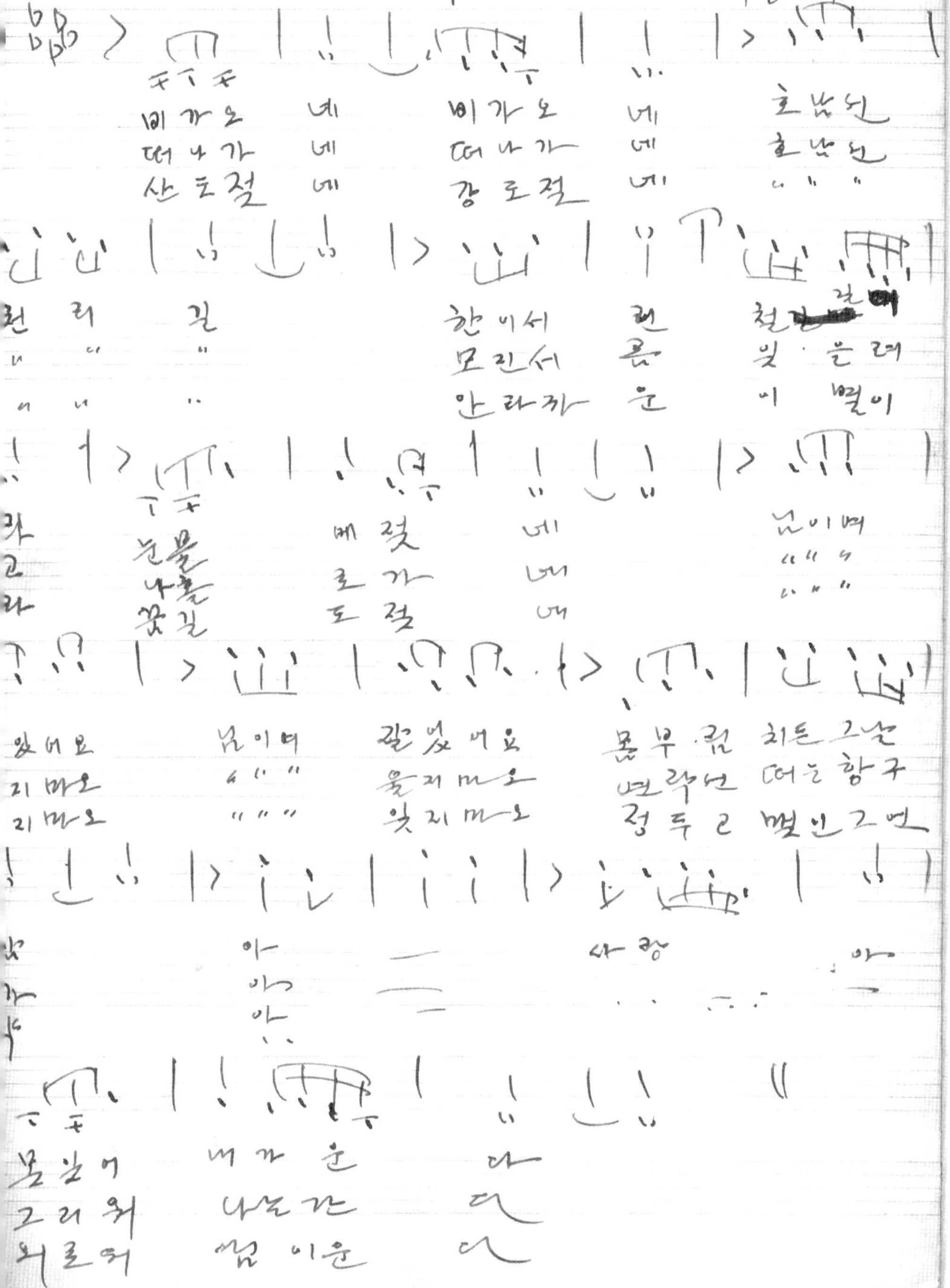

100

사나히 一生

韓山島
白映湖
노래 방운아

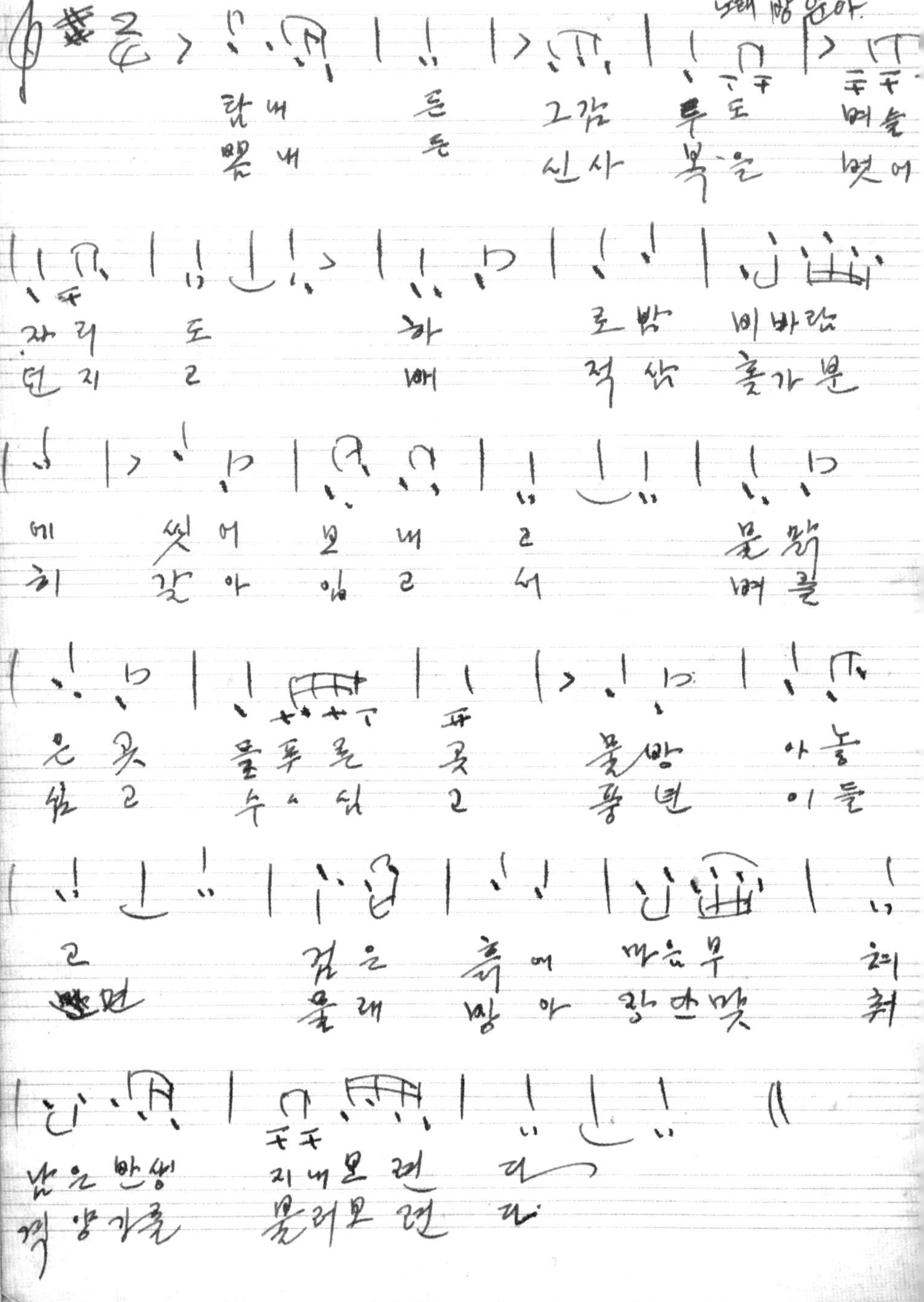

101

부라보 人生

노래 방운아

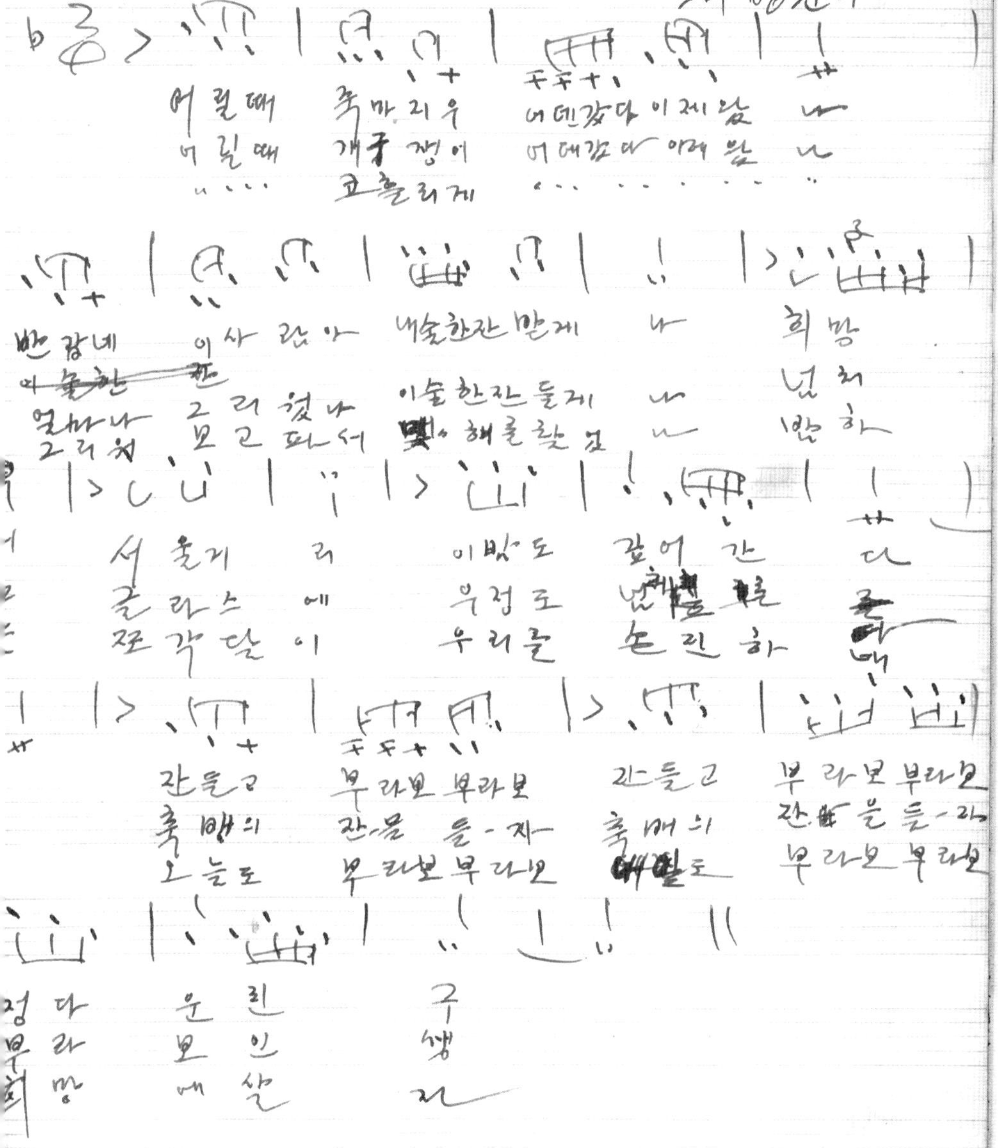

어릴때 꽃마리우 어데갔다 이제왔 나
어릴때 개구쟁이 어데갔다 이제왔 나
코흘리게
빈잔네 이사람아 내술한잔 받게 나 희망
얼마나 그리웠나 이술한잔 들게 나 넘치
그리워 보고파서 [illegible] 해를 찾았 나 빈한
서울거리 이밤도 깊어간 다
글라스에 우정도 넘치는 구
쪼각달이 우리를 손짓하 네
잔들고 부라보 부라보 잔들고 부라보부라보
축배의 잔을 들자 축배의 잔을들라
오늘도 부라보부라보 [illegible]도 부라보부라보
정다운 우리 구
부라보 인생
희망에 살 자

지금도 못잊겠네

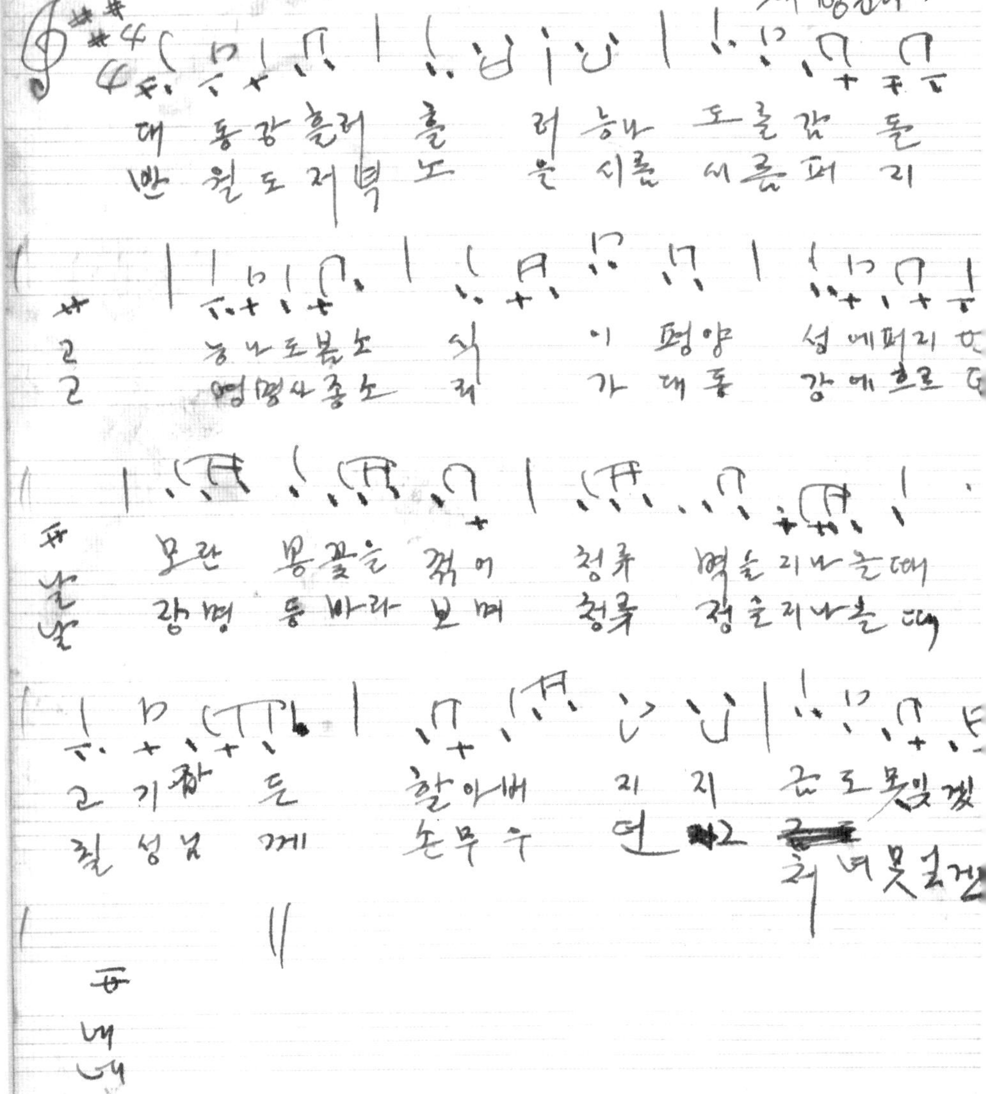

103

뉴욕에 맞선 친구

作詞 半夜月
作曲 白映期
노래 방윤아

#2/4

만 가 위 라 내 친 구
잘 있 었 나 내 친 구
잘 왔 구 나 내 친 구
ㅎ
아
아
아

게 멸 해 만 이 드 나 팔 일
나 보 니 꿈 같 리 나 세 상
언 만 에 맞 나 르 나 부 모

도 맘 어 보 고 육 이 오 도 격 건
정 가 지 가 지 오 서 름 이 오 죽
제 쳐 자 권 숙 지 금 어 데 계 시

데 타 관 객 리 떠 나 니 며 가 진 그 생
가 락 화 류 수 노 래 하 드 어 린 시 절
가 날 라 가 는 구 름 깥 르 자 네 소 식

왔 겠 지 얼 골 을 보 ㄹ 말 들 으 니
리 처 라 손 목 을 잡 ㄹ 반 겨 도 록
왔 드 니 세 월 만 가 ㄹ 오 는 당

오 늘 이 반 연 라 나
달 섯 화 풀 어 나 보 세
이 로 세 반 가 음 르 나

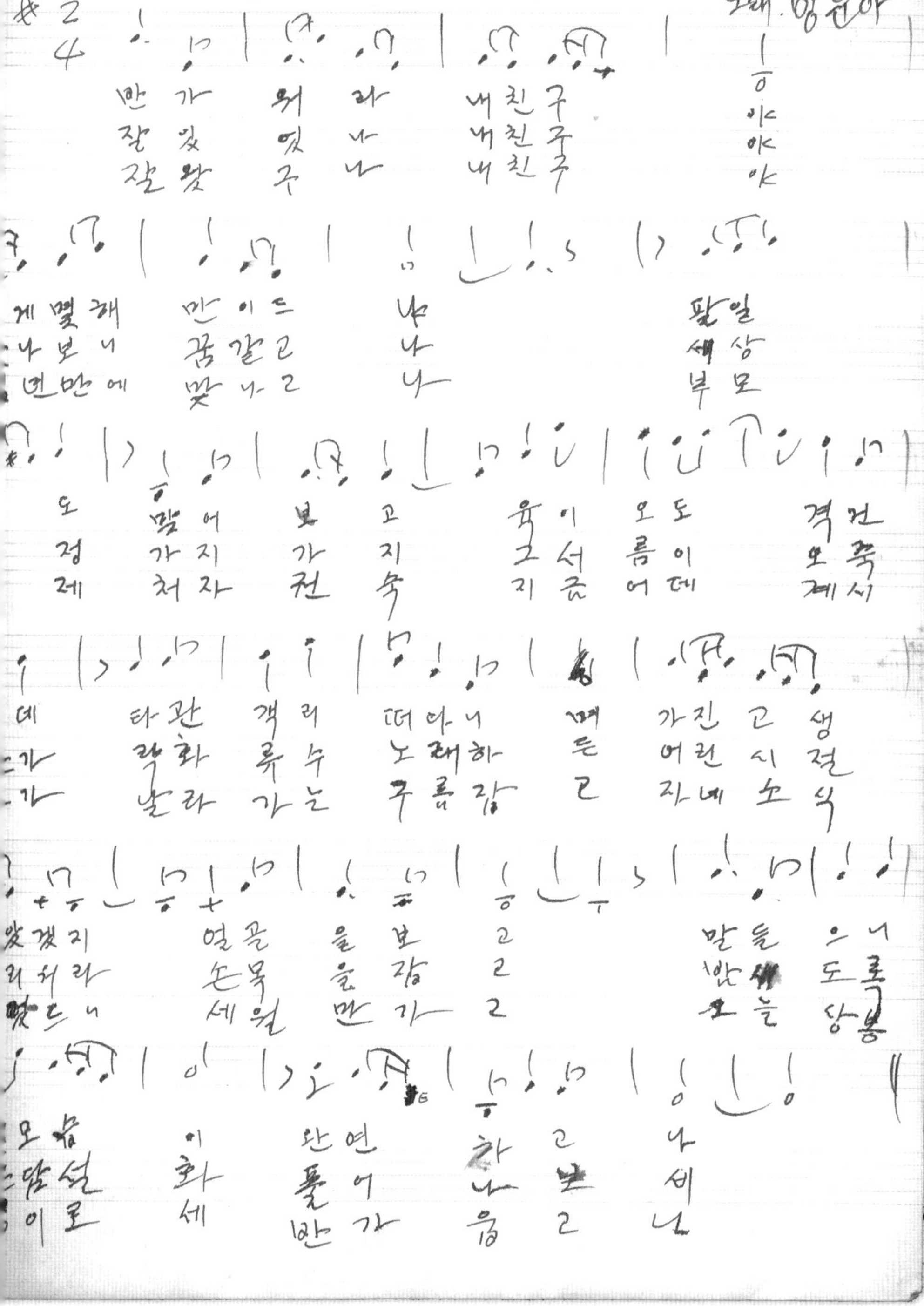

104
노을진 고향 하늘
노래 방운아
作詞 金振京
作曲 羅音波
고개— 넘어 바라 보 는
눈 감 으면 꿈 길 속 에
노을 지는 저 하 늘 고향 하 늘 불 러
사모 치는 아득 한 고 향 산 천 그 리
소리 쳐도 고 향은 대답 없고 메아리 만 들려
불러 봐도 그 님은 대답 없고 문풍지 만 슬퍼
네 들 려 오네 무심 한 산새 들이 나그네
내 술 퍼 우네 주막집 등잔 불이 나그네
이 가 슴을 울려 주 는구 나
이 가 슴을 울려 주 는구 나

105
노래 방운아
作詞 月見草
作曲 羅音波

고향 천 리 남도 천 리
산 꽃 따 라 물 길 따 라

떠나온 천리길 에 고개마 다
돌아온 타관길 에 돌아서 서

머놓은 주막마다 남겨놓은 나그내 역
바라보던 소리쳐서 불러보던 그리운 ㄹ

저멀리 강물처럼 흘러왔다 ㄹ
새월을 수놓잡는 사나히라 쉬

멀리 뜬구름처럼 날려왔다 ㄹ 흐르리 는
없이 헤메여도는 밤길이라 서 오늘밤 도

밤을 먼 기에 못가는 고향길 찾어볼 내
은 나 그내 달따라 별따라 흘러라 에

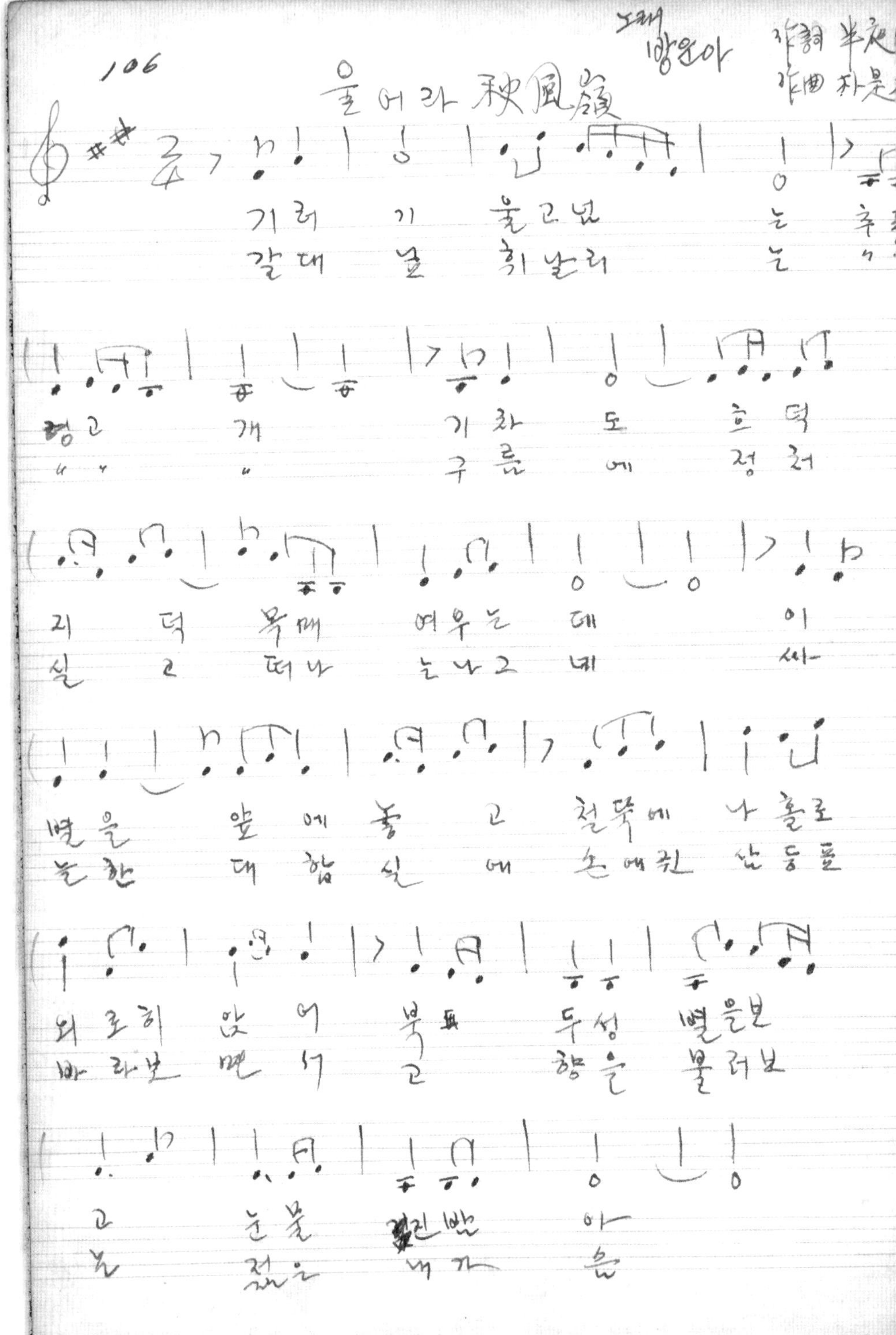
106
울어라 秋風嶺
방운아
作詞 半夜
作曲 朴是
기러 기 울고넘 는 추
갈대 닢 휘날리 는 추
령고 개 기차 도 흐덕
구름 에 정처
리 덕 북때 여우는 데 이
실 ㄹ 떠나 는나그 네 씨
별을 앞 에 놓 고 철뚝에 나홀로
늘한 대 함실 에 손에쥔 삵등틀
외로히 앉 어 북 두성 별을보
바라보 며 ㄱ 향을 불러보
고 눈물 젖린빰 아
는 젖은 내가 슴

내가 아는 憲蘭

月見草 作詞
金星根 作曲
노래 방은아

부산 애래리

月見草　作詞
金星根　作曲

오륙 도 파도 멀 리
영도 섬 산마루 에

뱃머 리가 가물 가 물 정 판두
회연기가 가물 가 물 그 아가

고 봄은 가 니 사랑도 가 지가
새 울려놓 고 물결만 출 렁출

지 부두 가 전봇 대 에
정 갈매 기 나래 끝 에

찢어진 손수건 은 그누구의 무정기
흘어진 꽃다발 은 어느님을 원망

그누구의 이별의나 부산 애래 리
어느님을 기다리나 부산 애래 리

아메리카 로맨스

노래 방운아 　月見草 作詞
　　　　　　　金炳根 作曲

네온 불이파도 치 는 메 트 로
빌딩 마다노래 하 는 메 트 로

리 탄 젊은 이의 낙원이
리 탄 라 이 트에 눈짓하

사 랑 의 낙 건 얽히는
오 페 라 싱 거 불란색

동 자 에 넘치 는 행 복
래 스 에 휘 감 긴 사 랑

라오 르는 가슴 에 장미꽃을 않고서 노래
부서지는 리듬 에 아름다운 곡선 미 멎은

그날 밤 은 아메 리 카 선 에
잊지못 할

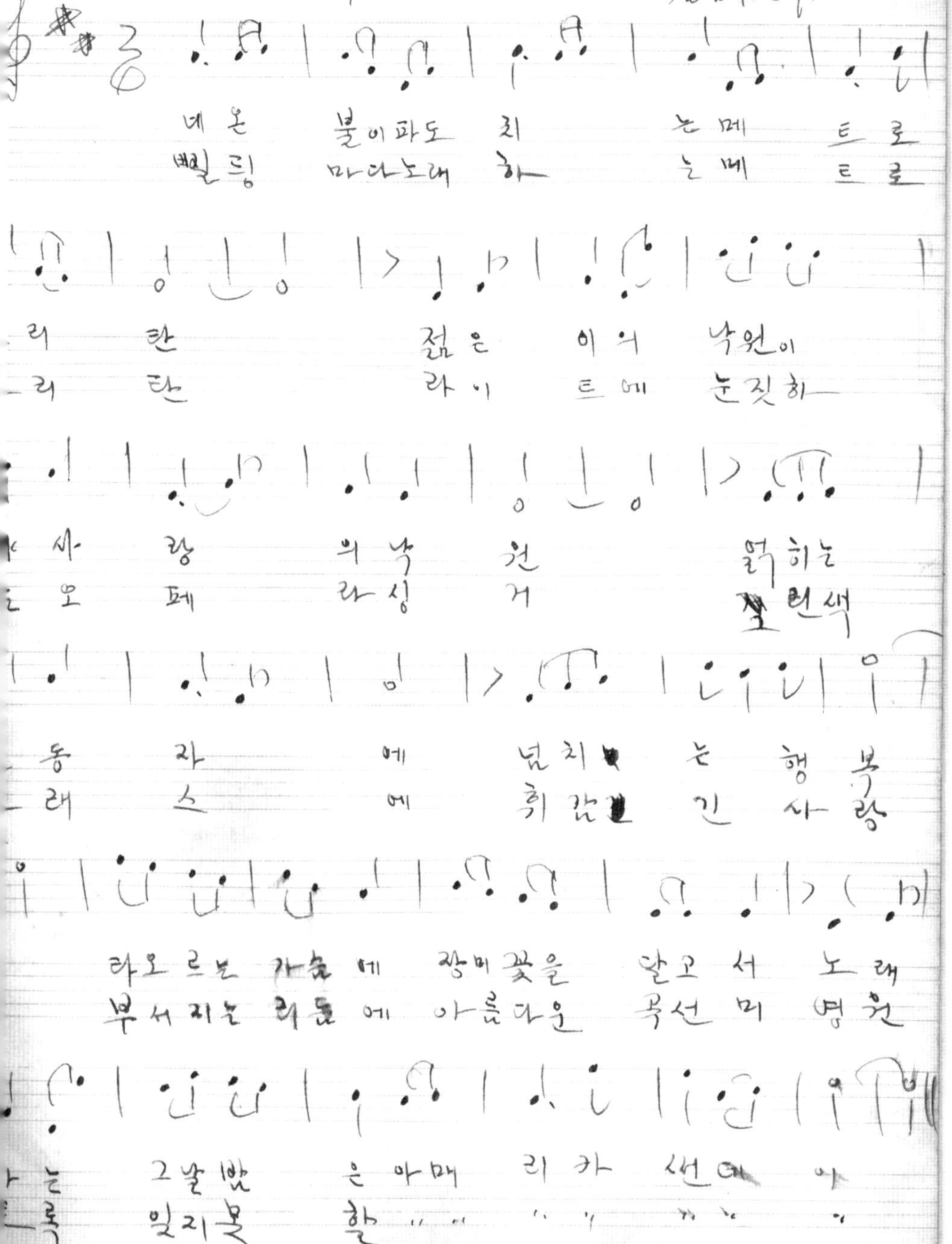

110

釜山港口

노래 방운아　作詞
李炳元　作曲

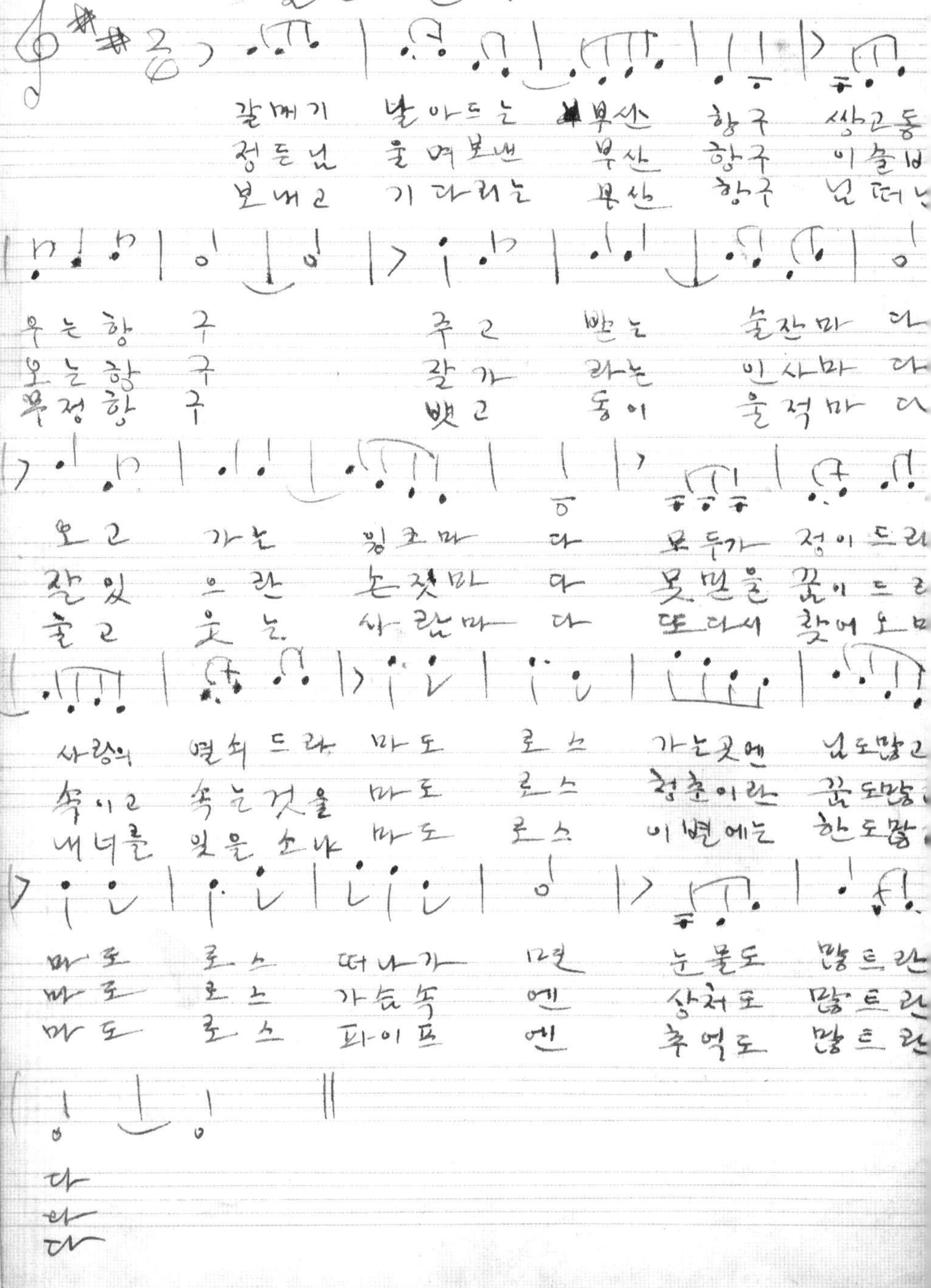

갈매기 날아드는 부산 항구 쌍고동
정든님 울며보낸 부산 항구 이슬비
보내로 기다리는 부산 항구 님 떠난

우는 항 구　　구로 받는 술잔마 다
오는 항 구　　갈가 라는 인사마 다
무정 항 구　　뱃고 동이 술적마 다

오고 가는 뱃고마 다　모두가 정이드러
잔 잊으란 눈짓마 다　못믿을 꿈이드러
술로 웃는 사람마 다　또다시 찾어오마

사랑의 멫쇠드라 마도 로스 가는곳엔 남도많은
속이고 속는것을 마도 로스 청춘이란 꿈도많은
내너를 잊은소냐 마도 로스 이별에는 한도많은

마도 로스 떠나가 면 눈물도 많드란
마도 로스 가슴속 엔 상처도 많드라
마도 로스 파이프 엔 추억도 많드란

다
다
다

로맨스 서울

노래 맹윤아
作詩 ...
李○○ 作曲

노래 하자 꽃서 울 로맨

서 울 　사람 마다 발걸음
　　　빌딩 마다 들려오
　　　창문 마다 속삭이

넘치 는 행 복 거리
사랑 의 노 래 아가
비밀 의 약 속 눈길

다 아스팔 트새 나 라택시
들 곡선미 에넘 치 는행복
과 피리리 노푸 른 선께도

기가 명동이다 서울의 변화가는 젊은 이의
기가 명동이다 못바다 불바다다 젊은 이의
기가 명동이다 꿈속의 화원이다 젊은 이의

이피 노아백 크의 명동이 다
아시 스꽃이 피는 명동아 다
풀과 숨멋이 있는 명동이

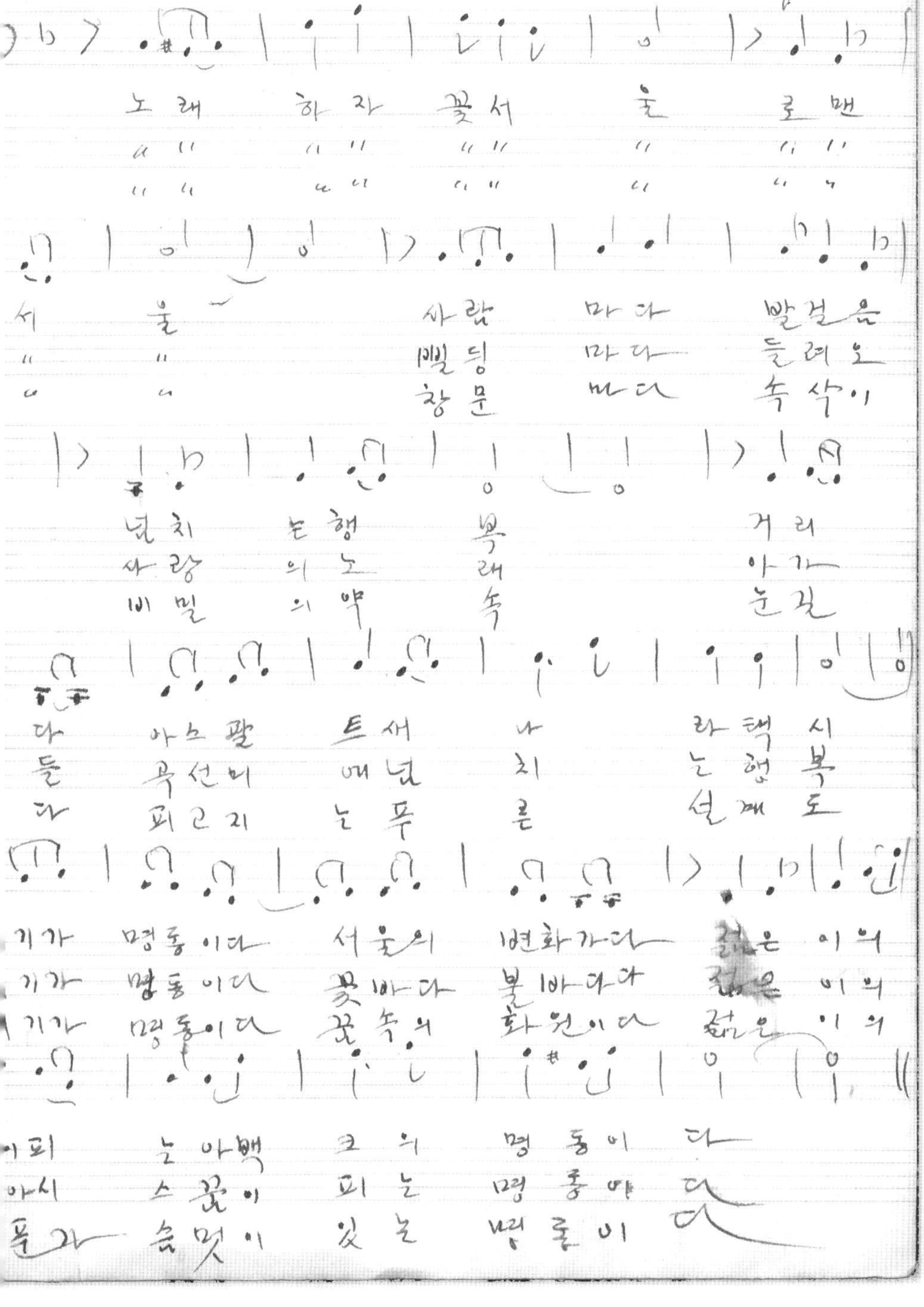

112
故鄕길
노래 방운아
作詞 朋見草
作曲 金星根
이별 하든 그날 밤 물든 그처 너 진달
연자 방아 뒷뜰 에 님 은 내사 랑 오는
쓰러 안고 가다 러젔 네 사랑 을 버린죄
가는 봄에 시들 었겠 네 고향 은 내가슴
내버린죄 로 차디 찬 타향 거리 꿈도차거 쉬
남아 있건 만 발길 은 하염 없는 다라을다 라
고향 길 찾 을 날 이 다시
오 늘 도 낯 선 땅 에 외 로
없 구
히 섰
네

望鄕의 曲
방원아
作曲 崔炳浩
고향은 멀어 도 내마음에
어 제도 오늘 로 그리워라
향이 잊 네 보일 듯 이 잠 잘듯
떠났던 골 쥐 없는 물 흐라
고향은 눈앞에있 네 타
어머니 용서하오 위 산
에 뱁은갈 어 쓸쓸한 먼인속에
란 물타란 에 떠도는 므내기몸
눈물로 불러 보느 아
언제나 그려 오느 아
망향 남노 래
어 머 남 나 랑

낙방과거

노래
방운아

作詞 月見草
作曲 李炳…

머 나머　한양길　과거길이　나무아비 타불
어 사도　간사도　청용꿈이　나무아미 타불

해저무는　주막 집에　낙방과객 설 구 려
청노새가　울어 울거　선잠꿈이 실 구 려

알 생금 제　굼의환　향　정수놓고 빌어주
청냥 님 께　두손모　아　알 왕굼제 기 천하

신　　어머님 치마 폭에　내어이 안길
신　　어머님 그마음을　내어이 돌랜

울고가자 청노새야　울고　나가　자

115

無情歲月 방울아

노래
作詩 方喜
作曲 李炳○

이슬비가 나 린다　　뱃고동이 울어 된다
화륜선이 떠 나네　　갈매기가 슬피우네

개질 은　　선창에　서　정든님을 오낸
도화 는　　아 다리　에　연기만이 흐 르

떠 나는 마음　오내는 마 음에
그 님은 가도　내가슴 속 에는

물　　인　　다　　갈 매기 너울 너울
련 이잇　　다　　샛 파란 달빛 젓는

가는 이 항 구에　은은정도　희은정도　이별하나
린자를 알새 우고　돌아 쉬는　해안 선엔　등대 만이

름 드　라 이별하네 서 람 드　라리
롬 드　라 등대 만너 의 롬 드　라

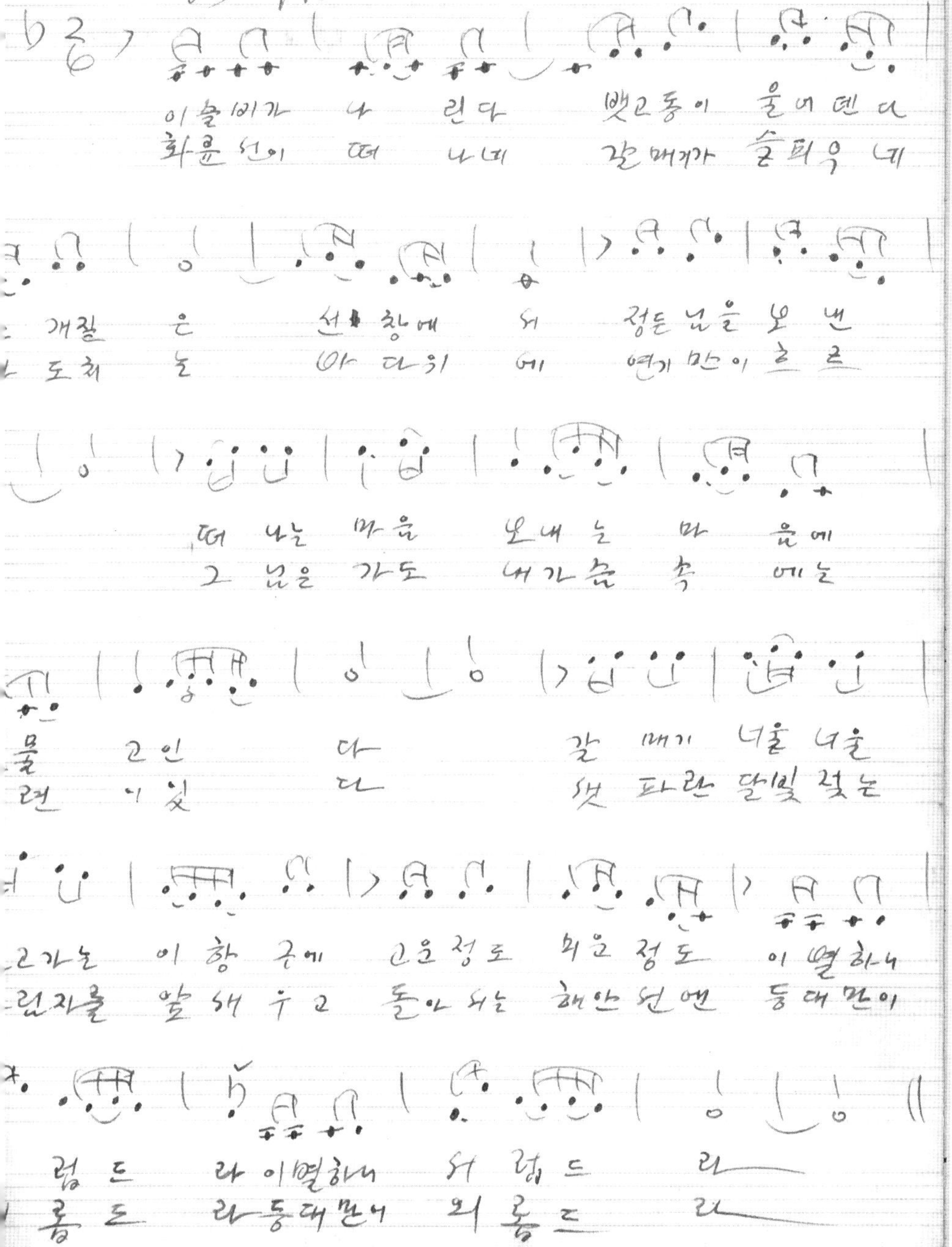

님 없는 木浦港

노래 방운아
作詞 이병주 作曲

님 없 는 목포항 을 못잊어 찾어왔
울 면 서 돌아설길 애당초 왜왔던

네
가   백 사장 동백꽃 에 얽히
        빨 자욱 자욱마 다 밟히

눈화 풀   연 분홍 치마짜 락
눈추 녁   논 까락 맹세긴 던

혜옥아 어데갔 나   쌍 르돌
혜옥아 내사랑 아   어 느날

외로돌 에 묘간곳 물어보 다
돌아오 나 그먼제 만나보 나

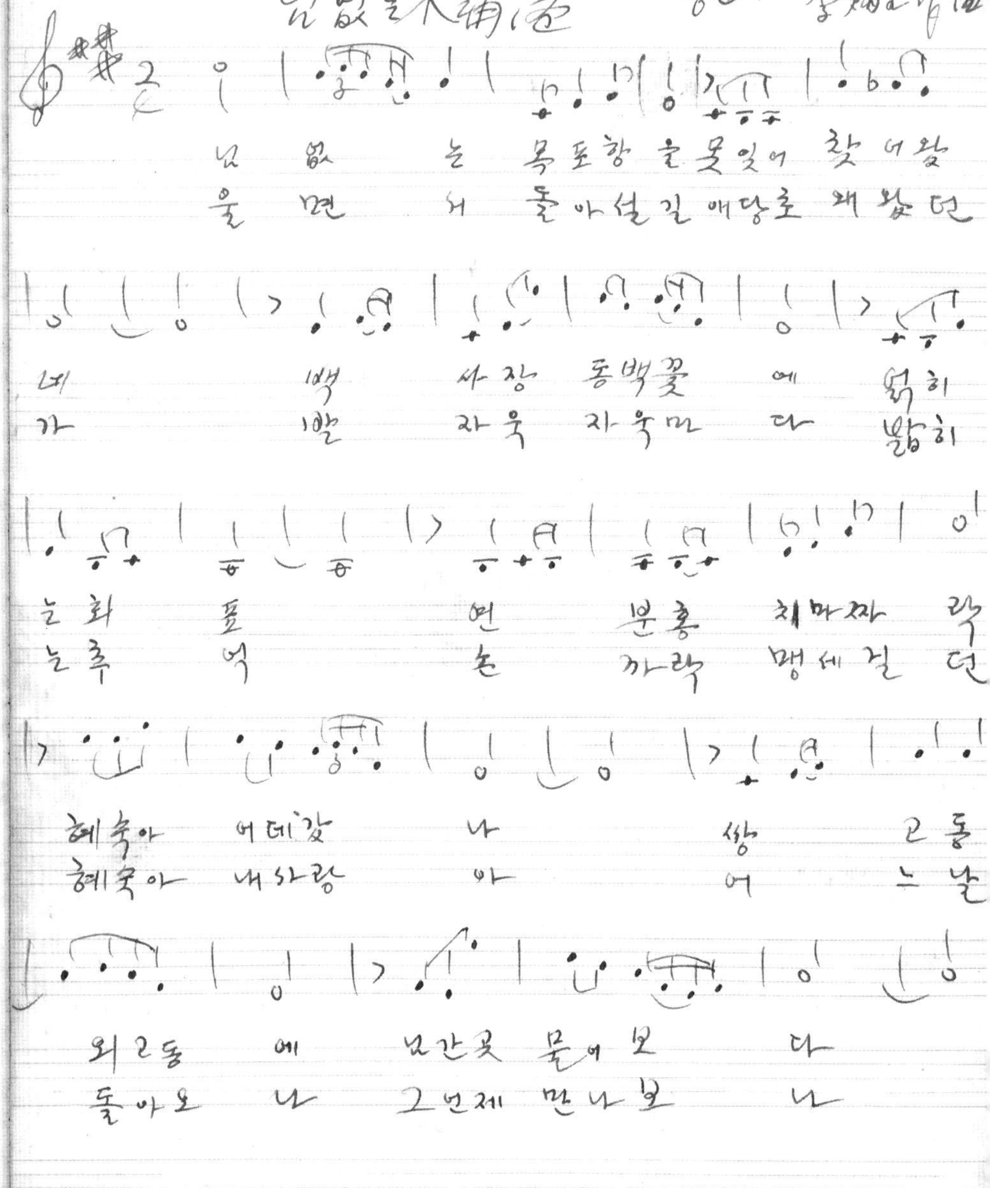

幸福의 메아리

月見草 作詞
노래 방운아 作曲

오   산넘어 가 자
오   행복이 사 는

물건너가 자   꽃 구름떠 있
희망이사 는   저 벌판의 나

저 산을 넘어서 님을 찾어가잔다 사랑을 찾어가잔
저 고개넘어서 행복찾어가잔다 희망을찾어가잔

생퇴란 배낭에다 님의선물담고서 횟바람불면서
빌래는 가슴에다 님의노래 안고서 횟바람불면서

래부르면아 아 저멀리던져 가 는메아 리
름부르면아 아 저멀리사라지 는메아 리

사랑의 메아 리 메아 리
사랑의 메아 라 메아 리

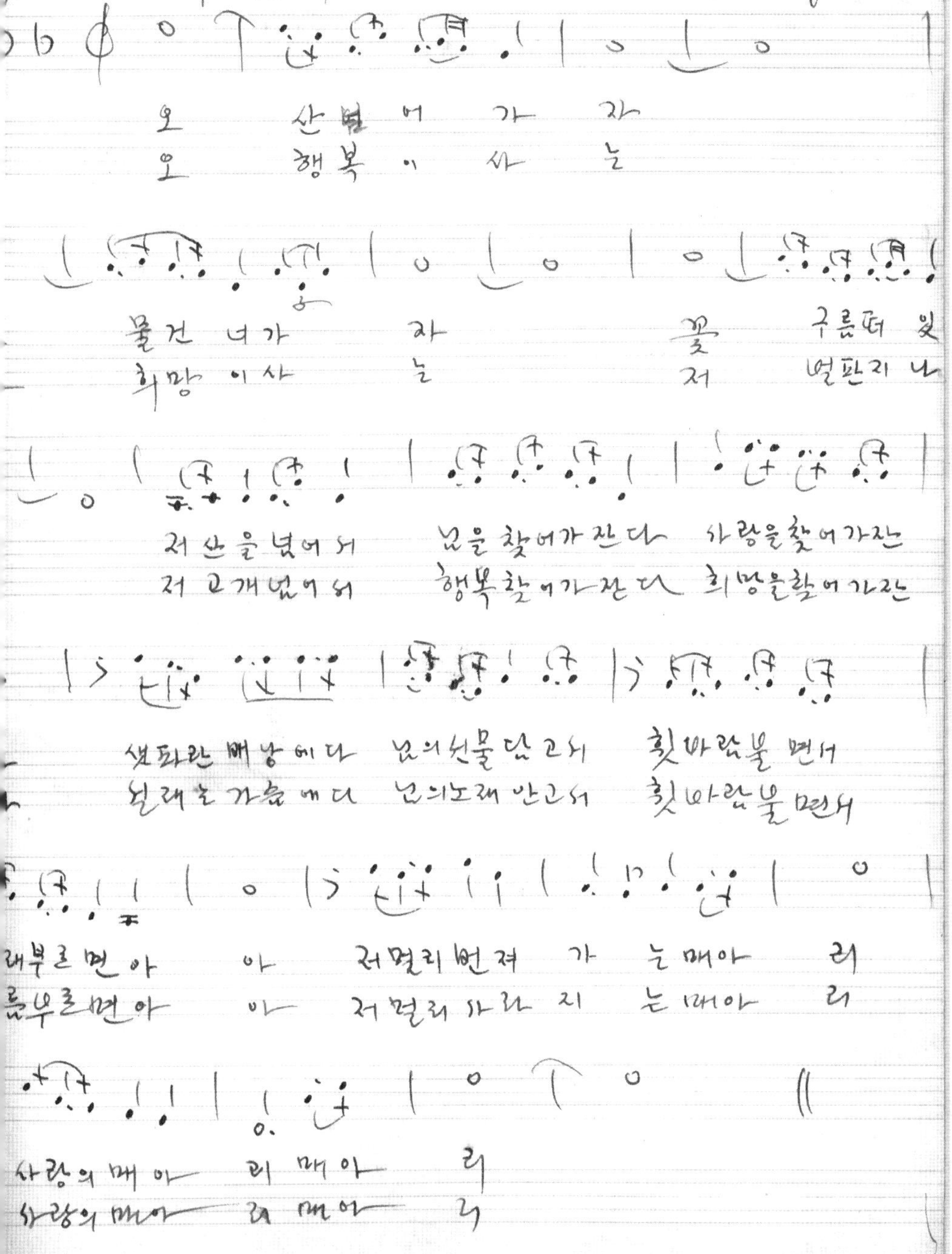

118 Eb6 울릉도 사랑 노래 방운아 作詞 崔용호

생   돗 대   남실남   실
갈   매 기   너울너   울

Eb6   (Eb Bb)   Cm7
섬 아 가 씨 부 른   다   뱃길은 삼 백 리
사 공 노 을 우 른   다   물길은 삼 백 리

Eb6   Eb6 Bb7   Eb   Cm7
사 랑 길 오 백 리 님을찾어 가 잔   다   앵여리
달 빛 은 오 백 리 르향찾어 가 잔   다   " "

Cm7   Cm7   Cm7   Fm7
뱃뛰 워 라 울릉 도로 애를 뛰워   라 남실 러가 라
노 저 어 라 " " " " 노를 저 어   라 " " " "

Cm7   Eb6
돈 실 러 가 자 동 백꽃피는 섬 = 로 붉은 울 여
꿈 실 러 가 라 등 대불웃는 섬 = 로 먼 령 창 피

Bb7   Eb
두 둥 실, 남실러 가   라
" " " " 남실 러 가   라

119

旅情望鄉

노래 방운아
作詞 高象秀
作曲 金相胤

세 월에 멍드럿 나 인생에
사 랑에 멍드럿 나 황금에

드럿 나 사나 히 갈길
드럿 나 살니 를 터잔

이렇 게 도 서글 퍼 외로히
분폐 없 는 죽딱 짐 병들은

는 봄에 분풍 지도 우는나 그리 워라 그향산천
그네에 밤바 람만 차거허 천리 원정 두고온넋

모 처자 그리 워 봄부림 친 여개위
나 마도 못잊 어 눈물걸 은 여개위

게 이 밤 도 간 다
게 그려 봄 나

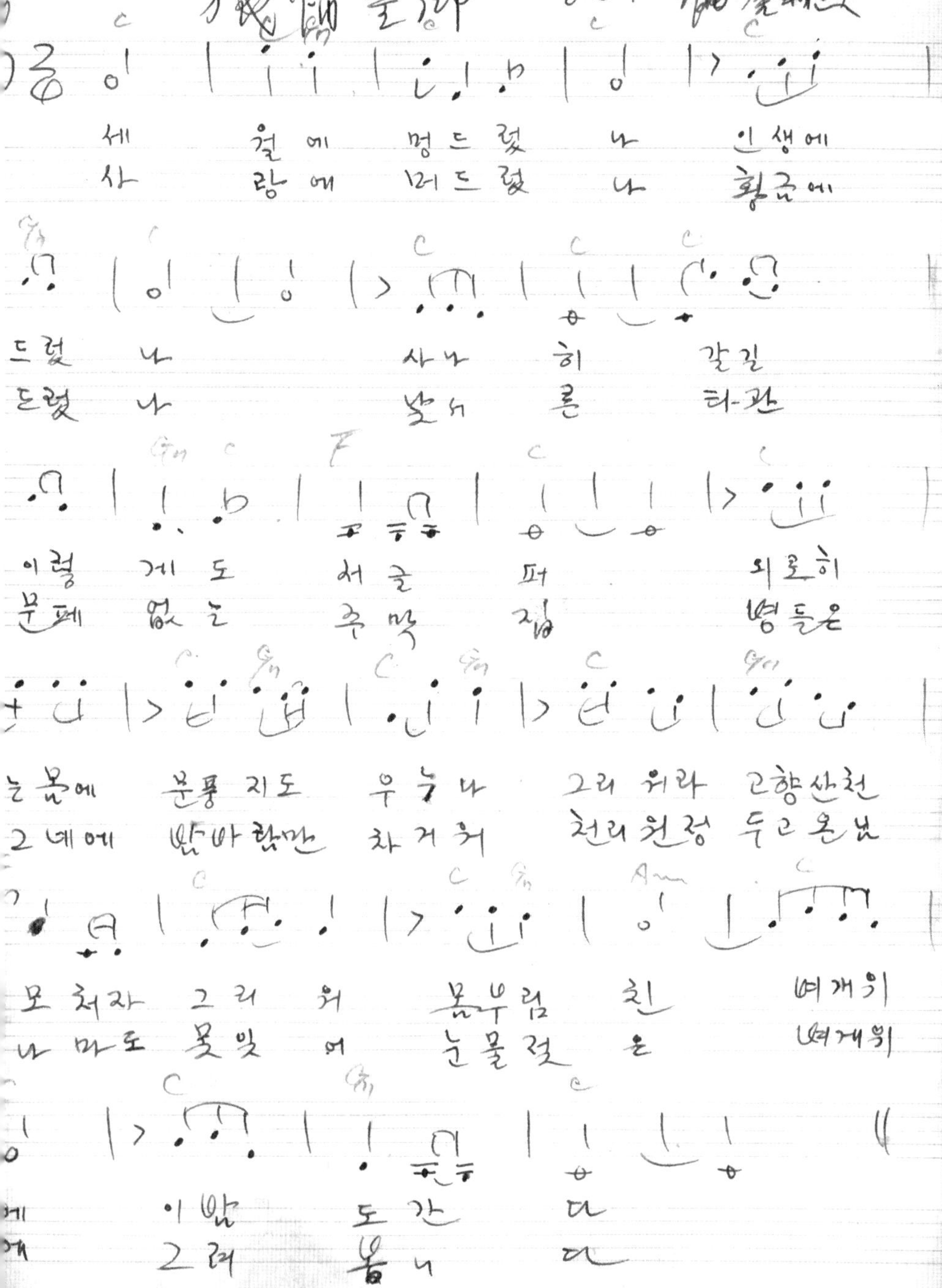

120

宿命의 사랑　　　방운아 黃男 作詞
　　　　　　　　金星根 作曲

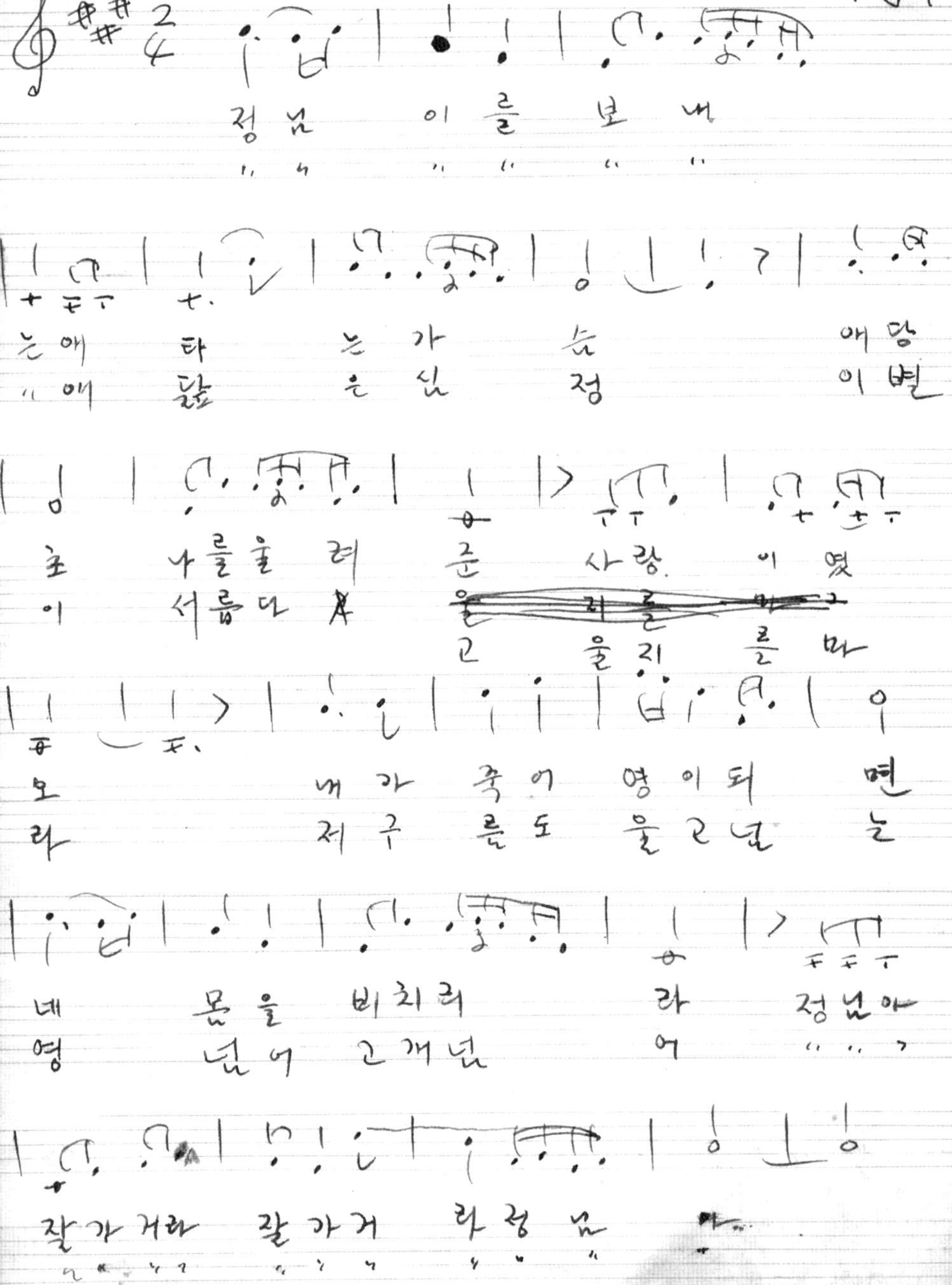

정님 이를 보내

는애 타 는가 슴 애당
애 닳 은 님 정 이별

로 나를울려 준 사랑 이엿
이 서름다 울 리를 따

오 내가 죽어 영이되 면
라 저구름도 울러님 는

내 몸을 비치러 라 정님아
영 님어 그개넘 어

잘가거라 잘가거 라정님

옛 길

노래 방운아 金星振 作曲

추 억을 담어 놓은 은 옛길에
한 인들 잊었든 가 얼마나

아오 나 찔레 꽃 은
렷든 가 내 가 놓 든

변함 없 이 피여 있 건 만
옛 길이 라 찾아 왔건 만

빨래터에 그처 녀는 어데로 가 ㄹ
물방아간 그처 녀는 서울로 가 ㄹ

섯은 아가 씨들 귀밑머리 에 쏜
동아진 어미 리며 모른체하 네 내

한 황혼 빛이 곱게 물 드 네
시 떠나 간 다 렁든 옛 길어

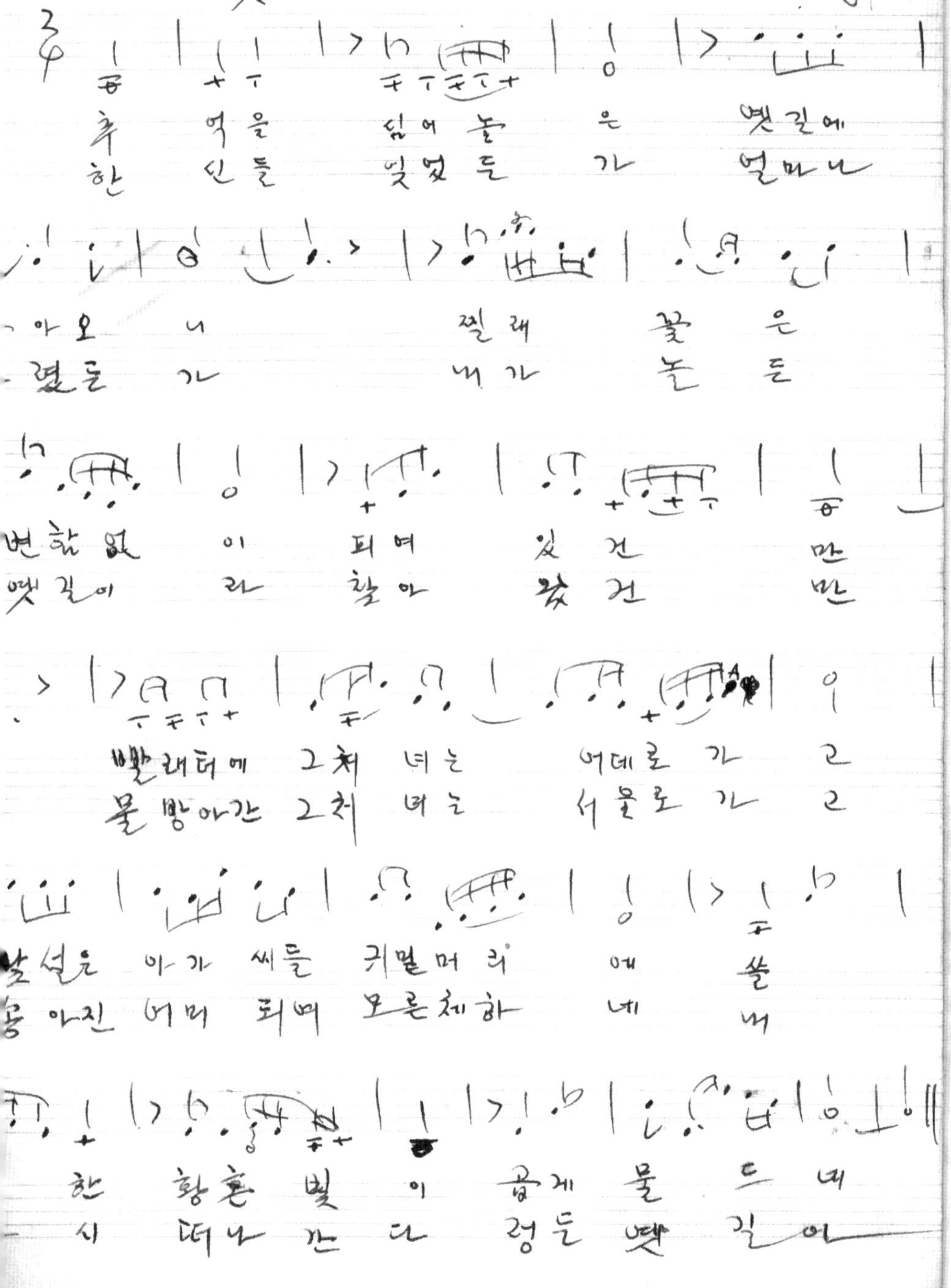

122

벌레우는 古城

노래 · 방운아 月見草 金星根

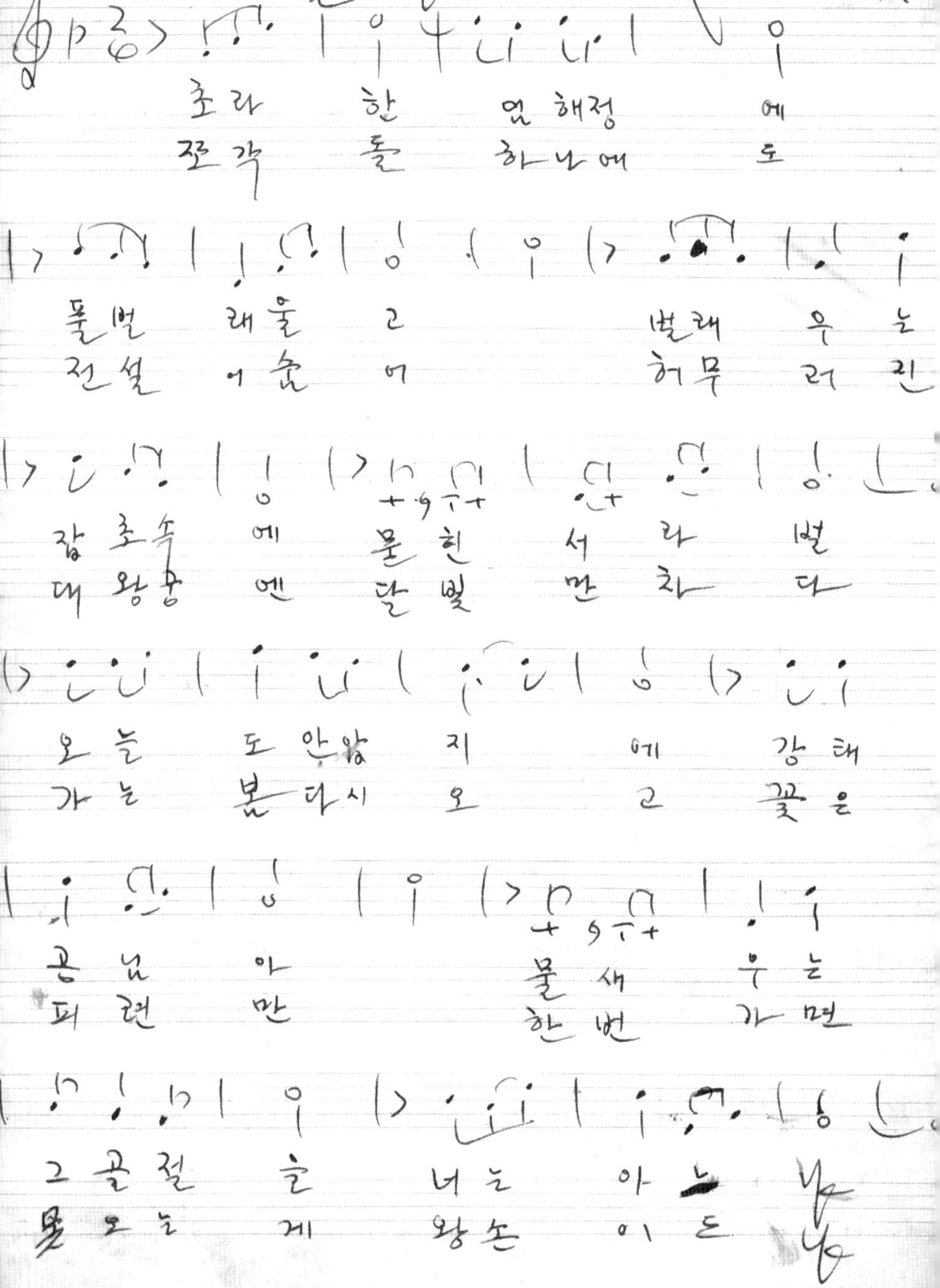

초라 한 엽해정 에
쪼각 돌 하나에 도
풀벌 래울 고 벌래 우 는
전설 이숨 어 허무 러 진
잡초속 에 묻힌 서 라 벌
대왕궁 엔 달빛 만 차 다
오늘 도 안압 지 에 강 태
가는 봄 다시 오 고 꽃은
공 님 아 물새 우 는
피 련 만 한번 가 면
그 골절 을 너는 아 는 냐
못 오는 게 왕손 이 드 냐

123

젊음 을 배려라

노래
방으라

朋見草 作詞
余祝思 作曲

가는 사람 오는 사람 사랑은 거짓
맑은 물도 푸른 불도 가슴에 안고

만날 때는 다정히 지면 떠날때
오늘 밤도 속이고 속는 명동의

정 해 배은의 거리 젊은거 리로
맺으 스 희망의 거리 젊으거 리아

스거 리 오늘도 속삭이는 젊은
조거 리 발거름 거머쥐라 젊은

동 아배 코 상 쌍 내일의 꿈을 실은
정동 그림 자상 쌍 영원을 약속 하는

동 아 아 젊은명 동
동 아 아 젊은명 동

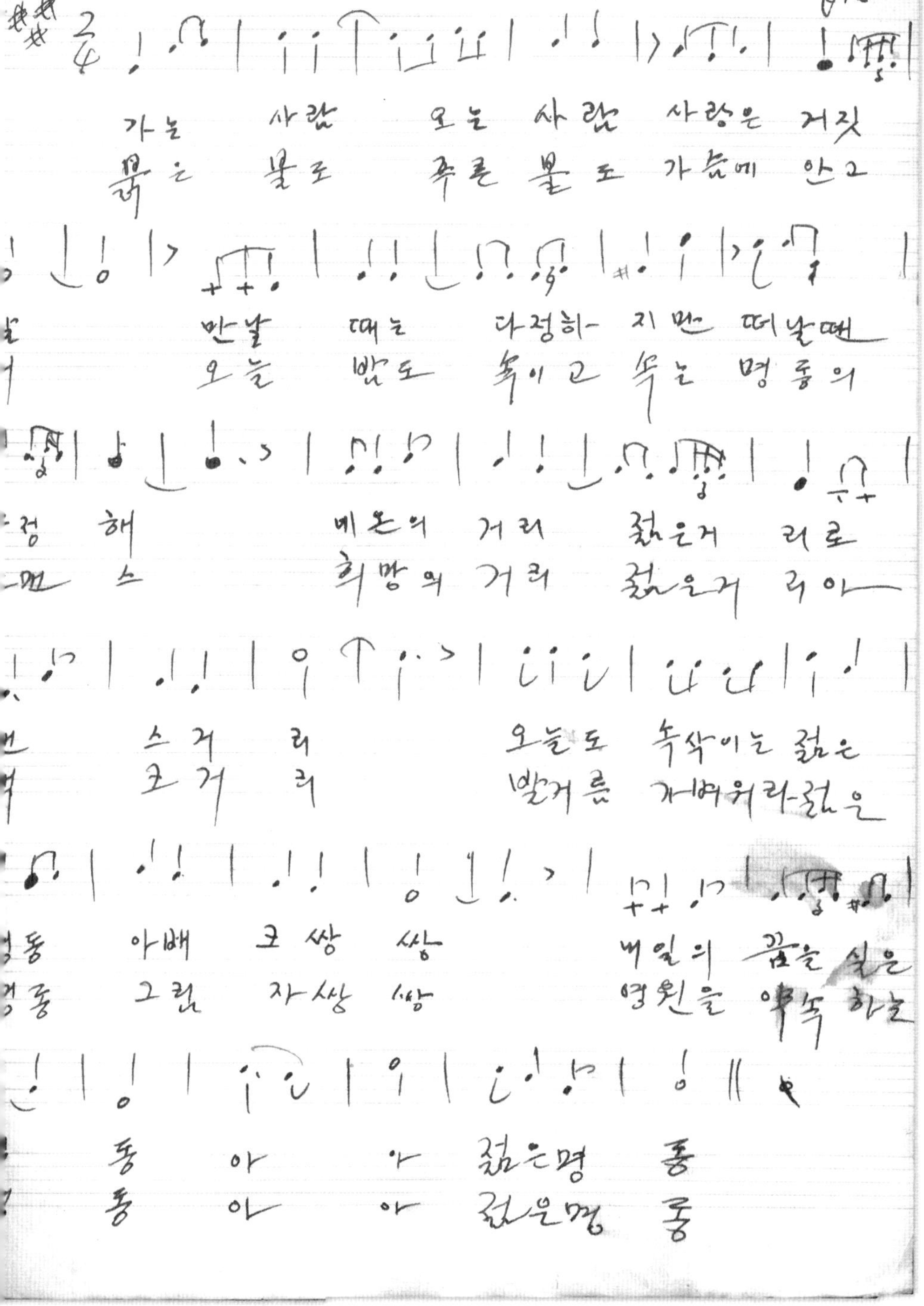

124 고향은 멀다 방운아 김진경
노래 이애성

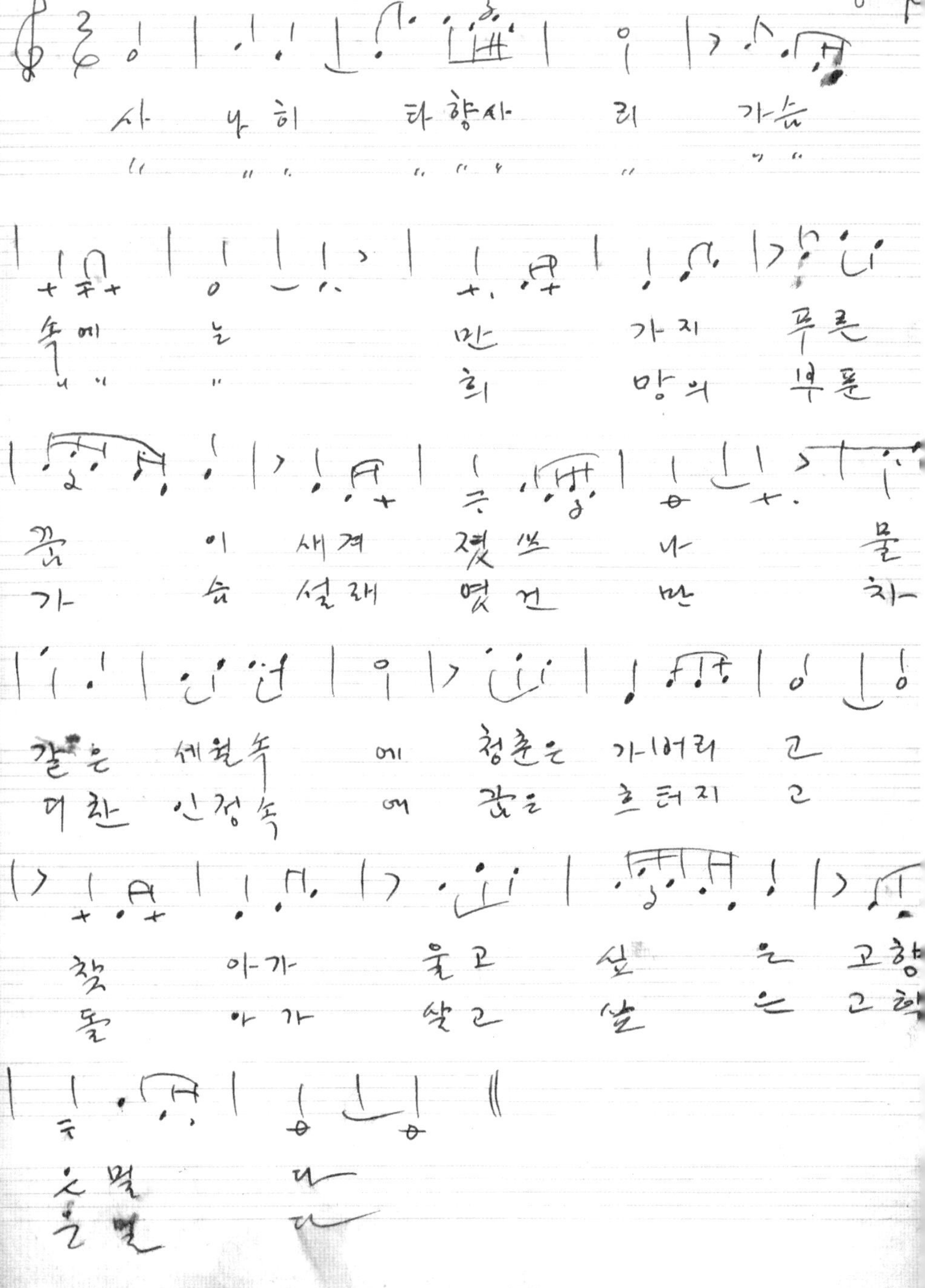

나 그 네 꿈 길
노래
방윤아 月見草 作詞
孫牧人 作曲

꽃구름 산마루에 석양이 질 때
해지는 마을마다 저녁의 연기

흐르는 구름따라 떠나는 나그
덧없는 나그네를 울려만주는

비가오는 강을건너 눈이 오는 영넘어
어제밤은 풀벌계에 오늘 밤은 서우잔

남두러 고향 듣고 기다리는사람없는
밤끼다 꿈길 마다 산을넘고 물을건너

마을찾아 마을찾아 흘러가   네
고향찾아 고향찾아흘러가   네

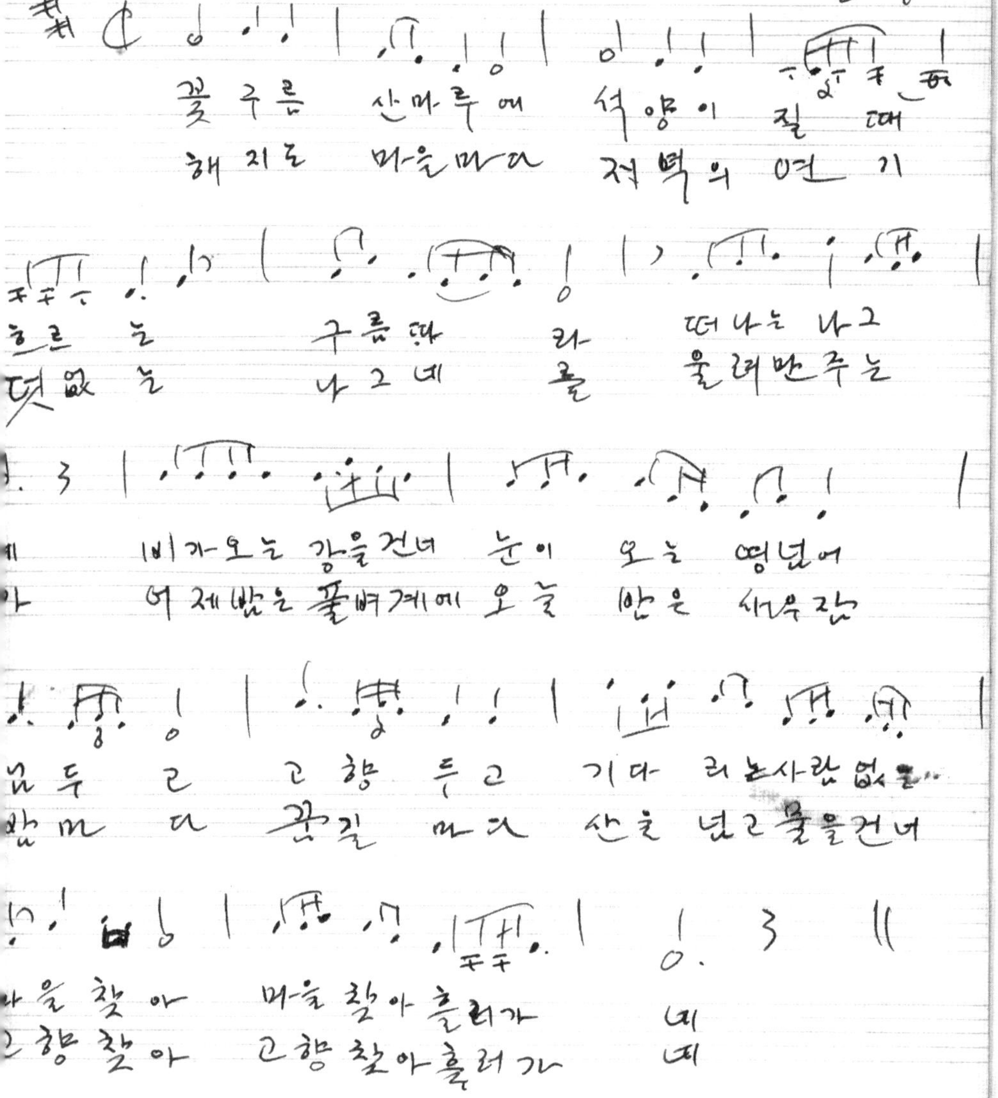

가수 방운아의 생애와 연보

1931년(1세) 2월20일 경북 경산시에서 부친 군위 방씨 방한혁(方漢爀)과 모친 경주 최씨 최임이(崔任伊)의 4남1녀 중 셋째 아들로 태어남. 위로 2남 1녀를 낳은 뒤 셋째 아들이 태어나자, 또 아들을 낳았다고 해서 아명을 차만(且萬), 혹은 '또만이라고 부름. 나중에 창만(昌萬)으로 고침.

1935년(4세) 부친 별세.

1944년(13세) 경산초등학교 졸업.

1948년(17세) 사촌형 팔만이 경영하던 두부공장에서 일함. 일하는 중 줄곧 노래를 즐겨불렀다고 함. 동네 선배 이봉준이 기타를 교습해 주며 가수의 길을 권유함.

1951년(21세) 경산 창선중학교 입학.

1953년(22세) 모친 별세. 중학교를 졸업하고 경산고등학교에 입학함. 대구 오리엔트레코드사 주최 전속가수선발대회에 신행일, 도미 등과 함께 출전하여 2등으로 입상하고 전속가수로 선발됨. 사장이었던 작곡가 이병주 선생이 방태원(方太園)이란 예명을 지어줌. 오리엔트레코드 전속가수로서 「낙방과객」, 「님 없는 목포항」, 「로맨스 서울」, 「망향의 곡」, 「무정항구」, 「부산항구」 등을 발표함.

1954년(23세) 부산에서 활동하던 작곡가 백영호의 문하생으로 들어감. 이곳에서 가수 정향, 남백송, 신해성, 박애경 등을 만남. 백영호가 이끌던 빅토리레코드사 전속가수가 됨. 첫 취입곡 「마음의 자유천지?가 크게 히트함. 이때 백영호가 방운아라는 새로운 예명을 지어줌. 빅토리레코드사에서는 「마음의 자유천지」, 「꼴망태시절」, 「대지의 어머니」, 「비 나리는 항구」, 「사랑의 소야곡」, 「서울을 가야지」, 「장미는 슬프다」, 「마도로스 형제」, 「매라의 노래」 등을 발표함.

1955년(24세) 작곡가 백영호와 그 문하생들로 구성된 멤버들이 전국을 순회하며 콩쿨대회를 개최하고 공연함.

1956년(25세) 백영호의 주선으로 미도파레코드사 전속가수로 활동함. 미도파에서는 「여수야화」, 「부산행진곡」, 「달뜨는 청동원」, 「인생은 나그네」, 「재수와 분이의 노래」, 「두 남매」, 「한 많은 청춘」, 「명랑한 천사」, 「차이나 박」, 「인생은 고해련가」 등을 발표함. 유성기를 들고 이따금 고향 경산에 와서 자신의 음반을 고향사람들에게 틀어줌. 유명한 인기가수로 그 명성이 높아지고 라디오를 통하여 하루에도 몇 차례씩 목소리가 울려 퍼지곤 하던 방운아가 경산을 다녀갈 때 일가친척들과 주변 지인들은 감격에 차서 고향 출신의 성공한 가수를 자랑스럽게 맞이하곤 했다고 함.

1957년(26세) 영화 〈나그네 서름〉의 한 장면에 직접 출연하여 영화주제가 「인생은 나그네」를 부름. 가수 남백송, 정향, 박경원 등과 특별한 우정을 맺음.

1958년(27세) 「부산역 이별」 발표. 「현철의 노래」, 「오백년 고려성」 등을 10인치 LP 음반으로 제작 발표함. 음반제목은 〈꽃 파는 백설희〉로 표시됨.

1959년(28세) 12월20일 조규순과 혼인함. 결혼식장에는 작곡가 백영호, 가수 정향 등 가요계 동료 선후배들이 대거 참석함. 부산에서 장남 문성 출생.

1961년(30세) 해병대 제121기 신병으로 입대하여 훈련을 받고, 해병대 연예대의 멤버가 됨. 이 무렵 함께 입대했던 동료들로는 남백송, 최희준, 도미, 박경원, 최갑석, 박일호, 강만호, 임희춘 등이 있음. 당시 해병대 연예대 공연에서 가장 인기를 모았던 노래는 방운아의 「일등병 일기」였음.

1962년(31세) 〈젊은 명동〉이란 제목으로 '여야성(汝夜星) 최신작편곡집' 부제를 달아서 「젊은 명동」이 태평양레코드사에서 LP음반으로 제작 발매됨.

1963년(32세) 제대 이후 처가댁이 있는 서울 용산구 이촌동으로 이주함. 영화 〈귀부인〉 LP 음반으로 미도파레코드사에서 「항구의 바카본드」를 제작 발표함. 「거리의 쌘드윗치맨」, 「한양길 귀향길」 등 두 곡을 미도파레코드에서 연속으로 발표함. 이 음반의 삽화는 가사 내용과 부합하면서 매우 희극적인 분위기로 묘사됨.

1964년(33세) 「울릉도 뱃사공」, 「울어라 추풍령」 등 두 곡을 〈박시춘 귀국 제2탄〉이란 타이틀로 미도파레코드사에서 LP음반으로 제작 발표함. 〈방태원 힛트앨범〉이란 제목으로 「마음의 자유천지」, 「님 없는 목포항? 등을 LP음반으로 제작 발표함.

1965년(34세) 〈청춘일기〉란 큰 타이틀에다 〈행복의 메아리-흘러간 옛 노래, 대중가요 걸작집〉이란 작은 타이틀을 붙여서 가요 「내가 아는 혜란」을 아리랑레코드사에서 LP음반으로 제작 발표함. 서울에서 딸 미심 출생.

1966년(35세) 생계보조를 위해 모피용 토끼를 사육함.

1968년(37세) 방운아의 대표곡집으로 제작된 10인치 음반이 미도파레코드사에서 발매됨. 과거에 발표한 SP음원에 새로 반주를 입혀서 「부산역 이별」,

「호남선 천리길」,「두 남매」,「마음의 자유천지」 등을 LP 스테레오로 다시 제작 발표함.

1971년(40세) 〈바다정거장〉이란 제목으로「정든 부산 잘 있거라?」를 대도레코드사에서 LP음반으로 발표함.

1973년(42세) TV시대가 본격적으로 개막되면서 원로가수의 한 사람으로 가끔 무대에 오름.

1975년(44세) 〈방운아 스테레오 일대작〉이란 타이틀로「마음의 자유천지」,「두 남매」 등 여러 대표곡들을 엮은 LP음반 독집을 지구레코드사에서 발매함.

1983년(52세) 세례명을 요셉으로 부르는 독실한 가톨릭 신자로서 견진성사를 받음

1986년(54세) 아내 조규순이 지병으로 세상을 떠남.

1988년(57세) 재일본 한국인거류민단 초청으로 일본 오사카의 코리아하우스에서 열렸던 가수 방운아 초청공연에 참가함.

1989년(58세) 경남 창녕 부곡온천에 조성된 부곡하와이 한국관 무대의 전속가수로 활동함.

1990년(60세) 자신이 일생동안 취입한 가요작품의 악보와 가사를 직접 정리하여 『취입곡집』이란 책으로 엮음

2003년(72세) 통풍, 고혈압, 후두염 등으로 고생함.

2005년(74세) 6월15일 심근경색으로 세상을 떠남.

2009년 고향 경산지역에서 뜻있는 시민들의 발의로 〈가수 방운아 기념사업회〉가 결성됨.

2010년 2월19일 〈가수 방운아 학술심포지엄〉이 경산시민회관에서 개최됨. 방운아대표곡 CD 선집 〈마음의 자유천지〉가 발간됨. 새로 엮은 평전 『마음의 자유천지-가수 방운아와 한국가요사』(이동순 지음)가 발간됨.

2010년 10월 경산시 남매지 제방 언덕에 〈가수 방운아 기념사업회〉의 노력과 경산시의 지원으로 〈가수 방운아 노래비〉가 세워짐.